TEORÍA Y PRÁCTICA DE LA TRADUCCIÓN

VOLUMEN I

BIBLIOTECA ROMÁNICA HISPÁNICA

FUNDADA POR

DÁMASO ALONSO

III. MANUALES, 53

PRIMERA EDICIÓN, 1982
SEGUNDA EDICIÓN, 1984
TERCERA EDICIÓN, 1997

Diseño gráfico e ilustración:
Manuel Janeiro

Depósito Legal: M. 987-1997
ISBN 84-249-1840-1. Obra completa
ISBN 84-249-1838-X. Volumen I
Impreso en España. Printed in Spain
Gráficas Cóndor, S. A.
Esteban Terradas, 12. Polígono Industrial. Leganés (Madrid), 1997

VALENTÍN GARCÍA YEBRA

TEORÍA Y PRÁCTICA DE LA TRADUCCIÓN

PRÓLOGO DE DÁMASO ALONSO

PREMIO «NIETO LÓPEZ» DE LA REAL ACADEMIA ESPAÑOLA

TERCERA EDICIÓN REVISADA

GREDOS

BIBLIOTECA ROMÁNICA HISPÁNICA

A Lola

PRÓLOGO

Aumenta en España cada vez más la traducción. En 1980 se imprimieron aquí 27.629 libros [1]; de ellos, 7.800 eran traducciones; es decir, más de la cuarta parte de los publicados. Las lenguas de las que más se tradujo ese año son, por este orden: el inglés, el francés, el alemán, el italiano. Muchos traductores realizan la labor a toda prisa y sin preocupación alguna. Así resultan bastantes traducciones muy malas (y aun en las buenas se suele encontrar algún error). No había ningún libro que pudiera servir de guía general o aclarar problemas particulares para el que quisiera traducir. ¿Quién podría ser el autor?

Creo que en España no había nadie que tuviera tanta atención puesta en el arte de traducir como Valentín García Yebra. Todo en su labor científica, a través de los años, ha tenido como una de sus principales metas la técnica de la traducción.

García Yebra es doctor en Filología Clásica, catedrático de griego, autor de dos ediciones trilingües (griego, latín y español), una de la *Metafísica* y otra de la *Poética* de Aristóteles, y de ediciones de clásicos anotadas y muchas veces bilingües (latín más traducción española). Ha dedicado buena parte de su actividad a la traducción de libros del alemán (once tomos, con un total de 3.613 páginas), del francés (siete tomos, con 4.399 páginas) y del portugués, así como a la traducción de muchos artículos del alemán, del inglés y del francés. Además, muchos de los artículos escritos por él directamente en

---

[1] Según datos proporcionados por el Instituto Nacional del Libro Español.

español tratan de materias fuertemente relacionadas con la traducción. En 1964 le fue concedido por unanimidad el premio anual de traducción del Ministerio Belga de Educación y Cultura, y en 1971, el premio «Ibáñez Martín» del Consejo Superior de Investigaciones Científicas, por su edición trilingüe de la *Metafísica* de Aristóteles.

García Yebra tenía todo el tiempo preocupación por la técnica adecuada para la traducción más correcta posible. Pensaba en la necesidad de que el Estado español fundara una institución para la enseñanza de aspirantes a buenos traductores. Con esta idea llevó unos diez años de intento. Logra por fin que se organice un Instituto Universitario de Lenguas Modernas y Traductores, creado en mayo de 1974. García Yebra comenzó dando en él cursos de «Teoría de la traducción» y de «Traducción del alemán»; en el año 1975 fue nombrado, además, subdirector del Instituto, cargo que sigue desempeñando; sigue también explicando «Teoría de la traducción».

De esa explicación ha surgido el libro que ahora podrán manejar todos los que deseen traducir bien. Pero es necesario afirmar que este libro puede también resultar muy interesante para gentes que no se dediquen a la traducción pero tengan afición a la lingüística.

De las tres partes en que está dividido, la 1.ª es la que más atiende a la teoría, y la 2.ª y la 3.ª, las que se ocupan principalmente de la práctica. Pero hay también muchos datos prácticos en la parte 1.ª, y muchas atenciones teóricas en la 2.ª y la 3.ª.

Empieza la teoría con una importante distinción, hallazgo de García Yebra, entre la «comprensión» y la «expresión», como las dos fases, en ese orden, indispensables para traducir. La primera es necesaria para todo lector, pero deberá ser más perfecta en el presunto traductor, que en general se diferenciará del mero lector por la intención e intensidad de su lectura. La «comprensión» puede realizarla el lector sin salirse de la lengua original; pero el traductor es muy posible que complete la comprensión vertiendo casi, en la lectura, el texto original a su lengua propia.

Hay opiniones contrapuestas acerca de si la traducción (es decir, la «expresión») debe ante todo acercarse a la del autor del texto original, o si debe aproximarse al modo de su presunto lector. La posición de García Yebra es más bien intermedia; según él, «la traducción real suele ser una especie de transacción con mayor o menor predominio de uno de los dos métodos». No hay duda de que tiene razón.

Un texto es un conjunto de signos lingüísticos que comprende el plano léxico y el gramatical, este último dividido en morfológico y sintáctico. García Yebra añade el plano fónico, porque los efectos estilísticos que lo fonético puede producir en el original será conveniente reflejarlos de algún modo en la traducción.

En el plano léxico, tiene total importancia, y Yebra se la da, el significado de la palabra. El error de significado puede cometerse por el autor, el traductor, o el lector. Muchas veces, sólo el contexto permite descubrirlo.

Amplio y excelente es el estudio que hace García Yebra del concepto de la palabra, de la raíz y los otros elementos que la integran, prefijos, sufijos y, alguna vez, infijos.

La morfología afecta al género, al número, al caso y a la persona. El traductor necesita estar informado de los cambios de sentido que a ellos se deben en la lengua original.

A veces hay indistinción en la lengua original, que sólo se resuelve, cuando es posible, por razones extralingüísticas. En casi todos los fenómenos enunciados, García Yebra propone ejemplos útiles.

Así, un caso notorio de ambigüedad lingüística puede darse en la persona gramatical. Hay lenguas que distinguen perfectamente, mediante las desinencias verbales, si se trata de la 1.ª, 2.ª o 3.ª y si es singular o plural (así, en español, *amo, -as, -a, -amos, -áis, -an*); en esos casos se puede prescindir del pronombre. Pero su uso se considera indispensable en lenguas como el francés, que, en presente, fonéticamente sólo distingue la primera y la segunda persona del plural, o como el inglés, que, en presente, sólo diferencia la tercera de singular, y, en el pretérito, ninguna. En estas dos lenguas, el pronombre es el que hace distinguir las personas. Yebra pone bastantes ejemplos. Pero aun el pronombre puede producir confusiones para la traducción: el fr. *vous aimez* puede traducirse, en español, por *vosotros* o *vosotras amáis* o *V.* o *Vds. aman.* Casos parecidos pueden ocurrir en inglés y en alemán. Yebra los encuentra en la traducción alemana de un célebre ensayo de Ortega y Gasset. En él, Ortega habla unas veces con un interlocutor y otras a todos los presentes; pero la alternativa *V.* y *Vds.* está sólo traducida por *Sie.* El lector alemán no puede entonces saber cuándo se habla con una y cuándo con varias personas. En fr. existe *on,* pronombre muy especial, que puede representar todas las personas del singular y del plural. Lo mismo pasa en alemán con el pronombre *man.* El traductor del francés y el del alemán pueden equivocarse al interpretar qué personas están representadas por *on* o por *man.*

Es extraordinario el número de cuestiones que presenta García Yebra en el verbo, con los tiempos, los modos, la voz pasiva y los aspectos. Y luego, con importante originalidad, lo que explica en cuanto al plano fónico de la lengua.

La parte segunda del libro empieza con la distinción entre los posibles y diferentes tipos de traducción, y estudia las interferencias entre lenguas en contacto, con interesantes listas de anglicismos y galicismos, perfectamente comentadas. En fin, la tercera parte es un abundantísimo tesoro de discrepancias existentes entre inglés, francés, alemán, y, en menor medida, italiano y portugués, con relación al español, en el orden de las palabras, en el uso del artículo, del pronombre, del adjetivo, del verbo y de las preposiciones.

La totalidad del libro puede ser un camino perfecto para quien desea traducir: el conjunto de su teoría es una indudable clarificación y una excitación del cuidado de quien se entrega a esa labor. La abundancia de datos y de ejemplos será una magnífica ayuda para todos en el curso de la traducción, pues en ella todos se encontrarán con problemas difíciles de resolver, que en el libro están muy bien ejemplificados. Valentín García Yebra ha realizado una obra única, con gran saber de filólogo y gran gusto y ciencia de la traducción.

Dámaso Alonso

INTRODUCCIÓN

1. El propósito de este libro es ofrecer a los alumnos del Instituto Universitario de Lenguas Modernas y Traductores, de la Facultad de Filología de la Universidad Complutense, y en general a los traductores de lengua española, un conjunto de ideas y, al mismo tiempo, de indicaciones prácticas, que les allanen el camino de su formación y les permitan conseguir más seguridad, mayor soltura y mejor calidad en su trabajo.

2. Nuestro Instituto Universitario comenzó a funcionar en octubre de 1974. Entre las asignaturas de su *Plan de Estudios,* estructurado por el autor de estas líneas, figura la Teoría de la Traducción. Como no había entre los que contribuyeron al alumbramiento del nuevo organismo docente ni en el profesorado de la Facultad quien estuviera dispuesto a enseñarla, tuvo que encargarse de ella quien la había propuesto. Yo había traducido como dos docenas de obras de varias lenguas, clásicas y modernas; había, incluso, publicado en periódicos y revistas varios artículos sobre temas relacionados con la traducción. Pero no había estudiado sistemáticamente sus principios teóricos, ni me había pasado siquiera por la imaginación que algún día iba a tener que explicárselos a otros.

3. Fuera del libro de Georges Mounin *Los problemas teóricos de la traducción,* no había entonces en España, ni en español, obras que pudieran servir de guía. Y el libro de Mounin, muy útil para ayudar a comprender los problemas que, en varios aspectos, pueden planteár-

sele a un traductor, ni siquiera pretende enseñar a solucionarlos. Era, pues, necesario buscar inspiración y luz en obras escritas en alemán, en inglés, en francés, en italiano y hasta en portugués. (Nunca he lamentado tanto como entonces mi desconocimiento de las lenguas eslavas, en las cuales se ha producido durante la segunda mitad de este siglo mucha y muy importante bibliografía sobre la traducción) [1].

4. No puedo citar aquí los títulos de todas las consultadas y utilizadas desde entonces para mis cursos. Figuran en la *Bibliografía* que va al fin de este libro. Pero sí quiero destacar dos obras ya clásicas y, hasta cierto punto, paralelas: la *Stylistique comparée du français et de l'anglais,* de J.-P. Vinay y J. Darbelnet, y la *Stylistique comparée du français et de l'allemand,* de A. Malblanc. El inglés y el alemán son dos de las lenguas cuya traducción se cultiva en nuestro Instituto Universitario desde el primer momento, lo mismo que el francés. Siendo esta última tan afín al español, las enseñanzas de ambas obras en lo que atañe a la traducción del inglés y del alemán al francés eran fácilmente adaptables a la traducción de aquellas lenguas al español. Por otra parte, el enfoque de las dos obras ilustra igualmente la traducción en sentido inverso, es decir, desde el francés al inglés y al alemán. Esta perspectiva era también útil para aclarar, unas veces por coincidencia y otras por contraste de estas lenguas con la nuestra, las vías de la traducción del francés al español. Tengo que reconocer, y me complace hacerlo, que ninguna obra me fue entonces tan útil como éstas.

5. Debo mencionar también aquí el libro de Ch. R. Taber y E. A. Nida *La Traduction: théorie et méthode,* del que pude disponer enseguida. Aunque destinado fundamentalmente a traductores de la Biblia, sobre todo a lenguas «primitivas», carentes de tradición literaria, contiene muchos análisis y consejos aplicables a cualquier tipo de

---

[1] Una obra importante de esta procedencia, la del checo Jiří Levý, *Umění překladu,* que se publicó en Praga el año 1963, pude leerla pronto en la trad. alemana de Walter Schamschula, *Die literarische Übersetzung. Theorie einer Kunstgattung,* Athenäum Verlag, Frankfurt a. M.-Bonn, 1969.

traducción y que pueden aprovecharse para una teoría general de esta disciplina.

6. Las tres obras mencionadas me sirvieron entonces para mis explicaciones de clase y me han servido también para la estructuración de este libro. Verá el lector que, al utilizarlas, no siempre acepto sus puntos de vista. Pero esto no merma en nada mi deuda ni mi reconocimiento.

7. Otras dos obras ampliamente utilizadas tanto para mis clases como para la composición del libro son la de W. Porzig *El mundo maravilloso del lenguaje,* espléndidamente traducida y anotada por Abelardo Moralejo, y la *Lingüística General. Estudio Introductorio,* de R. H. Robins, versión española de Pilar Gómez Bedate. Sin estar directamente relacionadas con la traducción, ambas obras exponen con amenidad y transparencia doctrinas lingüísticas muy provechosas para traductores. También me han sido útiles desde el principio la *Introducción a la semántica francesa* de St. Ullmann, traducida y anotada por Eugenio de Bustos Tovar, y la *Semántica* del mismo autor, traducida por J. Martín Ruiz-Werner.

8. Pronto estuvo disponible, también en español, la gran obra de Mario Wandruszka *Sprachen — Vergleichbar und unvergleichlich* [2], traducida por Elena Bombín con el título *Nuestros idiomas: comparables e incomparables.* Utilizada desde el primer momento para mis clases, ha sido para la construcción de este libro como una gran cantera, de la que he extraído algunas ideas y, sobre todo, muchísimos ejemplos que Wandruszka fue acopiando mediante la comparación de las traducciones a varias lenguas (alemán, español, francés, inglés, italiano y portugués) de cerca de ochenta obras, generalmente novelas. Mario Wandruszka es, con mucho, mi principal acreedor en la realización de esta tarea. Cada vez que tomo algo de él, lo digo expresamente; pero quiero manifestar ya aquí lo mucho que le debo y lo mucho que se lo agradezco. Sin su largo y paciente trabajo, el mío

---

[2] Pude disponer enseguida de la edición alemana, publicada en 1969 por la editorial Piper & Co., de Múnich.

habría sido bastante más difícil y fatigoso. Pero, al aprovechar los ejemplos reunidos por Wandruszka, no me he limitado a transcribirlos. En primer lugar, los utilizo con frecuencia para fines distintos de los buscados por él. Y, sobre todo, rectifico a veces y comento[3] traducciones españolas que Wandruszka parece admitir sin reparo. Al hacer esto, trato de cumplir el propósito enunciado en el título de mi libro, procurando mantener en permanente contacto la teoría y la práctica de la traducción.

9. La teoría y la práctica son, en efecto, inseparables en la enseñanza de esta disciplina. La teoría sola es estéril, y la práctica sin teoría, rutinaria y ciega. El estudio de la traducción es una rama de la lingüística aplicada, y con toda razón se puede adoptar en él la postura que B. Pottier propugna para la lingüística en general: «Nous refusons la théorie sans exemples et les exemples sans théorie»[4]. Rehusamos la teoría sin la práctica porque, para aprender a hacer algo, hay que hacerlo muchas veces. Lo dijo insuperablemente Aristóteles: «Aquello para cuya ejecución se necesita aprendizaje, lo aprendemos haciéndolo; así los constructores de casas se forman construyendo casas, y los citaristas, tocando la cítara»[5]. Rehusamos también la práctica sin teoría porque, como explica el mismo Aristóteles pocas líneas después: «Las mismas causas producen y destruyen toda excelencia, y de igual modo el arte; pues tocando la cítara se forman los buenos citaristas y también los malos. Y de modo semejante los constructores de casas, y todos los demás; pues construyéndolas bien se harán buenos constructores, y malos construyéndolas mal. Y, si no fuera así, para nada se necesitaría el maestro, pues todos resultarían buenos o malos»[6].

10. En «todos los demás» podemos incluir a los que aspiran a ejercer el arte de traducir: traduciendo bien llegarán a ser buenos tra-

---

[3] Las rectificaciones breves suelo incluirlas, entre corchetes, en el texto mismo de los ejemplos. Los comentarios van a continuación del ejemplo correspondiente.

[4] *Présentation de la linguistique,* Paris, 1967, pág. 7.

[5] *Ética Nicomaquea* B, 1103a 32-34.

[6] *Ibid.,* 1103b 6-13.

ductores, y, traduciendo mal, resultarán malos. Pero ¿cómo se aprende a traducir bien? El modo más fácil y seguro es dejarse guiar por buenos maestros. Y un buen maestro se diferencia de un simple práctico en que no sólo *hace,* sino que *sabe el camino,* conoce el método, para *hacer bien* lo que hace. Este saber, este conocimiento del camino, de las normas que rigen el arte de traducir, es justamente la *theōría,* que es «visión» o «contemplación».

11. Pero insisto en que la teoría debe ir unida a la práctica. Lo he procurado en este libro. Es posible que, a pesar de todo, algunos pasajes puedan parecer demasiado especulativos; en ninguno he buscado la especulación por sí misma. Ni siquiera en la primera parte, que parecía requerir un tratamiento más teórico, he perdido de vista la práctica. Siempre que me ha sido posible, he concretado la teoría en ejemplos. Del mismo modo he procurado, siempre que ha habido ocasión para ello, razonar, es decir, teorizar, a propósito de los ejemplos aducidos. El difícil equilibrio entre la teoría y la práctica no puede ser constante. Me sentiré satisfecho si la obra, en conjunto, no se inclina demasiado en ninguno de los dos sentidos. En todo caso, si hay inclinación hacia un lado, me gustaría que fuese hacia el de la práctica.

12. He buscado la sencillez en los razonamientos, aun a riesgo de que puedan parecer elementales. Si hay dos maneras de decir lo mismo, una sencilla y otra complicada, prefiero siempre la sencilla. Creo que casi todos mis posibles lectores compartirán esta preferencia. Personalmente, me desazonan, en las explicaciones de temas lingüísticos, esas fórmulas de apariencia algebraica que complican mediante símbolos lo que podría expresarse directamente y con claridad en pocas palabras. A veces son sólo modos de fingir rigor científico para lo que, dicho llanamente, resultaría trivial o discutible.

13. En cuanto a la terminología, he tratado de mantener una actitud ecléctica: he aceptado términos modernos cuando me han parecido necesarios para designar conceptos nuevos; pero no evito los términos tradicionales cuando no veo razón para negarles vigencia. A veces, para mayor facilidad del lector, yuxtapongo términos de am-

bos orígenes: así, puedo hablar del «indefinido» o «pretérito perfecto simple», del «pretérito perfecto compuesto» o simplemente del «pretérito perfecto», del «objeto directo» o del «complemento directo». Los términos «complemento directo», «complemento indirecto», «complemento circunstancial» (especificado este último según la circunstancia de que se trate: causa, instrumento, lugar, tiempo, etc.), me parecen más razonables y unívocos que los nombres de los casos que solían usarse en latín para expresar tales complementos: «acusativo», «dativo», «ablativo». Estas designaciones son puramente morfológicas, mientras que la de «complemento» es sintáctica, funcional: un mismo caso latino, como el «acusativo», podía expresar diversas funciones; no sólo la de complemento directo, sino también la de sujeto de ciertas oraciones y las de varios tipos de complementos circunstanciales. Además, hay lenguas que no tienen casos; las que aquí nos interesan más directamente, alemán, inglés, francés y español, salvo la primera, sólo conservan escasos restos de ellos en la declinación pronominal.

14. La «traducción» a que se refiere el título de esta obra ha de entenderse como traducción escrita. La distinción entre «traducción (escrita)» e «interpretación (oral)» está hoy generalizada. Volveremos sobre ella en el cuerpo del libro. Veremos incluso que se ha revitalizado el término «traslación» como designación genérica de ambas especies, «traducción» e «interpretación». Hay, no obstante, quienes siguen incluyendo la interpretación en el concepto de traducción. En un pasaje de mi artículo «Polisemia, ambigüedad y traducción»[7] digo: «Al traductor, que opera sobre textos escritos, no le causan problema las palabras homófonas pero no homógrafas. Por eso la homofonía no es asunto de la teoría de la traducción». Un colega muy interesado por la interpretación me anuncia amablemente que en una obra suya de próxima aparición va a «corregirme la plana», pues «la homofonía sí es interesante para la teoría de la traducción, puesto que

---

[7] En *Lógos Semantikós. Studia in honorem Eugenio Coseriu, 1921-1981,* vol. III, págs. 37-51 (2.4., pág. 39).

afecta a la traducción oral». En realidad, estamos de acuerdo. La discrepancia es puramente terminológica. La «traducción oral» es para mí, como para casi todos, «interpretación». En este libro, como siempre que hablo de la «traducción», me refiero exclusivamente a la «traducción escrita».

15. Por otra parte, la traducción considerada aquí es, fundamentalmente, la traducción literaria, entendiendo lo «literario» en un sentido muy amplio, que puede abarcar desde lo puramente ensayístico, pasando por lo filosófico y, en general, las llamadas ciencias del espíritu, hasta la auténtica literatura, sin excluir su forma más refinada, es decir, la poesía.

16. Aun limitado así el alcance de la traducción —separándola de la interpretación, que tiene sus vías y sus dificultades propias—, son muchos los conocimientos y capacidades que se requieren para ser buen traductor.

17. Ante todo, es necesario conocer a fondo, y comparativamente, las dos lenguas implicadas en el proceso de la traducción. No basta el conocimiento relativamente superficial que hace posible conversar con fluidez en las dos lenguas. Por lo demás, esta especie de bilingüismo oral no es indispensable para el traductor. Aunque no sea una situación óptima, se puede traducir bien de una lengua sin entender las manifestaciones orales de sus hablantes y sin poder expresarse en ella. No se puede traducir, en cambio, sin comprender sus textos escritos como un lector nativo competente. Pero esta comprensión, ciertamente imprescindible, tampoco basta. Es necesario también, y sobre todo, el dominio de la lengua a la que se traduce, hasta el punto de poder reconstruir en ella el texto con la menor pérdida posible.

18. Esta doble capacidad, comprensiva y expresiva, supone un conocimiento profundo del léxico, de la morfología y de la sintaxis de ambas lenguas; supone familiaridad con las culturas que se reflejan en ellas, gran acopio de conocimientos generales extralingüísticos y, para determinados tipos de traducción, cierto dominio del tema considerado o descrito en el texto.

19. Está claro que ningún manual de teoría y práctica de la traducción puede proporcionar todo esto. Un manual completo de tal disciplina, mejor dicho, de tal conjunto de disciplinas, es una empresa utópica, imposible. Ese conjunto de saberes abarca todo el campo cultivable en el plan de estudios de una institución docente dedicada a la enseñanza de la traducción.

20. El propósito de este libro es mucho más modesto. Pretende sólo *orientar* a futuros traductores, quizá también a algunos que ya lo son. Por eso el autor ha procurado unir aquí la teoría y la práctica. Pero la teoría que aquí se ofrece es limitada—no conozco ninguna que sea completa—, y las indicaciones prácticas son también restringidas. Habría sido fácil aumentar el número y la extensión de los temas tratados, y añadir muchos más ejemplos. Pero el volumen del libro habría resultado excesivo. Para mantenerlo en sus límites actuales he tenido que renunciar, en la Tercera Parte, al tratamiento y ejemplificación de nueve tipos de discrepancias interlingüísticas cuyo estudio había previsto, pero que habrían requerido otros tantos capítulos; son las incluidas en el § 53 con los números 10-12 y 15-20. He dedicado, en cambio, el capítulo más largo de todo el libro a las señaladas allí con el número 13: *discrepancias interlingüísticas en el uso de las preposiciones*. Quizá sea éste el lugar donde con más frecuencia tropiezan los traductores.

21. En fin, conozco bien las limitaciones del libro en sus dos vertientes, teórica y práctica. Hasta tal punto las conozco que llegué a dudar si no convendría modificar el título anteponiéndole una preposición: *Sobre teoría y práctica de la traducción* expresaría mejor la aceptación de límites en el tratamiento de un tema inagotable. Si al fin deseché la idea, fue por parecerme el nuevo título más propio de un artículo de revista que de un manual de más de 800 páginas.

22. Por otra parte, no me habría resuelto a publicarlo si no creyera que hay en él aspectos positivos, incluso innovadores, que compensan, al menos en parte, sus limitaciones. En primer lugar, cuando se exponen doctrinas de otros, se hace siempre desde una postura crítica, que no supone el rechazo sistemático, pero tampoco una acep-

tación ciega. En general, se trata de ideas valiosas —de lo contrario no habría razón para ocuparse de ellas—, pero mejorables. Siempre que me ha sido posible, he procurado mejorarlas.

23. Más aún que en las consideraciones teóricas sucede esto en las traducciones citadas en los ejemplos, especialmente en los muchos que he tomado de la obra de Wandruszka. Con frecuencia las traducciones españolas de esos ejemplos dejan bastante que desear; a veces son claramente incorrectas. Como ya he dicho *(supra,* n.° 8), rectifico a veces estas traducciones, o bien incluyendo en el texto, entre corchetes, la corrección que me parece adecuada, o bien explicando la corrección después del ejemplo. Conviene advertir a este propósito que casi siempre son posibles varias traducciones adecuadas de una misma frase. Por consiguiente, la que yo propongo en cada caso no pretende nunca ser la única aceptable. Es incluso posible que puedan darse otras mejores. Buscarlas será para el aspirante a traductor un ejercicio útil.

24. Mi interés por la corrección de los textos traducidos nace de la misma raíz que la atención a todo lo que pueda contribuir al buen uso del español. Sin caer en un purismo estéril —nótese mi postura abierta y receptiva frente al calco y al neologismo razonables (§ 40)—, trato de mantener normas que considero todavía vigentes, aunque su validez se vea constantemente acometida por la generalizada ignorancia de nuestra lengua; así, por ejemplo, en lo relativo al uso del pretérito perfecto simple (antes «indefinido») frente al pretérito perfecto compuesto (antes «pretérito perfecto»), y en mucho de lo que digo sobre nuestras preposiciones, tanto en los parágrafos dedicados al anglicismo y al galicismo como en el largo capítulo que cierra la obra.

25. También me parece interesante en este aspecto el capítulo VII, titulado «El plano fónico de los signos lingüísticos». Dije antes (n.° 17) que se puede traducir bien de una lengua sin entender las manifestaciones orales de quienes la hablan y sin saber expresarse en ella. ¿No será, entonces, ilógico dedicar un capítulo entero al sonido de los signos lingüísticos? Creo que no lo es, ni siquiera en lo relativo

a la lengua de la que se traduce. Ya al hacer aquella afirmación advertía que tal desconocimiento no es para el traductor una situación ideal. No lo es porque la estructura fónica de algunos tipos de texto (p. ej. de poesía lírica, de prosa poética, de teatro) puede ser decisiva para su estilo. Por lo demás, dicho capítulo, aunque incluido en la primera parte del libro —orientada fundamentalmente a la comprensión del texto original, previa, como veremos, a la auténtica traducción—, puede ser especialmente eficaz para la fase de la expresión, desarrollando en el traductor la sensibilidad estilística frente a su propia lengua, que, para los traductores a quienes se destina este libro, es la española.

26. Esta atención al buen uso del español, que creo haber sostenido a lo largo de toda la obra, quizá pueda hacer que ésta resulte provechosa para un público más amplio que el constituido por los traductores. Si así fuera, mi satisfacción sería completa.

* * *

No quiero terminar estas páginas sin expresar mi profundo agradecimiento a cuantos me han alentado, sostenido o ayudado en la preparación y realización de este libro.

En primer lugar, a mi querido y admirado maestro don Dámaso Alonso. Aunque no tuve la suerte de ser alumno suyo en la Universidad, él es, con mucho, quien más me ha enseñado, en un trato asiduo que ya rebasa los treinta años. En los cuatro últimos, durante los cuales he dedicado a esta tarea todo el tiempo que me han dejado otras obligaciones, él me ha estimulado constantemente, casi podría decir que me ha apremiado, a terminar la obra. Ha atendido siempre con el mayor interés mis consultas, ha restado horas a su propio trabajo para escuchar la lectura de partes del mío, y me ha orientado con sabios consejos.

A mis alumnos del Instituto Universitario tengo que agradecerles el haber motivado la redacción de este libro, cuyo contenido les he ido exponiendo en la medida en que lo permitían la brevedad de los cursos y el poco tiempo disponible para una asignatura tan larga. Les he pedido siempre que criticaran mis puntos de vista, y alguna vez lo han hecho con tan buen criterio que me han movido a rectificarlos.

Debo expresar también mi gratitud a mi amigo Emilio Lorenzo —primer Director de nuestro Instituto—, que ha leído las pruebas de imprenta de la obra, especialmente de las páginas relacionadas con el alemán y el inglés, y me ha hecho indicaciones muy atinadas. A mis hijas Pilar y Soledad, y al marido de ésta, Jean-Pierre Tilly; Pilar ha corregido las pruebas de toda la obra; Soledad y su marido han revisado especialmente los textos franceses y todo lo relacionado con esta lengua.

Mi agradecimiento también a Pablo del Río, de Gráficas Cóndor, que ha cuidado con extraordinaria diligencia la disposición tipográfica de mi original, un tanto desordenado por haber sido escrito en diversas etapas.

Sin apelar a la manida expresión inglesa *last but not least,* pues la verdaderamente adecuada sería *first and foremost,* cerraré estas manifestaciones de gratitud expresando la que debo a mi mujer, M.ª Dolores Mouton, por su larga colaboración pasiva y activa. No sólo ha renunciado durante años a todo lo que mi trabajo me habría impedido compartir con ella, sino que me ha ayudado muchas veces a resolver dudas, a superar momentos de cansancio, de malhumor o de hastío. Concluida la obra, ha revisado el original antes de que pasara a la imprenta, y me ha hecho notar imprecisiones o descuidos. Finalmente, ha leído con el mayor cuidado las pruebas de imprenta de todo el libro. Se lo he dedicado a ella, no sólo por cariño y agradecimiento, sino por justicia.

Madrid, enero de 1982.

NOTA PARA LA SEGUNDA EDICIÓN

En los dos años transcurridos desde la primera edición de esta obra ha aumentado el número de mis acreedores intelectuales. Lo son cuantos desde entonces han contribuido a mejorarla: algunos de mis alumnos, los críticos que la han reseñado (especialmente M. Wandruszka: *Romanische Forschungen, 95.* Band, Heft 1/2, 1983) y, sobre todo, mi amigo Antonio de Zubiaurre, traductor excelente, que me ha señalado más de dos docenas de erratas y un par de imprecisiones.

Gracias a todos ellos, esta nueva edición saldrá más limpia y ajustada.

Madrid, septiembre de 1984.

NOTA PARA LA TERCERA EDICIÓN

Han pasado doce años desde la segunda edición de esta obra. No esperaba yo ya la tercera. Desde 1984 se ha escrito, incluso en España, mucho sobre traducción. Deberían recogerse aquí las ideas más interesantes y figurar en la *Bibliografía,* al fin del 2.º volumen, las obras que las contienen. Pero el interés por este libro mío ha resurgido de pronto, casi súbitamente, quizá debido a la rápida expansión de los estudios universitarios sobre la traducción. Y he tenido que preparar la nueva edición con urgencia. Me he limitado a muy ligeros cambios y brevísimas adiciones.

Madrid, febrero de 1997.

SIGLAS Y ABREVIATURAS MENOS FRECUENTES

a. al. a. = alto alemán antiguo.
acep. = acepción.
Aen. = *Aeneis [Eneida].*
al. = alemán.
Ann. = *Annales.*
A. P. = *Ars Poetica [Arte Poética].*
Aut. = *Diccionario de Autoridades.*

B. G. = *De bello Gallico [Guerra de las Galias].*
BRAE = *Boletín de la Real Academia Española.*
B. U. = *Bon usage.*

C = comprensión.
cf., cfr. = *confer* [compárese].
cit. = citado.
col. = columna.
cron. = cronológico.

DDDLE = *Diccionario de dudas y dificultades de la lengua española.*
DESL = *Dictionnaire encyclopédique des sciences du langage.*
DRAE = *Diccionario de la Real Academia Española.*

DTF = *Diccionario de términos filológicos.*
DUE = *Diccionario de uso del español.*
E = expresión.
ed. = edición.
e. d. = es decir.
esp. = español.
et al. = *et alii* [y otros].

fr. = francés.

GLLF = *Grand Larousse de la Langue Française.*
gr. = griego.
GRA(E) = *Gramática de la Real Academia (Española).*

ibid. = *ibidem* [allí mismo].
implic. = implicación.
ing. = inglés.
intr. = intransitivo.
it . = italiano.

lat. = latín, latino, -a.
lat. vulg. = latín vulgar.

l. c. = lugar citado.
LGLF = *Linguistique générale et linguistique française.*
LO = lengua original.
l. r. = lengua receptora.
LT = lengua terminal.

meteor. = meteorológico.

n. = nota.
N. I. = *Nuestros idiomas: comparables e incomparables.*

n.° = número.

O = original.
o. c. = obra citada.
or. de rel. = oración de relativo.

PEG = *Practical English Grammar.*
pop. = popular.
port. = portugués.
p. por p. = palabra por palabra.

R = realidad.
RAE = Real Academia Española.

REL = *Revista española de lingüística.*
rel. = religioso.
Rhet. = *Rhetorica.*

s. a. = sin año.
SCFAl = *Stylistique comparée du français et de l'allemand.*
SCFAn = *Stylistique comparée du français et de l'anglais.*
s. v., s. vv. = *sub verbo, sub verbis* [bajo la(s) palabra(s)].

T = traducción.
TLO = texto de la lengua original.
TLT = texto de la lengua terminal.
T/N = Taber, Ch. R., y Nida, E. A.

ú. m. c. intr. = úsase más como intransitivo.

v. = verso.
v., vid. = *vide* [véase].
V. y D. = Vinay, J. P., y Darbelnet, J.
Wandr. = Wandruszka, M., *Nuestros idiomas: comparables e incomparables.*

PRIMERA PARTE

PRIMERA PARTE

I. IDEAS GENERALES SOBRE LA TRADUCCIÓN

§ 1. LA TRADUCCIÓN COMO PROCESO Y COMO RESULTADO.

Antes de definir la traducción, hagamos una distinción previa. La traducción puede considerarse como acción o proceso, o bien como el resultado de esa acción, de ese proceso. Cuando alguien dice: «La traducción del alemán es más difícil que la del francés», se refiere al proceso; «traducción», entonces, equivale a «traducir». Podemos sustituir la frase mencionada por esta otra: «Traducir del alemán es más difícil que traducir del francés». Pero, cuando decimos: «He comprado una traducción de la *Ilíada*», o «La traducción de *Aminta* del Tasso por Jáuregui fue muy elogiada por Cervantes», nos referimos, evidentemente, al resultado de la acción o proceso de traducir. Aquí nos interesa especialmente la traducción como proceso.

§ 2. DEFINICIONES DE LA TRADUCCIÓN.

Una definición aceptable de la traducción como proceso puede ser ésta de Ch. R. Taber y Eugene A. Nida (*La traduction: théorie et méthode,* Londres, 1971, pág. 11): «La traduction consiste à reproduire dans la langue réceptrice le message de la langue source au moyen de l'équivalent le plus proche et le plus naturel, d'abord en ce qui concerne le sens, ensuite en ce qui concerne le style». («La traducción consiste en reproducir en la lengua receptora [llamada también lengua terminal] el mensaje de la lengua fuente [o lengua original] por medio del equivalente más próximo y más natural, primero en lo que se refiere al sentido, y luego en lo que atañe al estilo»). O esta otra, más concisa pero igualmente válida, que aparece en el *Dictionnaire de Linguistique* par Jean Dubois et autres, Paris, 1973: «*Traduire* c'est énoncer dans une autre langue (ou langue cible) ce qui a été énoncé dans une langue source, en conservant les équivalences sémantiques et stylistiques». («*Traducir* es enunciar en otra lengua (o lengua meta) lo que ha sido enunciado en una lengua fuente [lengua original], conservando las equivalencias semánticas y estilísticas»). Se habrá observado que en ambas definiciones se dice que es preciso conservar la equivalencia del sentido, o equivalencia semántica, y la equivalencia del estilo. El problema está en determinar en qué consisten estas equivalencias. Sobre esto volveremos luego.

§ 3. LAS DOS FASES DEL PROCESO DE LA TRADUCCIÓN.

El proceso de la traducción consta siempre de dos fases: la fase de la *comprensión* del texto original, y la fase de la *expresión* de su mensaje, de su contenido, en la lengua receptora o terminal.

1. En la fase de la *comprensión* del texto original, el traductor desarrolla una actividad semasiológica (término derivado del griego, que significa «relativo al sentido, al significado», σῆμα). Es decir, en esta fase, el traductor busca el contenido, el sentido del texto original.

2. En la fase de la *expresión,* la actividad del traductor es «onomasiológica» (otro término derivado del griego, que quiere decir «relativo al nombre», ὄνομα). El traductor busca ahora en la lengua terminal las palabras, las expresiones para reproducir en esta lengua el contenido del texto original.

3. La comprensión no es aún propiamente traducción; pero es indispensable, imprescindible, para la traducción. En la fase de la comprensión, el traductor se diferencia del lector común por la intención y la intensidad de su lectura, que suele estar condicionada, además, por el hecho de no realizarse en la lengua propia.

3.1. Tanto el lector común como el traductor avanzan desde los signos lingüísticos o, más propiamente, desde los significantes, desde la forma externa de las palabras, hasta su contenido semántico. Lector y traductor siguen una dirección inversa a la del autor al escribir el texto original. El autor avanza desde el sentido, desde el contenido semántico, hasta los signos lingüísticos capaces de expresarlo.

3.2. Pero hay una diferencia notable entre el lector común y el lector-traductor. El lector, en cuanto tal, llega al término de su viaje cuando ha captado el contenido del texto. El que lee como traductor, en cambio, tiene desde el comienzo la intención de no detenerse en esa meta: piensa emprender a continuación el camino inverso, en la misma dirección seguida por el autor, sólo que por otro terreno: este camino irá desde el contenido del texto original hasta los signos lingüísticos capaces de expresarlo, pero en la lengua terminal, que suele ser la lengua propia del traductor, la de la comunidad lingüística a la que pertenece.

3.3. Esta intención de retorno, de regreso a la lengua propia, implica, normalmente, mayor intensidad de lectura. El traductor no puede contentarse con la comprensión del lector común, sino que ha de procurar acercarse en lo posible a la comprensión total. Digo «acercarse en lo posible» porque la comprensión total de un texto es realmente inalcanzable. Para comprender totalmente un texto sería preciso un lector ideal, que se identificase con el autor. Más aún: tendría que identificarse con el autor tal como éste era y estaba en el momento mismo de producir el texto, pues sabemos que un autor puede no entender, o entender sólo en parte, lo que él mismo quiso expresar algunos años, algunos meses, algunos días antes.

3.4. Si la comprensión de un texto pudiera ser total, sería también posible que varios lectores, al leer ese texto, comprendieran exactamente lo mismo. Ahora bien, es seguro que nunca dos lectores perciben exactamente lo mismo en un texto de alguna amplitud y de cierta riqueza. Una prueba de esto la tenemos en el hecho de que nunca hay dos traducciones del mismo libro coincidentes en todo. Y no es en la traslación a la nueva lengua, no es en la fase de la expresión, sino en la percepción, en la comprensión del texto por el traductor, donde el texto comienza a ser algo propio del traductor y a no ser ya el mismo.

3.5. El traductor debe ser, por consiguiente, un lector extraordinario, que trate de acercarse lo más posible a la comprensión total del texto, aun sabiendo que no la alcanzará nunca. Ha de comenzar, pues, por entregarse a una lectura del texto atenta y reposada. Para llegar a comprender bien el original, nada más contraindicado que las prisas. Puede servir de lema a los traductores la máxima atribuida a Catón: *Sat cito, si sat bene* («Bastante pronto [se hace una cosa], si [se hace] bastante bien»), o estos versillos de Antonio Machado:

> *Despacito y buena letra,*
> *que el hacer las cosas bien*
> *importa más que el hacerlas.*

Con frecuencia será necesaria una segunda y hasta una tercera lectura.

3.6. Al leer como traductor, se lee normalmente en una lengua ajena. Esto tiene para una lectura profunda inconvenientes, pero también ventajas. Los inconvenientes dimanan de la resistencia que toda lengua opone al forastero; las ventajas proceden de esa misma resistencia, que estimula la atención y el interés de la conquista.

3.7. Todo el que lee comprendiendo, ejercita durante la lectura, de manera inconsciente, un rapidísimo análisis semántico, integrado por un análisis léxico-morfológico, otro morfosintáctico, y un tercer análisis que podríamos llamar óntico o extralingüístico, porque se refiere a los objetos o realidades de que trata el texto. Cuando tropezamos en la lectura y se nos interrumpe la comprensión del texto, es preciso, con frecuencia, recurrir conscientemente a uno, a dos o a los tres análisis mencionados. Esto, naturalmente, sucede más a menudo en la lectura de textos escritos en una lengua extranjera.

4. La segunda fase de la traducción es la que hemos llamado *expresión*. Esta es, en realidad, la traducción auténtica, la traslación, el traslado del contenido del texto original al nuevo texto construido con elementos de la lengua terminal o receptora.

§ 4. ¿Es posible la traducción?

1. El primer problema que se plantea aquí es el de la posibilidad de la traducción. ¿Es posible pasar el contenido de un texto de una lengua a otra? Ortega y Gasset hace esta misma pregunta en las primeras líneas de su célebre ensayo *Miseria y esplendor de la traducción*: «¿No es traducir, sin remedio, un afán utópico?». Pregunta casi idéntica se había hecho a principios del siglo pasado, en su estudio *Über die verschiedenen Methoden des Übersetzens* («Sobre los diferentes métodos de traducir»), el teólogo y filólogo alemán Friedrich Schleiermacher: «¿no parece la traducción [...] una empresa descabellada?». Y el lingüista francés contemporáneo Georges Mounin observa en la página 22 de su libro *Los problemas teóricos de la traducción*: «si se aceptan las tesis corrientes sobre la estructura de los léxicos, de las morfologías y de las sintaxis, se llega a profesar que la traducción debería ser imposible». (Cito por la trad. española).

2. Sería fácil acumular pruebas de esta imposibilidad teórica basadas en cada uno de los estratos lingüísticos: léxico, morfología y sintaxis. Limitémonos a un ejemplo de cada estrato:

a) *Léxico*. No hay en español una palabra que traduzca la palabra latina *amīta* («tía, hermana del padre»), ni su complementaria *matertĕra* («tía, hermana de la madre»). El español dice normalmente «mi tía», sin precisar si el parentesco viene por parte del padre o de la madre.

b) *Morfología*. No hay en latín, ni en español, ni en ninguna lengua románica o germánica, una forma verbal que traduzca exactamente el perfecto griego: λέλυκα «he realizado la acción de soltar y el resultado dura en el momento en que hablo».

c) *Sintaxis*. No se puede traducir a ninguna lengua románica ni germánica, quizá a ninguna lengua en absoluto, conservando su estructura sintáctica, un verso latino como el 237 del libro VIII de las *Metamorfosis* de Ovidio:

Garrula ramosa prospexit ab ilice perdix

donde el primer adjetivo, *garrula,* concierta con el último sustantivo, *perdix* (primera y última palabra del verso), y el segundo adjetivo, *ramosa,* con el penúltimo sustantivo, *ilice,* ocupando el verbo, *prospexit,* el centro exacto del verso, con seis sílabas a la izquierda y otras seis a la derecha.

Si la traducción tuviera que reproducir todos los detalles de la estructura formal léxica, morfológica y sintáctica del texto, sería, en efecto, imposible. Pero la traducción no consiste en reproducir exactamente las estructuras formales de un texto —eso sería copiar el texto, no traducirlo—, sino en reproducir su contenido (y, en lo posible, su estilo).

§ 5. CONTENIDO DEL TEXTO.

1. Pero ¿cuál es el *contenido* de un texto? ¿Puede decirse que el *contenido* de un texto es su «significado»? ¿O diremos, más bien, que es su «sentido»? El *DRAE* define *sentido* equiparándolo, en sus acepciones 8.ª y 9.ª, a *significación* o *significado*: 8. «Significación cabal de una proposición o cláusula». 9. «Significado, o cada una de las distintas acepciones de las palabras». Y en las definiciones de *significación* y *significado* leemos: *Significación*: «sentido de una palabra o frase»; *Significado*: «significación o sentido de las palabras o frases». De modo que *sentido* se define como «significación» o «significado», y *significación* y *significado,* como «sentido». La definición de *significar* es algo más explícita; en su 2.ª acepción: «Ser una palabra o frase expresión o signo de una idea o de un pensamiento, o de una cosa material». Pero tampoco esta definición es totalmente esclarecedora.

2. Conviene tener en cuenta la conocida distinción, debida a Ferdinand de Saussure, entre *langue* y *parole* (*lengua* y *habla*). La *lengua* es el sistema de signos orales (y de sus equivalentes escritos) que una comunidad lingüística tiene a su disposición para expresarse y comunicarse. El *habla* es el uso que hacen de su lengua los miembros de la comunidad lingüística.

2.1. Los signos lingüísticos se componen, como es sabido, de *significante* y *significado*. El «significante» es el sonido o conjunto de sonidos que, en el lenguaje oral, producen la imagen acústica; es también «significante» la representación gráfica de dichos sonidos. El «significado» es el concepto, la imagen mental evocada por la audición o la lectura del significante.

2.2. La mayoría de los signos lingüísticos son polisémicos; es decir, tienen en la lengua varios significados. Pero se trata de significados potenciales, que sólo se actualizan en el habla. Normalmente, en el habla, que es como decir en los textos (pues todo acto de habla constituye un texto), sólo se actualiza cada vez uno de los significados que potencialmente tienen los signos lingüísticos.

2.3. Los signos lingüísticos de una lengua no suelen coincidir con los de otra en toda la serie de sus significados potenciales. No hay, por ejemplo, ninguna lengua románica ni germánica que pueda abarcar con una sola palabra toda la serie de significados potenciales que tiene la palabra española *cabo*; entre otros:

> 1) «extremo de una cosa», 2) «residuo de algunos objetos (p. ej. de una vela)», 3) «mango de una herramienta», 4) «hilo o hebra (en algunos oficios, p. ej. en el de zapatero)», 5) «lengua de tierra que se adentra en el mar», 6) «cuerda (entre marineros)», 7) «graduación militar inmediatamente superior a la del soldado raso», 8) en plural, «patas, morro, crin y cola de los caballos».

No es raro el hecho de que una sola palabra de una lengua incluya el significado de dos o más palabras de otra; la palabra española *río* incluye el significado de dos palabras francesas: *fleuve* («río que desemboca en el mar») y *rivière* («río que desemboca en otro río»). La palabra francesa *poisson* incluye el significado de dos palabras españolas: *pez* y *pescado*. Pueden multiplicarse los ejemplos en distintas lenguas: gr. τηθίς = lat. *amĭta* («tía paterna») y *matertĕra* («tía materna»); esp. *tiempo* = al. *Zeit* (ing. *time,* cron.) y *Wetter* (ing. *weather*, meteor.); esp. *cielo* = ing. *heaven* (rel.) y *sky* (firmamento); esp. *conciencia* = al. *Gewissen* (moral) y *Bewusstsein* (psicol.); fr. *archi-*

ves = ing. *archives* (hist.) y *records* (administr.); ing. *to land* = esp. *aterrizar* y *desembarcar*; ing. *to electrify* = esp. *electrificar* y *electrizar*; ing. *corner* = esp. *rincón* y *esquina*. Esto puede causar problemas en la traducción de textos concretos. En una obra escrita en francés sobre A. Machado se dice que «Les rivières, les fleuves, ou bien, spécifiquement le Douro suggèrent au poète des comparaisons...». La traductora, con muy buen acuerdo, incluye en una sola palabra, *ríos,* el significado de *rivières* y *fleuves*: «Los ríos, o, de manera específica, el Duero, sugieren al poeta comparaciones...». Estaría aquí fuera de lugar traducir, por ejemplo, «Los afluentes y los ríos principales...». Por su parte, el autor traduce al francés el siguiente pasaje de Machado:

> «El poeta es un pescador, no de peces, sino de pescados vivos».
> («Le poète est un pêcheur, non pas exactement un pêcheur de poissons, mais un pêcheur de poissons vivants»).

Si hubiera que retraducir estas palabras al español sin conocer el texto de Machado, sería difícil hacerlo coherentemente: «El poeta es un pescador, no exactamente un pescador de peces, sino un pescador de peces vivos». Los peces que se pescan suelen ser peces vivos, y el traductor español, como los lectores franceses del texto de Machado traducido a su lengua, difícilmente captaría el juego conceptual con los dos significados «pez» y «pescado».

2.4. Por estos y otros motivos, es claro que no pueden traducirse los significados de los signos lingüísticos en cuanto tales. Hablando con propiedad, no se traduce de lengua a lengua, sino de «habla» a «habla», es decir, de un texto a otro texto.

3. En el *contenido* de un texto hay que distinguir, con Eugenio Coseriu [1], el *significado,* la *designación* y el *sentido.*

3.1. El *significado* del texto es el contenido lingüístico actualizado en cada caso por el habla.

---

[1] «Lo erróneo y lo acertado en la teoría de la traducción», en *El hombre y su lenguaje,* págs. 220 s.

3.2. La *designación* es la referencia de los significados actualizados en el texto a las realidades extralingüísticas.

3.3. El *sentido* del texto es su contenido conceptual en la medida en que no coincide ni con el significado ni con la designación. Expresado quizá con más exactitud: es lo que el texto quiere decir, aunque esto no coincida con la designación ni con el significado (v. luego 6 y 7.1.).

4. Ya hemos visto (en 2.2.) la diferencia entre los *significados potenciales* de la lengua y los *significados actualizados* del texto.

5. La *designación* se hace siempre mediante significados actualizados, que pueden, para una misma designación, ser diferentes en las distintas lenguas. Coseriu (pág. 220 de la o. c.) pone el ejemplo siguiente: «El hecho de que en un río, en un lago o en el mar el agua sea poco profunda, de modo que se pueda estar de pie sin que le cubra a uno la cabeza, se puede designar en español por *Aquí se hace pie,* en alemán por *Hier kann man stehen* [«Aquí se puede estar de pie»], en italiano por *Qui si tocca* [«Aquí se toca»], es decir, por significados totalmente diferentes». En efecto, los únicos significados equivalentes en las tres lenguas son el del adverbio *aquí, hier, qui* y el del pronombre indefinido *se, man, si.* Pero *hacer pie, stehen können* [«poder estar de pie»] y *toccare* [«tocar»] son significados totalmente diversos.

5.1. También en una misma lengua puede designarse lo mismo mediante significados diferentes; por ej.:

> «La puerta está cerrada» / «La puerta no está abierta»;
> «César venció a Pompeyo» / «Pompeyo fue vencido por César»;

incluso mediante significados contrarios, como en el conocido ejemplo de Husserl:

> *El vencedor de Jena / El vencido de Waterloo,*

donde *vencedor* y *vencido* (significados opuestos) designan a la misma persona: *Napoleón.*

6. El *sentido* del refrán español *Poco a poco hila la vieja el copo* no coincide ni con los significados actualizados en el texto ni con la realidad extralingüística designada por ellos. Lo que se quiere expresar no es que «una mujer de edad avanzada está convirtiendo en hilo, sin prisa, una porción de lana», sino la idea general de que, «cuando alguien trabaja con perseverancia en una tarea proporcionada a sus fuerzas, aunque éstas sean pocas, acaba teniendo éxito». Los refranes son como metáforas complejas.

7. Así, pues, los significados actualizados en un texto se subordinan a la designación, y la designación, al sentido. Esto quiere decir que el traductor debe traducir ante todo el sentido; en segundo lugar, la designación, y, en último término, si es posible, también los significados.

7.1. Hay en francés un refrán que tiene el mismo sentido que el refrán español mencionado en 6.: *Petit à petit l'oiseau fait son nid.* Pero ni los significados [«trocito a trocito», «pájaro», «hacer», «nido»] ni la designación [la realidad extralingüística constituida por «un pájaro que aportando sucesivamente trocitos de materia construye su nido»] tienen nada en común con los significados y la designación del refrán español. Sin embargo, ambos refranes se traducen recíprocamente de manera irreprochable, porque el sentido de uno equivale plenamente al sentido del otro.

7.2. En el ejemplo de Coseriu citado en 5., cualquiera de las tres frases traduce adecuadamente a las otras dos, porque todas designan lo mismo y tienen el mismo sentido, aunque sus significados sean diversos.

8. Pero no siempre basta, para una traducción adecuada, reproducir el sentido y la designación del texto, sin tener en cuenta los significados. Serían traducciones inadecuadas la de *La porte est ouverte* por «La puerta no está cerrada», o la de *Le vaincu de Waterloo* por «El vencedor de Jena», aunque ambas conservarían exactamente la misma designación y posiblemente el mismo sentido del original. Como norma puede establecerse que *el traductor está obligado a conservar no sólo el sentido de un texto, sino su designación y tam-*

bién sus significados mientras la lengua terminal no le imponga equivalentes que prescindan de los significados y hasta de la designación (*nunca puede haber equivalentes que prescindan también del sentido*).

8.1. Los refranes, lo mismo que las construcciones del tipo de *Aquí se hace pie, Hier kann man stehen, Qui si tocca,* son, en cierto modo, unidades lingüísticas, signos lingüísticos como las palabras, aunque de mayor complejidad que éstas. Ahora bien, una lengua puede imponer, para traducir determinados signos lingüísticos de otra, términos cuyo significado es diferente: para traducir una de las acepciones del gr. θυρίς (que propiamente significa «puertecilla») el esp. impone la palabra «ventana» (derivada de «viento») como el ing. impone *window* (derivada de *wind*), mientras que el fr., el it. y el al. imponen respectivamente *fenêtre, finestra, Fenster,* derivadas del lat. *fenestra,* que designaba la misma realidad, pero cuyo verdadero significado se desconoce. En cambio, el portugués *janela* (del lat. vulg. *januella* «puertecita») tiene, junto con la misma designación, el mismo significado que la palabra griega.

8.2. Del mismo modo, el español impone *Aquí se hace pie* para traducir la expresión alemana *Hier kann man stehen,* y el refrán *Poco a poco hila la vieja el copo* para traducir el refrán francés *Petit à petit l'oiseau fait son nid.* Cuando no hay tales imposiciones de la lengua, el traductor debe buscar, en principio, no sólo la equivalencia del sentido y de la designación, sino también la de los significados.

§ 6. MODOS DE TRADUCIR.

1. Trataremos, por último, brevemente, la cuestión de cómo se debe traducir.

2. ¿Cuál es el mejor camino, el método más razonable, para llegar a una traducción satisfactoria? Friedrich Schleiermacher, en el ensayo a que antes aludí, contesta con la fórmula ya entonces bien conocida, y divulgada más tarde entre nosotros por Ortega: «A mi juicio —dice

Schleiermacher—, sólo hay dos [caminos]. O bien [el traductor] deja al escritor lo más tranquilo posible y hace que el lector vaya a su encuentro, o bien deja lo más tranquilo posible al lector y hace que vaya a su encuentro el escritor». Por el primer camino —piensa Schleiermacher—, el traductor intentaría comunicar a sus lectores la misma impresión que él, forastero en la lengua del autor, ha recibido al leer el texto original; por el segundo, trataría de presentar la obra a sus lectores como si el autor la hubiera escrito en la lengua de éstos.

3. El primer camino, que consiste en ajustar lo más posible a las construcciones del original el texto de la lengua terminal, puede ser una fuente de enriquecimiento para ésta. Por el camino inverso se aspira a conseguir la «equivalencia funcional» de ambos textos, el original y el que resulta de la traducción. La «equivalencia funcional» consiste en que el nuevo texto produzca en sus lectores el efecto más aproximado al que se supone que el texto de la lengua original ha producido o produce en los lectores nativos. Schleiermacher se inclina, con ciertas limitaciones, por el primer camino. Ortega, queriendo seguir al teórico alemán, va más lejos que éste. Según Ortega, al seguir el camino opuesto, el que deja tranquilo al lector de la traducción y hace que el autor del original salga a su encuentro, «traducimos en un sentido impropio de la palabra: hacemos, en rigor, una imitación o una paráfrasis del texto original. Sólo cuando arrancamos al lector de sus hábitos lingüísticos y le obligamos a moverse dentro de los del autor, hay propiamente traducción. Hasta ahora —concluye— casi no se han hecho más que seudotraducciones».

4. Otros teóricos de la traducción, que han ejercido la contemplación pura sin descender a la práctica del arte de traducir, han llegado a conclusiones semejantes a las de Schleiermacher. Pero los traductores, especialmente los traductores de obras literarias, siguen, en general, el camino opuesto, el método que procura, en lo posible, hacer olvidar al lector que se halla ante un producto extraño a su propia lengua.

5. La cuestión de si la traducción debe, o no, leerse como un original ha sido ampliamente debatida. Fue notable la discusión que sos-

tuvieron sobre el tema, hace ya más de cien años, dos profesores ingleses, Mathew Arnold y Francis W. Newman. Arnold, poeta lírico, publicó en 1861 un ensayo titulado *On translating Homer* («Sobre la traducción de Homero») en que rechazaba la traducción del gran épico griego por Fr. W. Newman. Éste le contestó el mismo año en su *Homeric Translation in Theory and Practice,* al que replicó Arnold en 1862 con un nuevo ensayo. Arnold sostenía que una traducción debe producir en sus lectores el mismo efecto que el original en los suyos (en el caso de Homero, el mismo efecto que podemos suponer en sus oyentes); es decir, defendía el principio de la «equivalencia funcional». Le parecía bien que el traductor renuncie a la exactitud literal para conseguir una impresión viva. Fr. W. Newman, en cambio, defendía la exactitud literal; sostenía que una traducción debe reconocerse como traducción, no debe aspirar a parecer un texto original.

5.1. «La hermosa discusión Newman-Arnold —comenta Jorge Luis Borges—, más importante que sus dos interlocutores, razonó extensamente las dos maneras básicas de traducir. Newman vindicó en ella el modo literal, la retención de todas las singularidades verbales; Arnold, la severa eliminación de los detalles que distraen o detienen, la subordinación del siempre irregular Homero de cada línea al Homero esencial o convencional, hecho de llaneza sintáctica, de llaneza de ideas, de rapidez que fluye, de altura. Esta conducta [la defendida por Arnold] puede suministrar los agrados de la uniformidad y la gravedad; aquélla [la seguida por Newman], de los continuos y pequeños asombros»[2].

6. Pero, cualquiera que sea la postura teórica que se adopte, la traducción real suele ser una especie de transacción, con mayor o menor predominio de uno de los dos métodos, rara vez seguidos de manera exclusiva.

---

[2] «Las versiones homéricas», en *Discusión*, Buenos Aires, Emecé, 1957, págs. 108-9.

6.1. Si un traductor quisiera ajustar lo más posible el texto producido por él al texto original, no sólo tendría que traducir el sentido y las designaciones, sino también los significados. Para traducir al español una frase francesa tan trivial como *j'ai mal à la tête,* habría que decir «yo tengo mal a la cabeza», en vez de «me duele la cabeza», y el equivalente de traducción de la frase inglesa *Two heads are better than one* sería «Dos cabezas son mejor que una», en vez de «Más ven cuatro ojos que dos». No suele haber traductores que lleguen a tanto.

6.2. Por otra parte, la «equivalencia funcional», por más que se siga el camino inverso, puede resultar imposible. Piénsese en la traducción de una novela costumbrista japonesa. Al lector nativo le parecerán totalmente naturales muchas de las situaciones o conductas reflejadas en la novela, y le serán, probablemente, familiares los nombres propios que aparezcan en ella. Al lector de la misma novela traducida al español las mismas actitudes le resultarán sorprendentes, incluso chocantes, y los nombres propios le producirán una impresión extraña.

6.3. Sin ir tan lejos, en una novela inglesa puede aparecer un padre absolutamente honesto y ejemplar que, al regreso de un viaje, saluda a su hija besándola en la boca. Esta escena no le produce al lector inglés ninguna extrañeza. Al lector español que no conozca las costumbres británicas le resultará chocante. ¿Cómo lograr en casos como éstos la «equivalencia funcional»? ¿Debe el traductor sustituir la representación de la realidad inglesa por otra que parezca natural a los lectores de lengua española? Alguien ha propuesto como traducción de *He kissed his daughter on her mouth* «Besó tiernamente a su hija». ¿Es lícita una traducción semejante? Si se busca a toda costa la «equivalencia funcional», sí. Pero esta sustitución empobrece en cierto modo el mensaje para los lectores de lengua española. ¿Y qué hacer con la novela costumbrista japonesa? ¿Deben conservarse en la traducción las situaciones y los comportamientos chocantes para un lector europeo, y la extrañeza de los nombres propios? En tal caso, no habrá «equivalencia funcional». Pero, si se sustituyen las situaciones, los comportamientos, los nombres propios japoneses por situaciones, comportamientos y nombres propios familiares para los lectores de la traducción, se puede llegar a cambiar tanto la novela que resulte «otra», no «la misma» en lengua diferente. Será entonces una imitación; no será ya una traducción.

7. A mi juicio, el problema de cómo debe traducirse lo plantean con claridad y lo resuelven correctamente los teóricos de la traducción Charles R. Taber y Eugene A. Nida, ya mencionados: «La enorme disparidad entre las estructuras superficiales de dos lenguas sirve de base al dilema tradicional de la traducción: según este dilema, la traducción o es fiel al original y desaliñada en la lengua receptora, o tiene buen estilo en la lengua receptora y entonces es infiel al original. Ahora bien [...] debe ser posible hacer una traducción que sea al mismo tiempo fiel y de estilo aceptable. Afirmamos incluso que una traducción que no tenga en la lengua receptora un estilo tan correcto como el texto original [...] no puede ser fiel» (pág. 31 de la obra citada en el § 2.). Un año antes de la aparición de esta obra, en la pág. XXVII del prólogo a mi edición trilingüe de la *Metafísica* de Aristóteles (publicada en 1970), creo haber dicho lo mismo más concisamente: «La regla de oro para toda traducción es, a mi juicio, *decir todo* lo que dice el original, *no decir nada* que el original no diga, y *decirlo todo con la corrección y naturalidad* que permita la lengua a la que se traduce». Las dos primeras normas compendian y exigen la fidelidad absoluta al contenido; la tercera autoriza la libertad necesaria en cuanto al estilo. La dificultad reside en aplicar las tres al mismo tiempo. Quien sepa hacerlo merecerá con toda justicia el título de traductor excelente.

II. FACTORES QUE INTERVIENEN EN LA TRADUCCIÓN

§ 7. ESQUEMA DE LA TRADUCCIÓN COMO PROCESO.

1. Si queremos incluir en nuestro concepto de la traducción no sólo los factores que la constituyen sino también los que de algún modo, más o menos directo, intervienen en ella, podemos establecer el siguiente esquema:

$$
\begin{array}{c}
\llcorner\cdots\cdots\cdots\cdots\cdots\cdots\cdots\cdots\cdots\cdots\cdots\cdots\cdots\cdots\cdots\cdots\cdots\cdots \\
R \rightarrow C \mathbin{\vert} E \rightarrow LO \rightarrow TLO\ (=R')\ C' \mathbin{\vert} E' \rightarrow LT \rightarrow TLT\ (=R'')\ C'' \dots \\
\ulcorner\cdots\cdots\cdots\cdots\cdots\cdots\cdots\cdots\cdots\cdots\cdots\cdots\cdots\cdots\cdots\cdots\cdots
\end{array}
$$

R = realidad	TLO = texto de la LO
C = comprensión	LT = lengua terminal
E = expresión	TLT = texto de la LT.
LO = lengua original	

1.1. Las líneas horizontales discontinuas, entre las que se hallan las siglas, representan el canal de comunicación. La discontinuidad de los trazos significa que la amplitud de este canal puede variar en cada uno de sus tramos, de acuerdo con la capacidad de los sujetos de C/E o de C'/E', y aun con las características de la LO y de la LT.

1.2. Las flechas indican la sucesión de los factores que intervienen en el proceso. La dirección en que éste se desarrolla se señala en el esquema arbitrariamente, de acuerdo con el rumbo de la lectura, de izquierda a derecha, en las lenguas indoeuropeas. Igualmente válido sería, desde la perspectiva sugerida por lenguas que se leen de derecha a izquierda, como el hebreo o el árabe, invertir el orden de las siglas del modelo y la dirección de las flechas, poniendo la sigla equivalente a R en el extremo derecho, y la equivalente a C" en el izquierdo; o bien disponer el modelo verticalmente, poniendo en el extremo superior la sigla equivalente a R y en el inferior la equivalente a C", con las flechas apuntando hacia abajo, de acuerdo con la dirección de la lectura, por ejemplo, en la mayoría de los textos japoneses.

1.3. Las líneas verticales, formadas de puntos, representan algo así como vallados más o menos traspasables que se oponen al desarrollo del proceso.

1.4. En su extremo izquierdo, las líneas horizontales se abren perpendicularmente, queriendo representar que, siendo limitada la amplitud del canal comunicativo, el ámbito de la realidad es ilimitado. La realidad, en efecto, está constituida por el universo, del que también forma parte el hombre. Pero el hombre sólo puede captar la realidad parcialmente, en la medida en que es capaz de percibirla por los sentidos o penetrar en ella con su inteligencia. Explicar cómo se produce el proceso de captación de la realidad por el hombre es la gran empresa de la teoría del conocimiento. Aquí damos por supuesto que el hombre percibe por los sentidos y penetra con su inteligencia algunas parcelas de esa realidad, que lo incluye a él mismo.

1.5. La flecha que parte de R significa que la realidad emite estímulos sensoriales hacia el hombre. La línea vertical de puntos indica que no todos esos estímulos llegan a cada hombre. Los que traspasan ese primer vallado provocan la comprensión humana, siempre parcial, fragmentaria, de la realidad; comprensión representada por C. Esta comprensión tiene amplitud diversa según la capacidad receptora de cada hombre.

1.6. Entre C y E, es decir, entre la comprensión de R y su expresión por el hombre hay otra línea vertical de puntos, que representa un nuevo vallado. Damos por supuesto que todo hombre capaz de *comprender* es también capaz de *expresar* de algún modo lo comprendido. Si alguien comprendiera pero fuese totalmente incapaz de expresarse, sería *radicalmente idiota,* idiota en el sentido etimológico de la palabra, derivada del gr. ἰδιώτης «hombre privado, particular, apartado de los demás, ensimismado». Los otros hombres no podrían saber siquiera si tal hombre comprendía algo. Partimos, pues, de que todo hombre que comprende es capaz de expresar al menos parte de lo comprendido. Y el medio más eficaz para expresarlo, el instrumento expresivo por excelencia, es *el lenguaje.*

2. Por lenguaje puede entenderse, en general, la facultad humana de expresarse. Es lenguaje cualquier sistema que sirva para ejercer dicha facultad. Hay *lenguajes visuales,* como los códigos de señales, de banderas, de luces, lenguajes gestuales, etc.; hay incluso *lenguajes táctiles,* y hasta puede pensarse en *lenguajes olfativos.* Pero el lenguaje por antonomasia, pues lenguaje procede de lengua, es el *lenguaje auditivo,* formado por sonidos que producen y articulan los órganos de la fonación, el más importante de los cuales es precisamente *la lengua.* Se llama también *oral* (del lat. *ōs, ōris* «boca») porque la articulación de los sonidos que lo constituyen se realiza sobre todo en la boca, y lenguaje *hablado,* porque corresponde a la facultad de hablar, es decir de comunicarse por medio de palabras.

2.1. Todo el que se expresa utilizando el lenguaje hablado lo hace mediante una lengua determinada. Por *lengua* entendemos aquí un sistema de signos orales usado por una comunidad humana para comunicarse y expresarse.

2.2. El lingüista suizo Ferdinand de Saussure (1857-1913), en su célebre *Cours de linguistique générale,* que es en gran medida la base de despegue de la lingüística moderna[1], vitalizó la distinción entre *langue* (lengua) y *parole* (habla). Según él, la *lengua,* que no debe confundirse con el lenguaje, «es a la vez un producto social de la facultad del lenguaje y un conjunto de convenciones necesarias adop-

---

[1] El *Cours* es obra póstuma. Lo publicaron en 1916, basándose en apuntes de clase, Charles Bally y Albert Sechehaye, discípulos del maestro ginebrino, con la colaboración de Albert Riedlinger. En español apareció en 1945 (Buenos Aires, Losada), traducido, prologado y anotado por Amado Alonso.

tadas por el cuerpo social para permitir el ejercicio de esa facultad en los individuos» (pág. 51 de la trad. esp.). Es «la suma de las imágenes verbales almacenadas en todos los individuos» de una comunidad lingüística. Es también

> «un sistema gramatical virtualmente existente en cada cerebro, o, más exactamente, en los cerebros de un conjunto de individuos, pues la lengua no está completa en ninguno, no existe perfectamente más que en la masa» *(Ibid.,* pág. 57).
> «La lengua es el conjunto de los hábitos lingüísticos que permiten a un sujeto comprender y hacerse comprender» *(Ibid.,* página 144).

2.3. Conviene observar ya aquí que se hablan actualmente en el mundo entre cuatro y cinco mil lenguas; es decir, que los hombres se hallan agrupados en más de 4.000 comunidades, cuyas lenguas constituyen en cada caso *un vínculo* entre los miembros de cada comunidad y, al mismo tiempo, *una barrera* que separa a sus miembros de los demás hombres. *La traducción* es, como veremos, *un puente* que permite la comunicación entre comunidades separadas por barreras lingüísticas.

2.4. El *habla,* por su parte, es el ejercicio individual de la facultad del lenguaje utilizando el sistema de signos que constituyen la lengua. El habla es una función del sujeto hablante,

> «un acto individual de voluntad y de inteligencia, en el cual conviene distinguir: 1.°, las combinaciones por las que el sujeto hablante utiliza el código de la lengua con miras a expresar su pensamiento personal; 2.°, el mecanismo psicofísico que le permite exteriorizar esas combinaciones» *(Ibid.,* pág. 57).

3. La expresión humana mediante el lenguaje oral implica siempre el uso de una *lengua* y constituye siempre una manifestación del *habla.* Y el producto del habla es siempre un *texto.* Este término, derivado del lat. *textum,* significa propiamente «tejido» y alude a la red de relaciones que se cruzan, como los hilos de la trama y la urdimbre de una tela, entre los elementos del texto. No afecta a la esencia de

éste el ser más o menos extenso. Un texto puede ser una sola frase, y puede ser un libro entero. (Puede aplicarse al texto lo que Aristóteles, *Poética* 1457 a 23-30 dice del *lógos,* cuya mejor traducción en este pasaje es, a mi juicio, «enunciación» o «enunciado»[2]. Aristóteles ve una enunciación en «Cleón camina», y otra en toda la *Ilíada.* Coinciden con Aristóteles los lingüistas de la escuela de Praga al decir que «la extensión de la enunciación puede ser muy variada. Algunas veces la enunciación consiste en una sola palabra [las frases formadas por una sola palabra, a las que A. Sechehaye da el nombre de «monorremas»]..., pero puede serlo una novela de 600 páginas o un tratado de la misma extensión». Skalička, cit. por F. Lázaro Carreter, *Diccionario de términos filológicos, s. v.* ENUNCIACIÓN).

4. Antes de seguir adelante, es preciso establecer aquí una distinción fundamental para la teoría de la traducción. El habla, en su forma directa, se realiza por medio de *sonidos articulados;* es, primariamente, de *naturaleza oral.* Esto mismo se aplica al texto, producto del habla.

5. Pero en un estadio avanzado de la cultura humana aparece la escritura, y el habla empieza a realizarse también por escrito. A partir de entonces, los textos orales pueden llegar a escribirse, pueden incluso nacer directamente en forma escrita. Sabemos que el habla escrita es de naturaleza secundaria, y, al menos en principio, representante de la oral, que es la verdaderamente viva, la que directamente expresa las experiencias humanas. Pero el habla escrita ha ido cobrando tal importancia, que hoy es, en muchos aspectos, muy superior a la oral; entre otras, por las razones siguientes:

1.ª El dicho «las palabras se las lleva el viento» se aplica a las pronunciadas pero no escritas, cuya duración física se limita al tiempo en que los órganos de la fonación hacen vibrar el aire. Los latinos expresaban esta verdad en la sentencia *Verba volant, scripta manent,* «las palabras vuelan, lo escrito permanece».

---

[2] Véase la nota 293 de mi edición trilingüe de esta obra.

2.ª Este carácter fugaz de la palabra oral impide normalmente retener en la memoria, sin gran esfuerzo y sin alteraciones, un texto de extensión considerable.

3.ª Gracias a que lo escrito permanece, nos es asequible en parte lo expresado por hombres desaparecidos hace ya siglos y hasta milenios.

4.ª Hay manifestaciones del habla que no podrían realizarse, o se realizarían muy imperfectamente, sin la ayuda de la escritura. Por ejemplo, los textos destinados a ser pronunciados en público, pero que se escriben al estructurarlos, o incluso para ser leídos.

5.ª La limitación de la capacidad retentiva de las palabras habladas impide normalmente conservar en la memoria un texto muy largo. Y esto afecta no sólo a lo dicho por otros, sino también a lo que dice uno mismo. Sin la escritura, sería normalmente imposible para un autor original, en un momento avanzado de la composición de su obra, recordar en todos sus detalles la construcción ya realizada y ajustar a ella el resto del texto.

6.ª Es cierto que los procedimientos actuales de grabación del sonido, sobre todo cuando se asocian a la grabación de la imagen, permiten conservar la palabra en cierto modo viva, con calidades que se pierden en la escritura tradicional. Pero aun en el caso, muy probable, de que los medios audiovisuales se perfeccionen mucho, no llegarán a eliminar la escritura, que seguirá siendo necesaria, incluso para preparar los textos que han de grabarse.

7.ª Por lo demás, la grabación es otra clase de escritura, quizá más perfecta, pero menos útil que la tradicional: en las condiciones técnicas actuales, el libro es más accesible y manejable que el disco y que la banda sonora. Y es sumamente improbable que lleguen a grabarse algún día todos los escritos heredados del pasado.

6. Pues bien, el trabajar sobre textos escritos o sobre textos orales constituye la diferencia radical entre la actividad del traductor y la del intérprete, entre la *traducción* y la *interpretación*.

7. No podemos referir ahora la complicada historia de los varios términos usados desde la antigüedad para designar y distinguir estas

dos actividades. Carecemos en español de un término simple que las comprenda a ambas. En alemán se ha implantado recientemente, por iniciativa de la sección de «Lingüística teórica y aplicada» *(Theoretische und angewandte Sprachwissenschaft)* de la Universidad Karl Marx de Leipzig, el término genérico *Translation* para designar conjuntamente el «traducir» *(das Übersetzen)* y el «interpretar» *(das Dolmetschen)* [3]. Para los alemanes era relativamente fácil aceptar el nuevo uso de esta palabra de origen latino *(translatio),* pues su lengua dispone de otra, *Übertragung,* sin duda calcada sobre la latina, pero que puede suplir ventajosamente a *Translation* como sinónimo de *Übersetzung* («traducción»). En español, varias razones harían difícil que *traslación* asumiera el nuevo significado genérico de «comunicación interlingüística»: 1.ª esta palabra está perfectamente integrada en la lengua, de la que forma parte por herencia directa del latín; 2.ª ya en latín tardío aparece *translatio* con el significado de «traducción» [4]. Su derivado esp. *traslación* ha conservado este significado desde la Edad Media hasta nuestros días. (El *DUE* de María Moliner no recoge esta acepción, que en el *DRAE* figura en cuarto lugar como «traducción a una lengua distinta»). Es indudable que *traslación* ha perdido y sigue perdiendo terreno frente a *traducción;* pero se mantiene aún en uso. 3.ª Probablemente el retroceso de *traslación* como sinónimo de *traducción* se debe a la vigencia cada vez mayor de esta última palabra desde mediados del s. XV: hoy, según el *DRAE,* excepto cuando se usa como término técnico de retórica, *traducción* se refiere siempre a la *comunicación interlingüística; traslación,* en cambio, además de la 4.ª acepción, ya mencionada, tiene otras seis o siete; algunas, de uso frecuente.

---

[3] Cfr. Wolfram Wilss, *Übersetzungswissenschaft. Probleme und Methoden.* Stuttgart, Klett, 1977, pág. 14.

[4] En la célebre epístola *Ad Pammachium de optimo genere interpretandi,* «A Pamaquio sobre la mejor manera de traducir»; ed. bilingüe, lat. esp., en *Cartas de San Jerónimo.* Introd., versión y notas por Daniel Ruiz Bueno, Madrid, B. A. C., 1962, I, 486-504, *translatio* («traducción») aparece 11 veces, y el nombre de agente *translator* («traductor»), 3 veces.

8. En este libro distinguiremos la traducción escrita de la oral llamando a la primera simplemente *traducción,* y a la segunda, *interpretación.*

9. Los conceptos de «lengua original» (LO) y «lengua terminal» o «lengua de la traducción» (LT) son relativos. Es LO la lengua *de la que* se traduce, y LT, la lengua *a la que* se traduce. Pero una misma lengua puede ser simultáneamente LO y LT con relación a otra; por ejemplo, el inglés es LO para la traducción al español de las obras de Shakespeare, y LT, para la traducción inglesa de las obras de Cervantes. Entre ambas lenguas hay en este aspecto una relación recíproca. En ciertos casos la relación LO/LT se establece sólo en un sentido; por ejemplo cuando se traduce la Biblia a lenguas de pueblos primitivos, que a veces ni siquiera conocen la escritura. (Un ejemplo histórico es la traducción a un dialecto eslavo, hecha por San Cirilo —llamado también Constantino el Filósofo—, de un *Evangeliarium,* después de establecer él mismo un alfabeto adecuado). Pero esta situación, al menos en teoría, es provisional. Puede cambiar tan pronto como en la lengua recién alfabetizada se produzcan textos escritos.

9.1. Por otra parte, se dan casos en que una lengua sólo indirectamente es original con relación a otra. Es sabido que no siempre toman los traductores como punto de partida el texto de la verdadera LO, sino que parten del texto previamente traducido a otra lengua más asequible para ellos. Este texto traducido hace las veces de original, pues de él procede la nueva traducción. Pero aquí la originalidad es de segundo grado. Hay traducciones históricas hechas sobre textos que habían bajado en la escala de la originalidad tres o cuatro peldaños. La primera traducción latina conocida de la *Poética* de Aristóteles fue redactada en España a mediados del siglo XIII por Hermán Alemán, uno de los traductores más ilustres de la Escuela de Toledo en su segundo período. Hermán Alemán no se basó en un texto griego, sino en la versión arábiga abreviada del filósofo hispano-árabe Averroes, basada a su vez en la traducción árabe del cristiano nestoriano Abú Baschar (Abū Bišr), que tampoco había tomado como punto de partida un original griego, sino una traducción siríaca[5]. Como observa Theodore H. Savory en *The Art of Translation,* London, 1957, pág. 38, «cuando un escritor del siglo xii se refiere a un escritor como Aristóteles, puede, en realidad, estar pensando en una traducción latina de una traducción árabe de una traducción siríaca de una traducción del griego». Y dos págs. después, al relatar cómo el francés Amyot sirvió al inglés North para su traducción de Plutarco, lo cual no fue, ni mucho menos, un caso aislado, añade: «Tucídides, ciertamente, escribió su historia en griego, Laurentius Vallon [Lorenzo Valla] la puso en latín, Claude Seyssel en francés, y Thomas Nichols en inglés. Es sólo un ejemplo de una cadena lingüística; podrían aducirse montones». Esta clase de traducciones, sin ser ideal, puede ser útil, por ejemplo cuando en una comunidad lingüística no hay nadie que conozca bien la lengua verdaderamente original. A veces tales traducciones pueden ser incluso necesarias, cuando un texto primitivo sólo se conserva traducido. Lo inadmisible en todo caso es que un traductor afirme haber traducido el texto original cuando su traducción procede de otra lengua más accesible[6].

10. El TLO es igual a R'; es decir, constituye una realidad de segundo grado, derivada de R, que es la realidad auténtica. Y así como C, la comprensión realizada por el autor del TLO, se ejerce directamente sobre R, la comprensión del lector actúa sobre R', que es sólo un reflejo de R. Pero esta comprensión secundaria, derivada, puede descubrirle al lector del TLO aspectos que en su contemplación personal de R —suponiendo que esta contemplación haya existido— le habían pasado inadvertidos. En esto radica el valor de la lectura, que no puede sustituir, pero sí complementar, la observación directa de la realidad.

11. La línea vertical de puntos antepuesta a C' indica la conclusión del proceso desarrollado por el autor hasta llegar a la terminación del TLO. La existencia de éste es independiente de que llegue a

---

[5] Vid. mi ed. trilingüe de la citada obra de Aristóteles, pág. 34.

[6] Este proceder ha sido frecuente entre nosotros, y, lamentablemente, todavía sigue cometiéndose el fraude. En la *Introducción* a mi citada edición trilingüe de la *Poética* de Aristóteles, págs. 115-121, pongo de manifiesto uno.

tener lectores, de que sea o no comprendido. Pero, incluso en el caso extremo de que un autor escribiera sólo para sí, como puede suceder al redactar un diario íntimo, el texto producido tendría al menos un lector, que sería el autor mismo. (No sucede igual cuando, en una obra que se imprime para multiplicar el número de ejemplares y, por consiguiente, el de lectores, el narrador afirma que sólo escribe para sí, como en la *Chronik der Sperlingsgasse,* de Raabe, o en la *Comedia sentimental,* de Ricardo León[7]. Pero, si prescindimos de este caso límite, existe la posibilidad de que un texto concluido tarde en publicarse o no se publique nunca, sin que nadie, fuera del autor, llegue a conocer el manuscrito). La actividad del autor con relación al texto habría terminado en el momento de concluirlo.

11.1. Lo normal es, sin embargo, que un texto escrito para ser publicado llegue a un número mayor o menor de lectores y sea, en mayor o menor medida, comprendido por ellos. La comprensión de los lectores, C', sí clausura el proceso iniciado en C, y más propiamente en E, es decir, en la comprensión y expresión de R por el autor.

11.2. La línea vertical que sigue a C' es también discontinua, formada de puntos separados, como las tres anteriores, para indicar que la clausura de aquel proceso no es impermeable. Así como a C sigue normalmente E, también a C' seguirá normalmente E', es decir, un nuevo proceso expresivo, que puede realizarse de varios modos:

1.º) Uno o varios lectores del TLO tenderán a comunicar a otras personas, que pueden conocer o no el TLO, lo que ellos han comprendido de éste. Esta comunicación puede quedar en el nivel de la conversación ordinaria, o elevarse a la categoría del comentario científico; puede tener como destinatarios a miembros de la comunidad lingüística que usa como propia la lengua del texto, o a miembros de otras comunidades lingüísticas. En ambos casos se tratará de paráfrasis, más o menos extensas, del TLO. Mientras se trate de un comentario parafrástico, aunque vaya dirigido a miembros de una co-

---

[7] Vid. W. Kayser, *Interpretación y análisis de la obra literaria,* 4.ª ed. revisada, pág. 266.

munidad lingüística desconocedora de la LO, no se le puede dar el nombre de traducción, por mucha altura científica que alcance la paráfrasis. El comentario parafrástico puede producirse incluso sin conocer la LO. (Hay comentarios célebres de grandes obras que no nacieron de la lectura y comprensión directa del TLO, sino del estudio de una o varias traducciones. Tal fue el origen de muchos comentarios latinos de obras de Aristóteles escritos por escolásticos medievales, por ejemplo los de Tomás de Aquino, que, como casi todos los filósofos de su época, desconocía el griego).

2.º) Uno o varios lectores del TLO pueden sentir, con relación a miembros de otra u otras comunidades lingüísticas cuya lengua conocen, el deseo de comunicarles *con la mayor exactitud posible* el contenido del TLO. Si dan satisfacción a este deseo, se inicia en E' el proceso de la traducción. En este segundo caso, pueden darse dos supuestos: a) el sujeto o los sujetos de E' pueden pertenecer a la comunidad lingüística del autor del TLO, o bien, b) a la comunidad lingüística a la que se destina la traducción. (Este segundo supuesto es el más favorable para la calidad de la traducción).

11.3. Hemos dicho que con E' se inicia la traducción. Pero debemos aclarar ya aquí cierta ambigüedad inherente a este término. La traducción puede entenderse como *proceso* o como *resultado,* o, usando la célebre pareja terminológica que Humboldt aplicó a la lengua, como *enérgeia* y como *érgon.* En nuestro esquema, E' se refiere al proceso, a la *enérgeia,* que a través de la LT culmina en el TLT, que es el *érgon,* el *resultado.* El tramo del esquema que comprende E', LT y TLT es teóricamente la repetición, en otra fase, del tramo que comprende E, LO y TLO. Y así como el TLO era = R', el TLT es = R", que representa una R de tercer grado. Entre el TLO y el TLT hay, junto a otras diferencias que no podemos analizar ahora, una que sí debe consignarse aquí: la existencia de un TLT presupone la lectura y comprensión del TLO del que procede. En cambio, nada le garantiza al TLT la misma fortuna. El obstáculo representado en nuestro esquema por la línea vertical de puntos que sigue a R" puede no llegar a ser franqueado. Tal sucede, por ejemplo, cuando el TLT ni siquiera llega a publicarse. En tal caso, C", que es la meta natural de la traducción como proceso y como resultado, no llegará a producirse o se producirá sólo en un número de lectores muy limitado. (Hoy no suele emprenderse una traducción sin la seguridad de que va a ser publicada. Sucede a veces, sin embargo, que no llegan a imprimirse, por diversos motivos, traducciones bien hechas. Probablemente no hay en la historia de la traducción en España, ni quizá en el mundo, caso más triste que el de Vicente Mariner de Alagón, «portento de fecundidad intelectual y que es entre los filólogos y humanistas lo que el Tostado entre los teólogos y el gran Lope de Vega entre los poetas», según Menéndez Pelayo, *Biblioteca de Traductores Españoles,* vol. III, pág. 21. Aparte de haber escrito más de 350.000 (trescientos cincuenta mil) versos griegos y latinos y 800 (ochocientos) epigramas, tradujo tal cantidad de obras griegas al latín y al castellano que, según declaración propia, llenó «más de 360 manos de papel con letra muy menuda y apretada»[8], es decir, más de 140.000 páginas, que darían cerca de quinientos libros de trescientas cada uno. Pero la mala fortuna de Mariner hizo que de tan asombrosa producción sólo una parte mínima llegara a imprimirse. Y será difícil que la gran masa inédita deje alguna vez de serlo).

12. Hasta aquí hemos considerado los factores que intervienen en la traducción como si fueran entidades simples. Pero, en realidad, todos ellos son notablemente complejos. Si queremos penetrar en la naturaleza del conjunto que constituyen, hemos de analizarlos hasta donde nos sea posible.

12.1. Dije antes que la traducción se inicia propiamente con la operación cifrada con E' en nuestro esquema. Pero esta operación no puede emprenderse con éxito sin la realización previa de C'. Ambas operaciones, en cuanto fases del proceso, tienen como sujeto al traductor.

12.2. C' representa la comprensión del TLO. El traductor que se limita a desarrollar su actividad empíricamente, se contenta con un

---

[8] Vid. J. Cejador y Frauca, *Historia de la lengua castellana,* vol. V, pág. 42.

conocimiento intuitivo del TLO. La intuición es la percepción o inte-
lección instantánea y global, sin ayuda del razonamiento. Gracias a
ella pueden alcanzarse a veces, también en el campo de la traducción,
sobre todo en el de la traducción literaria, éxitos sorprendentes.
Grandes críticos literarios han reconocido y realzado la eficacia de
este procedimiento cognoscitivo, especialmente en los dominios de la
poesía. Dámaso Alonso ha dicho que «todo intento de apoderarse de
la unicidad de la criatura literaria, es decir, del poema, ha de empezar
por la intuición y ha de rematar en la intuición también»[9]. El traductor necesita constantemente la intuición, y la necesita sobre todo en la
parte de su trabajo que consiste en comprender el TLO. Esta fase de
la tarea del traductor tiene gran parecido con la actividad del filólogo
o la del crítico literario cuando se esfuerzan por llegar al conocimiento profundo de un texto. Pero la intuición no es, o puede no ser suficiente. En todo caso, ni el filólogo, ni el crítico literario, ni el traductor pueden contentarse con el conocimiento intuitivo cuando es
posible penetrar también en su objeto por el análisis, por el conocimiento científico. Ya Aristóteles reconoció que «para la vida práctica, la experiencia no parece ser en nada inferior al arte [por «arte»
τέχνη entiende el Filósofo el conocimiento teórico], sino que incluso
tienen más éxito los expertos [es decir, los que tienen experiencia]
que los que, sin experiencia, poseen el conocimiento teórico»; pues,
«si alguien tiene, sin la experiencia, el conocimiento teórico [...] erra-
rá muchas veces [...]». Sin embargo, «consideramos más sabios a los
conocedores del arte que a los [simples] expertos [...] porque unos [e.
d., los conocedores del arte] saben la causa, y los otros [los simplemente expertos] no. Pues los expertos saben el qué, mas no el porqué.
Aquéllos, en cambio, conocen el porqué y la causa» *(Met.* I, 981a 13-
30). La teoría de la traducción no debiera desvincularse nunca de la
práctica; pero tampoco la práctica de los traductores debiera prescindir de la teoría.

---

[9] *Poesía española. Ensayo de métodos y límites estilísticos,* 5.ª ed., pág. 594.

12.3. En los últimos decenios, la lingüística se ha ocupado activamente de los problemas de la traducción. Si todavía por los años cincuenta era cierto que apenas se había prestado atención científica a esta vertiente de la comunicación interlingüística, hoy la bibliografía en varias lenguas sobre el tema comienza a ser inabarcable. Existen ya incluso obras exclusivamente bibliográficas sobre la traducción, como la de Bausch/Klegraf/Wills (1970-1972) y la de H. van Hoof (1972). Hay revistas donde se tratan habitualmente temas y problemas de interés para los traductores. No pueden éstos permanecer de espaldas a este gran movimiento científico, practicando su oficio o su arte como se practicaba desde hace más de dos milenios. En muchas naciones se han creado después de la última guerra mundial centros docentes destinados a formar traductores de altura universitaria. (El Instituto Universitario de Lenguas Modernas y Traductores, que funciona en Madrid desde 1974, adscrito a la Facultad de Filología de la Universidad Complutense, sólo admite, en principio, alumnos con el título de Licenciado u otro equivalente). En todas partes se ha llegado a la convicción de que no basta dar a los alumnos una formación puramente práctica. El futuro traductor debe llegar a comprender teóricamente los muchos y a veces muy complejos problemas que se plantean al comparar expresiones de las dos lenguas que se enfrentan en la traducción. Hoy nadie pretende negar que los avances de la lingüística moderna son puntos de apoyo muy útiles para la comprensión teórica del proceso de la traducción.

12.4. Por otra parte, se está igualmente de acuerdo en que la teoría no debe ser un estorbo para la adquisición del conocimiento práctico de las lenguas necesarias para el traductor y de la estrategia útil para la traducción. La teoría y la práctica deben ir siempre juntas y apoyándose mutuamente. «En realidad —escribió Ortega y Gasset hace ya más de medio siglo—no hay práctica sin teoría [...] Teoría no es más que teoría de la práctica, como la práctica no es otra cosa que praxis de la teoría, o como Leonardo supo decir mejor: 'La teòrica è il capitano e la pràtica sono i soldati'» *(El Imparcial,* 13-IX-1911: *O. C.,* I, pág. 215). Si el traductor no tiene conocimientos teóricos de lingüística, es como un conductor de automóvil que no sabe nada de mecánica. Este puede manejar su coche mientras no surja ningún problema. Pero, ante cualquier avería, quizá provocada por su propia ignorancia, queda anulado. El traductor tiene que saber desmontar la máquina que es el TLO y recomponerla con las piezas que le proporciona la LT, de suerte que la nueva máquina, el TLT, funcione igual que su modelo. Al mismo tiempo, debe tener presente la sabia máxima contenida en estos dos versos de Goethe:

> *Grau, teurer Freund, ist alle Theorie,*
> *Und grün des Lebens goldener Baum.*
> («Gris, caro amigo, es toda teoría,
> Verde el árbol dorado de la vida»).

13. Reproduzcamos, ligeramente simplificado, el esquema representativo del proceso de la traducción:

$$R \rightarrow \boxed{C} \; E \rightarrow LO \rightarrow TLO \; \boxed{\leftarrow C'} \; E' \rightarrow LT \rightarrow TLT \; \boxed{\leftarrow C''} \ldots$$

13.1. El traductor es el sujeto, el realizador de las acciones representadas por C' y E'.

13.2. C' es una operación previa a E'. E' se desarrolla en nuestro esquema hacia la derecha, hasta llegar al TLT a través de la LT. En el TLT acaba la actividad traductora.

13.3. C' se desarrolla en sentido inverso. Sigue un movimiento que en el esquema iría hacia la izquierda. Pero este proceso no se representaría bien invirtiendo simplemente las flechas, con lo que tendríamos:

$$R \rightarrow \boxed{C} \; E \rightarrow LO \leftarrow TLO \; \boxed{\leftarrow C'}$$

Más bien habría que trocar los puestos de LO y TLO, con lo que el esquema quedaría así :

$$R \rightarrow C\,E \rightarrow TLO \leftarrow LO \leftarrow C'$$

En efecto, para que el traductor pueda llegar a la comprensión del TLO tiene que pasar por LO; es decir, no puede comprender el TLO si no conoce previamente el sistema lingüístico en que se halla expresado.

14. Ahora bien, un sistema lingüístico funciona simultáneamente en tres planos principales: 1) el plano *fónico,* 2) el plano *léxico* y 3) el plano *gramatical* o *morfo-sintáctico* [10].

14.1. El plano *fónico* de la LO no tiene para el traductor igual importancia que para el intérprete. Éste opera normalmente sobre textos orales, y la fonología de la LO es para él factor esencial de la comprensión. Al traductor, los sonidos de la LO sólo le interesan como factores o elementos estilísticos. Ahora bien, en la traducción hay que preservar ante todo el sentido del TLO, y también, pero en segundo término, su estilo. Teniendo esto en cuenta, el orden en que estudiaremos los planos lingüísticos recién enumerados será el siguiente: a) plano *léxico,* b) plano *gramatical* y c) plano *fónico.*

---

[10] Tienen también importancia para la traducción el plano *pragmático* y el arbitrariamente llamado *sigmático.* Ambos pueden ser actualizadores en el habla (texto) de los significados potenciales de la lengua. Pero su tratamiento alargaría mucho este trabajo, quizá ya demasiado extenso, y, por otra parte, ambos planos, sobre todo el sigmático, son en gran parte extralingüísticos.

III. EL PLANO LÉXICO DE LOS SIGNOS LINGÜÍSTICOS

§ 8. FUNCIONAMIENTO DE LOS SIGNOS LINGÜÍSTICOS.

Según lo expuesto en el § 7, núms. 14 y 14.1., desde el punto de vista del traductor, un texto es un conjunto de signos lingüísticos cuyos componentes funcionan, en lo que se refiere al sentido, a) en un plano *léxico,* b) en un plano *gramatical,* que se divide en *morfológico* y *sintáctico,* y, finalmente, c) en un plano *fónico,* que puede afectar al estilo. a) El plano *léxico* (que se llama también *semántico,* pero impropiamente, pues «semántico» es todo lo relacionado con el significado, y también los otros planos se relacionan con el significado) abarca el significado general, sin determinaciones, de los signos lingüísticos. b) El plano *gramatical* comprende, en su aspecto *morfológico,* las modificaciones o determinaciones del significado de los signos lingüísticos mediante formas variables que éstos adoptan; en su aspecto *sintáctico* incluye las relaciones que establecen entre sí los signos lingüísticos, precisando la función de cada uno de ellos en el enunciado. c) El plano *fónico,* para el traductor, abarca los efectos estilísticos que producen en el texto los sonidos de la lengua en que está escrito.

§ 9. PRIORIDAD DEL PLANO LÉXICO DE LOS SIGNOS LINGÜÍSTICOS.

1. El análisis del TLO debe comenzar por la dimensión léxica. Del mismo modo que no se puede construir un enunciado sin saber lo

que significan las palabras que van a utilizarse, tampoco se puede comprender un enunciado ya construido sin conocer el significado léxico de las palabras de que consta. Es cierto que en un texto suelen aparecer los significados léxicos junto con los morfológicos y aun los sintácticos. Pero esto no quiere decir que no haya prioridad natural entre unos y otros. Para la comprensión de un texto lo mismo que para su formación, las palabras son anteriores a su ordenación en la frase. Como dice H. Geckeler,

> antes de decidirse a elaborar una semántica de las estructuras sintagmáticas es necesario construir primero una semántica de las estructuras paradigmáticas. La semántica de la palabra debe preceder lógicamente a la semántica de la frase [1].

2. Puede objetarse que este razonamiento justifica la prioridad de los valores léxicos frente a los sintácticos, pero no frente a los morfológicos. En efecto, muchas palabras aparecen siempre con al menos una característica morfológica, de modo que, en un análisis semántico exhaustivo, nunca podría separarse su significado léxico de su significado morfológico. Pero hay razones que demuestran la prioridad del significado léxico también frente al significado morfológico: *a)* en primer lugar, hay muchas palabras —todas las invariables— que, sin ninguna característica morfológica, tienen significado léxico, p. e. *ayer, aquí, después,* etc.; *b)* en segundo término, en las palabras variables, los elementos morfológicos *se añaden* al elemento léxico precisamente para determinar el significado general de éste; p. e. en *cantar* tenemos un elemento morfológico *-ar,* añadido al elemento léxico *cant-.* Éste aparece en la misma forma en otras muchas palabras: *cant*ante, *cant*ares, *cant*ata, *cant*e, *cánt*ico, *cant*o, *cant*or, etc. Precisamente porque el significado léxico del elemento *cant-* es indeterminado, se le añaden los elementos morfológicos *-ar, -ante, -ares,*

---

[1] *Semántica estructural y teoría del campo léxico,* Madrid, Gredos, 1976, págs. 277-78.

-ata, -e, -ico, -o, -or, etc., que determinan de algún modo aquel significado.

3. El significado sintáctico se basa en gran parte en el morfológico. Es, por consiguiente, posterior a éste.

4. Digamos, por último, que el único significado que se da en todas las palabras que significan por sí solas es el significado léxico. Ya hemos visto que no todas tienen significado morfológico. El valor sintáctico aparece ciertamente en todo enunciado constituido por dos o más palabras. Pero en los enunciados de una sola, como «¡Fuego!», «¡Socorro!», no hay relación entre varias palabras ni, por consiguiente, significado sintáctico.

§ 10. SIGNIFICADO LÉXICO DE LAS PALABRAS AISLADAS.

1. Conceder prioridad natural al significado léxico de las palabras presupone reconocerles un significado propio. Hay lingüistas para quienes las palabras aisladas carecen de significado. El significado de una palabra estaría constituido por los usos que esa palabra tiene en el conjunto de todas las frases o enunciados de que ha formado parte. Esto es cierto en un sentido que vamos a precisar enseguida. Es igualmente cierto que las palabras tienen significado a causa de su empleo en los enunciados. Y no hay inconveniente en admitir con Robins que «la frase, o el enunciado que comprende varias frases, es el fenómeno lingüístico primario»[2]. Pero esto no invalida el punto de vista según el cual, para el análisis del texto, concedemos prioridad natural al significado léxico.

2. Para aclarar en qué consiste el significado léxico de las palabras deben tenerse presentes dos célebres distinciones atribuidas a Saussure: la distinción entre *lengua* y *habla* y la distinción entre *sincronía* y *diacronía*.

---

[2] *Lingüística general. Estudio introductorio,* Madrid, Gredos, 1971, pág. 45.

2.1. *Lengua* (*langue*) es el sistema de signos orales (o de sus equivalentes escritos) que usa una comunidad para expresarse y comunicarse. *Habla* (*parole*) es el ejercicio de la facultad del lenguaje mediante los signos que la lengua pone a disposición de los miembros de la comunidad. La lengua y el habla se implican mutuamente. No habría lengua si no hubiera habla, ni habla si no hubiera lengua. La lengua se forma por la repetición frecuente y prolongada de actos de habla, y el habla se realiza usando los recursos de la lengua.

2.2. Podemos concebir la lengua como conjunto más o menos estático, como obra realizada (*érgon*); el habla, en cambio, se nos presenta siempre como acción, con carácter dinámico, como *enérgeia*. La lengua, como resultado del habla, como conjunto estático, puede considerarse tal como es en un momento determinado. A este punto de vista se le da el nombre de *sincronía*. Puede considerarse también en su aspecto histórico, estudiando los lentos cambios sucesivos que ha experimentado en el transcurso del tiempo; y este punto de vista recibe el nombre de *diacronía*[3]. La lengua ofrece, pues, según el punto de vista que se adopte, un aspecto sincrónico, estático, o bien un aspecto diacrónico, fluyente. Si consideramos la lengua en sí como un conjunto de signos que están a disposición de los hablantes, nos inclinamos espontáneamente a adoptar el punto de vista sincrónico. Es lo que hace inconscientemente el hablante normal, que ignora el pasado de su lengua y se limita a usarla tal como la conoce, en su estado presente. Es lo que hacen también la mayoría de los lingüistas actuales, que prescinden de la historia de las lenguas y aspiran a describirlas como son en el momento elegido para estudiarlas.

2.3. El habla, en cambio, es esencialmente dinámica, fluyente, diacrónica. La diacronía en que se mueve el habla puede ser mínima: el tiempo empleado para pronunciar o escribir un enunciado breve.

---

[3] Los conceptos de *sincronía* y *diacronía,* atribuidos a Saussure, estaban ya en la obra de G. von der Gabelentz, *Die Sprachwissenschaft,* Leipzig, 1901, según puso de manifiesto E. Coseriu en su artículo introductorio a la reimpresión de dicha obra, Tübingen, 1969. El mérito de Saussure fue explicitarlos y difundirlos en la lingüística contemporánea.

Pero puede ser también de grandes proporciones: el tiempo empleado para pronunciar todos los enunciados emitidos por los hablantes de una lengua a lo largo de varios siglos, o el requerido para escribir todas las obras que constituyen la literatura de una lengua de gran tradición cultural. Entre los dos extremos pueden practicarse en la diacronía innumerables cortes y atribuirle la dimensión que se estime oportuna. En cuanto a los cambios producidos en la lengua por el habla, parece claro que, en igualdad de condiciones, a mayor diacronía corresponderán mayores cambios.

2.4. Las relaciones de mutua implicación entre lengua y habla aparecen con claridad en el *Curso* de Saussure: «Ambos objetos [lengua y habla] están estrechamente ligados y se suponen recíprocamente: la lengua es necesaria para que el habla sea inteligible y produzca todos sus efectos; pero el habla es necesaria para que la lengua se establezca; históricamente, el hecho de habla precede siempre [...], el habla es la que hace evolucionar a la lengua [...]. Hay, pues, interdependencia de lengua y habla; aquélla es a la vez el instrumento y el producto de ésta» (págs. 64-65).

3. De acuerdo con todo esto, podemos aceptar que el significado léxico de las palabras procede de su uso repetido, durante un tiempo más o menos largo, en actos de habla. Pero la aceptación de este origen de los significados léxicos no sólo no impide sino que implica la aceptación simultánea de que las palabras tienen *en la lengua* un significado léxico. Son, pues, verdaderas estas dos afirmaciones: 1.ª las palabras tienen en la lengua significados determinados porque han sido usadas en el habla para fines determinados; 2.ª las palabras se usan en el habla para fines determinados porque tienen en la lengua significados determinados.

3.1. Así, pues, los significados léxicos se han originado diacrónicamente mediante actos de habla, y las palabras tienen el significado que tienen por el uso que de ellas se ha hecho en frases y enunciados. Pero, sincrónicamente, en un momento determinado de la lengua, las palabras tienen un significado léxico independiente, hasta cierto punto, del uso que de ellas se haga. Sincrónicamente, una palabra se usa para formar ciertos enunciados, y no para formar otros, *porque tiene* un significado, y *no tiene,* en cambio, otros significados.

3.2. El hecho de que una palabra tenga tal significado y no tal otro hace, por una parte, que el hablante la use en unos enunciados y no en otros; por otra parte, es lo que permite al oyente (o lector) de un enunciado comprender su sentido. El oyente o lector *conoce* previamente el significado que *tiene* la palabra.

3.3. Que las palabras tienen en sí mismas un significado léxico y no otros lo confirma la posibilidad de que puedan usarse *erróneamente.* El error puede darse tanto por parte del hablante (o escritor) como por parte del oyente (o lector), y consiste precisamente en atribuir a las palabras significados que no tienen. Este uso erróneo de las palabras tanto por una como por otra parte puede impedir o estorbar más o menos la comunicación, fin primordial de la lengua y del habla. Se impedirá la comunicación cuando el significado erróneo que atribuye a la palabra el emisor del mensaje o su destinatario se aparta mucho del significado verdadero, sin que la otra parte pueda sospechar el error cometido. Por ejemplo, si alguien dice: «El agua de esta fuente es totalmente inocua», queriendo decir: «no tiene ningún sabor», es imposible que el oyente (o lector), a no ser que le orienten otras circunstancias, se dé cuenta del uso erróneo de la palabra *inocua.* Y es que no hay nada que impida el uso de *inocua* en ese contexto. Pero cuando alguien escribe: «Si todos los bienes de consumo fuesen tan abundantes como el aire, toda distribución sería inocua», quien conozca el verdadero significado de *inocuo* sospechará enseguida que este adjetivo se ha usado aquí erróneamente, con el significado de «innecesario»[4]. En este segundo caso no se impediría la comunicación, gracias a la información suplementaria del contexto; pero el uso erróneo de *inocuo* sería un estorbo: el escritor no diría

---

[4] No son.ejemplos arbitrarios. Conozco a un escritor que estaba convencido de que *inocuo* significaba «sin sabor», y a otro que usó más de diez veces en un artículo esa misma palabra queriendo significar «innecesario»; la frase transcrita es rigurosamente exacta; si no llegó a publicarse así fue porque un corrector de la revista en que iba a aparecer el artículo que la contenía advirtió y evitó el error oportunamente.

exactamente lo que intentaba decir, y el receptor del mensaje tendría que hacer un esfuerzo adicional para interpretarlo correctamente.

3.4. Es claro que las faltas de comprensión por parte del traductor pueden deberse a errores del autor original en el uso de palabras; pero también —y esto será sin duda lo más frecuente— pueden originarse en el traductor mismo, por atribuciones erróneas de significados a palabras que no los tienen, y especialmente por atribuir a una palabra usada en el habla, e. d., en un texto concreto, uno de los varios significados que tiene potencialmente en la lengua, pero no en el acto de habla de que se trata. Cuando una falta de comprensión proviene de este segundo origen, la responsabilidad del error es del traductor exclusivamente.

§ 11. El concepto de palabra.

1. Hasta aquí, al hablar del significado léxico, lo hemos referido siempre a las palabras. Pero el concepto de «palabra» no tiene para todos el mismo contenido.

2. Hasta fines del s. XVIII, una «palabra» era para la mayoría de los lingüistas occidentales la unidad significativa mínima dotada de realidad en la cadena oral. Un período u oración compuesta constaba de oraciones simples, y una oración simple estaba formada por palabras. Si se descomponía una palabra, los elementos resultantes eran unidades no significativas (sílabas y letras). No se daba una definición explícita de la palabra porque la segmentación de un enunciado en palabras parecía evidente. Esta evidencia se apoyaba, por una parte, en una tradición gráfica sólidamente establecida desde el Renacimiento, y, por otra, en fenómenos de pronunciación indiscutibles: la palabra era, en las lenguas acentuales, la unidad de acentuación. Pero, con la lingüística comparada, se impuso el análisis de la palabra en unidades significativas menores, pues la comparación de dos lenguas no puede hacerse entre palabras sino entre partes de palabras: no se puede establecer parentesco entre el al. *packen* «agarrar» y el gr.

apágein «llevar», a pesar de la semejanza de forma y de significado, porque, tan pronto como se analiza la palabra griega en sus dos componentes: *ap-* (de *apó* «desde») y *ágein* («llevar»), se ve que la palabra alemana, que no es compuesta, carece de toda semejanza con cualquiera de los componentes de la palabra griega[5].

3. Destruido el concepto tradicional e ingenuo de «palabra», se han sucedido ininterrumpidamente los esfuerzos para redefinirlo, sin que hasta ahora se haya llegado a una definición satisfactoria para todos[6].

4. Una teoría de la traducción no es lugar adecuado para tratar extensamente un tema tan debatido. Para nuestros fines, podemos considerar la palabra como *un sonido o conjunto de sonidos (o su representación escrita) que forman por sí solos una unidad significativa continua.* Decimos «sonido o conjunto de sonidos» porque hay palabras que no tienen más que un sonido, p. e. en español *a, o, y;* en francés *eau, où, y,* etc. Decimos «que forman una unidad significativa» para indicar: 1) que a una palabra no se le puede quitar ninguna de sus partes ni añadirle otras sin alterarla o convertirla en otra palabra, y 2) que no puede haber palabra sin significado: p. ej. son palabras en español *pasa, pesa, pisa* y *posa,* pero no *pusa,* a pesar de ser perfectamente pronunciable y no diferenciarse de las anteriores más que en una letra. Decimos que forman esa unidad «por sí solos», porque hay afijos inseparables (prefijos, infijos, sufijos), que, en cuanto tales, no constituyen palabras. Finalmente, la unidad significativa, para constituir una sola palabra, tiene que ser «continua», en el sentido de que no puedan separarse sus partes por ninguna otra unidad significativa: *con + templar* forman una sola palabra en el sintagma «contemplar el paisaje» porque no se puede introducir entre los componentes de esa palabra ninguna otra unidad significativa sin cambiar el

---

[5] Cfr. O. Ducrot y T. Todorov, *Dictionnaire encyclopédique des sciences du langage,* pág. 257.

[6] Puede verse una exposición sucinta de las diversas trayectorias en la *o. c.* de Ducrot y Todorov, págs. 258-62; otra más detallada en J. M. González Calvo, «Consideraciones sobre la palabra como unidad lingüística», *REL,* 12, 2, 1982. págs. 377-410.

significado de *contemplar; con* + *templar* son dos palabras en el sintagma «con templar gaitas» porque entre *con* y *templar* pueden introducirse otras unidades significativas sin alterar el significado de *con* ni el de *templar,* p. ej. «con eso de templar gaitas»; *Kindergarten* es una sola palabra alemana porque entre sus componentes *Kinder* y *Garten* no se puede introducir ninguna otra unidad significativa sin cambiar el significado de *Kindergarten;* su traducción española *jardín de infancia* no lo es porque puede introducirse entre sus componentes otra unidad significativa: «jardines de infancia» —e incluso, aunque no sea frecuente, «jardines de la infancia»— sin cambiar su significado; *rascacielos* es una sola palabra porque no se puede introducir entre sus componentes ninguna unidad significativa: el elemento verbal *rasca* no admite ninguna otra marca de tiempo, número o persona.

5. Esto no tiene mayor importancia para el traductor, pues su conocimiento de la LO le permitirá saber intuitivamente cuándo se halla ante una o ante varias palabras del TLO. Es más importante para él saber que una sola palabra de la LO puede equivaler a dos o más de la LT, e inversamente, dos o más palabras de la LO pueden equivaler a una sola de la LT: si queremos traducir al esp. el sintagma al. de cuatro palabras *die Hintertür des Hauses,* necesitamos seis: «la puerta trasera de la casa», mientras que, para traducir al lat. el sintagma esp. de seis palabras *con la rama de un árbol,* bastarían dos: «arboris ramo».

6. Pero la «palabra» no es la unidad significativa mínima. Dentro de una palabra, como hemos visto en *rascacielos* y en *Kindergarten,* pueden coexistir unidades significativas menores que la palabra. Se trata en estos casos de palabras compuestas, cuyos elementos pueden separarse y formar cada uno una palabra: *rasca,* del verbo *rascar,* y *cielos,* plural de *cielo; Kinder,* plural de *Kind* («niño»), y *Garten* («jardín»). Además de estos compuestos separables, puede haber en las palabras elementos inseparables dotados de significado léxico. Estos elementos, llamados *afijos,* van siempre unidos o bien directamente a la *raíz* de una palabra, o bien a su *radical* o *tema,* o bien a otros afijos.

§ 12. ELEMENTOS DE LA PALABRA.

1. Se llama «raíz» de una palabra el sonido o grupo de sonidos (o su representación escrita) inanalizable desde el punto de vista del significado; es decir, el sonido o grupo de sonidos (o su representación escrita) al que no se puede quitar ningún elemento sin destruir el significado de la palabra. Hay raíces de un solo sonido, como *i* en el verbo lat. *ire: -re* es la desinencia de infinitivo presente activo; suprimida ésta, queda un único sonido *i*, que funciona independientemente como 2.ª persona sing. del imperativo = «vete»; la desinencia del infinitivo se añade directamente a la raíz: *i-re* («ir»). En el verbo *dicere* («decir») hallamos también en la 2.ª pers. sing. del imperativo la raíz sola: *dic* («di»); pero, al formar el infinitivo, no se añade directamente a la raíz la desinencia *-re,* sino que, antes de esta desinencia modal, se añade a la raíz la vocal temática *e,* que, junto con la raíz, constituye el tema o radical del infinitivo de presente activo. Para formar el imperfecto se añade a este tema el sufijo *-ba.* Tenemos entonces el tema *diceba,* al cual se añaden todavía los sufijos *-m, -s, -t, -mus, -tis, -nt,* que son las desinencias personales: *dicebam, dicebas, dicebat,* etc. En el análisis se actúa en sentido inverso: si encontramos la forma *dicebant,* para llegar a la raíz suprimimos en primer lugar la desinencia *-nt;* nos queda el tema de imperfecto, caracterizado por el sufijo *-ba;* eliminamos este sufijo, y nos hallamos ante el tema de presente *dice-;* suprimimos la vocal temática *e,* y estamos ya ante la raíz del verbo, pues no podemos suprimir ninguno de los elementos restantes sin destruir el núcleo significativo de la palabra. La raíz, *dic,* contiene el significado léxico sin ninguna determinación (pero en un contexto determinado puede usarse como 2.ª pers. sing. del imperativo de presente); el tema, *dice-,* tiene ya una determinación del significado: «decir» + «presente»; *diceba-* tiene una determinación más: «decir» + «presente» + «imperfecto», y las desinencias personales añaden todavía otra determinación: «decir» + «presente» + «imperfecto» + «yo» (+ «tú», etc.).

2. No siempre pueden separarse tan claramente los elementos constitutivos de una palabra. Con frecuencia se presentan en latín y en otras lenguas situaciones mucho más complicadas. Tratemos de analizar, p. ej., la palabra española *decían,* equivalente a la latina *dicebant.* Si eliminamos la *-n,* nos quedará *decía,* que será el tema de imperfecto. Pero ya aquí tenemos una posible fuente de confusión, porque *decía,* además de tema de imperfecto, es la 1.ª y la 3.ª pers. sing. de ese mismo tiempo. Y ¿cuál es el sufijo que forma el tema de imperfecto: *-a* o *-ía?* Si nos decidimos por *-a,* nos queda como tema de presente *deci-,* que efectivamente aparece en *decimos, decís,* pero no en *digo, dices, dicen.* Si optamos por *-ía,* tenemos un tema de presente *dec-,* que aparece en el infinitivo *decir* y en la 1.ª y 2.ª pers. plur. del pres. de indicativo, pero en ninguna de las demás personas de este tiempo. Surgen entonces dos problemas: 1.°) ¿cómo explicar el tema de pres. *dig-* en la 1.ª sing., *dic-* en la 2.ª y 3.ª sing. y 3.ª plural?; 2.°) ¿cuál es la raíz de este verbo: *dig-, dic-* o *dec-?*

§ 13. Lingüística y traducción.

1. Ciertamente, el traductor, en la práctica, no está obligado a ser lingüista. Le basta conocer bien el léxico, la morfología y la sintaxis de la LO con relación al tiempo en que se produjo el texto que ha de traducir; le basta saber que *dicebant* equivale a «decían», aunque no sepa por qué. Pero en la teoría de la traducción entraría también explicar por qué a tal enunciado o a tal palabra de la LO corresponde tal palabra o tal enunciado de la LT. Por razones prácticas, una teoría general de la traducción tiene que renunciar a tal empresa: al considerar como posible LO cualquier lengua, tendría que explicar el funcionamiento de todas. Y esto es imposible: en primer lugar, porque no hay nadie que conozca todas las lenguas; en segundo término, porque, aunque alguien las conociera, no habría tiempo ni espacio para describirlas; finalmente, porque la descripción de las lenguas es el objeto científico de la lingüística. La teoría de la traducción puede y debe

atenerse a las descripciones de la lingüística. Pero los traductores no deben contentarse con *practicar* su oficio; deben evitar que pueda aplicárseles lo que dice Aristóteles en el cap. I de su *Metafísica* refiriéndose a los que desconocen las causas de lo que están haciendo: «éstos, como algunos seres inanimados, hacen, sí, pero hacen sin saber lo que hacen, del mismo modo que quema el fuego» (981b 2-3).

2. Un traductor no traduce de cualquier lengua; normalmente se especializa en la traducción de una o dos; en todo caso, de un número muy limitado de ellas. Teóricamente, no debiera traducir nunca de una lengua sin saber, en cuanto a su funcionamiento, no solamente *que,* sino también *por qué.* Y este tipo de conocimiento es más necesario aún en cuanto a la LT, que será normalmente su propia lengua. Pero el *porqué* del funcionamiento de una lengua no lo explica la lingüística puramente sincrónica. La causa es siempre anterior al efecto, y la causa, el *porqué* de un fenómeno lingüístico, puede anteceder a éste en siglos, incluso en milenios. Su explicación corresponde a la lingüística diacrónica, a la gramática histórica. Por eso un traductor deseoso de conocer por qué funciona de tal o cual modo la lengua de la que traduce, y sobre todo su propia lengua, debe estudiar la historia de una y otra. Y para los traductores que tienen como lengua propia y usan como lengua de traducción una de las románicas, la historia de su lengua nace del latín y en él se apoya principalmente. Si ignoran esta lengua, se expondrán a que pueda aplicárseles el áspero y casi brutal reproche que el humanista español Juan de Lucena expresaba a fines del s. xv con estas palabras: «El que latín non sabe, asno se debe llamar de dos pies» [7].

---

[7] Cit. por J. Hurtado y A. Glez. Palencia, *Historia de la literatura española,* 3.ª ed., corregida y aumentada, Madrid, 1932, pág. 274. El escritor de nuestra lengua (pero no traductor, y, por tanto, más excusable) que entendía *inocuo* como «sin sabor» se jactaba de no saber latín.

§ 14. Los afijos.

1. Volvamos a los *afijos,* mencionados ya en el § 11. 6. Decíamos allí que los afijos son elementos de la palabra; por consiguiente, menores que ella. Decíamos también que pueden tener significado léxico.

2. Según el lugar que ocupen en la palabra con relación a la raíz, los *afijos* pueden ser *prefijos* (antepuestos), *infijos* (interpuestos) y *sufijos* (pospuestos). Tenemos un prefijo en el verbo *traducere* «llevar al otro lado», compuesto de *tra + ducere* (raíz *duc);* dos sufijos en el mismo verbo: la vocal *e,* formante del tema de presente, más la desinencia *-re* del infinitivo de presente de la voz activa. Vemos un infijo nasal en el tema de presente del verbo *vincere* («vencer»), cuya raíz es *vic,* como se deduce del perfecto *vici,* donde la segunda *i* es la desinencia de 1.ª pers. sing. aplicada directamente a la raíz (cfr. también *vic-tor, vic-toria*).

3. Los prefijos proceden con frecuencia de preposiciones separables, que formaban palabras por sí solas. El prefijo *tra* de *traducere,* que sólo desde comienzos del siglo xv se usó en lat. con el significado moderno de «traducir»[8], procede de la preposición *trans* («al otro lado de»). Casi todas las preposiciones latinas, procedentes a su vez de antiguos adverbios, podían usarse como preverbios, e. d., como prefijos de verbos. Con el verbo *ducere* se formaban, además de *traducere,* otros compuestos: anteponiéndole preverbios como *ab-, ad-, con-, de-, di-, e-, in-, re-, se-,* casi todos vivos aún en el español actual (*aducir, conducir, deducir, educir, inducir, reducir, seducir*), que ha perdido, en cambio, como tantas otras veces, el verbo simple **ducir* (cfr. p. ej. los verbos *gerere* y *tribuere* con sus derivados compuestos *digerir, ingerir, sugerir, atribuir, contribuir, distribuir, retribuir,* pero no **gerir* ni **tribuir*).

---

[8] Parece haber sido el célebre humanista italiano Leonardo Bruni el primero que usó *traducere* en su sentido moderno. Según G. Folena «Volgarizzare» e «tradurre», *La traduzione,* pág. 102: «il primo esempio di *traducere* nel nuovo significato tecnico è in una lettera del Bruni del 5 settembre 1400».

3.1. Algunos preverbios latinos conservaban la misma forma de la preposición correspondiente, p. ej. *a-* o *ab-, de-,* etc.; otros se transformaban ligeramente: *con-* podía aparecer también como *co-, col-, com-, cor-* < *cum; in-* podía convertirse en *il-, im-, ir-; tra-* < *trans,* etc. Como preverbios, eran siempre inseparables del verbo. Eran, por consiguiente, auténticos prefijos.

3.2. No sucede lo mismo en otras lenguas. En alemán, p. ej., hay preverbios que unas veces son inseparables, y otras, separables:

> *Ich übersetzte das Buch* («Traduje el libro»).
> *Der Fährmann setzte uns über den Fluss*
> («El barquero nos pasó al otro lado del río»).

En esta lengua, la mayoría de las partículas adverbiales que pueden ser el primer miembro de un verbo compuesto son separables en los tiempos simples del indicativo y del subjuntivo, y también en el imperativo; en el participio pasivo y en el infinitivo, en los cuales no son propiamente separables, muestran, no obstante, menor cohesión con el verbo que los preverbios latinos, pues toleran que se intercalen entre ellas y la raíz verbal, respectivamente, la sílaba característica *ge-* y la partícula *zu;* así, *eingehen* forma el participio pasivo *eingegangen,* y el infinitivo puede aparecer en la forma *einzugehen.* Otro indicio de menor cohesión es el hecho de que los preverbios alemanes nunca se desfiguran al entrar en composición; e. d., conservan siempre la misma forma, en la composición y fuera de ella.

4. Los sufijos latinos y sus descendientes románicos son, como los prefijos, inseparables. No pueden formar palabras por sí solos. Con frecuencia, para facilitar la unión del sufijo con la raíz, se pospone a ésta una vocal de unión. En *adversitas* «adversidad», además del prefijo *ad-* («a», «hacia», «contra»), tenemos el sufijo *-tāt,* que pierde su *-t* final ante la *-s* característica del nominativo, pero la conserva en el genitivo, dativo, acusativo y ablativo del singular y en todos los casos del plural. Dicho sufijo no se unía directamente a la raíz *vers,* sino que se interponía la vocal de unión *-i-,* de donde *ad-vers-i-tāt-em* en el acusativo. La *-m* final apenas se pronunciaba ya en latín

clásico, y dejó de pronunciarse en latín vulgar. Por otra parte, las oclusivas sordas (*p, t, c* con sonido de *k*), en posición intervocálica, se sonorizaban en castellano, convirtiéndose respectivamente en *b, d, g* con el sonido que tiene en esp. antes de *a, o, u;* por eso *adversitāte*(*m*) dio *adversidade* y luego, por pérdida de la *-e* final átona, *adversidad.*

5. Podemos preguntarnos ya si los prefijos y los sufijos (de los infijos hablaremos luego) tienen significado léxico.

5.1. En cuanto a los prefijos, parece claro que debe contestarse afirmativamente. Si confrontamos los dos verbos españoles *hacer* y *deshacer,* vemos que el segundo tiene significado opuesto al del primero, como el de *destruir* se opone al de *construir,* y el de *conducir* se aparta del de *reducir* más que, p. ej., el de *silla* del de *taburete.* Las oposiciones o diferencias de significados en los verbos citados proceden exclusivamente del preverbio. Podría objetarse que, según esto, en palabras simples como *bardo, cardo, nardo,* la diferencia de significado procedería de la consonante inicial, única letra diferente en las tres palabras. Pero es evidente que ni la *b* ni la *c* ni la *n* pueden aportar al grupo de sonidos *-ardo* ningún significado, puesto que son simples representaciones gráficas de los correspondientes fonemas, que nunca tienen significado, sino tan sólo función distintiva, gracias a la cual se distinguen las palabras que empiezan por *n-* de las que empiezan por *c-*, por *b-* o por cualquier otra consonante. Si los fonemas tuvieran significado léxico, todas las palabras españolas que comienzan por *n-* tendrían alguna relación significativa con *nardo,* del mismo modo que tienen alguna relación significativa todas las palabras españolas que llevan el prefijo *con-.*

5.2. La cuestión relativa al significado de los sufijos es menos clara. Reconsideremos la palabra latina *dicebant* («decían»), analizada en el § 12. 2. Decíamos allí que está constituida por la raíz *dic* + un sufijo *-e,* que forma el tema de presente, + otro sufijo *-ba,* que forma el tema de imperfecto, + la desinencia personal *-nt,* que indica «3.ª pers. plural». Si sustituimos *-nt* por *-s,* que indica «2.ª pers. singular»: *dicebas* («decías»), cambian dos categorías del verbo, el número y la persona, pero no cambia en nada su significado léxico. Si sustituimos -*bant* por -*re,* tendremos el infinitivo de presente activo *dicere* («decir»); habremos eliminado el número y la persona y cambiado el modo del verbo (infinitivo en vez de indicativo), pero no hemos alterado en nada su significado léxico. Si suprimimos también la -*e,* formante del tema de presente, nos queda la raíz sola, que en ciertos contextos puede funcionar como 2.ª pers. sing. del imperativo de presente: *dic mihi* («dime»); en cuanto raíz no indica voz, ni tiempo, ni modo, ni número, ni persona, pero sigue conservando el significado léxico. Tenemos, pues, aquí cuatro sufijos: -*e, -ba, -nt* y -*re* que no tienen significado léxico. Del mismo tipo son otros sufijos, como -*o, -a, -s, -es,* en gato, gata, hombres, mujeres: -*o, -a* determinan, en este caso, el género masculino y femenino respectivamente; -*s, -es* oponen el plural al singular; pero ninguno de estos sufijos altera en nada el significado léxico de las palabras que los llevan.

5.3. No ocurre lo mismo con sufijos como el ya mencionado -*tāt,* o en esp. -*dor, -ero, -ría,* etc. Es evidente que no tienen el mismo significado léxico los sustantivos *poda* y *podador, tonel* y *tonelero, sastre* y *sastrería.* Todos los diccionarios españoles los definen como palabras distintas, con diferente significado: *poda* es una operación, y *podador,* el que la ejecuta; *tonel,* un recipiente, y *tonelero,* el que lo fabrica; *sastre,* el que arregla o hace trajes, y *sastrería,* el lugar donde trabaja. Como en el caso de los prefijos (cfr. 5.1.), también aquí la diferencia de significados procede del sufijo, pues la base es exactamente igual en cada pareja de palabras: *poda/poda*dor, *tonel/tonel*ero, *sastre/sastre*ría.

5.4. Queda por tratar el tema de los *infijos.* Un infijo como la -*n*- que se intercala en la raíz de verbos latinos del tipo de *vincere* (raíz *vic*), *linquere* (raíz *liqu), fingere* (raíz *fig*) carece evidentemente de significado léxico. No altera el significado del verbo correspondiente; se limita a formar el tema de presente, como en *dicere* lo formaba la vocal temática -*e.* En los verbos del tipo *vincere,* el tema de presente tiene dos formantes: la vocal temática, que es un sufijo, y el infijo nasal -*n*-.

Pero hay lenguas que pueden intercalar en la raíz algún infijo que altera el significado léxico. Así, el vasco tiene un verbo *edan* («beber») y otro verbo *eradan* («abrevar») (= «hacer beber»), cuyo cambio de significado se debe al infijo *-ra-;* en swahili, *enda* significa («ir»); pero *endesha* («conducir») (= «hacer ir»), donde el cambio de significado se debe al infijo *-esh-* [9].

6. En muchas lenguas pueden anteponerse a la raíz varios prefijos seguidos y, asimismo, posponérsele varios sufijos. En tales situaciones, cada afijo conserva su propio significado. Esp. *in-ex-ora-bil-i-dad,* fr. *in-ex-tens-i-bil-i-té,* ing. *in-ex-plica-ble-ness,* al. *Un-aus-führ-bar-keit;* en cada una de estas cuatro palabras tenemos dos prefijos: esp. fr. ing. *in-, ex-;* al. *un-, aus-,* y dos sufijos: esp. *-bil, -dad;* fr. *-bil, -té;* ing. *-ble, -ness;* al. *-bar, -keit.* (Ni el segundo prefijo ni el penúltimo sufijo pueden ser considerados como infijos, pues no van intercalados en la raíz, sino antes o después de ella). En la palabra española tenemos, además, la vocal de unión *-i-;* en la francesa aparece esta vocal dos veces. En las cuatro palabras, el sufijo final *-dad, -té, -ness, -keit* confiere al conjunto el significado abstracto de «calidad de...»: esp. «calidad de *inexorable*», fr. «c. de *inextensible*», ing. «c. de *inexplicable*», al. «c. de *unausführbar* (inejecutable)». En los cuatro adjetivos escritos en cursiva tenemos un primer prefijo negativo: esp., fr., ing. *in-,* al. *un-,* que niega la cualidad expresada por el adjetivo al que va antepuesto; el resultado es: «calidad de *no exorable*», «c. de *no extensible*», «c. de *no explicable*», «c. de *no ejecutable*». El sufijo *-bil* de los sustantivos abstractos esp. y fr.: inexora*bil*idad, inextensi*bil*ité, formaba en lat., derivándolos de verbos transitivos, adjetivos cuyo nominativo masc. y fem. sing. terminaba en *-bilis,* y el neutro en *-bile.* (Los sustantivos abstractos españoles terminados en *-dad,* los franceses en *-té,* los ingleses en *-ness* y los alemanes en *-keit*

---

[9] B. Pottier, *Lingüística general,* pág. 197. Según me comunicó amablemente L. Michelena en carta del 2-1-1982, el infijo causativo *-ra-* (en verbos como el citado *eradan,* que puede analizarse *e-ra-da-n,* y en otros como *irakatsi* «enseñar» frente a *ikasi* «aprender» o *eragin* «hacer hacer» frente a *egin* «hacer») está abundantemente documentado en vasco, pero ya no es productivo.

se forman sobre adjetivos) [10]. El sufijo -*bil,* que en los sustantivos abstractos esp. y fr. (y a veces en los ingl., p. ej. inexplica*bil*ity) conserva su forma latina, aparece en los adjetivos en la forma -*ble* en las tres lenguas; en esp. y fr. por la evolución fonética, que hacía que se perdiera la -*i*- breve en sílaba postónica, de donde *inexorabile* > *inexorable, inextensibile* > *inextensible.* El inglés tomó del fr. los adjetivos en -*ble,* y en muchos casos construyó luego sobre ellos sustantivos abstractos añadiéndoles el sufijo -*ness.* El sufijo al. -*bar,* que tiene la misma forma en los adjetivos que en los sustantivos abstractos, significa lo mismo que el sufijo -*ble* en esp., fr., ing.: posibilidad pasiva; por consiguiente, *exorable* = «que puede ser exorado», *extensible* = «que puede ser extendido», *explicable* = «que puede ser explicado», *ausführbar* («ejecutable») = «que puede ser *ausgeführt* («ejecutado»)». Queda por explicar el prefijo esp., fr., ing. *ex-,* al. *aus-.* El prefijo lat. *ex-* (conservado en esp., fr., ing. e incluso en latinismos al., recibidos muchas veces a través del fr.), lo mismo que el prefijo al. *aus-,* es polisémico, e. d., puede tener varios significados. Uno y otro se usaban también como preposiciones: lat. *exire ex urbe* («salir de Roma»), al. *er kommt aus Berlin* («viene de Berlín»); en al. incluso como adverbio: *von hier aus* («desde aquí»), a veces con el significado de terminación o acabamiento: *alles ist aus* («todo está acabado», «todo ha concluido»). Como prefijo verbal (que es como ahora nos interesa, pues el adjetivo *ausführbar* se deriva del verbo *ausführen*) tenía frecuentemente el mismo significado de acabamiento = esp. «del todo», «totalmente»; así, *bezahlen* («pagar») / *auszahlen* («pagar del todo», «saldar una deuda»); *bilden* («formar») / *ausbilden* («acabar de formar», «formar totalmente»); *trinken* («beber») / *austrinken* («beber del todo», «agotar bebiendo», «apurar el contenido de un vaso»). También el prefijo lat. *ex-* tenía con frecuencia este significado; lo tenía en *exorare* («suplicar hasta conseguir»), y en *extendere* («tender del todo»). Y *aus-* lo tiene también

---

[10] A veces sobre sustantivos: en lenguaje filosófico, al. *Pferdheit* «caballidad» = la calidad de caballo.

cuando *ausführen* significa «ejecutar», «llevar a cabo» (en cambio, conserva el valor preposicional en *ausführen* «exportar»). En *explicabile* > «explicable», *ex-* tiene otro significado, afín al de *des-* en verbos como *desagradar, desafinar, deshacer,* en los cuales el prefijo cambia el significado del verbo en lo contrario; así también en *explicar,* que tiene la misma raíz que *desplegar* y un significado afín. *Explicar* es forma culta, como se ve por la terminación *-icar,* que en evolución normal daría *-egar,* como en *plegar* y *llegar,* los tres verbos derivados de *plicare.* Como sucede normalmente cuando coexisten una forma popular y otra culta (dobletes), la forma culta, *explicar,* se aplica (este último verbo es otro cultismo de la misma raíz) a nociones abstractas: «explicar un problema», y la popular, a objetos concretos: «desplegar una tela», aunque luego, por traslación o metáfora, se aplique también a abstracciones: «desplegar actividad». En cuanto al prefijo *des-,* se trata de un compuesto de *de* + *ex. Explicar* es, pues, lo contrario de *plicare* «plegar», que es, a su vez, un semicultismo, pues el grupo inicial *pl-* dio normalmente en castellano *ll-,* de donde *llegar.* (En *plegar,* forma semiculta, se conservó el grupo *pl-* precisamente para diferenciar el significado de este verbo de la forma, más evolucionada, *llegar*).

7. No es posible extender aquí este tipo de análisis a todos los afijos, ni siquiera a los de una sola lengua. Estaría fuera de lugar en una teoría de la traducción. Me he permitido esta breve incursión por el campo de la lingüística histórica para mostrar cómo el significado léxico no reside exclusivamente en la raíz o base de las palabras, sino que puede darse también en algunos afijos. Se comprueba así que la «palabra» no es la unidad significativa mínima, sino que con frecuencia puede analizarse, dividirse en varios elementos dotados de significado léxico, cada uno de los cuales contribuye a configurar el significado total de la palabra. He querido hacer ver, de paso, que, para el análisis del significado léxico de las palabras, es muy ventajoso no considerarlas sólo en su aspecto sincrónico; conviene atender también a su dimensión diacrónica, histórica. Ni siquiera la colaboración de ambos puntos de vista bastará a veces para resolver todos

los problemas, para explicar no sólo *que* tal palabra funciona de tal manera, e. d., tiene tal significado, sino *por qué* funciona de ese modo, *por qué* tiene ese significado. Pero, si las palabras adquieren tales significados y no otros por el modo en que se han usado en determinados contextos y situaciones, en actos de habla repetidos a lo largo del tiempo, es evidente que, al estudiar esos significados, no debe prescindirse de su diacronía, de su dimensión histórica.

§ 15. UN TIPO DE ANÁLISIS SINCRÓNICO: EL ANÁLISIS COMPONENCIAL.

1. La semántica estructural ha desarrollado, para describir el significado léxico, un tipo de análisis llamado «componencial»; este análisis puede ser útil para destacar las diferencias semánticas entre conjuntos de palabras de significados afines. Son importantes en este aspecto los trabajos de A. J. Greimas y B. Pottier[11], aunque su terminología, rigurosamente científica pero un tanto difícil de retener, pueda dificultar su comprensión a traductores no muy versados en la lingüística contemporánea. Un buen resumen, dirigido especialmente a traductores de la Biblia, pero útil para todos, puede verse en el libro ya citado de Ch. R. Taber y E. A. Nida, *La traduction: théorie et méthode,* págs. 61-81, que nos servirá de pauta para esta parte de nuestro estudio.

2. El análisis componencial se aplica a conjuntos de palabras cuyos significados se aproximan tanto que pueden a veces confundirse. Sea un grupo de palabras como *silla, taburete, butaca, sofá, diván, puf.* En el análisis componencial no se trata de enumerar y describir

---

[11] V. del primero su *Sémantique structurale. Recherche de Méthode,* Paris, Larousse, 1966; trad. esp. de A. de la Fuente, *Semántica estructural. Investigación metodológica,* Madrid, Gredos, 1971; del segundo, *Linguistique générale. Théorie et description,* Paris, Klincksieck, 1974; trad. esp. de María Victoria Catalina, *Lingüística general. Teoría y descripción,* Madrid, Gredos, 1976.

las diferentes acepciones que puede tener cada una de estas palabras, como suelen hacer nuestros diccionarios: p. ej.

> DIVÁN: 1. Consejo supremo de los turcos; 2. Sala en que se reunía este consejo; 3. Asiento a manera de banco, con brazos o sin ellos, por lo común sin respaldo, y con almohadones sueltos; 4. Colección de poemas de uno o de varios autores, en alguna de las lenguas orientales, especialmente en árabe, persa o turco.

Un traductor debe prestar atención a los diferentes significados de las palabras de la LO, pues su desconocimiento, como veremos al tratar de la polisemia, da lugar a errores graves de comprensión del TLO, y, por consiguiente, de traducción. Y no es fácil conocer todas las acepciones incluso de palabras de uso corriente en una lengua, ni siquiera en la lengua propia. Esto puede comprobarse abriendo casi al azar un diccionario. ¿Cuántos españoles serían capaces de enumerar y describir —naturalmente, sin abrir el diccionario— las diferentes acepciones de una palabra tan usual como *corrector*? Casi todos saben que corrector es «el que corrige»; muchos, que se llama también así al «encargado de corregir las pruebas» en una editorial o en una imprenta. Pero ¿cuántos tienen noticia de que se daba este nombre a un «funcionario encargado de cotejar los libros que se imprimían, para ver si estaban conformes con su original»? Y ¿habrá alguno, fuera de los franciscanos, o quizá fuera de los franciscanos mínimos, que sepa que *corrector* es el título del superior o prelado de los conventos pertenecientes a la orden de San Francisco de Paula? Las varias acepciones que las palabras suelen tener en la lengua se reducen normalmente a una en el habla. Pero ¿cómo distinguir una acepción si se desconoce? Para remediar nuestra ignorancia se hacen los diccionarios. Lo que necesita un traductor es, ante todo, *saber cuándo no sabe,* y, luego, al ver en un buen diccionario las diferentes acepciones de la palabra que causa el problema, saber cuál es la actualizada en el texto.

3. En el análisis componencial no se trata de distinguir los diversos significados de una misma palabra, sino los rasgos diferenciales que delimitan los significados de palabras afines. Esta afinidad esta-

blece entre varias palabras una cuasi sinonimia, que puede llevar a confundir el significado de una palabra con el de otra. Si en un texto se dice: «X se sentó en el sofá», y el traductor confunde *sofá* con *butaca,* comete una falta de comprensión. Para evitar este tipo de errores se propone el análisis componencial. Se llama «componencial» porque en él se trata de confrontar los *componentes* semánticos, e. d., los rasgos constitutivos del significado de las palabras que se analizan. Las palabras analizadas y sus componentes semánticos suelen disponerse en algún tipo de esquema que facilite la inmediata percepción de la presencia o ausencia de los componentes considerados. Veamos un par de ejemplos. En primer lugar, el cuadro que, según Pottier (*o. c.,* pág. 64), resulta de «las respuestas a las ocho preguntas sémicas», e. d. de la atribución o no atribución de ocho «componentes semánticos» a nueve tipos de vehículo para transportar viajeros: *coche, taxi, autobús, autocar, metro, tren, avión, moto, bicicleta.* Los signos +, −, ~, indican respectivamente la presencia, ausencia o indiferencia del componente bajo el que se hallan:

	sobre el suelo	sobre raíl	dos ruedas	indivi-dual	de pago	4 a 6 pers.	urbano	transporte de personas
coche	+	−	−	+	−	+	~	+
taxi	+	−	−	~	+	+	~	+
autobús ..	+	−	−	−	+	−	+	+
autocar ..	+	−	−	−	+	−	−	+
metro	+	+	−	−	+	−	+	+
tren	+	+	−	−	+	−	−	+
avión	−	−	−	~	+	~	−	+
moto	+	−	+	+	−	−	~	+
bicicleta	+	−	+	+	−	−	~	+

El propio Pottier advierte que, «en este cuadro, *moto* y *bicicleta* todavía no se distinguen», y que «la respuesta a esas preguntas depende en gran medida de *hechos socioculturales en una fecha dada* (de aquí la inestabilidad en el tiempo y en el espacio de los contenidos semánticos)» (*o c.,* pág. 65).

3.1. La aparente sencillez de los signos matemáticos puede trocarse en complicación, al menos para los no matemáticos, cuando tales signos se multiplican. A muchos lectores puede resultarles difícil atender simultáneamente al tipo de vehículo que se describe, a cada rasgo descriptivo y al signo que afirma, niega o declara indiferente la presencia de uno de tales rasgos. Pottier goza de gran capacidad para cifrar los conceptos lingüísticos en símbolos matemáticos o geométricos, como puede verse en su *Lingüística general* citada. Pero en el cuadro que nos ocupa hay ligeras imprecisiones que pueden oscurecer un poco las respuestas semánticas. En primer lugar, es ambiguo el concepto «individual». ¿Se refiere a la propiedad del vehículo o al uso que de él se hace? Si se refiere a la propiedad, el signo ~ está bien con relación a *taxi,* pues esta clase de vehículos puede pertenecer a un individuo o a una sociedad industrial; pero no parece que se aplique con igual propiedad al *avión,* que, salvo raras excepciones, es de propiedad social. Si se tienen en cuenta estas excepciones para utilizar el signo ~, habría que ponérselo también a *coche,* pues sin duda hay más coches de propiedad social —p. ej. los que nuestro PMM (Parque Móvil de los Ministerios) pone generosamente a disposición de funcionarios distinguidos (y de sus esposas)— que aviones de propiedad individual. Si se refiere al uso, habría que ponérselo también a *coche,* pues tan frecuente es ver a dos o tres personas en coche como en taxi; y habría que sustituirlo por – para *avión,* pues tampoco en los aviones privados suele viajar una sola persona (más bien se utilizaría entonces una *avioneta,* que no figura en el cuadro). Por otra parte, no parece que la respuesta a la pregunta «¿urbano?» sea la misma para *coche* que para *taxi.* Para coche es, en efecto, indiferente ese rasgo semántico. Pero el taxi transporta viajeros dentro de una población, y sólo ocasionalmente de una población a otra.

3.2. En cuanto a *metro,* resulta ambigua la pregunta «sobre el suelo». ¿«Sobre el suelo» opuesto a «subterráneo» o a «elevado»? El metro en Madrid es «subterráneo»; en París, a veces «subterráneo» y a veces no. (El *Petit Larousse* define: le MÉTROPOLITAIN: «chemin de fer souterrain ou aérien, qui dessert les quartiers d'une grande ville et sa banlieue»). Parece, pues, que a *metro* le iría mejor el signo ~ para responder a la pregunta semántica «sobre el suelo».

4. El procedimiento de Taber/Nida es más sencillo. Disponen horizontalmente las palabras cuyos contenidos semánticos se trata de comparar, y, debajo de cada una, con numeración vertical, los componentes del significado:

silla	*taburete*	*diván*	*canapé*
1. respaldo	1. sin respaldo	1. sin respaldo	1. respaldo
2. sin brazos	2. sin brazos	2. sin brazos	2. con brazos
3. una persona	3. una persona	3. varias pers.	3. varias pers.

Los componentes semánticos, observan T./N., son como los diversos aspectos de una definición bien formulada en un diccionario. Por ejemplo, la definición de *silla* podría ser: «mueble con respaldo pero sin brazos, para servir de asiento a una sola persona». (Los diccionarios no siempre concuerdan al señalar los componentes semánticos de un concepto. El concepto definido por T./N. es *chaise,* cuyo equivalente, en la acepción definida, es en esp. *silla,* al. *Stuhl,* ing. *chair.* Si consultamos un diccionario de cada una de estas lenguas, hallamos lo siguiente:

CHAISE, «siège à dossier, sans bras» (*Petit Larousse*; falta el componente 3);
STUHL, «Sitzmöbel mit Rückenlehne» (*Wahrig*; faltan los componentes 2 y 3);
CHAIR, «a movable seat with a back for one person» (*Cassell's N. E. Dictionary*; falta el componente 2 y sobra «movable»).

El *DRAE* define

SILLA: «Asiento con respaldo, por lo general con cuatro patas, y en que sólo cabe una persona» (falta el componente 2, y en cambio se añade un nuevo componente, sólo probable, «cuatro patas», que no está en T./N. ni en ninguno de los demás diccionarios; una silla puede tener sólo tres patas).

5. Hay tres clases de componentes semánticos: a) los *componentes comunes,* que se dan en todos los conceptos del grupo analizado; b) los *componentes distintivos,* que caracterizan a cada con-

cepto y lo distinguen de los demás, y c) los *componentes complementarios,* que se añaden a los comunes y a los distintivos para singularizar más el concepto que los recibe, pero no contribuyen a diferenciar este concepto de los otros.

a) Los *componentes comunes* hacen que todos sus poseedores pertenezcan al mismo grupo. En la serie analizada por Pottier hay un *componente común* a todos los vehículos considerados: «transporte para personas». Por este componente quedaría excluido de la serie *camión,* que no es para transportar personas sino mercancías, y, por consiguiente, si se incluyera en la serie, recibiría en la última columna el signo –; también quedaría excluido *barco,* que puede ser de viajeros, pero también mercante, y, por tanto, recibiría en la última columna el signo ~; en cambio, podría incluirse *paquebote,* que tiene el componente común a todos los demás vehículos que integran la serie: «transporte para personas».

En la serie analizada por T./N. ninguno de los objetos tiene un componente común a todos [12]. Los tres componentes enumerados permitirían incluir en la serie la casi innumerable multitud de objetos que tienen alguno de esos componentes, desde *bolígrafo* (que no tiene respaldo ni brazos, pero sólo puede ser usado al mismo tiempo por una persona, igual que *silla* y *taburete*) hasta *casa* (que tampoco tiene respaldo ni brazos, pero se construye normalmente para varias personas, como *diván* y *canapé*). Un nuevo componente, «asiento», bastaría para dar cohesión a la serie: sería *componente común* a los cuatro objetos, y excluiría todos los que no sirven para sentarse. La cohesión de la serie podría fortalecerse aún. «Asiento» es demasiado genérico: hay piedras en el campo que pueden servir de «asiento, sin respaldo y sin brazos, para una persona» (serían *taburetes*) y troncos que pueden prestar el mismo servicio a varias personas (serían *divanes*). Pero, si

---

[12] Quiero decir que no lo tienen en el esquema mismo. Pero unas líneas antes se dice: «el hecho de que cada una de estas palabras signifique un *objeto fabricado para sentarse* es lo que caracteriza a este conjunto de acepciones comparables [...]. Existe, por lo demás, un término francés que recubre precisamente este rasgo que los conceptos en cuestión tienen en común: es la palabra *siège* («asiento»).

sustituimos «asiento» por «mueble para sentarse», quedan excluidos de la serie todos los objetos naturales: un mueble es un objeto fabricado por el hombre.

El número de objetos de una serie será tanto más restringido cuanto mayor sea el número de componentes semánticos que se exijan para pertenecer a ella. Entran aquí en juego la *comprensión* o *intensión* y la *extensión* de que hablan los cultivadores de la lógica. La *comprensión* o *intensión* de un concepto es igual al conjunto de sus componentes semánticos: si definimos el concepto *silla* como «mueble con respaldo y sin brazos para sentarse una sola persona», podemos aplicar la definición a todas las sillas; pero si añadimos a «mueble» el componente semántico «de madera», excluimos de la definición todas las sillas de hierro, de aluminio, etc.; si a «de madera» añadimos el componente semántico «de nogal», excluimos también todas las sillas fabricadas de cualquier otra madera.

Suele entenderse por *extensión* el conjunto de individuos comprendidos en un concepto. Si, cuanto mayor sea el número de componentes semánticos requeridos para entrar en un concepto, menor será el número de individuos que lo integren, cuanto menor sea el número de componentes semánticos requeridos, mayor será el número de participantes en el concepto. Esto es lo que se expresa en lógica con el principio: «A mayor comprensión, menor extensión; a mayor extensión, menor comprensión».

En ciertos sectores de la lingüística, especialmente en Alemania, se ha trabajado en establecer conjuntos de palabras cuyos significados tienen un componente común que los agrupa coherentemente. A cada uno de estos conjuntos se le da el nombre de «campo semántico» o, con más propiedad, «campo léxico». Formarían un campo léxico, por ejemplo, todas las palabras que designan vehículos, todas las que designan objetos relacionados con la agricultura o, más específicamente, con la viticultura.

b) Determinado ya el componente común de los conceptos o significados que se trata de analizar: «transporte para personas» en la serie de Pottier, «mueble para sentarse» en la de T./N., se buscan los *componentes distintivos* que caracterizan a cada concepto frente a los demás de la serie. Un concepto puede diferenciarse de otro por un solo componente distintivo o por varios. Un solo componente, «con respaldo», distingue a *silla* de *taburete.* Son dos, en cambio, sus componentes distintivos frente a *diván*: «con respaldo» y «para una persona», y dos también frente a *canapé*: «sin brazos» y «para una persona».

Debe observarse que el *componente común* a todos los términos de una serie es *componente distintivo* frente a cualquier término extraño a la serie. Por ejemplo, «mueble para sentarse» es *componente distintivo* de *silla, taburete, diván, canapé, puf, mecedora,* etc., frente a *armario, mesa, cocina*; en una palabra, frente a todo lo que no sea un «mueble para sentarse».

c) Los *componentes complementarios* no establecen distinción entre dos series de términos, ni siquiera entre los términos de una misma serie, sino entre los términos agrupados bajo un mismo concepto. Por ejemplo, «de nogal» puede ser un componente complementario del concepto *silla,* por el que las sillas de nogal se distinguen de las fabricadas con cualquier otra materia. Cuanto mayor sea el número de componentes complementarios añadidos a un concepto, menor será el de los individuos a los que pueda aplicarse el concepto. Nuevamente se aplica aquí el principio de proporcionalidad inversa entre intensión y extensión del concepto. Si el concepto es «silla de nogal, de estilo inglés», quedan excluidas todas las sillas, incluso las de nogal, que no tengan el componente complementario «de estilo inglés». El número de componentes complementarios del concepto *silla* podría aumentar hasta que sólo hubiera una silla a la que pudieran aplicarse todos. Estaríamos entonces ante una descripción individualizadora. Pero no suele ser éste el procedimiento para individualizar un objeto. Normalmente no se tiene interés en individualizar una silla entre las que puede haber en una habitación; pero, llegado el caso, bastaría elegir algo que pudiera distinguirla de las demás, p. ej., la situación: «la más próxima a la puerta», o una característica del veteado de la madera, etc., etc.

Para individualizar a los seres humanos recurrimos a los antropónimos. En un grupo de tres personas cuyos nombres conocemos: Ana, Carmen y Pedro, cualquiera de los tres nombres nos permite distinguir a sus portadores; podemos referirnos a ellos, aunque estén ausentes, sabiendo de quién hablamos. Si el grupo incluye varias personas del mismo nombre, recurrimos a los apellidos, y, si éstos no bastan, a otras características, p. ej. un apodo. Pero los antropónimos, en cuanto tales, no son *componentes comunes,* ni *distintivos,* ni siquiera *complementarios,* del concepto «persona humana». Este sería un auténtico «componente común», aplicable al conjunto de los humanos, a los que distinguiría frente a los demás seres. Un componente distintivo sería «hembra», que agruparía aproximadamente a la mitad de la especie humana y excluiría a la otra mitad. El camino para llegar a la individualización de Ana (la del grupo de Carmen y Pedro) mediante la acumulación de componentes distintivos y complementarios sería demasiado largo. Por eso tomamos el atajo del nombre propio. Pero los antropónimos, aunque sean en sí significativos, no lo son con relación a las personas que los llevan; son simplemente designativos. «Estrella», «Augusto», tienen significado; «estrella» como nombre común, y «augusto» como adjetivo. Pero como nombres de persona no significan nada. Se limitan a distinguir, y no todos, entre varón y mujer. Los apellidos, cuando no son muy corrientes, pueden indicar la ascendencia familiar; pero, igual que los gentilicios: «español», «francés», etc., no caracterizan a la persona. Los apodos, cuando son de imposición directa (no heredados, pues en este caso funcionan como apellidos, y a veces acaban siéndolo), pueden ser significativos. Suelen proceder de defectos físicos o morales, y, por consiguiente, expresan en cierto modo *componentes complementarios* del concepto que se tiene de la persona apodada. Los nombres propios de lugar (topónimos), de masas de agua estables o fluyentes (hidrónimos), de montañas (orónimos), los de animales domésticos, etc., pueden ser significativos, como los apodos de imposición directa, o simplemente designativos, como los antropónimos.

Señalemos, por último, que no tiene valor de componente complementario lo que es común a todos los individuos agrupados bajo un concepto. No decimos «mujer con ojos», porque el tener ojos no distingue a unas mujeres de otras; pero sí «mujer con ojos azules» porque hay muchas que los tienen de otro color. Otros componentes complementarios son tan esperables que mencionarlos sería redundante. No decimos «Juan abofeteó a Pedro *voluntariamente*», ni «el fuego destruyó la casa *involuntariamente*», porque no es normal abofetear a otro involuntariamente, ni se puede atribuir voluntad al fuego; este segundo enunciado sería no ya redundante, sino absurdo; tan absurdo, al menos, como el enunciado «una mujer con ojos».

6. Es claro que el análisis componencial no se aplica sólo a los conceptos que pueden agruparse en series nominales como las constituidas por los «vehículos para transportar personas» o los «muebles para sentarse». Vale igualmente para series de conceptos expresados por cualquier otra clase de palabras o «partes de la oración». T./N. analizan la serie de verbos franceses *marcher* («andar»), *courir* («correr»), *sauter à cloche-pied*[13], *danser* («bailar») y *nager* («nadar»), valiéndose también aquí de sólo tres componentes distintivos. Presuponen dos componentes comunes a los cinco verbos: «movimiento de locomoción» y «por un ser humano». Disponen así el conjunto de los conceptos y de sus componentes distintivos:

andar	*correr*	*sauter à cloche-pied*	*bailar*	*nadar*
1. movimiento de los pies	1. movimiento de los pies	1. movimiento de los pies	1. movimiento de los pies	1. movimiento de brazos y piernas
2. ritmo: 121212	2. ritmo: 121212	2. ritmo: 1111 ó 2222	2. ritmos diversos, regulares	2. ritmos diversos, regulares
3. siempre un pie en tierra	3. a veces los dos pies en el aire	3. a veces los dos pies en el aire	3. diversos	3. en el agua

T./N. reconocen que no han definido exhaustivamente ninguno de los cinco términos. Hay, en efecto, muchas maneras de andar: «en zulú,

---

[13] Intencionadamente dejo sin traducir, de momento, esta expresión, para que se vea cómo, aun desconociendo su equivalente español, se llegaría a él a través del análisis componencial.

por ejemplo, hay 120 ideófonos para caracterizar otros tantos modos de andar» (pág. 63). Pero creen haber dado los componentes distintivos, «es decir, los necesarios y suficientes para diferenciar estos cinco conceptos» (*ibid.*). Quizá pueda esto ponerse en duda para *bailar,* cuya definición podría confundirse con la de algunos tipos de gimnasia. Pero hay una definición muy clara y especialmente instructiva para traductores: la de *sauter à cloche-pied.* Supongamos que un traductor español no conoce esta expresión francesa ni dispone de un diccionario bilingüe que le dé la equivalente en su lengua. Sabe o cree saber qué palabras esp. equivalen a cada una de las cuatro francesas: «saltar», «a», «campana», «pie». Aunque fuera así —que no lo es, pues *cloche* no tiene aquí ninguna relación con «campana»—, no le serviría de nada, pues «saltar a campana pie» o «saltar a pie campana» no tiene sentido. Consulta entonces un diccionario francés, si lo tiene a mano, o a una persona de lengua francesa que conoce la expresión pero sólo puede explicar en francés su significado. Si el diccionario o el hablante francés le dan la misma definición que T./N. y el traductor conoce bien su propia lengua (cosa que, por desgracia, no siempre ocurre), comprenderá inmediatamente que el equivalente esp. es «saltar a la pata coja» [14].

6.1. T./N. analizan a continuación los términos *triángulo, rectángulo, cuadrado.* Los *componentes comunes* son: 1. «superficie geométrica» y 2. «limitada por líneas rectas». Los *componentes distintivos* son los siguientes:

triángulo	*rectángulo*	*cuadrado*
1. tres lados	1. cuatro lados	1. cuatro lados
	2. ángulos de 90°	2. ángulos de 90°
		3. latitud y longitud iguales

También este análisis resulta instructivo para traductores. En primer lugar, vemos cómo los conceptos científicos se definen más fácilmen-

---

[14] *Cloche* es un caso de homonimia (cfr. § 19): *cloche* («campana») es un préstamo del celta; *cloche* en la expresión *à cloche-pied,* un derivado del lat. pop. *cloppus* («cojo»).

te, e. d., con menos componentes distintivos: uno solo, «tres lados»,
basta para identificar *triángulo* frente a las demás figuras geométri-
cas; otro, «latitud y longitud iguales», establece una distinción neta
entre *rectángulo* y *cuadrado*. Tenemos aquí un indicio de la univoci-
dad y precisión que suelen caracterizar al lenguaje científico. Por eso
la traducción de obras científicas, supuesto el conocimiento de la
materia tratada y de la terminología de la pareja de lenguas, es mucho
más sencilla, mucho menos arriesgada, que la traducción de obras literarias. Esto no quiere decir que al lenguaje científico le esté absolutamente vedado el juego de la sinonimia; por ejemplo, dos de los tres
componentes del análisis anterior podrían expresarse de otro modo:
1. «tres ángulos», 3. «lados de longitud igual». Pero estas expresiones
serían tan unívocas como las otras.

7. La utilidad del análisis componencial para lexicólogos y lexi-
cógrafos es evidente. Podemos preguntarnos, en cambio, hasta qué
punto es éste un procedimiento recomendable a los traductores.

Digamos, ante todo, que, teóricamente, el procedimiento no puede ser nocivo. Puede, incluso, resultar necesario en muchas ocasiones
cuando una de las lenguas implicadas en la traducción carece de diccionario, quizá hasta de tradición escrita, como sucede a veces al traducir la Biblia a lenguas de pueblos primitivos. Pero, cuando tanto la
LO como la LT son lenguas de cultura, sólo en casos especialmente
difíciles o dudosos se deberá acudir al análisis componencial. El procedimiento más rápido y económico («económico» en el sentido de
que ahorra trabajo y riesgos al traductor) será la consulta de un buen
diccionario de la lengua en cuestión. Pero es necesario insistir en que
el diccionario consultado debe ser *un buen diccionario*; de lo contrario, o no resolverá la duda, o, peor aún, inducirá a error al traductor
con indicaciones falsas.

Un traductor debe desconfiar de su propia manera de entender las palabras del TLO, y, siempre que tenga duda, si la LO es una lengua de
cultura, debe consultar un buen diccionario de esta lengua. Pero nunca es bueno seguir a ciegas el diccionario. Suele haber en ellos más
información léxica que en cualquier cerebro humano. Pero tam-

poco existe el diccionario perfecto. Y un buen diccionario más una buena crítica de sus definiciones valen más que un buen diccionario solo.

§ 16. Las categorías semánticas.

1. El capítulo III de la obra citada de T./N., titulado *L'analyse de la structure,* dedica un apartado a las *catégories sémantiques* (págs. 34-35) que nos parece de gran interés para la teoría de la traducción. Expondremos a continuación su contenido. Creemos que el tratar aquí este tema se justifica por tener las «categorías semánticas» una relación más directa con el significado léxico que con la estructura de la frase; ésta es, en definitiva, más bien de carácter sintáctico. Por otra parte, esperamos completar la doctrina de Taber/Nida en un punto importante.

2. Según T./N., las «palabras» —término popular y de valor un tanto impreciso— pueden dividirse, por su contenido, en cuatro grupos: unas expresan acciones o sucesos; otras, objetos o cosas; otras, cualidades o abstracciones, y otras, finalmente, relaciones. T./N. proponen para tales grupos la designación de *categorías semánticas.* Resumen el contenido de cada categoría en los términos *objet* (O), *événement* (E), *abstraction* (A) y *relation* (R), que traduciremos por *objeto* (O), *suceso* (S), *abstracción* (A) y *relación* (R).

3. Advierten, en primer lugar, que los términos O, S, A, R, designan categorías semánticas, a diferencia de los términos *nombre, verbo, adjetivo, adverbio, preposición,* etc., que designan «especies gramaticales» de palabras, e. d., las llamadas tradicionalmente «partes de la oración». Señalan que es importante advertir que «no hay ninguna equivalencia automática» entre las dos series de términos, «ni entre las dimensiones de las unidades ni en sus funciones». La serie de los términos tradicionales corresponde propiamente a la «estructura superficial», mientras que las categorías semánticas se sitúan en una estructura más «profunda», a la que los autores se refie-

ren más adelante. Según T./N. —y esto es muy importante para la teoría general de la traducción—, al contrario de lo que sucede con las «especies gramaticales», que varían de una lengua a otra, las «categorías semánticas» abarcan todas las subcategorías del significado tal como se expresa en cualquier lengua; tienen, por consiguiente, validez para todas las lenguas; son categorías universales. «Todas las lenguas expresan la totalidad de la experiencia y del pensamiento en estas cuatro categorías fundamentales» (pág. 34).

4. T./N. explican a continuación el alcance de cada uno de los términos O, S, A, R. «*Objeto* (O) designa especialmente seres y cosas que pueden nombrarse y participar de algún modo en sucesos», p. ej. *casa, perro, hombre, sol, agua, bastón, espíritu,* etc. Esta noción puramente lingüística, e. d., el hecho de que algo se incluya en la categoría semántica de O, no significa nada en lo que se refiere a la cuestión filosófica de su existencia; «desde el punto de vista lingüístico, una hada es un objeto exactamente lo mismo que una piedra». El término *suceso* (S) «designa acciones, procesos que se desarrollan en el tiempo», p. ej. *correr, saltar, matar, hablar, brillar, aparecer, crecer, morir,* etc. El término *abstracción* (A) «designa nociones de cualidad, de cantidad, de grado, que no tienen ninguna existencia independiente sino que están íntima y esencialmente vinculadas a objetos o a sucesos». Son abstracciones (A), según T./N., porque «pueden aislarse abstractamente, tan sólo en el concepto». Por ejemplo, «lo *rojo* sólo existe en determinados objetos concretos, un gorro, un vestido, una pintura»; «*de prisa* no es más que una cualidad de un suceso como correr». Entre las abstracciones de cantidad distinguen T./N. abstracciones «precisas», como *uno, dos, tres,* y abstracciones «aproximadas», como *frecuentemente, mucho, numerosos, algunos.* Consideran también abstracciones las indicaciones de grado, como *muy, demasiado.* Finalmente, el término *relación* (R) «designa las relaciones significativas entre las otras categorías» semánticas. Según T./N., «las relaciones están generalmente representadas por: 1) el orden de los elementos, como la relación de agente o de receptor del suceso en francés; 2) los afijos (como los casos en latín y en griego); 3) las par-

tículas, como las conjunciones y las preposiciones. Con bastante frecuencia, las lenguas expresan ciertas relaciones por la ausencia de un
elemento particular cuya presencia podría esperarse (p. ej. la ausencia
de sujeto para el imperativo)» (pág. 35).

5. Antes de pasar adelante, debemos observar que T./N., al enfocar la categoría semántica de la relación (R), amplían la perspectiva.
Las unidades que se agrupan bajo los términos (O), (S) y (A) son
«palabras», y pertenecen a la correspondiente categoría semántica por
su contenido, entendido como significado o valor léxico. En la categoría (R) incluyen no sólo «palabras», es decir, unidades léxicas
(conjunciones y preposiciones), sino también unidades morfológicas
(casos latinos y griegos) y valores sintácticos (orden de las palabras,
ausencia de sujeto). Esto último se acentúa en la continuación del pasaje que acabamos de citar: «Hay evidentemente relaciones en todos
los niveles de la estructura de un texto: entre términos o expresiones,
entre oraciones (*propositions*), entre frases, entre parágrafos, etcétera.
Algunas sólo pueden existir entre dos elementos particulares, como la
relación de agente, que existe entre un objeto y un suceso; otras
existen con frecuencia entre oraciones, frases o párrafos, como las
relaciones temporales o lógicas». Aquí, como se ve, no se habla de la
relación (R) como categoría semántica léxica, sino de relaciones
sintácticas o incluso lógicas. A nosotros nos interesa ahora el término
«relación» exclusivamente como categoría semántica léxica, como
rúbrica bajo la cual situamos «palabras» (conjunciones y preposiciones) cuyo valor es fundamentalmente relacional.

6. Hay otro punto revisable en esta teoría de las categorías semánticas. La categoría *abstracción,* tal como la definen T./N., nos parece
demasiado imprecisa, y abarcadora de conceptos que difícilmente se
conciben como abstracciones. Resulta, en efecto, difícil analizar *tres,*
en «tres árboles», como una abstracción. Creemos que sería más claro reservar el término de abstracción para las que tradicionalmente se
han llamado palabras abstractas, como *bondad, amistad, aptitud* (a las
que podrían añadirse otras, por ejemplo ciertos adjetivos sustantivados por la anteposición del artículo neutro: *lo intenso* del color = *la*

intensidad del color), y establecer una quinta categoría semántica, a la que podríamos llamar *determinación* (D), que incluiría todas las nociones que sirven para determinar de algún modo los objetos, sucesos y abstracciones. La *determinación* abarcaría los artículos, adjetivos y adverbios de la gramática tradicional que funcionan como delimitadores del término al que se refieren. Utilizando los mismos ejemplos de T./N., en «el gorro rojo», «el» y «rojo» son determinaciones de «gorro»; en «correr de prisa», «de prisa» es determinación de «correr»; en «tres árboles», «tres» es determinación de «árboles».

7. Las palabras agrupadas bajo las categorías semánticas de *objeto, suceso, abstracción* y *determinación* tienen significado léxico propio; las incluidas en la categoría de *relación* pueden tenerlo o no tenerlo: lo tienen, por ejemplo, preposiciones como *ante, sobre, tras*; pueden no tenerlo preposiciones como *a, de* y conjunciones como *o, pero*.

8. Según se dijo en 3., no hay equivalencia automática entre las «categorías semánticas» y las «especies gramaticales» o «partes de la oración». Conviene observar, sin embargo, que sí existe «en cierta medida una correspondencia intuitiva» entre las categorías semánticas y algunas especies gramaticales. Así, los objetos se expresan frecuentemente por medio de nombres o de pronombres; por eso la gramática tradicional definía el nombre como si únicamente designara objetos: «el nombre es una palabra que sirve para designar una persona, un animal o una cosa». Los sucesos se expresan con frecuencia mediante verbos, y las determinaciones, mediante adjetivos o adverbios. «Pero cada lengua —observan T./N.— conoce asimismo maneras de cambiar la representación de las categorías semánticas para expresar, p. ej., un suceso mediante un nombre [así *dictamen, profanación, enfriamiento*]... Esta posibilidad de cambio en el modo de representación es lo que impide establecer una relación fija entre una categoría semántica y una especie gramatical» (pág. 35). Por otra parte, en esta posibilidad de expresar una misma categoría semántica, p. ej. un suceso, mediante especies gramaticales diversas, p. ej. mediante un verbo o un sustantivo, se basa la *transposición,* que, como

veremos más adelante, es uno de los recursos más importantes para la traducción.

§ 17. Palabras semánticamente complejas.

1. El tema de este apartado lo tratan T./N. en el mismo capítulo que las «categorías semánticas». Ambos temas están íntimamente relacionados. Por consiguiente, la misma justificación que dimos en el § 16. 1. para incluir las «categorías semánticas» en el tratamiento del significado léxico nos parece válida para tratar aquí de las palabras semánticamente complejas.

2. Según T./N., hay palabras que pertenecen simultáneamente a varias categorías semánticas.

«En *el servidor de todos* (Marcos 9, 35), por ejemplo, *servidor* designa a la vez un objeto (una persona) y un suceso (la acción de servir)» (pág. 41).

«Del mismo modo, en *dueño del sábado* (Marcos 2, 28), *dueño* combina en una palabra el objeto que actúa y la acción de mandar» (*ibid.*).

2.1. Este tipo de análisis podríamos llamarlo *relacional,* pues distingue relaciones implícitas en el significado de las palabras. Aunque T./N. lo aplican a sintagmas, con lo cual se aproximan en cierto modo al análisis sintáctico, su práctica se justifica plenamente sin salir del significado léxico: este análisis es igualmente válido si en vez de poner como ejemplos los sintagmas *el servidor de todos* y *el dueño del sábado,* analizamos separadamente las palabras *servidor* y *dueño.*

3. Pero no puede decirse que *servidor* y *dueño* pertenezcan a las dos categorías semánticas de *objeto* y *suceso.* El «servidor» y el «dueño» *son* personas (*objetos*), pero *no son* acciones (*sucesos*), aunque la condición de «servidor» y de «dueño» implique relación con las acciones de «servir» y «mandar». Por otra parte, el «servidor» y el «dueño» son personas (*objetos*) *permanentemente,* mientras que las

acciones de «servir» y «mandar» las realizan sólo ocasionalmente y durante cierto tiempo. El ser personas (objetos) es esencial y siempre actual en ellos; servir y mandar son, por decirlo así, potencias, que unas veces se actualizan y otras no. Al «servidor» lo caracteriza tanto como la realidad de su servicio el estar dispuesto a prestarlo, y al dueño, tanto como sus actos reales de dominio, el derecho a ejercerlos.

3.1. Si aceptásemos la pertenencia de estas palabras a dos categorías, tendríamos que aceptar igualmente la de verbos como *correr* o *gritar* a las categorías semánticas de *suceso* y *determinación* (según T./N., *abstracción*), porque ambos combinan una acción con una cualidad: *correr,* en efecto, es desplazarse (*suceso*) rápidamente (*determinación*), *gritar* es emitir voz (*suceso*) con fuerza (*determinación*). Incluso habría verbos que podrían adscribirse simultáneamente a tres categorías; por ejemplo *regalar,* que es la acción de dar (*suceso*) algo (*objeto*) gratuitamente (*determinación*).

4. Mejor que adscribir una misma palabra a dos o más categorías semánticas nos parece asignar cada palabra a una sola categoría, sin descuidar sus relaciones implícitas con otras categorías. Diremos, pues, que «servidor» *es* una persona (*objeto*) que implica la acción de servir (*suceso*), pero el «servidor» *no es* una acción; diremos que «regalar» *es* una acción que implica un objeto y una determinación, pero *no es* un objeto ni una determinación.

Entendido así el análisis de T./N., resulta ilustrativo y puede ser fecundo.

§ 18. LA POLISEMIA LÉXICA.

1. La polisemia lingüística[15] consiste en que un solo signo lingüístico, simple o complejo, pueda tener varios significados. Por «signo lingüístico simple» entendemos aquí el formado por una sola palabra;

---

[15] Según St. Ullmann, *Introducción a la Semántica francesa,* pág. 269, fue Michel Bréal el primero que usó el término *polysémie* en su obra *Essai de sémantique. Science des significations,* 5.ᵉ éd., Paris, 1921.

«signo lingüístico complejo» es el que consta de varias. La polisemia de los signos lingüísticos puede ser de carácter léxico, morfológico y sintáctico. Nos interesa ahora la polisemia léxica.

2. Entendemos por polisemia léxica el hecho de que *una misma palabra* pueda tener *varios significados léxicos*. Por ejemplo, la palabra *cabo* es polisémica en este sentido; algunos de sus significados pueden verse en el § 5, n.° 2.3.

3. La polisemia léxica es un fenómeno que se da probablemente en todas las lenguas del mundo. Ullmann incluye la polisemia entre los universales lingüísticos: «La polisemia es sin duda alguna un universal semántico inherente a la estructura fundamental del lenguaje»[16]. Y, dentro de cada lengua, son polisémicas la mayoría de las palabras.

4. La polisemia léxica es, en cierto modo, un fenómeno opuesto a la sinonimia. La polisemia implica la existencia de varios significados para una sola palabra; la sinonimia, la existencia de dos o más palabras para el mismo significado. La polisemia y la sinonimia son dos fenómenos lingüísticos extraordinariamente importantes para la traducción: la polisemia puede ser un obstáculo para la comprensión del TLO; la sinonimia, una ayuda para la construcción del TLT.

5. La polisemia obedece a la ley de la economía lingüística. Fue Aristóteles, que sepamos, el primero en explicar el origen de la polisemia:

«...no se puede discutir —dice— aportando las cosas mismas, sino que usamos los nombres como símbolos en vez de las cosas [...]; los nombres y el número de los enunciados (λόγων) son finitos, mientras que las cosas son infinitas en número, por lo cual es necesario que un mismo enunciado y un solo nombre signifiquen varias cosas» (*De soph. elenchis* 165 a 11-15).

---

[16] «Polysemy is without any doubt a semantic universal inherent in the fundamental structure of language». («Semantic Universals», en J. H. Greenberg (ed.), *Universals of Language,* Cambridge, Mass., 1963, págs. 172-207; cit. por H. Geckeler, *Semántica estructural...,* pág. 153.)

Innumerables autores han glosado directa o indirectamente, nombrándolo o callando su nombre, estas palabras de Aristóteles. Alguno les ha dado, a mi juicio, una interpretación equivocada[17].

6. La economía lingüística es la causa general y remota de la polisemia. Causas más particulares e inmediatas del mismo fenómeno son los llamados *tropos. Tropo* es una palabra griega, ella misma polisémica, pero cuyo significado fundamental es el de «desviación», «manera peculiar de actuar o de presentarse». Se produce el tropo cuando una palabra se usa en sentido distinto del que propiamente le corresponde. Suele pensarse en los tropos como figuras retóricas o literarias; pero lo cierto es que en el lenguaje familiar y aun vulgar se producen con gran abundancia.

Los tropos más corrientes son la *metáfora,* la *metonimia* y la *sinécdoque.*

6.1. La metáfora consiste en presentar como idénticos dos términos diferentes. «Su fórmula más sencilla es *A es B* (los dientes son perlas), y la más compleja, o *metáfora pura,* responde al esquema *B en lugar de A: sus perlas* (en lugar de *sus dientes). A* es el término *metaforizado,* y *B* el término *metafórico*» [...]. «Es preciso distinguir entre *metáfora lingüística, léxica* o *fósil,* es decir, la palabra que originariamente fue metáfora, pero que ya ha dejado de serlo y se ha incorporado a la lengua *(pluma* estilográfica, *hoja* de papel), y *metáfora literaria,* que pertenece al habla, como modalidad individual de un escritor o de un hablante. Un tipo muy frecuente de metáfora [lingüística] es la llamada en alemán *Tiermetapher* y también *Animalisierung,* que consiste en emplear nombres de animales [o de partes de animales] como términos metafóricos: *un asno* 'hombre torpe' [las *patas* de una mesa, la *cola* de un cometa, la *boca* del horno o de una cueva, etc.]» (F. Lázaro Carreter, *Diccionario de términos filológicos,* s. v. Metáfora).

---

[17] V. mi artículo «¿Tὸ ἓν σημαίνειν? Origen de la polisemia según Aristóteles», *REL,* enero-junio 1981, págs. 33-50.

6.1.1. La metáfora presenta como idénticos términos diferentes. Pero tanto el que usa la metáfora como sus destinatarios saben que no hay identidad, sino tan sólo semejanza, entre los términos metafórico y metaforizado. *Metáfora* es una palabra griega, que significa «traslación». El mismo nombre indica, pues, que una palabra se emplea en un sentido que inicialmente no le correspondía. A pesar de todo, se acepta la metáfora, incluso en su forma pura: «mostró al reír *las perlas* de su boca», y se acepta gustosamente, dando así ocasión a que el término metafórico pueda llegar a suplantar al término metaforizado. Por eso la metáfora es un tropo de importancia extraordinaria en la formación de las lenguas. No podemos considerarla como simple ornamento retórico. Como ha dicho Dámaso Alonso, la metáfora «ha intervenido en la creación de gran parte del lenguaje que hablamos» [18].

6.1.2. La metáfora es frecuentísima no sólo en el hablar corriente, sino también en el lenguaje científico, que procura ser lo más exacto posible. Según W. Kayser [19], la creencia en la firmeza del vínculo entre concepto y lengua y en la posibilidad de un lenguaje realmente «propio» o «adecuado» se asienta en bases muy débiles. Muchos de los usos corrientes de las palabras que consideramos «propios» se nos revelan frecuentemente, al considerar su historia, como «trasladados». Y no deja de ser curioso que un extranjero descubra el carácter metafórico de muchas expresiones antes que el habituado a ellas desde la niñez. Como ejemplo del metaforismo oculto del lenguaje científico examina Kayser el texto siguiente: «Se tenía muy olvidada la primitiva lírica española. Se hablaba de ella como de algo muy oscuro y sin interés más que para eruditos estudiosos». Al concentrar nuestra atención en el sentido de lo que leemos, no nos damos cuenta de las muchas traslaciones de significado que aquí se han hecho. Pero, «observando más de cerca —comenta Kayser—, se nos revela algo: oscuro, interés. Y cuanto más minuciosamente observamos, más

---

[18] *Poesía española*, 5.ª ed., pág. 606.
[19] *Interpretación y análisis de la obra literaria*, 4.ª ed., pág. 168.

se disuelve la firmeza de las designaciones: se tenía, olvidada, primitiva, lírica, eruditos, etc. Todos estos significados, aparentemente propietarios de las habitaciones en que se alojan, se nos revelan como huéspedes pensionistas venidos de lejos y que, en no pocos casos, han expulsado a los verdaderos propietarios». También R. Wellek y A. Warren[20] observan que

> la metáfora está latente en gran parte de nuestro lenguaje cotidiano y es manifiesta en la jerga y en los adagios populares. Los términos más abstractos se derivan, por transposición metafórica, de relaciones que son en última instancia físicas (*comprender, definir, eliminar, sustancia, sujeto, hipótesis*)[21].

6.1.3. La metáfora, en efecto, se aplica a cosas visibles y concretas, pero sobre todo a las invisibles y abstractas. Walter Porzig, en las págs. 45-47 de su maravilloso libro *El mundo maravilloso del lenguaje,* enumera metáforas alemanas de una y otra especie. Muchas de ellas se dan también en español y en otras lenguas. La cima de una montaña se llama en al. *Rücken* o *Kamm,* y en esp. *lomo* o *cresta,* según la forma que presente, y se habla también en al. de *Flanken* («costados»), *Schulter* («hombro»), *Fuss* («pie») y *Nase* («nariz») de un monte. Todos estos nombres corresponden propiamente a partes del cuerpo de un animal. El que aplicó por vez primera estas designaciones veía el monte como una bestia enorme. El que llamó *Kamm* («cresta») a una cima quizá pensaba, al hacerlo, en un dragón fabuloso. El traductor de la obra de Porzig, Abelardo Moralejo, en una de las muchas y eruditas notas con que ha enriquecido la obra, señala que «son corrientes en español las metáforas *pie, cresta, falda* de un monte [...] y también, aunque menos, *ceja* y *morro,* y además *garganta* entre montañas, como ya en latín *fauces,* de donde *hoz* (las *hoces* del Júcar y del Huécar en Cuenca), port. *foz* 'desembocadura de un

---

[20] *Teoría literaria,* 4.ª ed., pág. 32.
[21] Bibliografía sobre *Metáfora y otras figuras* en la o. c. de Kayser, págs. 537 s. y 553.

río'». Y añade que *cuesta* («pendiente») y *costa* («orilla del mar»)
han perdido, como *hoz,* su sentido metafórico, por no usarse ya con
los sentidos del lat. *costa* («costilla, lado»), de donde proceden, como
el fr. *côte* (pág. 46, n. 30). El fr. *crête* —prosigue Porzig—del lat.
crista, como el esp. *cresta,* es lo mismo que el al. *Kamm.* Y el norue-
go *äs* «cadena de colinas» significaba originariamente «hombro», y
nes «promontorio» es del mismo origen que el al. *Nase* «nariz». «En
el alemán *Landzunge* («lengua de tierra») [y lo mismo en esta expresión esp.] subyace manifiestamente la idea de un animal que sorbe
agua con la lengua muy extendida». *Meerbusen* se formó por traducción del gr. *kólpos,* que propiamente designaba el «pliegue de un
vestido», y también el «regazo». La palabra griega pasó a las lenguas
románicas como *golfo,* y de aquí al al. como *Golf.* Con un sentido
próximo al alemán *Meerbusen* (de *Meer* «mar» y *Busen* «seno») tenemos en esp. *ensenada,* que se deriva de *seno.* En al. se habla también de *Schnauze* («hocico, pico») de una vasija, y los griegos llama-
ban *úata* («orejas») a las asas de una ánfora. «Los hablantes —concluye Porzig— se veían en estos casos ante el problema de dar nombres a formas del terreno o de vasijas, que en sus detalles, evidentemente, no los tenían fijos. Entonces vieron en ellas formas humanas o
de animales, y así dieron fácilmente con los nombres necesarios. El
proceso ha sido y es muy frecuente en la vida del lenguaje. Se llama
traslación o, con tecnicismo griego, *metáfora*» (pág. 46).

   6.1.4. Es sabido que el fr. *tête* («cabeza»), como el esp. *testa*
(menos usado con ese mismo sentido), procede del lat. *testa,* nombre
que propiamente designaba una vasija de barro cocido que se llenaba
de tierra para criar plantas. Este es hoy el significado más corriente
de *tiesto,* que se usa también metafóricamente por «cabeza». En la
traslación del significado de *testa* a *tête* y *testa* («cabeza») está probablemente implícita la metáfora en virtud de la cual los griegos lla-
maban *úata* («orejas») a las dos asas de una vasija. La vaga semejanza entre una *testa* con asas y una cabeza humana vista por detrás o de
frente dio lugar al desplazamiento del significado. En sentido inverso, podríamos enumerar no pocos significados metafóricos del espa-

ñol *cabeza* o del término equivalente en otras lenguas: «principio o extremo de algunas cosas», «cumbre más o menos redonda de un monte», «parte opuesta al extremo más delgado de una punta o de un clavo», «origen», «persona principal en algo», «jefe de una familia», «bulbo de algunas plantas, especialmente el conjunto de los dientes (otra metáfora) que forman el bulbo del ajo», etc. En francés, según el *Petit Larousse,* puede llamarse *tête* a todo aquello que tenga alguna relación de situación o de forma con la verdadera *tête,* e. d., con la cabeza humana o de un animal. En todas esas denominaciones se hará un uso metafórico de *tête.* Aproximadamente lo mismo puede decirse de *Kopf* en alemán y de *head* en inglés.

6.1.5. Pero más aún que a cosas concretas y visibles se aplica la metáfora a las abstractas e invisibles. *Heiter* significaba en alemán «sereno, claro», aplicado al cielo o al tiempo, como también el lat. *serenus;* pero en el s. XVII se comenzó a decir, por traslación, *heitere Stimmung* «humor o estado de ánimo alegre y sereno». «*Lahme Entschuldigungen* («disculpas cojas o tullidas»), *faule Ausreden* («excusas podridas»), *schiefe Darstellungen* («interpretaciones oblicuas, torcidas»), *fadenscheinige Begründungen* («argumentaciones raídas») [propiamente, «que muestran los hilos»] son expresiones que dicen inmediatamente, aun al profano, de dónde han sido tomadas» (Porzig, *ibid.,* páginas 46-47). Son ya tan naturales, que es preciso reflexionar para encontrar las expresiones «propias», es decir, no metafóricas. Y no pocas veces el uso metafórico acaba haciendo olvidar el uso propio. Se produce entonces el fenómeno que los lingüistas llaman «lexicalización» de la metáfora o «metáfora lexicalizada», tan expresivamente descrito por Kayser con una serie de metáforas: los nuevos significados de las palabras, «aparentemente propietarios de las habitaciones en que se alojan», son «huéspedes pensionistas, venidos de lejos, que han expulsado a los verdaderos propietarios».

6.2. Menos importantes sin duda que la metáfora para la creación de polisemia, mas no por eso desdeñables, son la *metonimia* y la *sinécdoque,* dos tropos cuya distinción suele hacerse un tanto confusamente o con cierta arbitrariedad. Así, en el *Dictionnaire encyclopédi-*

que des sciences du langage de O. Ducrot y T. Todorov, págs. 354 s.,
hallamos estas definiciones nada claras:

> «MÉTONYMIE: emploi d'un mot pour désigner un objet ou une
> propriété qui se trouvent dans un rapport existentiel avec la référence
> habituelle de ce même mot»
> [«Empleo de una palabra para designar un objeto o una propiedad
> que se hallan en una relación existencial con la referencia habitual de
> esta misma palabra»].

Y, como ejemplo: «Je ne décide point entre Genève et Rome!» [«No
decido entre Ginebra y Roma»].

> «SYNECDOQUE: emploi d'un mot en un sens dont son sens
> habituel n'est qu'une des parties»
> [«Empleo de una palabra en un sentido del que su sentido habi-
> tual no es más que una de las partes»],

pequeño galimatías, que deja de serlo gracias al ejemplo: «Depuis
plus de six mois, éloigné de mon père, / J'ignore le destin d'une tête
si chère» [«Lejos ya de mi padre hace más de seis meses, / Desco-
nozco el destino de esta amada cabeza»].

6.2.1. F. Lázaro Carreter, en su *Diccionario de términos filológicos,* es más claro:

> METONIMIA: Tropo que responde a la fórmula lógica *pars pro
> parte*; consiste en designar una cosa con el nombre de otra que está
> con ella en una de las siguientes relaciones: a) *causa a efecto*: vive de
> su *trabajo*; b) *continente a contenido*: tomaron unas *copas*; c) *lugar
> de procedencia a cosa que de allí procede*: el *jerez;* d) *materia a ob-
> jeto*: una bella *porcelana*; e) *signo a cosa significada*: traicionó su
> *bandera*; f) *abstracto a concreto, genérico a específico*: burló la *vigi-
> lancia,* etc.
>
> SINÉCDOQUE: Tropo que responde al esquema lógico *pars pro
> toto* o *totum pro parte*. Se produce cuando se emplea una palabra por
> otra, estando sus conceptos respectivos en la relación de: a) género a
> especie o viceversa: *los mortales* = 'los hombres'; b) parte a todo o
> viceversa: *diez cabezas* = 'diez reses', *la ciudad se ha amotinado* =

'los habitantes de la ciudad'; c) singular a plural o viceversa: *el español es sobrio* = 'los españoles son sobrios', etc.

Pero también aquí hay algunas imprecisiones. En primer lugar, la relación de género a especie se incluye en la metonimia: apartado f) y en la sinécdoque: apartado a). Por otra parte, no se ve una correspondencia exacta entre la definición general de la metonimia y sus aplicaciones específicas: no parece que se dé la relación lógica de *pars pro parte* ni entre la causa y el efecto, ni entre el continente y el contenido, ni entre el lugar de procedencia y lo que de allí procede, ni entre el signo y lo significado, ni entre lo abstracto y lo concreto; entre la materia y el objeto fabricado con ella, tal relación sólo se daría si entendiésemos, en sentido metafísico aristotélico, la materia como «materia prima», que constituiría, junto con la «forma», el objeto de referencia.

6.2.2. Una exposición más satisfactoria sobre la naturaleza de la metonimia y de la sinécdoque puede verse en H. Lausberg, *Manual de retórica literaria,* vol. II, 70-79. Doy aquí un resumen. «La metonimia [...] consiste en poner en lugar del *verbum proprium* otra palabra cuya significación propia está en relación real [...] con el contenido significativo ocasionalmente mentado; por tanto, no en una relación comparativa [...] como la metáfora». Lausberg se apoya en autoridades clásicas, sobre todo en la *Rhetorica ad Herennium,* y concluye: «Así, pues, la metonimia emplea una palabra en la significación de otra que semánticamente está en relación real con la palabra empleada» (n.º 565). Poco después (n.º 568) explica más detalladamente:

> Las relaciones reales entre la palabra empleada metonímicamente y la significación mentada [...] son de especie cualitativa (causa, efecto, esfera, símbolo). En particular [...] hay que distinguir:
>
> 1) la relación persona-cosa, en que la persona (como inventor, poseedor, funcionario) está en relación real con la cosa o inversamente [...]:
>
>   a) autores por sus obras [..., p. ej. leer a Virgilio];

b) divinidades por la esfera de sus funciones (metonimia mitológica): [...]: *Marte* en vez de la guerra; *Ceres* en lugar de los cereales; *Baco* en lugar del vino; *Neptuno* en lugar del mar, etc.].

c) propietario (también morador) en vez de la propiedad (también morada): *Aen.* 2, 311: *iam proximus ardet Ucalegon* [Virgilio dice *Ucalegon* para significar la casa de este troyano];

d) [instrumento en vez del que lo maneja, como en el verso de Góngora: «tanto por *plumas* como por *espadas*», e. d.: tanto por escritores como por guerreros];

2) la relación continente-contenido, en la que el continente también puede estar representado por un lugar o tiempo, y el contenido tanto puede abarcar personas como cosas: [...] [«*Graecia capta ferum victorem cepit et artes / intulit agresti Latio*». «Grecia cautiva cautivó al fiero vencedor e introdujo las artes en el agreste Lacio» (Hor. *Epist.* II, 1, 156-7), donde *Grecia* está por «los griegos», y *Lacio,* por «los latinos»; beber una *copa,* etc.].

Encaja también aquí la denominación de propiedades espirituales mediante partes corporales: *cerebrum* «inteligencia, cólera», *cor* [«corazón»] «sentimiento, penetración»;

3) la relación causa-consecuencia: [...] *Aen.* 5, 817: «*spumantia... frena*» [«espumante freno», aunque no es el freno el que produce la espuma, sino el caballo que lo lleva]; *Aen.* 10, 140: *vulnera dirigere* («proyectiles que producen heridas»);

4) relación abstracto-concreto [...] Liv. 1, 13, 2: *dirimere iras* («a los que arden en ira»); *Andromaque* 1, 1, 16: *ma triste amitié* («yo, tu triste amigo»);

5) la relación de símbolo: Cic. *De Or.* 3, 42, 167: «*togam*» *pro pace,* «*arma*» *ac* «*tela*» *pro bello*; Cic. *Off.* 1, 22, 77: *cedant arma togae* [«dejen paso las armas a la toga», e. d., la guerra a la paz]; Corneille, *Menteur: j'ai quitté la robe pour l'épée* [...]. La relación de símbolo puede aplicarse también como sinécdoque [considerando el símbolo como una parte y lo simbolizado como el todo].

6.2.3. La *sinécdoque* es, según Lausberg (pág. 76, n.° 572), una «metonimia de relación cuantitativa entre la palabra empleada y la significación mentada». (La relación entre la palabra empleada metonímicamente y la significación mentada era de especie cualitativa). La relación cuantitativa de la sinécdoque se realiza como:

1) relación parte-todo en ambas direcciones: [...]. Cic. *De Or.* 3, 42, 168: intellegi volumus aliquid aut ex parte totum, ut pro aedificiis cum «parietes» aut «tecta» dicimus, aut ex toto partem, ut cum unam turmam «equitatum populi Romani» dicimus [queremos que se entienda *el todo por la parte,* como cuando decimos «las paredes» o «el techo» en vez del edificio, o *la parte por el todo,* como cuando llamamos a un escuadrón «la caballería del pueblo romano»]. Esta relación se usa asimismo con adjetivos: Quint. 8, 6, 28: *cum aurata tecta «aurea» ‹dico›, pusillum a vero discedo, quia non est nisi pars auraura* [cuando ‹llamo› áureo a un techo dorado, me aparto un poquito de la verdad, pues la doradura es sólo una parte];

2) relación género-especie en ambas direcciones [los mortales (género) = 'los hombres' (especie)]. Hay que situar también aquí la relación materia bruta-cosa fabricada [...*acero* por 'espada']: Ov. *Met.* 3, 704: *aere canoro signa dedit* [bronce canoro por 'trompeta']; Dante, *Inf.* 3, 93: *più lieve legno* («barca») [sobre esto, v. las últimas líneas de 6. 2. 1.];

3) La relación numérica en que se pone el singular por el plural y a la inversa: [...] «*Poeno fuit Hispanus auxilio*» [ayudó el hispano al cartaginés = ayudaron los h. a los c.]; *Aen.* 2, 20: *uterum equi... armato milite complent* (con varios soldados) [22].

6.3. En resumen: la diferencia fundamental entre la metáfora, por una parte, y la metonimia y la sinécdoque, por otra, consiste en que entre los términos metafórico y metaforizado no hay una relación re-

---

[22] En la traducción esp. no podría conservarse la sinécdoque: «llenan de soldado armado»; sería necesario el plural: «de soldados armados». Se perdería así el ornato del tropo, que el traductor debe conservar siempre que sea posible. Cuando no lo es, como no lo es aquí, debe procurar compensar esta pérdida estilística tan pronto como pueda.

al, sino tan sólo una semejanza de forma o de función: entre una *sierra* («cordillera de montes o peñascos cortados») y la *sierra* («hoja o cinta de acero con dientes agudos y triscados en el borde») no hay ninguna relación real; hay mera semejanza formal. Tanto en la metonimia como en la sinécdoque (que no es más que una especie de la metonimia) hay relación real entre lo designado por la palabra en su uso propio y lo que designa en el uso figurado: entre el *jerez* (vino) y *Jerez* (ciudad) —metonimia— hay una relación real de origen o procedencia; entre una *cabeza* y una *res* —sinécdoque—, hay una relación real de parte a todo. La diferencia entre metonimia y sinécdoque consiste en que las relaciones que intervienen en la primera son cualitativas, y las que se dan en la segunda, cuantitativas.

§ 19. Polisemia y homonimia.

1. Es un problema antiguo señalar límites precisos entre la *polisemia* y la *homonimia*. Ullmann define así los dos términos: hay *polisemia* cuando «la misma palabra puede tener dos o más significados diferentes»; la *homonimia* se da cuando «dos o más palabras diferentes pueden ser idénticas en sonido»[23]. Esta definición de la homonimia ensancha sus límites al incluir en ella lo que suele llamarse *homofonía*. Según esta definición, habría que considerar homónimas palabras francesas como *sain* («sano»), *saint* («santo»), *sein* («seno»), *seing* («firma»), *ceint* («ceñido»). Al traductor, que opera sobre textos escritos, no le causan problemas las palabras *homófonas,* que suenan lo mismo, sino las *homógrafas,* que se escriben lo mismo. Por consiguiente, la *homofonía* no es asunto propio de la teoría de la traducción[24].

---

[23] *Semantics,* pág. 159: «The same word may have two or more different meanings». «Two or more different words may be identical in sound». (Cit. por Horst Geckeler, *Semántica estructural y teoría del campo léxico,* pág. 147).

[24] La homofonía es un problema que afecta a la teoría de la interpretación; el intérprete recibe el TLO por el oído y opera, por consiguiente, sobre el sonido de los textos orales.

2. Los lingüistas modernos han discutido largamente sobre la diferencia entre *polisemia* y *homonimia*. Limitando el alcance de la homonimia a las palabras homógrafas, ¿cuándo se trata de una misma palabra con diferentes significados (polisemia) y cuándo de varias palabras con una misma grafía? Horst Geckeler[25] resume las opiniones más destacadas en la lingüística sincrónica. No se ha llegado aún a solucionar el problema de manera incontrovertible. La lingüística sincrónica se niega por principio a buscar la solución en la historia de las lenguas, que es probablemente donde puede hallarse.

3. Para la teoría de la traducción el problema tiene menos importancia que para la lingüística. Se reconoce unánimemente que los verbos franceses *louer* (del lat. *laudare* «alabar») y *louer* (del lat. *locare* «arrendar») son dos palabras distintas; se discute si el adjetivo fr. *poli* (participio del verbo *polir,* del lat. *polire*) «pulido» (= de superficie alisada) y «cortés» (= que observa las conveniencias sociales) son una o dos palabras. Ambos tipos de palabras pueden crear situaciones de duda para el traductor. No son menos problemáticas las primeras, aunque la lengua las diferencie claramente: *louer une maison, louer un garçon de ferme* pueden significar «alabar» o «arrendar» una casa, «alabar» o «contratar» a un gañán; en cambio, *un marbre poli* sólo puede significar «un mármol pulimentado», y *un homme poli,* «un hombre cortés». A la teoría de la traducción no le interesa discutir si *ziehen,* en alemán, es una o son varias palabras[26]; le interesa proporcionar criterios para reconocer el sentido de *ziehen* en un pasaje concreto del TLO.

---

[25] *Semántica estructural...* «Sobre el principio de la diferenciación», 146-158.

[26] W. Porzig, «Die Einheit des Wortes. Ein Beitrag zur Diskussion», en *Sprache - Schlüssel zur Welt. Festschrift für Leo Weisgerber,* Düsseldorf, 1959, 158-167, pág. 163, cit. por H. Geckeler, *o. c.,* 156, distingue cuatro verbos *ziehen;* e. d., ve en *ziehen* cuatro palabras homónimas. El *Deutsches Wörterbuch* de G. Wahrig y el *Langenscheidts Handwörterbuch Deutsch-Spanisch* ven en *ziehen* un solo verbo de fuerte polisemia.—Un tratamiento más extenso de este tema puede verse en mi artículo «Polisemia, ambigüedad y traducción», en *Lógos Sēmantikós, Studia Linguistica in Honorem Eugenio Coseriu,* III, 37-51.

IV. EL PLANO MORFOLÓGICO DE LOS SIGNOS LINGÜÍSTICOS

§ 20. EL SIGNIFICADO GRAMATICAL.

Hemos hablado hasta aquí del significado léxico. Pasamos ahora a tratar del *significado gramatical*. Las dos partes fundamentales de la gramática son la *morfología* y la *sintaxis*. Según esto, distinguiremos un significado *morfológico* y un significado *sintáctico*. Teniendo en cuenta que el significado sintáctico se basa en gran parte en la morfología, dirigiremos nuestra atención casi exclusivamente a ésta. Nos limitaremos, sin embargo, a exponer algunas ideas generales.

§ 21. EL CONCEPTO DE MORFOLOGÍA.

1. La morfología trata de la forma de las palabras con independencia de la función que desempeñen en la frase. La morfología es el estudio de la estructura gramatical de las palabras, mientras que la sintaxis estudia la estructura gramatical de la frase.

2. Los lingüistas suelen incluir en la morfología la distribución de las palabras en diferentes clases, llamadas tradicionalmente «partes de la oración» (sustantivo, adjetivo, verbo, etc.). Esta práctica es discutible. La inclusión de una palabra en una clase determinada sólo dice si la palabra en cuestión es variable o invariable, e. d., si puede adoptar formas diversas sin dejar de ser la misma palabra, o si tiene

la única forma con que figura en el diccionario. La indicación de la clase a que pertenece cada palabra se da tradicionalmente en los diccionarios.

3. Propiamente, la morfología debiera limitarse a tratar de las palabras variables, que pueden aparecer en distintas formas. Si hubiera una lengua cuyas palabras fuesen todas invariables, la morfología carecería en ella de sentido; su gramática se reduciría a la sintaxis.

4. El objeto de la morfología está constituido por la flexión (declinación y conjugación), la composición y la derivación de las palabras y la determinación de las categorías gramaticales: género, número, caso, persona, aspecto, voz, tiempo y modo.

5. Una teoría de la traducción tiene que suponer en el traductor el conocimiento cabal de la morfología de la LO. Sin este conocimiento le sería imposible la comprensión de los textos que se propone traducir. Por otra parte, una teoría general de la traducción no puede repetir el trabajo propio de una gramática general. Y una teoría de la traducción orientada a la pareja de lenguas implicadas en un caso particular de traducción tampoco puede repetir el trabajo propio de una gramática comparada de estas lenguas. Esto no quiere decir que el traductor no deba estudiar gramática general y gramática comparada de la(s) lengua(s) original(es) con la de la suya propia.

6. Aquí nos limitamos a exponer rápidamente algunos conceptos básicos para la morfología general de las lenguas, que pueden ser útiles desde el punto de vista de la traducción, especialmente para la comprensión del TLO.

7. Las diferencias o determinaciones morfológicas se constituyen mediante la adición de diversos *morfemas* a la *raíz* de una palabra. Los morfemas son, pues, *afijos* que se añaden a la raíz para determinar de algún modo su significado. Hemos visto ya (§ 12.) que se considera *raíz* de una palabra el grupo mínimo de fonemas que contienen el significado general de todas las formas que puede adoptar esa palabra y de todas las palabras que pueden derivarse de ese grupo mínimo de fonemas. Si consideramos, p. ej., la palabra *flor,* tenemos que ver en ella, al mismo tiempo que una palabra, una *raíz,*

pues no podemos suprimir ningún fonema sin destruir el significado de la palabra. Pero si decimos *flores,* hemos añadido a la raíz *flor* el sufijo *-es,* que ha cambiado la forma de la palabra y ha determinado su significado gramatical: *flor* es una (singular), *flores* son varias (plural); podemos, en este caso, hablar de una misma palabra con dos formas diferentes. En el adjetivo *blanco, blanca, blancos, blancas,* tenemos cuatro formas distintas de la misma palabra; la 3.ª y 4.ª añaden a la 1.ª y 2.ª un sufijo *-s,* que marca la categoría gramatical de plural, como *-es* en *flores* con relación a *flor*; por otra parte, en la 1.ª y 3.ª tenemos un sufijo *-o,* que marca la categoría de masculino, frente a la *-a* de la 2.ª y 4.ª, que marca la de femenino. En ninguna de estas formas aparece sola la *raíz,* pues hallamos otras palabras con el mismo significado general, como *blancura* y *blanquear,* donde sólo aparece como elemento común a estas palabras y a aquel adjetivo, *blanc* o *blanqu. Blancura* y *blanquear* son palabras diferentes entre sí y con relación a *blanco, blanca*; pertenecen a especies gramaticales distintas: *blanco* es adjetivo; *blancura,* sustantivo, y *blanquear,* verbo.

8. Podrían establecerse en la morfología dos partes: la primera estudiaría las palabras que cambian de forma sin perder su identidad como palabra; la segunda, los procedimientos para producir de una misma raíz palabras diferentes. La primera comprendería la determinación de las categorías gramaticales: género, número, caso, persona, aspecto, voz, tiempo y modo, y su aplicación en la flexión (declinación y conjugación); la segunda, la derivación y la composición.

V. MORFOLOGÍA DE LAS CATEGORÍAS GRAMATICALES

§ 22. EL GÉNERO.

1. El género es una categoría morfológica que afecta propiamente al sustantivo. Pueden distinguirse dos tipos de género: el *género natural* y el *género gramatical*. El género natural señala una diferencia establecida en los seres por su naturaleza. Es probable que la primera finalidad del género fuese distinguir entre seres animados y seres inanimados. Posteriormente se añadiría, dentro de la categoría de seres animados, la distinción basada en el sexo, mediante los géneros masculino y femenino [1]. El hitita, lengua indoeuropea que se habló en Asia Menor y de la que se conservan inscripciones del segundo milenio a. de C., tenía los géneros animado e inanimado, pero no hacía la distinción de *masculino* y *femenino,* que se daba en otras lenguas de la misma familia. La distinción de género animado e inanimado perdura en lenguas como el ojibwa, una de las algonquinas del norte de América.

2. Al establecerse para los seres animados la distinción genérica de *masculino* y *femenino,* surgió un tercer género, el *neutro,* para los seres inanimados, carentes de sexo, a los que, por tanto, no podía

---

[1] *Género,* del lat. *genus,* en gr. γένος, significa propiamente, como en ing. normal *gender,* género gramatical. En cambio, al. *Geschlecht,* que significa también «sexo», se refiere tanto al género gramatical como al natural.

aplicarse «ni uno ni otro» (esto es lo que significa el adj. lat. *neu-trum*), e. d., ni el masculino ni el femenino.

3. Tanto el género *animado/inanimado* como el *masculino/feme-nino/neutro* son géneros naturales, pues se basan en propiedades —vida, sexo— puestas en los seres por la naturaleza. Por eso se ha dicho que el género natural es significativo, mientras que el gramatical es puramente distintivo.

4. El género *gramatical* o *formal* no limita su distinción a los sustantivos, sino que la extiende a otras clases de palabras (adjetivos, pronombres, numerales, artículos). Por lo demás, prescinde hasta cierto punto de las propiedades o diferencias naturales, incluyendo seres inanimados (y, por tanto, asexuados y lógicamente neutros) en las categorías de masculino o femenino, y atribuyendo a seres sexuados un género que no les corresponde naturalmente.

5. El género gramatical no tiene el mismo alcance en todas las lenguas. Algunas, como el griego y el latín entre las antiguas, y el alemán entre las modernas, conservan plenamente vigentes el *masculino, femenino* y *neutro*; otras, como el francés, sólo distinguen formalmente entre el masculino y el femenino; el español ha conservado el neutro formalmente sólo en el artículo determinado y en algunos pronombres; en los adjetivos, la forma neutra se ha confundido con la masculina (ésta, en singular, recibe el artículo masculino, *el,* cuando concuerda con un sustantivo masculino: «*el santo* varón»; pero se le antepone el artículo neutro, *lo,* cuando el adjetivo no se refiere a ningún sustantivo: «*lo santo*»). El inglés sólo conserva los tres géneros, masculino, femenino y neutro, en el singular del pronombre personal *he* «él», *she* «ella», *it* «ello»; *him* «a él», *her* «a ella», *it* «a ello», y en el adj.-pron. posesivo *his* «su, sus, suyo, suyos (de él)», *her(s)* «su, sus, suyo, suyos (de ella)», *its* «su, sus, suyo, suyos (de ello)» y en los compuestos *himself* «a sí mismo», *herself* «a sí misma», *itself* «a sí mismo (neutro)», «ello mismo»; pero, de modo latente, siguen funcionando los tres géneros también para los sustantivos, incluso con más proximidad al género natural que en alemán. El inglés, en efecto, divide implícitamente los sustantivos en

masculinos, femeninos y neutros, según requieran *himself, herself* o *itself* en frases como *the boy hurt himself* («el chico se hizo daño»), *the girl* («la chica») *hurt herself, the snake* («la culebra») *hurt itself* (Robins, pág. 311). Del mismo modo, en la anáfora o referencia retrospectiva, *boy, girl* y *snake* se designan respectivamente con los pronombres *he, she, it*. El pronombre neutro *it* se aplica anafóricamente, con algunas excepciones, a cosas inanimadas, a niños muy pequeños y a los animales cuyo sexo no se puede o no interesa determinar, como es el caso de *snake*.

6. En alemán, el género es preponderantemente gramatical. Se mantiene en general la atribución de los géneros masculino y femenino a las personas y animales claramente diferenciados como machos o hembras; pero incluso en esto hay excepciones: se atribuye el género neutro a los niños y a todos los sustantivos que lleven los sufijos de diminutivo *-chen* o *-lein,* aunque se refieran a personas: *Mädchen* «muchacha», *Fräulein* «señorita», *Männchen* o *Männlein* «hombrecito». Los sustantivos que designan seres inanimados o abstracciones se reparten entre los tres géneros: *Kreis* m. «círculo», *Kreide* f. «tiza», *Kraut* n. «hierba»; *Geschmack* m. «gusto», *Geschwulst* f. «hinchazón», *Geschirr* n. «vasija». El mismo aparente desorden reina en la atribución de género a los sustantivos que designan animales de sexo desconocido o que no interesa precisar: *Fink* m. «pinzón», *Amsel* f. «mirlo», *Schmetterling* m. «mariposa», *Schnecke* f. «caracol». Tampoco se ve lógica en la atribución de género al nombre de animales útiles para el hombre: *Pferd* n. «caballo», *Stier* m. «toro», *Kamel* n. «camello», *Esel* m. «asno».

7. En muchos casos, el género, cualquiera que sea su forma, se aplica tanto al macho como a la hembra; e. d., se prescinde totalmente del género natural y se atiende exclusivamente al gramatical. Suele darse a este género el nombre de *epiceno* (del gr. *epíkoinos* «común»). Existía ya en griego clásico y en latín, y lo han heredado de esta lengua las románicas: *perdix* era formalmente femenino, tanto en griego (donde podía llevar sin embargo el artículo masc.) como en latín, y sigue siéndolo *perdiz* en español, *perdrix* en fr., *pernice* en it.,

que designan tanto al macho como a la hembra. *Kórax* «cuervo» era masc. en gr., como lo era *corvus* en lat. y lo es *cuervo* en esp., *corbeau* en fr. y en it. *corvo*; pero todas estas palabras designan también a la hembra.

8. Hay que notar una particularidad del género pronominal inglés, y es que, formalmente, sólo aparece en singular. Volviendo a la frase construida con el verbo *hurt*, cualquiera que sea el sujeto en plural, el pronombre tiene que ser *themselves*: *the boys* (*the girls, the snakes*) *hurt themselves*; del mismo modo, la diferencia de género entre los pronombres personales en singular: *he, she, it,* desaparece en plural, donde no hay más que la forma *they,* cualquiera que sea el nombre al que represente. En español, los pronombres neutros *ello, esto, eso, aquello* y el artículo *lo* no tienen formas de plural.

9. Desde el punto de vista de la traducción, las diferencias entre las lenguas en lo relativo al género tienen poca importancia para la comprensión del TLO; pueden, en cambio, causar dificultades, a veces de solución muy difícil, en la fase de la expresión. Con todo, hay en algunas lenguas palabras de forma idéntica pero cuyo significado es diferente según el género que les corresponda: así, en al. *der Hut* («el sombrero»), *die Hut* («la precaución»); en fr. *le poêle* («la estufa»), *la poêle* («la sartén»); *le pendule* («el péndulo»), *la pendule* («el reloj de pared»), *le voile* («el velo»), *la voile* («la vela (de barco)»); en esp. *el guía* (un hombre), *la guía* (un libro; ahora, también, una mujer); *el parte* (noticia), *la parte* (porción); *el pez* (animal acuático), *la pez* (sustancia resinosa); *el policía* (hombre), *la policía* (conjunto de policías; ahora, también, una mujer).

10. En español, muchos adjetivos sustantivados tienen como neutros un significado abstracto, de cualidad, o bien se aplican a todo lo que posee la cualidad significada por el adjetivo; pero, como masculinos, concretan su significado, limitándolo, en singular, a un portador y, en plural, a varios portadores de la cualidad significada: *lo santo / el santo, los santos*; *lo dulce / un dulce, unos dulces*; *lo fusible / un fusible, unos fusibles,* etc. La falta de atención a este cambio de significado puede dar lugar a errores graves de comprensión. En una

traducción alemana del ensayo de Ortega y Gasset *Miseria y esplendor de la traducción,* se produjo uno de estos errores. El texto español dice: «De aquí que cada pueblo cortase el volátil del mundo de modo diferente, hiciese una obra cisoria distinta». En la traducción alemana se lee: «*Daher trennte jedes Volk das Flüchtige der Welt auf verschiedene Weise und nahm verschiedene Einschnitte vor*». Evidentemente, el traductor confundió el género de *volátil.* En el texto de Ortega es masculino; tiene un significado equivalente a «ave», por lo cual el verbo *cortar* equivale al técnico *trinchar* («obra cisoria»). El traductor entendió *volátil* como neutro, «lo volátil», que se aplica a lo que se volatiliza, e. d., a los cuerpos sólidos o líquidos que se convierten en gases, a las sustancias que se evaporan fácilmente. Sobre estas sustancias no cabe practicar el arte cisoria[2].

11. A veces la indistinción del género produce ambigüedades que sólo se resuelven, cuando ello es posible, por razones extralingüísticas. Así, leemos en el texto griego del *Evangelio según San Juan* I, 9: ἦν τὸ φῶς τὸ ἀληθινὸν ὃ φωτίζει πάντα ἄνθρωπον ἐρχόμενον εἰς τὸν κόσμον. La *Vulgata* tradujo:

Erat lux vera, quae illuminat omnem hominem venientem in hunc mundum.

(«Era la luz verdadera, que ilumina a todo hombre que viene a este mundo»).

Pero el género de φῶς (neutro) permite otra interpretación, que parece incluso más probable: ἐρχόμενον, que el traductor latino consideró masculino y referido a ἄνθρωπον, puede ser también neutro y referirse a φῶς. La trad. lat. sería entonces *veniens* (en vez

---

[2] La trad. a que me refiero es la de Gustav Kilpper, Ebenhausen bei München, 1956; 2.ª ed., 1957. Recientemente (1976), Katharina Reiss ha traducido de nuevo el ensayo de Ortega y ha cometido aproximadamente el mismo error: «Daher —escribe la traductora— nahm jedes Volk andere Einschnitte in der Flucht der Erscheinungen vor»; e. d., «Por eso efectuó cada pueblo diferentes cortes en la huida [¿serie, sucesión?] de los fenómenos». El sust. *Flucht* es de la misma raíz que el adj. *flüchtig,* pero ni uno ni otro tienen nada que ver con *el volátil* al que se refiere Ortega.

de *venientem*), pues este participio se referiría a *lux,* no a *hominem.*
Lógicamente parece mejor esta interpretación, pues elimina la redundancia implícita en la otra: no puede haber hombre que no venga a
este mundo; pero no hay redundancia en decir que «la luz verdadera,
viniendo a este mundo, ilumina a todo hombre»[3].
   12. No hace falta ir tan lejos para encontrar ejemplos semejantes.
En un pasaje de la *Correspondance Paul Valéry-André Gide,* ed. R.
Maillet, Paris, 1955, pág. 124 (carta de Gide), leemos:

> mais dans le prisme des perles nous rêvons les eaux tièdes, les grands
> cieux dans les yeux étoilés des esclaves, et le bruit de la mer dans vos
> coquillages, Navires.

Esclave es de género común, y también lo es, en plural, el artículo
definido *les,* y, por consiguiente, el contracto *des.* ¿Cómo saber, entonces, a quiénes pertenecen los ojos que hacen soñar a Gide? ¿A los

---

[3] Esta es la interpretación actualmente preferida. En el *Evangelio de N. S. Jesu-
cristo,* armonizado y ordenado cronológicamente en español, inglés, francés y alemán,
Madrid, Epesa, 1972, leemos: «La luz verdadera, que ilumina a todo hombre, venía a
este mundo», pág. 10; «The real light which enlightens every man was even then
coming into the world», página 99; «La lumière, la véritable, qui éclaire tout homme,
faisait son entrée dans le monde», pág. 179; «Das war das wahrhaftige Licht, welches
alle Menschen erleuchtet, die in diese Welt kommen», pág. 267. Sólo la interpretación
al. es como la de la *Vulgata.* La trad. española es de Dionisio Yubero; la ing. es la de
la «New English Bible», editada por Oxford University Press y Cambridge University
Press; la fr. es de E. Osty y J. Trinquet, Éditions Siloé, 1964; finalmente, la al. es la
revisada en 1956 por el «Rat der Evangelischen Kirche in Deutschland», publicada
por la «Evangelische Hauptbibelgesellschaft», 1958.
   Examinadas otras versiones españolas, aparece: «Era la luz verdadera que,
viniendo a este mundo, ilumina a todo hombre» (Nácar-Colunga, Madrid, BAC,
1969); pero, regresivamente: «La Palabra era la luz verdadera que ilumina a todo
hombre que viene a este mundo», aunque con nota al pie: «La luz verdadera, que ilumina a todo hombre, venía al mundo», «La Palabra era la luz verdadera que ilumina a
todo hombre; venía a este mundo» (Andrés Ibáñez, *Biblia de Jerusalén,* Bilbao,
Desclée de Brouwer, 1977). Resulta dudoso que este último traductor se haya basado
en el texto griego.

esclavos, varones y hembras? ¿A las *esclavas?* ¿O a los *esclavos varones?* La solución no es fácil; menos aún tratándose de Gide.

13. Mario Wandruszka[4] trata «El género gramatical» en un capítulo muy interesante. De él tomo unos cuantos ejemplos de este tipo:

> *Same cook I suppose, Maxim?* (*Re,* 79), pág. 253.

El inglés no indica el género de *cook,* que tanto puede significar «cocinero» como «cocinera». Pero, al traducir esta frase al alemán o a las lenguas románicas, es forzoso expresar el género de la persona que cocina. «No les queda otro remedio a los traductores que hacer de *cook* un cocinero o una cocinera, según parezca convenir mejor a tal residencia inglesa» (*Ibid.*). Que no hay criterio decisivo lo muestra el hecho de que, entre cinco traductores a distintas lenguas, tres: el alemán, el francés y el portugués, se decidieron por *una cocinera,* mientras que el italiano y el español prefirieron *un cocinero.*

14. Generalmente el contexto o la situación indican el género de un nombre que designa una persona, de suerte que resulta innecesario expresarlo gramaticalmente. Así sucede en este otro ejemplo, aducido también por Wandruszka (*ibid.,* pág. 254). (La mujer de un eclesiástico inglés le cuenta preocupada a una amiga que su ayudante de cocina está embarazada, y añade):

> *What I cannot understand, Mrs. Ashley, is where it happened? She shared a room with my cook...* (*Ra,* 126).

La situación indica claramente que *my cook* es aquí una cocinera. Sería chocante, sobre todo en casa de un eclesiástico inglés, que una muchacha soltera compartiese la habitación con un cocinero, y, si así fuese, no habría lugar para la extrañeza de la señora. Los cinco traductores han elegido el femenino como equivalente de *my cook*: al. *meiner Köchin,* esp. *la cocinera,* fr. *la cuisinière,* it. *la cuoca,* port. *a cozinheira.* Pero en otros casos, como en el ejemplo de Gide en 12.,

---

[4] *Nuestros idiomas*: *comparables e incomparables,* I, págs.253-273.

ni la situación ni el contexto bastan para determinar el género de una persona. Los sonetos de Shakespeare —se pregunta Wandruszka (*ibid.*, pág. 255)— ¿se dirigen a un hombre o a una mujer?, ¿a un amigo o a una amiga? *To me, fair friend, you never can be old* es el primer verso del soneto 104. «Karl Simrock lo traducía en 1867: *Für mich, Geliebte...* («Para mí, querida...») y Friedrich Bodenstedt, en 1873: *Für mich, Geliebter...* («Para mí, querido...»)». (*Ibid.*, 255). En cambio, la situación y el contexto determinan claramente el género de la misma palabra *friend*, cuando se dice de Scarlett O'Hara, la protagonista de *Gone with the Wind* («Lo que el viento se llevó»):

> *Careless of the disapproval of Aunt Pitty's friends, she behaved as she had behaved before her marriage.*
>
> («Sin preocuparse de la desaprobación de *las amigas* de la tía Pitty, se comportaba de la misma forma que antes de su boda»). (Al. *Freundinnen*, fr. *des amies*, it. *delle amiche*, port. *das amigas*; *ibid.*).

15. En este otro ejemplo (*ibid.*, pág. 257):

> *I saw a passer-by stare curiously at Maxim, and then nudge her companion's arm* (*Re, 43*),

la palabra *passer-by* es de género común (como sus equivalentes esp. «transeúnte» o «viandante») y el artículo indefinido *a* no aclara (como aclararía en esp.: *un* transeúnte, *una* transeúnte) el género de la persona; pero el contexto indica gramaticalmente, mediante el posesivo *her*, que se trata de una mujer. Sin embargo, como señala Wandruszka, la frase inglesa fue «traducida incorrectamente por cuatro traductoras, la alemana, la francesa, la italiana y la portuguesa, y sólo el traductor español puso atención suficiente para darse cuenta de que este *her* se refería a un *passer-by* femenino». En cambio, no hay en el texto inglés ningún indicio que nos permita saber si *companion* es *un* o *una* acompañante.

16. También en este otro texto queda sin determinar el género de *secretaries*:

> *One of my secretaries was remarking only this morning how well*
> *and young I am looking* (*BM*, 173; *ibid.*, 258).

Curiosamente, los traductores español y portugués se decidieron por el femenino: «Una de mis secretarias», «Uma das minhas secretárias», mientras que en las traducciones al., fr. e it. se prefirió el masculino: «*Einer* meiner *Sekretäre*», «*Un* de mes secrétaires» «*Uno dei miei segretari*».

17. En francés son muchos los sustantivos que significan oficio, profesión o algo semejante, que no distinguen el masculino del femenino; como *secrétaire,* también *bibliothécaire, libraire, locataire, propriétaire, concierge, camarade, collègue, pianiste, journaliste, touriste, capitaliste, communiste* (Wandruszka, *ibid.*). Los siete últimos y otros semejantes —aun sin terminar en *a,* p. ej. *el* o *la mártir, el* o *la testigo, el* o *la soprano*— tampoco expresan género en esp. ni en it.: *camarada, camerata; periodista, giornalista; colega, collega,* etc. En singular, también en francés, suele encomendarse al artículo la distinción del género: *le, là, un, une secrétaire*; pero en plural el artículo es igual para el masculino y para el femenino, y, por tanto, no sirve para distinguir el género: *les secrétaires* («los secretarios», «las secretarias»); *de mes secrétaires* («de mis secretarios», «de mis secretarias»). Finalmente, el francés usa en muchos casos formas masculinas: *un peintre, un sculpteur, un auteur, un écrivain, un témoin,* para designar también a *una pintora, una escultora, una autora, una escritora, una testigo.* Este uso francés puede producir textos ambiguos. Quien lea fuera de contexto el siguiente pasaje de Simone de Beauvoir[5]:

> *Mes amis, vous n'existez pas. C'est mon professeur de philosophie qui me l'a dit*

---

[5] *La force de l'âge,* 163 (cit. según Wandruszka, *ibid.*, 259).

no puede saber si se trata de un profesor o de una profesora. En esp., por el contrario, tenemos sustantivos femeninos que designan indistintamente a un varón o a una hembra: *esta criatura, una máscara, una persona, la víctima, una tarabilla, estas almas de Dios.* Estos sustantivos, propiamente *epicenos*, e. d., «de género común», son muy frecuentes, unas veces con forma masculina y otras con forma femenina, para designar animales: *el gorila, la perdiz, la pulga, una cucaracha, un buho, un halcón, un milano, un loro,* etc.

18. También la indiferenciación del género en los posesivos puede dar lugar a ambigüedades. El alemán distingue, en la tercera persona, cuando se trata de un solo poseedor masculino o femenino, tanto el género del poseedor como el de lo poseído: *sein Vater* («su padre (de él)»), *seine Mutter* («su madre (de él)»), *ihr Vater* («su padre (de ella)»), *ihre Mutter* («su madre (de ella)»), *sein Buch* («su libro (de él)»), *ihr Buch* («su libro (de ella)»). El adjetivo posesivo singular inglés indica sólo el género del poseedor: *his cook* («su cocinero o cocinera (de él)»), *her cook* («su cocinero o cocinera (de ella)»); referido al plural, no indica ni el género de lo poseído ni el de los poseedores: *their cook* («su cocinero o cocinera (de ellos, de ellas)»). El francés, el italiano y el portugués indican, en cambio, el género de lo poseído: *son secrétaire* («su secretario (de él o de ella)»), *sa secrétaire* («su secretaria (de él o de ella)»); *il suo collega* («su colega (varón) (de él o de ella)»); *la sua collega* («su colega (hembra) (de él o de ella)»); *o seu colega* («su colega (varón) (de él o de ella, de ellos o de ellas)»), *a sua colega* («su colega (hembra) (de él o de ella, de ellos o de ellas)»). El español no indica el género del poseedor ni el de lo poseído: «*su colega* (varón o hembra, de él, de ella, de ellos, de ellas, de Vd., de Vds.)».

19. Como vemos, el posesivo español *su* es fuertemente polisémico; puede referirse a siete poseedores distintos:

1. *de él,* 2. *de ella,* 3. *de ello,* 4. *de ellos,* 5. *de ellas,* 6. *de Vd.,* 7. *de Vds.*

Por otra parte, el objeto de la posesión al que se antepone *su* puede ser masculino o femenino: «su padre», «su madre», «su sombrero», «su corbata». Esta plurisignificación de *su* se reparte, en otras lenguas, entre varios posesivos y de maneras diversas, según que haya de tenerse en cuenta o no el género de lo poseído:

al. 1. y 3. *sein, seine*; 2., 4. y 5. *ihr, ihre*; 6. y 7. *Ihr, Ihre.*
ing. 1. *his*; 2. *her*; 3. *its*; 4. y 5. *their*; 6. y 7. *your.*
fr. 1., 2. y 3. *son, sa*; 4. y 5. *leur*; 6. y 7. *votre.*

Algo semejante ocurre con el inglés *your,* que puede equivaler a los posesivos siguientes:

al. *dein, deine, euer, eure, Ihr, Ihre*;
esp. *tu, vuestro, vuestra, vuestros, vuestras, su* (de Vd., de Vds.), *sus* (de Vd., de Vds.);
fr. *ton, ta, votre, vos.*

20. Cuando el adj.-pron. posesivo no indica el género del poseedor, puede haber ambigüedad en la relación posesiva; pero es irrelevante en este aspecto el género de lo poseído: en las expresiones fr. *son père, sa mère,* está claro el género de lo poseído, pero hay ambigüedad en la relación posesiva mientras no se aclare a quién representan *son* y *sa*:

Jean *était exaspéré. Louise l'importunait toujours avec des histoires sur sa mère.*

¿De qué madre se trata: de la de Jean o de la de Louise? Sólo podría saberse por la situación o por el contexto.

21. Cuando el posesivo no indica el género de lo poseído, pero sí el del poseedor, no hay ambigüedad en la relación posesiva, aunque pueda haberla en cuanto al género de lo poseído: En (1) *One of her secretaries,* (2) *One of his secretaries,* no sabemos si se trata de secretarios o secretarias; pero está claro que en (1) son secretarios o secretarias de ella, y en (2) secretarios o secretarias de él.

22. Generalmente, las ambigüedades en la relación posesiva se resuelven atendiendo a la situación o al contexto. He aquí un ejemplo, tomado nuevamente de Wandruszka, *o. c.,* 264:

fr. *Héloïse, en pleurs, se jetant dans les bras de son mari, le conjura*
    de la défendre de ses parents (*MB*, 343).

esp. «Héloïse, llorando, se echó en brazos de su marido y le conjuró a
    que la defendiera de sus padres».

al. *Gegen seine Eltern.*   it. *Dai suoi genitori.*

ing. *From his parents.*   port. *Dos pais.*

En esp. y en it. el posesivo es tan ambiguo como en francés. En port.
ha sido sustituido por el artículo, lo cual no elimina la ambigüedad;
incluso puede aumentarla, pues *os pais* podrían ser no sólo los de él o
de ella, sino otros cualesquiera; por ej., los de las niñas de un colegio,
furiosos por la conducta de Héloïse con estas niñas. En al. y en ing.
se expresa claramente que se trata de los padres de él. El comentario
de Wandruszka vale lo mismo para el francés que para las otras
lenguas románicas: «Una frase tal no es posible más que cuando
resulta totalmente claro, por la frase anterior, que sólo puede tratarse
de los padres *de él* y no de los *de ella* (o de sus parientes)». Quizá
mejor que «posible» debiera decirse «admisible»; es decir, una frase
tal es lógicamente incorrecta si no se cumple la condición que pone
Wandruszka; pero, lamentablemente, frases de este tipo se encuentran con excesiva frecuencia.

23. Finalmente debe observarse que, en sentido figurado, se usan
a veces nombres de género gramatical femenino para designar seres
de género natural masculino, o viceversa, nombres de género
gramatical masculino referidos a seres de género natural femenino:
«*es una acémila, una mala cabeza, una mala bestia, una víbora*»,
etc., para designar a un hombre; «*es un pendón, un terremoto, un
monstruo, un basilisco*», etc., hablando de una mujer. Hay incluso
algún nombre masculino, como *marimacho,* que designa siempre a
una mujer. Palabras de género neutro, en las lenguas que lo tienen,
pueden referirse, en sentido figurado, tanto a seres de género masculino como femenino: *magnum malum* puede referirse a un hombre o a
una mujer, a un ser animado o inanimado de género gramatical
masculino, femenino o neutro.

§ 23. El número.

1. El número es la categoría gramatical que indica si se trata de un solo objeto (*singular*) o de varios (*plural*). La mayoría de las lenguas que tienen la categoría de número distinguen sólo estos dos. Pero hay otras que, además del singular y el plural, tienen un *dual,* que se refiere a dos personas u objetos. El sánscrito, el avéstico, el persa antiguo, el irlandés antiguo, el gótico (en el pronombre y en el verbo), el lituano, el griego antiguo y el antiguo eslavo, entre otras lenguas, tenían formas gramaticales para expresar la dualidad, si bien en griego clásico el dual estaba ya en franca retirada frente al plural y apenas se usaba más que aplicado a entidades que forman parejas naturales, como los ojos, las orejas, las manos, los pies, etc., o para referirse a dos seres (personas, animales o cosas) estrechamente unidos o asociados para algo. El latín clásico sólo conservaba restos del dual en palabras que expresaban directamente este concepto, como *duo* «dos» y *ambo* «ambos». De las lenguas eslavas modernas sólo dos, el esloveno y el sorbio, conservan el dual.

2. Algunas lenguas distinguen cuatro números: además del singular, dual y plural, el *trial* o *paucal* (del lat. *paucum* «poco») para referirse a tres o a un número pequeño. El fijiano tiene en los pronombres expresión formal para estos cuatro números (Robins, pág. 311).

3. La categoría gramatical del número no se da en todas las lenguas. Y, en las que se da, no siempre se manifiesta en las mismas especies de palabras. Con relación a las lenguas indoeuropeas antiguas y modernas, quizá la única afirmación general que puede hacerse es que muestran la categoría de número las palabras variables. Pero no en todas las lenguas indoeuropeas son variables las mismas clases de palabras. En griego clásico eran palabras variables el sustantivo, el adjetivo, el verbo, el pronombre y el artículo. El latín clásico coincidía en esto con el griego, pero carecía de artículo. En inglés son variables los sustantivos, verbos, pronombres y la pareja de adjetivos demostrativos *this* y *that,* en plural *these* y *those;* pero no varían, ni

tienen, por consiguiente, distinción de número, los demás adjetivos ni el artículo. En alemán, como en español, francés, italiano y demás lenguas románicas, tienen formas distintas para singular y plural las mismas clases de palabras que en griego clásico.

4. Hay lenguas, como el chino, que no diferencian gramaticalmente el singular y el plural. Los chinos distinguen entre uno y más de uno con la misma facilidad que los demás pueblos. Pero el plural en chino es una categoría léxica, e. d., se expresa o bien mediante numerales o bien con palabras que significan «varios» (Robins, pág. 352).

5. Entre las lenguas que distinguen gramaticalmente la categoría de número, hay una variedad enorme en cuanto a las formas usadas con este fin. Una lengua como el inglés, de gramática tan sencilla en ciertos aspectos, dispone, entre otros, de los siguientes recursos para formar plurales de sustantivos: 1) singular + *s*: *girl/girls*; 2) singular + *es*: *glass/glasses*; 3) singular modificado + *es*: *country/countries, calf / calves*; 4) singular + *en*: *ox/oxen*; 5) singular + *ren*: *child/children*; 6) mutación vocálica: *foot/feet, man/men, mouse/mice*; 7) mutación y elisión vocálica + *en*: *brother/brethren*. Esto, sin contar los plurales no marcados: *sheep, cattle,* etc., ni los de nombres extranjeros: *analysis/analyses,* etc. Una gramática «concisa» del inglés contemporáneo dedica nueve páginas a la formación de plurales en esta lengua[6]. El español sólo conoce, en los sustantivos y adjetivos calificativos, tres procedimientos para formar plurales: 1) singular + *s*: *mesa/mesas, duro/duros*; 2) singular + *es*: *flor/flores, ágil/ágiles*; 3) plural no marcado: *crisis, análisis.* (Cfr. *Esbozo...,* 2.3.2.). Hay muy pocas e insignificantes excepciones: *frac/fraques, lord/lores, jersey/jerséis, maravedí/maravedises*[7]. En cambio, para los verbos, el español, el italiano, incluso el francés (escrito) tienen muchas más formas de plural que el inglés.

---

[6] R. Quirk y S. Greenbaum, *A Concise Grammar of Contemporary English,* New York, Harcourt Brace Jovanovich, Inc., 1973: *Number,* páginas 80-89.

[7] Sobre el nuevo tipo de formación de plural esp., según el cual se añade *-s* (y no *-es*) a los extranjerismos terminados en consonante, como *bóer/boers, club/clubs, só-*

6. El traductor tiene que conocer a fondo la morfología de la LO, y, por consiguiente, si funciona en ella el número gramatical, debe estar en condiciones de reconocer inmediatamente cualquiera de las formas en que puede manifestarse esta categoría. De lo contrario, se expone a cometer, al leer los textos, errores graves de comprensión. Así, en una historia (en alemán) de la literatura latina, entre una serie de personajes legendarios que, tras un sueño larguísimo, habían despertado en un mundo totalmente cambiado, aparecían *die Siebenschläfer.* El traductor desconocía el significado de esta palabra. En un diccionario bilingüe halló:

SIEBENSCHLÄFER m. *Zool.* lirón *m.*; *fig.* dormilón *m.*

Le pareció mejor el sentido propio que el figurado, y tradujo: «el lirón», poniendo así, como personaje legendario, al lado de Epiménides, del Monje de Heisterbach y de Rip van Winkle, a este pequeño roedor, que permanece dormido todo el invierno, pero no decenios enteros como los demás personajes citados. Este disparate pudo haberse evitado por sentido común (sentido muy necesario a los traductores), pero también, sencillamente, por gramática, atendiendo al número de *die Siebenschläfer,* nombre masculino, que, por tanto, si estuviera en singular, llevaría el artículo *der.* Si el traductor se hubiera

---

viet/soviets, accésit/accesits, fiord/fiords (cfr. E. Lorenzo, «Un nuevo esquema de plural», en *El español de hoy, lengua en ebullición,* 3.ª ed. actualizada y aumentada, Madrid, Gredos, 1980, 81-90). Según E. Lorenzo, este fenómeno, «aparentemente de carácter periodístico y popular, presenta, sin embargo, perfil definido y síntomas de perennidad en la pluma de hombres de ciencias y de letras que auguran la instalación definitiva de este esquema en un futuro no muy lejano» (página 81). Pero hay dos fuerzas que luchan contra esta forma extraña de plural: la tendencia popular asimiladora de los extranjerismos de uso frecuente: *cócteles, mítines, chalés, chaqués, vermús,* y la verdadera cultura lingüística, que puede evitar malformaciones como *la mass-media, las mass-medias,* y hasta *hipérbatons,* esta última documentada en A. Machado, *Campos de Castilla,* CVIII, v. 15: «enderezando hipérbatons latinos». Lorenzo registra desde 1965 la tendencia clara al plural no marcado.

dado cuenta de que el artículo *die,* si es masculino, sólo puede ser plural, y hubiera seguido leyendo en el diccionario, habría encontrado inmediatamente después de «dormilón»: «pl. (*Sagengestalten*) [e. d.: en plural, figuras legendarias], los Siete Durmientes»[8].

7. Pero a veces no hay indicios formales para distinguir el número de un sustantivo, y esto puede crear ambigüedades difíciles de resolver. ¿Cómo traducir el título de la obra de Montherlant *Fils de Personne* sin haberla leído? ¿«Hijo» o «Hijos de Nadie»? En la obra se trata de *un hijo.* Pero un crítico de lengua francesa escribe:

> On pourrait appliquer aux personnages de F. S. le titre de la pièce de Henri de Montherlant, *Fils de Personne*; ils sont sans père et sans mère.

Consultado por su traductor español, contesta que *Fils* es aquí plural. La palabra inglesa *deer* es lo mismo en plural que en singular; puede significar «ciervo»/«ciervos». En la frase *I saw the deer playing in the woods*[9], si el contexto no lo aclara, tanto puede tratarse de un venado como de varios. En español hay muchos nombres que no distinguen entre singular y plural; p. ej., los polisílabos no agudos que terminan en -*s,* como *atlas, papanatas, lunes, martes... viernes, caries*; la numerosa serie de los tecnicismos en -*sis* (*análisis, crisis, dosis, hipótesis,* etc.) o en -*itis* (*faringitis, otitis, peritonitis,* etc.). Pero la ambigüedad se destruye casi siempre en seguida con la ayuda de las marcas de número que llevan normalmente los artículos, adjetivos y pronombres: *la crisis, una crisis, aquella crisis, crisis aguda / las crisis, unas crisis, aquellas crisis, crisis agudas; el, un, aquel, buen análisis / los, unos, aquellos, buenos análisis,* etc.

---

[8] Se trata de los Siete Durmientes de Éfeso.
[9] Ejemplo tomado de Henry G. Schogt, *Sémantique synchronique: Synonymie, Homonymie, Polysémie,* Univ. of Toronto Press, Toronto and Buffalo, 1976, 75.

§ 24. EL CASO.

1. El término *caso* procede del lat. *casus,* traducción del griego πτῶσις, que significa «caída». Se llaman así las diversas terminaciones o desinencias que pueden adoptar los nombres, en las lenguas en que se declinan, para desempeñar determinadas funciones en la frase. Se dio a dichas terminaciones el nombre de πτῶσις o *casus* porque los casos eran considerados como caídas o desviaciones frente al *casus rectus,* el «caso directo», el que nombraba directamente lo significado por el nombre. El *casus rectus* se llamaba en griego ὀνομαστική (πτῶσις) y en latín (*casus*) *nominativus.* Con relación a él, todos los demás casos eran *oblicuos.* En indoeuropeo se distinguían ocho casos: *nominativo, acusativo, genitivo, locativo, dativo, instrumental, ablativo* y *vocativo.* En algunas lenguas indoeuropeas, algunos casos asumieron las funciones de otros, mediante un fenómeno llamado *sincretismo* (= fusión); así, en latín clásico, sólo funcionaban normalmente seis casos, pues el instrumental y el locativo se habían fundido con el ablativo, quedando del locativo sólo algunos restos, como *domi* («en casa», «en Roma»), *militiae* («en el ejército», «en el extranjero»), *humi* («en el suelo»), *ruri* («en el campo»). En griego clásico había desaparecido también el ablativo, pasando sus funciones, por sincretismo, en parte al dativo y en parte al genitivo. Entre las lenguas indoeuropeas modernas, algunas, como las románicas occidentales, perdieron casi por completo la declinación, e. d., los casos, cuyas funciones pasaron a ser expresadas mediante preposiciones. No obstante, algunos lingüistas siguen hablando de casos en estas lenguas y de una declinación preposicional. Fuera del dominio indoeuropeo, hay lenguas con multitud de casos. Wundt señala en ciertos idiomas caucásicos 47 casos simples y 87 compuestos [10]. Sin ir tan lejos, el finlandés «tiene quince casos formalmente distintos en

---

[10] F. Lázaro Carreter, *DTF,* s. v. CASO.

los nombres, cada uno de ellos con una función sintáctica diferente» (Robins, 313).

2. El caso fue considerado desde la antigüedad como la categoría principal del nombre, al que se caracterizaba como parte de la oración susceptible de caso, frente al verbo, que no lo admitía. Por otra parte, los casos eran la categoría morfológica de mayor eficacia sintáctica, pues mediante ellos se expresaban en gran medida las funciones desempeñadas en la oración por los sustantivos y demás palabras declinables. Precisamente el nombre de cada caso procede de la función sintáctica de las palabras que lo llevaban. Ya hemos dicho que el *nominativo* era el caso que se consideraba adecuado para «nombrar» lo significado por la palabra. El *acusativo* se llama así por una mala traducción del griego αἰτιατική πτῶσις (*aitiatikè ptôsis*) «caso causal»; como αἰτία (*aitía*) significaba, además de «causa», «acusación», los latinos entendieron αἰτιατική como derivado de αἰτία en el segundo sentido, y tradujeron *casus accusativus,* en lugar de *c. causativus.* Apolonio Díscolo, gramático del s. ɪɪ d. de C., observó que el acusativo tampoco expresaba la causa, sino el efecto; pero «causativo» podría haberse interpretado como el caso no de la causa, sino de lo causado.

3. El *genitivo* se llamaba en gr. γενική (*geniké*), caso «genérico», e. d., que se refería al género lógico. Eran muchas las funciones sintácticas que podía desempeñar: posesión, origen, cualidad, cantidad, etc. Desde el punto de vista de la traducción, las dos más notables por su posible confusión son sin duda las que todavía siguen llamándose, aun en lenguas como las románicas, que carecen de casos, «genitivo subjetivo» y «genitivo objetivo». En griego y en latín se trataba de auténticos genitivos, y en las lenguas románicas, de construcciones preposicionales con *de,* en dependencia de nombres de acción transitiva, e. d., nombres que pueden sustituirse por un verbo transitivo: así, en «timor *hostium*», «el temor *de los enemigos*», *timor* y *temor* pueden sustituirse por el verbo transitivo *timēre* o *temer*; y el genitivo *hostium* y *de los enemigos* se convertirán entonces o bien en a) sujeto del verbo: *los enemigos temen* (*temían, temerán,* etc.), o bien en b)

complemento directo, llamado también objeto: *temen* (*temían, temerán,* etc.) *a los enemigos*. Si la función sintáctica del genitivo *hostium* o de la expresión preposicional «de los enemigos» equivale a la función de a), es genitivo subjetivo; si a la de b), genitivo objetivo[11].

4. El *locativo* expresa el lugar *en que* sucede algo. En latín se fundió, por sincretismo, con el ablativo, y en griego clásico, con el dativo.

5. El *dativo* (trad. del gr. δοτική, *dotikḗ*) es el caso del complemento indirecto. El gramático latino Varrón (116-27 a. de C.) lo llamó *casus dandi* («caso del dar»). Se pone en este caso el nombre del ser *al que* se da o *para el que* se hace o se destina algo.

6. El *instrumental* indica el medio o el instrumento *con que* se ejecuta una acción. Por sincretismo se fundió en latín con el ablativo y en griego clásico con el dativo. Ya en indoeuropeo se había fundido con el instrumental otro caso, llamado *sociativo* o *comitativo,* que indicaba compañía, e. d., *con quién* se realizaba algo.

7. El *ablativo* fue denominado así por los gramáticos latinos, quienes lo llamaron también *casus sextus* o *c. latinus,* pues no existía en griego, que sólo contaba con cinco casos: nom., gen., dat., acus. y vocativo. El ablativo (de *ablatus,* participio pas. del verbo *aufero,* compuesto de *ab + fero* «*llevar de* o *desde*») expresaba, inicialmente, la separación; se ponía en este caso el nombre del ser *a partir del cual* se desarrollaba un movimiento. Pero el ablativo asumió, por sincretismo, las funciones del *instrumental* y del *locativo.*

8. Finalmente, el *vocativo,* incluido entre los casos por Dionisio Tracio (s. II a. de C.), era la forma en que aparecía un nombre para llamar o invocar a la persona, animal o cosa personificada, a que tal nombre se aplicaba.

---

[11] Auténticos genitivos subjetivos u objetivos se dan en compuestos alemanes como *Gesetzeskraft* «fuerza de la ley» (g. subj.) / *Gesetzesübertretung* «infracción de la ley» (g. obj.), *Gesichtsausdruck* «expresión del rostro» (g. subj.) / *Gesichtspflege* «cuidado del rostro» (g. obj.), y hasta cierto punto en sintagmas ingleses como *blood pressure* «presión sanguínea» (= «pr. de la sangre», g. subj.) / *blood donor* «donante de sangre» (g. obj.), *sunrise* «salida del sol» (g. subj.) / *sunshade* «quitasol» (g. obj.).

9. Lo dicho aquí acerca de los casos apenas esboza sus funciones principales. Todos los conservados en griego y en latín, salvo el vocativo, tenían, además, otras, casi siempre muy ramificadas. Su estudio pertenece a la gramática de la lengua correspondiente.

10. En las lenguas que conservan la declinación, los casos tienen gran importancia como indicadores de la función sintáctica de las palabras declinables. El traductor que trabaje con una de tales lenguas como LO debe prestar atención especial a esta categoría morfológica, no sólo en el aspecto formal, sino también en el funcional, pues en ambos aspectos pueden surgir dificultades para la comprensión del texto. La mayoría de los casos, en efecto, pueden ser doblemente polisémicos, con una polisemia que podría llamarse *instrumental* y otra que puede denominarse *sintáctica* o estructural[12]. Hemos visto un ejemplo de este segundo tipo de polisemia al hablar del genitivo subjetivo y del genitivo objetivo, y acabo de referirme a las múltiples funciones que puede desempeñar cada uno de los casos conservados en lat. y en gr., salvo el vocativo. Cada una de estas funciones corresponde a un significado estructural o sintáctico diferente. Por otra parte, algunas desinencias casuales, real o aparentemente idénticas[13], pueden tener varios «significados instrumentales»: así, en

---

[12] Sigo aquí la distinción del significado en significado *léxico, categorial, instrumental, estructural* (o *sintáctico*) y *óntico*, establecida por E. Coseriu, «Semántica y gramática», en *Gramática, semántica, universales,* Madrid, Gredos, 1978, 136 ss.

[13] Digo «real o aparentemente idénticas» porque algunas desinencias, p. ej. la -*a* del nom. sing. y la -*a* del ablativo sing. de la 1.ª decl. latina son realmente distintas por la cantidad, pues la del nom. es breve, y la del ablativo, larga. Pero en el lat. escrito, que es el que interesa al traductor en cuanto tal, no se distingue una *a* de otra; por eso, aunque no sean *realmente* el mismo significante, pueden serlo subjetivamente para el lector (traductor) y, en este sentido, tener potencialmente los «significados instrumentales» del nominativo y del ablativo. Sucede aquí, en el campo gráfico, lo mismo que en el campo fónico con las palabras que, siendo distintas, tienen el mismo sonido (fr. *seau* «cubo», *sot* «tonto», *sceau* «sello»; *saint* «santo», *sain* «sano», *sein* «seno», etc.). Aquí se trata de palabras *homófonas* con distintas grafías y distintos significados; allí, de desinencias *homógrafas* con distinto sonido (*breve / larga*) y distinto significado «instrumental». Para el traductor, tanto de lenguas antiguas como modernas, son más peligrosas las homografías que las homofonías. Éstas (que pueden

la 1.ª declinación latina, la desinencia -*a* puede significar «nominativo», «vocativo» o «ablativo» singular; la desinencia -*ae*, «genitivo» o «dativo» singular y «nominativo» o «vocativo» plural; la desinencia -*is*, «dativo» o «ablativo» plural; en la 2.ª declinación, la desinencia -*i* puede significar «genitivo» singular y «nominativo» o «vocativo» plural; la desinencia -*o*, «dativo» o «ablativo» singular; etc. Que esta «polisemia instrumental» no representa un peligro puramente quimérico puede comprobarse en una traducción alemana de la célebre carta de San Jerónimo *Ad Pammachium de optimo genere interpretandi* («A Pamaquio sobre la mejor manera de traducir»). Dice allí (§ 10) San Jerónimo:

> *Vicesimi primi psalmi iuxta Hebraeos id ipsum exordium est, quod Dominus est locutus in cruce.*

El traductor entiende *vicesimi primi psalmi* como nominativo plural y traduce:

> «*Einundzwanzig Psalmen* beginnen nach dem Hebräischen mit denselben Worten, die der Herr am Kreuze gesprochen hat», e. d. «*Veintiún salmos* comienzan según el hebreo con las mismas palabras que el Señor pronunció en la cruz».

En lo puesto en cursiva hay, además del error léxico de confundir el número ordinal con el cardinal («veintiuno» por «vigésimo primero»), el error gramatical de considerar nominativo plural el genitivo singular[14]. Este doble error es tanto más chocante por aparecer en una obra, por lo demás encomiable, sobre la traducción: *Das Problem des Übersetzens,* herausgegeben von Hans Joachim Störig, Stuttgart, H.

───────

inducir a error al intérprete) no tienden ninguna trampa en la traducción. Las homografías, sí, aunque sean puramente desinenciales.

[14] Una traducción correcta de este pasaje («El comienzo del salmo 21, según los hebreos, es el mismo que recitó el Señor en la cruz») y de toda la carta puede verse en *Cartas de San Jerónimo,* Edición bilingüe, I, Introducción, versión y notas por Daniel Ruiz Bueno, Madrid, B. A. C., 1962, págs. 486-504 (El pasaje en cuestión se halla en la pág. 501).

Goverts Verlag, 1963, pág. 11. Toda la traducción de la carta de San Jerónimo está plagada de errores, menos graves que el citado, pero no leves. Con muy buen acuerdo, en la 2.ª ed. de la obra se sustituyó esta traducción por la de Wolfgang Buchwald, muy aceptable.

11. También en las lenguas que, como las románicas occidentales, han sustituido la declinación (salvo en escasos restos pronominales) por la construcción preposicional, pueden darse casos de «polisemia instrumental». En el ejemplo de Coseriu[15]:

«1) *con el cuchillo*, 2) *con harina*, 3) *con un amigo*, 4) *con alegría*»,

si anteponemos a cada una de estas expresiones las palabras «*lo hizo*», tendremos cuatro oraciones, en cada una de las cuales el grupo preposicional tendrá significados «estructurales» («sintácticos») distintos: «instrumental» en 1), «de materia» en 2), «de compañía» en 3) y «modal» en 4). Sin entrar aquí en la discusión de si estos cuatro significados pueden o no reducirse a un significado único más general y subyacente a los cuatro[16], es evidente que en *lo hizo con un cuchillo, con* no tiene el mismo significado sintáctico que en *lo hizo con harina,* y de nuevo es diferente el significado sintáctico de *con* en *lo hizo con un amigo* y en *lo hizo con alegría.* Un traductor que utilizase como LT una lengua con declinación en la que hubiera un caso que contestara a la pregunta «¿con qué?» (= instrumental), otro para indicar la materia («¿de qué?»), otro para significar la compañía («¿con quién?») y otro para expresar el modo («¿cómo?»), tendría que poner cada uno de los cuatro sustantivos en caso distinto.

---

[15] *O.c.*, pág. 135.

[16] La conmutación de *con* por otra palabra sin alterar el significado sintáctico da para cada grupo resultados distintos, en los que se muestra mayor proximidad (aunque no identidad) entre 1) y 2), que entre éstos y los demás grupos; así *utilizando un cuchillo, utilizando harina*, pero no *utilizando un amigo*, y menos aún *utilizando alegría*; lo hizo *de harina*, pero no *de un cuchillo*, ni *de un amigo*, ni *de alegría*; lo hizo *junto con un amigo*, pero no *junto con un cuchillo*, ni *junto con harina*, ni *junto con alegría*.

§ 25. LA PERSONA.

1. Esta categoría gramatical se manifiesta de varios modos en el pronombre y en el verbo. Según Benveniste[17], parece que en todas las lenguas que tienen verbos se marcan de algún modo las diferencias de personas, o bien por medio de afijos constituyentes de las formas verbales o bien mediante pronombres. La categoría de persona sirve para expresar si el proceso o estado verbal se atribuye al que habla (*primera* persona), a aquel a quien se habla (*segunda* persona) o bien a alguien o algo (*tercera* persona) que no es el que habla ni aquel a quien se habla[18]. Modernamente se ha querido demostrar la inexistencia de la tercera persona, alegando que «*él* comporta una indicación del enunciado sobre alguien o algo, pero no referido a una persona específica»[19]. Esto, a mi juicio, es ir demasiado lejos. En la frase «*Yo canto medianamente; tú cantas mejor que yo, pero Juan canta mejor que tú*», el que habla se refiere evidentemente a tres personas; el proceso expresado por «*Yo canto*» se atribuye a la *primera*; el expresado por «*tu cantas*», a la *segunda,* y el expresado por «*Juan canta*», a la *tercera*. Lo que sucede es que la *tercera persona* gramatical puede referirse también a seres que no son personas, p. ej. cuando decimos *el pez nada, el árbol crece, la piedra brilla*. El hecho de que un proceso verbal atribuido a uno de estos seres no personales se exprese en la misma forma que cuando se atribuye a personas autoriza a extender el ámbito de la tercera persona gramatical también a los seres no personales, a todo lo que

---

[17] E. Benveniste, «Structure des relations de personne dans le verbe», *Problèmes de linguistique générale,* Paris, 1966, 225-237.

[18] Este parece ser el sistema personal en la mayoría de las lenguas. Hay, sin embargo, lenguas con sólo dos personas, mientras que en otras se usan hasta cuatro, aplicándose la cuarta a lo no mencionado anteriormente.

[19] F. Lázaro Carreter, *DTF,* s. v. PERSONA. Lázaro Carreter cita las palabras de Benveniste: «La tercera persona no es una persona: es la forma verbal que tiene por función expresar la *no-persona*».

puede ser representado por los pronombres *él* o *ella*. No se justifica, en cambio, la fórmula tradicional que a la *primera* como la persona que habla, y a la *segunda* como la persona a quien se habla, opone la *tercera* como «la persona o cosa de que se habla». Esto es falso, porque la primera persona puede hablar de sí misma o bien de la segunda persona (p. ej. en la frase *Tú cantas mejor que yo*), sin que ni una ni otra se convierta por eso en tercera persona.

2. La tercera persona verbal no sólo se aplica también a no personas, sino que caracteriza incluso procesos verbales que no se puede o no interesa atribuir a ningún agente, p. ej. los procesos atmosféricos, como *llueve, truena, graniza*. Hay lenguas, como el turco, en que la tercera persona no tiene marca desinencial, mientras que sí la tienen la primera y la segunda, al contrario de lo que sucede en inglés, donde, con pocas excepciones, los verbos sólo tienen marca desinencial para la tercera persona singular del presente de indicativo.

3. Hemos dicho que la categoría gramatical de *persona* se manifiesta en el pronombre y en el verbo. Hay entre estas dos partes de la oración, en cuanto a la función personal, una especie de relación subsidiaria: en lenguas cuyo paradigma verbal diferencia en general todas las formas personales tanto en singular como en plural, se prescinde normalmente de los pronombres para expresar la función personal (p. ej. en el indic. de pres. lat.: *amo, amas, amat, amamus, amatis, amant*; esp. *amo, amas, ama, amamos, amáis, aman*; it. *amo, ami, ama, amiamo, amate, amano*); por el contrario, en lenguas como el francés, que confunde en la pronunciación cuatro (1.ª, 2.ª, 3.ª sing. y 3.ª pl.) y en la grafía dos (1.ª y 3.ª sing.) de las seis formas: *aime, aimes, aime, aimons, aimez, aiment*, o como el inglés, que iguala en la pronunciación y en la grafía cinco formas: *love* (1.ª y 2.ª sing., 1.ª, 2.ª y 3.ª pl.), distinguiendo sólo la 3.ª sing. *loves*, es necesario recurrir a los pronombres personales para expresar la función personal (fr. *j'aime, tu aimes, il aime, nous aimons, vous aimez, ils aiment*; ing. *I love, you love, he loves, we love, you love, they love*, donde vemos que todavía se confunden la 2.ª sing. y la 2.ª plural).

3. El uso de formas pronominales ante el verbo está en relación directamente proporcional con la pérdida de las desinencias verbales. La lengua puede incluso funcionar sin estas desinencias, como sucede en chino y en danés moderno, y, en gran medida, también en inglés. La distinción de personas puede hacerse mediante el pronombre, siendo redundante entonces la distinción desinencial. En las lenguas que funcionan sin desinencias verbales, la categoría de persona es más bien léxica que gramatical.

4. En las lenguas que diferencian bien las personas en las formas del verbo, el uso del pronombre tiene valor expresivo, que puede ser enfático: *¡Tú lo has hecho!,* o bien simplemente opositivo: *Yo canto medianamente, tú cantas mejor.*

5. Acabamos de ver que el francés tiene seis formas del pronombre personal, una para cada persona del singular: *je* (1.ª), *tu* (2.ª), *il* (3.ª), y otra para cada persona del plural: *nous* (1.ª), *vous* (2.ª), *ils* (3.ª). Lo mismo el español: *yo* (1.ª), *tú* (2.ª), *él* (3.ª) para el singular; *nosotros* (1.ª), *vosotros* (2.ª), *ellos* (3.ª) para el plural. Pero no en todas las lenguas sucede lo mismo: el inglés tiene sólo cinco; dos (*I y he*) expresan la 1.ª y 3.ª persona de sing.; otras dos (*we, they*), la 1.ª y 3.ª de plural; la 5.ª, *you,* sirve indistintamente para la 2.ª persona de sing. y para la segunda de plural; e. d., la segunda persona no expresa en inglés número gramatical. En muchas lenguas hay formas especiales del pronombre personal para la 3.ª persona de sing. femenina: esp. *ella,* fr. *elle,* ing. *she,* al. *sie;* en esp., en ing. y en al. hay, además, otra forma para el neutro: esp. *ello,* ing. *it,* al. *es* (mucho más frecuentes que *ello* en esp.). El fr., por su parte, tiene formas especiales para los pronombres de 1.ª, 2.ª y 3.ª persona sing. en el uso enfático y opositivo: *moi, toi, lui,* que se anteponen a *je, tu, il* respectivamente, y *eux* para la 3.ª de pl., que se antepone a *ils.*

6. El alemán hablado distingue en el indicativo de presente de los verbos regulares cuatro o cinco formas personales: *liebe* (1.ª), *liebst* (2.ª), *liebt* (3.ª) de singular, y *lieben* (1.ª y 3.ª) de plural; la 2.ª de plural, que puede ser *liebet,* tiende a suprimir la *e* de la desinencia igualándose con la 3.ª de singular. Hay, pues, más diferenciación que

en el francés hablado, que, como hemos visto, sólo distingue tres formas: una para la 1.ª, 2.ª, 3.ª de sing. y 3.ª de plural (pues *aime, aimes* y *aiment* se pronuncian lo mismo), *aimons* (l.ª) y *aimez* (2.ª) de plural. Pero en la lengua escrita distingue más el francés, que sólo iguala, en la 1.ª conjugación, la 1.ª y 3.ª de sing. *aime,* y usa otras cuatro formas: 2.ª de sing., 1.ª, 2.ª y 3.ª de plural, mientras que el alemán iguala siempre la 1.ª y 3.ª de plural (*lieben*) y casi siempre la 3.ª de sing. y la 2.ª de plural. Como el inglés y el francés, el alemán recurre habitualmente a los pronombres personales para expresar con claridad la función personal: *ich liebe, du liebst, er liebt, wir lieben, ihr lieb(e)t, sie lieben.* Como el inglés, el alemán tiene para el pronombre personal de 3.ª sing., además de la forma masculina *er,* una forma femenina (*sie*) y otra neutra (*es*); la forma femenina de la 3.ª sing. no se distingue de la forma de 3.ª de plural, que vale para el masc., fem. y neutro; pero, como en el verbo la 3.ª persona sing. se diferencia siempre de la 3.ª de plural, no puede haber confusión: *sie liebt* (3.ª sing.), *sie lieben* (3.ª plural).

7. Resultan, en cambio, ambiguas algunas formas personales en francés, inglés y alemán, tanto en la lengua oral como en la escrita. Limitándonos a esta última, hay en francés un pronombre personal de cortesía, *vous,* que vale tanto para el singular (= esp. *usted*) como para el plural (= esp. *ustedes*); como, por otra parte, es igual que el pronombre de 2.ª plural masculino y femenino (= esp. *vosotros, vosotras*) y se construye siempre, lo mismo si se refiere a una sola pers. o a más de una, con la forma verbal de 2.ª pers. del plural, resulta que *vous aimez* puede equivaler al español *vosotros* o *vosotras amáis, usted ama* y *ustedes aman.* Con frecuencia, pero no siempre, el contexto o la situación extralingüística aclaran si *vous* es el pronombre ordinario de 2.ª pers. de plural (= esp. *vosotros, -as*) o el tratamiento de cortesía, y, en este caso, si se refiere a uno o varios (= esp. *usted, ustedes*).

8. En inglés, la ambigüedad está en la forma *you,* que vale tanto para la 2.ª sing. como para la 2.ª plural; de modo que también aquí, para saber si *you* se refiere a uno o a varios, hay que apelar al

contexto o a la situación, que no siempre eliminan la duda. Por otra parte, también en inglés se trata a unas personas con más respeto o distancia (= esp. *usted, ustedes*; fr. *vous*; al. *Sie*) y a otras con más intimidad o confianza (= esp. *tú, vosotros*; fr. *tu, vous*; al. *du, ihr*). Pero la lengua inglesa no tiene formas pronominales ni verbales para expresar esta diferencia de tratamiento (tampoco el francés para la 2.ª pers. de plural). ¿Cómo reconocer en el TLO un límite no señalado por la lengua? El lector corriente, nativo o extraño, puede, a costa de no entender algunos matices del texto, no plantearse el problema. Pero el traductor cuya lengua distingue claramente entre *tú* y *vosotros,* y entre *tú* y *usted,* tiene que percibir con claridad ese límite, a fin de no traspasarlo ni detenerse antes de llegar a él. Nuevamente el contexto, y más aún, en este caso, la situación en que se desenvuelve el texto son los únicos guías que pueden orientarlo.

9. También en alemán puede ser ambiguo el uso del pronombre de cortesía *Sie*. Excepto después de punto, la mayúscula inicial lo distingue de *sie* (= «ellos, ellas»): *Sie lieben* («Vd., Vds. aman»), *sie lieben* («ellos, ellas aman»). Pero puede resultar ambiguo su uso por el hecho de no distinguir entre singular y plural. En la novela de Warwick Deeping *Heute Adam, morgen Eva*[20] hay un pasaje en que la protagonista visita a la madre del hombre a quien ama en secreto. Éste no se halla en casa, pero las dos mujeres piensan en él durante toda la conversación. La madre repasa con la visitante el libro de familia, que resume la historia de una estirpe noble y honrada. La visitante concluye: *«Darauf müssen Sie wohl sehr stolz sein».* ¿Cómo interpretar este *Sie*? ¿Se refiere sólo a la madre, o también al hijo, que es con ella todo lo que queda de la familia? Para un traductor inglés no habría problema: *you* vale, igual que *Sie,* para el singular y para el plural. Pero un traductor español tendrá que decidirse por *usted* o *ustedes,* sin tener seguridad de cuál fue el pensamiento plasmado en el original[21].

---

[20] Signum Taschenbücher, Gütersloh, s. a., pág. 45.
[21] Se evitaría la ambigüedad diciendo *Sie beide*; pero *Sie,* sin *beide,* puede significar *usted* o *ustedes.*

En el ensayo de Ortega *Miseria y esplendor de la traducción* hay varios pasajes en que se establece un diálogo entre el autor, que habla en primera persona, y algún personaje ficticio. Los personajes ficticios, al dirigirse a Ortega, dicen *usted* (en la trad. alemana *Sie*). Pero Ortega, al contestar, unas veces se dirige personalmente al interlocutor singular, y otras, a todos los presentes. En cierto momento, después de argumentar contra la traducción, subrayando «sus miserias», su dificultad e improbabilidad, dice que se propone ahora hablar del «posible esplendor» del arte de traducir. Y prosigue:

—«Me temo —dijo el señor X— que le cueste a usted mucho trabajo. Porque no olvidamos su afirmación inicial que nos presentó la faena de traducir como una operación utópica y un propósito imposible.

—En efecto; eso dije y un poco más: que todos los quehaceres específicos del hombre tienen parejo carácter. [Y la trad. al. continúa]: *Fürchten Sie aber nicht, dass ich jetzt beabsichtige, zu sagen, warum ich so denke*».

¿Cómo entenderán los lectores alemanes este *Sie*: como dirigido al «señor X» o a todos los presentes? ¿Qué escribiría un traductor español si se perdieran todos los ejemplares del ensayo de Ortega en su redacción original y tuviera que traducirlo del alemán: *usted* o *ustedes*? Probablemente entenderían aquéllos y éste el *Sie* como dirigido personalmente al «señor X». Sin embargo, Ortega dice: «No teman ustedes que intente decir ahora por qué pienso así»[22]. En otro pasaje menciona[23] «el equívoco perpetuo oculto en esa idea de que el habla nos sirve para manifestar nuestros pensamientos».

—¿A qué equívoco se refiere usted? (*Welche Zweideutigkeit meinen Sie?*) [...] pregunta el historiador del arte.

---

[22] Págs. 28/29 de la ed. bilingüe de Langewiesche-Brandt, trad. al. de G. Kilpper.
[23] Págs. 50/51 de la ed. citada.

—Esa frase [contesta Ortega] puede significar dos cosas radicalmente distintas: que al hablar intentamos expresar nuestras ideas o estados íntimos pero *sólo en parte* lo logramos, o bien, que el habla consigue *plenamente* este propósito. (*Wie Sie sehen* —prosigue la versión alemana—, erscheinen hier die beiden Utopismen wieder, etc.).

Nuevamente pueden preguntarse los lectores del texto alemán a quién se dirige Ortega: ¿al historiador del arte o a todos los presentes? El texto español no da lugar a la duda: «Como ven ustedes, reaparecen aquí los dos utopismos...».

10. Algunas lenguas tienen un pronombre personal indefinido de alcance tan amplio que puede representar a cualquiera de las tres personas, tanto en singular como en plural. Así, en francés, el pron. *on*, que procede del nominativo sing. del sustantivo lat. *homo*, y, por consiguiente, parecería corresponder, en principio, sólo a la tercera pers. singular. En el uso, sin embargo, puede suplir a cualquiera de los pron. pers. normales en función de sujeto. Según el contexto, puede equivaler a:

SING. 1.ª pers.: *Tu connais ces vers?— Oui, on a des lettres*
               («¿Conoces estos versos?—Sí, uno ha leído»; *uno = yo*).

2.ª » : *Eh bien! petite, est-on toujours fachée?*
               («¡Qué!, pequeña, ¿sigues enfadada?»).

3.ª » : *On frappe à la porte*
               («Alguien llama a la puerta»).

PLUR. 1.ª pers.: *On vient te demander de nous aider*
               («Venimos a pedirte que nos ayudes»).

2.ª » : *Chez vous, on élève les enfants durement*
               («En vuestra casa educáis a los niños con dureza»).

3.ª » : *À Sparte, on élevait les enfants durement*
               («En Esparta educaban a los niños con dureza»).

Puede equivaler a cualquier persona, incluso en una misma frase:

Sing. 1.ª pers.: *Voilà ce que je dois faire: un bon somme; quand on se*
réveillera, tout sera fini
(«He aquí lo que debo hacer: un buen sueño; cuando me
despierte, todo habrá terminado»).

2.ª   »   : *Voilà ce que tu dois faire: un bon...*
(«He aquí lo que debes hacer: un buen sueño; cuando te
despiertes...»).

3.ª   »   : *Voilà ce qu'il doit faire: un bon...*
(«He aquí lo que debe hacer: un b. s.; cuando se despierte...»).

Plur. 1.ª pers.: *Voilà ce que nous devons faire: un bon...*
(«He aquí lo que debemos hacer: un buen sueño; cuando
despertemos...»).

2.ª   »   : *Voilà ce que vous devez faire: un bon...*
(«He aquí lo que debéis hacer: un b. s.; cuando desper-
téis...»).

3.ª   »   : *Voilà ce qu'ils doivent faire: un bon...*
(«He aquí lo que deben hacer: un b. s.; cuando despier-
ten...»).

Algo semejante ocurre con el pron. pers. indef. alemán *man* (del a.
alemán a. *man = Mann* «hombre»), que, en un contexto apropiado,
puede sustituir, en la función de sujeto, a cualquier pronombre personal:

1. *Ich darf nicht spazierengehen: man muss arbeiten*
(«No puedo salir de paseo: tengo que trabajar»).

2. *Du darfst nicht sp.: man muss a.*
(«No puedes s. de p.: tienes que tr.»).

3. *Er darf n. sp.: man muss a.*
(«No puede s. de p.: tiene que tr.»).

4. *Wir dürfen n. sp.: man muss a.*
(«No podemos s. de p.: tenemos que tr.»).

5. *Ihr dürft n. sp.: man muss a.*
(«No podéis s. de p.: tenéis que tr.»).

6.   *Sie dürfen n. sp.: man muss a.*
     («No pueden s. de p.: tienen que tr.»).

El traductor tiene que conocer el alcance de tales pronombres en cada texto para poder hallar el equivalente exacto en la lengua terminal.

11. Hay lenguas, como el manchú, el tibetano, ciertas lenguas australianas, malayo-polinesias, americanas, etc., que tienen para el pronombre de 1.ª persona una forma de plural llamada *plural exclusivo = yo + ellos pero no vosotros*. Esta forma se opone a la del plural inclusivo, que considera la forma equivalente a *nosotros* como = *yo + vosotros*. El *nosotros* esp. puede ejercer cualquiera de estas dos funciones, determinadas por la situación o por el contexto.

VI. EL VERBO

1. La persona, como hemos visto, es una categoría gramatical que no sólo se da en el pronombre y en el adjetivo posesivo, sino también en el verbo, aunque no en todas las formas de éste. En las lenguas indoeuropeas carecen de formas personales el infinitivo (no en port., donde tiene desinencias especiales para las tres pers. del plur. y para la 2.ª de singular), el gerundio y el participio; el infinitivo y el gerundio (y en muchos de sus usos el participio de algunas lenguas indoeur. modernas) carecen igualmente de género y de número gramatical.

2. Aristóteles contrapone el nombre y el verbo diciendo que «el nombre es una voz significativa por convención, sin tiempo» (*De interpretat.* 16 a 19-20), mientras que «el verbo añade a su significación el tiempo» (*ibid.,* 16 b 6). Y repite la misma contraposición en *Poét.* 1457 a 10-11: «el nombre es una voz convencional significativa, sin idea de tiempo», y 1457 a 14: «el verbo es una voz convencional significativa, con idea de tiempo». Y ejemplifica así estas afirmaciones: «En efecto, «hombre» o «blanco» [nombre sustantivo y nombre adjetivo] no significan «cuando» [es decir, no indican tiempo, son conceptos independientes del tiempo], pero «camina» o «ha caminado» añaden a su significado el de tiempo presente en el primer caso, y el de pasado en el segundo» (*Poét.,* 1457 a 16-18). Y en *De interpretat.* 16 b 8-9 dice casi lo mismo.

3. Por otra parte, Aristóteles parece pensar que el verbo sólo lo es con plenitud en su forma de presente, no en la de pasado o futuro.

Dice del aoristo ὑγίανεν («recobró la salud») y del futuro ὑγιανεῖ («estará sano») que no son propiamente verbos, sino «casos» (πτώσεις) del verbo, a diferencia de ὑγιαίνει, «porque éste significa el tiempo presente, y aquéllos, el [tiempo] que está *alrededor* (πέριξ)», es decir, fuera del presente (*De interpretat.* 16 b 18).

4. La afirmación de que el verbo añade a su significación la idea de tiempo no es válida para todas las lenguas. No lo es, por ejemplo, con relación al chino, cuyos verbos carecen de toda flexión y, por consiguiente, expresan su significado sin idea de tiempo; esta idea se expresa en chino por procedimientos léxicos, mediante partículas que, con mayor o menor precisión, sitúan el significado general del verbo en el pasado, presente o futuro.

5. Tampoco tienen los verbos en chino y en otras lenguas las categorías gramaticales de modo, voz y aspecto, que se expresan siempre léxicamente, adjuntando al verbo las partículas indicadoras de tales categorías. Pero las citadas categorías gramaticales sí se dan, más o menos expresamente, en los verbos de las lenguas indoeuropeas. Deben, pues, los traductores que trabajan con alguna de estas lenguas como LO conocer perfectamente cómo funcionan en ella tales categorías.

6. Estudiar con detalle su funcionamiento compete a la gramática de la lengua correspondiente, cuyo conocimiento es imprescindible para el traductor. Una teoría general de la traducción no puede entrar en la descripción detallada de las mencionadas categorías verbales. Aquí nos limitaremos a trazar un rápido esbozo de cada una.

§ 26. LOS TIEMPOS VERBALES.

1. Se llama *tiempo* (verbal) al momento en que transcurre la acción o se sitúa el estado que se expresa en el significado léxico del verbo. Tal momento pertenece fundamentalmente al pasado, al presente o al futuro, que son los tres tiempos básicos de las lenguas in-

doeuropeas; éstos pueden, a su vez, subdividirse en otros, que precisan y determinan la relación entre varias acciones o estados. Los *tiempos* son, en las lenguas indoeuropeas, auténticas categorías gramaticales, que se expresan mediante desinencias.

2. Un tiempo verbal puede definirse como «un sistema de formas gramaticales que expresan la misma noción temporal, con sólo variaciones de número y persona» [1]. El término español *tiempo,* como el francés *temps,* es polisémico. Puede significar el tiempo lógico, dividido conceptualmente en pasado, presente y futuro (noción que se expresa respectivamente en alemán y en inglés por los términos *Zeit* o *Zeitstufe* y *time*) y un conjunto homogéneo de formas gramaticales: presente de indicativo, pretérito imperfecto, futuro imperfecto (nociones designadas en alemán y en inglés por los términos *Zeitform* o *Tempus* y *tense* respectivamente). La categoría de tiempo va siempre unida a la de modo (cfr. § 27.) y puede ir unida a la de aspecto (cfr. § 29.).

3. No todas las lenguas indoeuropeas tienen el mismo sistema de tiempos verbales. Y aun cuando manifiesten en el cuadro de su conjugación los mismos tiempos, pueden diferir en el uso que hacen de ellos. Para ejemplificar brevemente lo que digo, me limitaré a confrontar sinópticamente los tiempos del presente y del pasado de indicativo en alemán, inglés, francés y español, comentando brevemente algunas de las diferencias que, al usarlos, muestran las lenguas correspondientes:

alemán	inglés	francés	español
Präsens	Present Present continuous	Présent	Presente (Presente continuo)
Präteritum	Simple past	Imparfait	Imperfecto (Imperfecto continuo)
	Past continuous	Passé simple	Pret. perf. simple (Pret. perf. simple contin.)
Perfekt	Present perfect Present perfect contin.	Passé composé	Pret. perf. compuesto (Pret. perf. comp. contin.)
Plusquamperfekt	Past perfect	Plus-que-parfait	Pluscuamperfecto (Pluscuamperf. continuo)
	Past perfect contin.	Passé antérieur	Pretérito anterior

[1] F. Lázaro Carreter, *DTF,* s. v. TIEMPO.

A. *El presente.*—En la primera banda horizontal del cuadro figura el «presente». Es el único tiempo de los aquí considerados que tiene en las cuatro lenguas la misma denominación. Pero ¿tiene también en las cuatro los mismos usos? Prescindamos ahora del «presente continuo», al que otros llaman «progresivo» y que, como tal, sólo se da en inglés y en español, y atengámonos a los usos del presente simple.

Hay usos del presente comunes a las cuatro lenguas. Por ejemplo, cuando se enuncian acciones habituales o verdades generales:

(1)   al. Im Frühling *ist* die Natur schön.   ing. Cats *drink* milk.
       fr. La nature *est* belle au printemps.   esp. Los leones *rugen*.

Pero hay otros que, siendo comunes a varias, no se dan en todas. Por ejemplo, en al., esp. y fr. se puede expresar en presente un hecho futuro que se considera como ya presente y actual:

(2)   al. Morgen *gehe* ich mit dir ins Theater.
       esp. Mañana *voy* contigo al teatro.
       fr. Demain je *vais* avec toi au théâtre.

El inglés, en cambio, no usaría aquí el presente simple, sino el *present continuous*:

(3)   I'*m going* to the theatre tomorrow.

El alemán utiliza este valor futuro del presente mucho más que cualquiera de las otras tres lenguas. Lo utiliza incluso para futuros lejanos. Véase este ejemplo de H. Weber cit. por A. Malblanc, *SCFAl,* pág. 132:

(4)   Wenn es aber Hochsommer *wird,*   Mais au moment du plein été,
       wenn alle diese Saat reif *steht,*   quand la récolte *sera* mûre, où
       woher *nehme* ich die Kraft, sie   *prendrai*-je la force de la mois-
       abzumähen?   sonner?

El francés elude el primer presente mediante una transposición nominal, pero sustituye el segundo y tercero: *steht* y *nehme,* por dos futuros: *sera* y *prendrai.* He aquí una posible traducción española:

Pero cuando *sea* pleno verano, cuando todos estos sembrados *estén* en sazón, ¿de dónde *sacaré* fuerzas para segarlos?

Podemos observar en ella que los dos primeros verbos siguen en presente, pero no de indicativo, sino de subjuntivo, que muchas veces se refiere al futuro, puesto que expresa acciones de carácter posible o eventual. El tercer verbo va, como en francés, en futuro de indicativo. Véanse los siguientes ejemplos, tomados de Wandruszka, *N. I.,* págs. 550 ss., donde el alemán muestra un uso del presente con valor de futuro mucho más frecuente no sólo que el español, inglés y francés, sino también que el italiano y el portugués:

(5)   fr. Au quatrième top il *sera* exactement huit heures (*MSS*, 202).
      esp. Al cuarto golpe del gong *serán* las ocho horas exactamente.
      it. *Saranno* le ore venti.   al. *Ist* es genau 20 Uhr.
      ing. It *will be* eight o'clock.   port. *Serão* oito horas.

El presente sólo en alemán, frente al futuro en todas las demás lenguas. Por lo demás, en la traducción española sobra la palabra «horas»; debiera decir «las ocho de la tarde».

(6)   fr. «Laisse-moi»—«Non, je ne te *laisserai* pas» (*Th.* 377).
      esp. «Déjame...»—«No, no te *dejaré*».
      ing. «I *won't leave* you in peace».   it. «Non ti *lascio*».
      al. «Ich *lasse* dich nicht».   port. «Não te *deixarei*».

Nuevamente en alemán el presente, frente al futuro en las demás lenguas, excepto en italiano, que tiene aquí, como el alemán, presente. También el español podría tenerlo en este caso.

(7)   fr. Tu me les *rendras,* sorcière! (*MS*, 70).
      esp. ¡Me las *devolverás,* bruja!
      it. Me le *renderai,* strega.
      port. *Hei-de apanhar-tas,* bruxa!
      ing. *Give* them to me, you little devil!
      al. Hexe, du *gibst* die Bilder zurück.

También aquí el alemán es la única lengua que usa el presente. El francés, el español y el italiano, y lo mismo el portugués, tienen futuro, aunque en esta última lengua aparece ligeramente disfrazado en la forma *hei-de apanhar,* en vez de *apanharei.* En inglés aparece el imperativo, que, como veremos, está más relacionado con el futuro que con el presente.

(8) al. Keine Sorge. Montag oder Dienstag *bist* du in Rotterdam (*Bi,* 66).

     esp. No te preocupes. El lunes o el martes *estarás* en Rotterdam.

     ing. You *'ll be.*   fr. Tu *seras.*

     it. *Sei.*   port. *Estarás.*

Nuevamente el italiano acompaña aquí al alemán en el uso del presente. Las demás lenguas tienen futuro.

(9) al. Jetzt *frühstücken* sie. Später *fahren* sie noch weiter über Land, aber abends *kommen* sie wieder, und dann *ist* Tanzbelustigung hier im Saale (*TK,* 68).

     esp. Ahora *desayunan.* Después *se van* al campo todavía otra vez, pero por la noche *volverán* y entonces *celebrarán* el baile aquí en la sala.

     ing. They *will* all *come*   it. (1) *Saran* qui di nuovo e
         back for a dance.   *avremo* trattenimento dan-
     fr. Ils *reviendront* et alors   zante.
        il y *aura* bal.   it. (2) *Tornano,* e ci *sarà* ballo.
     port. *Voltarão... haverá...*

El original alemán tiene en presente las cuatro formas verbales del pasaje. La traducción española conserva el presente en la primera, que no tiene en el original valor de futuro, puesto que se refiere al momento mismo en que se habla: *Jetzt* («Ahora»). También lo conserva en la segunda, que sí se refiere al futuro: *Später* («Más tarde»), pero a un futuro próximo: [«cuando terminen de desayunar»]. El uso del futuro en *volverán* y *celebrarán* se justifica porque se trata de acciones más alejadas del «ahora». (Pero no se justifica la 3.ª persona del plural de *celebrarán* el baile, que excluye innecesariamente a otras personas, entre ellas a la que habla, que, sin tomar parte en la excursión campestre, pueden participar en el baile. Sería menos arriesgado, y más ceñido al original: «y habrá baile»). De las dos traducciones italianas, la segunda usa un presente: *tornano,* donde la primera tiene futuro: *saran qui di nuovo,* lo cual parece indicar que el uso del presente con valor de futuro es en este caso facultativo.

Veamos un último ejemplo muy ilustrativo:

(10) al. Ja, wenn ich tot *bin, kann* Erika meinetwegen auch davon-
ziehen... und solange ich am Leben *bin, wollen* wir zu-
sammen *halten...* Einmal in der Woche *kommt* ihr zu mir
zum Essen... und dann *lesen* wir in den Familienpapieren
(B, 669).

esp. Sí, cuando yo *muera,* Erika *podrá* incluso marcharse de allí...
y mientras [yo] *viva, estaremos* juntos aquí... Una vez a la
semana *vendréis* a mi casa a comer... Y entonces *leeremos*
en [los] papeles de familia.

ing. When I *am* dead... so long as I *am* on earth... you *will come...*
we will *read.*

fr. Quand je *serai* morte... tant que je *serai* de ce monde... vous
viendrez... nous *relirons...*

it. Quando *sarò* morta... finché *son* viva... *verrete... leggeremo...*

port. Quando *estiver* morta... enquanto *viver...* vocês *virão...* le-
remos...

En el original alemán aparecen seis formas verbales personales; dos de ellas: «wenn ich... *bin*», «solange ich... *bin*» (la misma, repetida), en oraciones subordinadas temporales; las cuatro restantes: *kann, wollen... halten, kommt, lesen,* en oraciones principales. Todas están en presente, aunque en una, *wollen... halten,* la forma de presente, *wollen,* funciona como auxiliar para la integración del futuro volun-tativo del verbo *halten,* con un valor próximo al de los futuros ingle-ses *you will come, we will read.* El español sustituye el presente de indicativo alemán por el de subjuntivo en las subordinadas tempora-les, como ya vimos arriba (ej. (4)) y pone en futuro los cuatro verbos de las principales. El inglés conserva el presente en las dos subordinadas: *When I am..., so long as I am,* y usa el futuro en las principales. El francés usa el futuro tanto en las subordinadas como en las principales. El italiano, el futuro en las principales y futuro también en la subordinada introducida por *quando*; presente, en cambio, en la subordinada que sigue a *finché*. Por último, el portugués usa el futuro de subjuntivo en las subordinadas: «Quando *estiver* morta...», «enquanto *viver*...», y el de indicativo en las principales: *virão, leremos.*

Con razón concluye Wandruszka: «El alemán es el que hace uso más frecuente de las posibilidades del *presente pro futuro*».

B. *Los tiempos continuos.*—En la 2.ª columna vertical, correspondiente al inglés, vemos que todos los tiempos incluidos en ella tienen dos formas, la segunda de las cuales añade al término que designa el tiempo correspondiente la calificación de *continuous* («continuo»). Nadie que conozca medianamente el inglés ignora la existencia de las formas temporales continuas o progresivas en esta lengua, que se construyen gramaticalmente con el verbo *to be* + la forma en *-ing* del verbo que se conjuga. La forma correspondiente falta en alemán y en francés, lo cual no quiere decir que en estas lenguas no pueda expresarse el significado de los tiempos continuos ingleses. Lo que ocurre es que, en vez de expresarse gramaticalmente, se expresa mediante recursos léxicos. En la columna del español, la forma continua de los tiempos que pueden formarla va entre paréntesis, porque su uso es mucho más restringido que en inglés. Veamos las posibilidades del presente continuo español, comparadas con las que enuncia para la misma forma del inglés la *Practical English Grammar* de A. J. Thomson y A. V. Martinet, 2nd. ed., Oxford, 1969, págs. 94 s. Según los citados autores, el *present continuous* se usa:

a) Para acciones que están sucediendo ahora:

   (1)   *It is raining (now)*;
   (2)   *What is the baby doing? He is tearing up a $5 note*;
   (3)   *I am not wearing a coat as it isn't cold.*

(1) y (2) pueden traducirse muy bien al español por nuestro presente continuo, que se forma con el verbo *estar + gerundio*: (1) «Está lloviendo (ahora)»; (2) «¿Qué está haciendo el nene? Está rasgando un billete de 5 $». Pero no ocurre lo mismo con (3): «No estoy llevando abrigo porque no hace frío» es un anglicismo manifiesto; la traducción correcta sería: «No llevo abrigo, etc.».

b) Para acciones que suceden aproximadamente cuando se habla, pero no exactamente en el momento de hablar:

(1)   *I am reading a play by Shaw* (puede referirse al momento en que hablo, pero también a un «ahora» de sentido más general);

(2)   *He is teaching French and learning Greek* (puede no estar haciendo ninguna de las dos cosas en el momento de hablar).

(1) y (2) pueden traducirse al español por el presente continuo: (1) «Estoy leyendo una obra de Shaw» (con las dos posibilidades de interpretación que tiene en inglés); (2) «Está enseñando francés y aprendiendo griego» (con igual sentido que en inglés).

c) Para un propósito determinado que va a cumplirse pronto (y es la manera más corriente de expresar los planes inmediatos):

(1)   *I'm going to the theatre tonight* (esto implicaría casi con certeza que ya se han sacado las entradas);

(2)   A. *Are you doing anything tonight?* B. *Yes, I'm going to my judo class and (I'm) meeting my brother afterwards.*

Ni (1) ni (2) admiten el presente continuo en la traducción española. En ambos casos podría usarse en español la perífrasis verbal ir a + *infinitivo*: (1) «Esta noche voy (a ir) al teatro»; (2) A. «¿Vas a hacer algo (o también: ¿Tienes algo que hacer) esta noche?» —B. «Sí, voy (a ir) (o «iré») a clase de yudo y luego a buscar a mi hermano».

d) Con la expresión de un momento determinado del tiempo, para indicar una acción que se inicia antes y probablemente continúa después de tal momento:

(1)   *At 6.0 I am bathing the baby* (e. d., «comenzaré a bañarlo antes de las 6»).

En la traducción esp. se usaría aquí el futuro continuo: «A las 6 estaré bañando al niño». Thomson y Martinet consideran similar a éste el uso del presente continuo combinado con un verbo en presente normal:

(2)   *They are flying over the desert when one of the engines fails.*

Y advierten que es raro este uso del presente continuo excepto en descripciones de la rutina diaria y en narraciones dramáticas. En realidad, se trata propiamente de un «presente histórico continuo», equivalente en inglés a un *past continuous,* y en español, a un «imperfecto continuo»: «*Están volando* sobre el desierto cuando *falla* uno de los motores» (= «*Estaban volando...* cuando *falló...*») .

e) Con *always,* para indicar una acción frecuentemente repetida; muchas veces, molesta para el que habla, o que le parece poco razonable:

(1)   *Tom is always going away for weekends.*

Esto implica que Tom se va fuera con mucha frecuencia, probablemente con demasiada frecuencia para mi gusto; pero no significa necesariamente que se vaya fuera todos los fines de semana. No es una afirmación literal. En cambio:

(2)   *Tom always goes away at weekends* (con el presente simple).
(3)   *Tom goes away every weekend* (afirmación literal).

Aquí, el uso es igual en español:

(1)   «Tom siempre está yéndose fuera los fines de semana».
(2)   «Tom siempre se va fuera los fines de semana».
(3)   «Tom se va fuera todos los fines de semana».

De manera similar:

(4)   *He is always doing his homework*
       («Siempre está haciendo los deberes»)

implica que el sujeto emplea en hacerlos demasiado tiempo, a juicio del que habla. En cambio:

(5) *He always does his homework* (presente simple)
    («Siempre hace los deberes»)

significa que los hace con la regularidad debida.

Resumiendo, vemos que el *present continuous* inglés sólo corresponde al «presente continuo» español en siete de los ejemplos citados: (1) y (2) de a), (1) y (2) de b), (2) de d) y (1) y (4) de e), mientras que se necesitan otros equivalentes para traducir (3) de a), (1) y (2) de c) y (1) de d). Con esto no queda, sin embargo, agotado el tema de las coincidencias y discrepancias entre el inglés y el español en el uso del presente continuo. Convendría estudiar otros usos ingleses calcados a veces en español con evidente anglicismo, como:

(1) «Le *estoy escribiendo* para comunicarle que el 15 de junio llegaré a Madrid».

(2) «Por correo certificado le *estoy enviando* el original de mi libro sobre...»[2].

En (1) se usaría en buen español el presente simple: «Le *escribo* para comunicarle...»; en (2), el pretérito perf. compuesto, si el envío se ha realizado ya; la perífrasis verbal con *ir* + *infinitivo* si el envío ha de realizarse en fecha próxima no determinada: «Voy a enviarle...» = «Voy a enviarle dentro de unos días»; el futuro simple cuando se indica la fecha exacta: «El jueves próximo le enviaré...», o cuando se trata de un plazo impreciso o remoto: «Algún día le enviaré...», «Dentro de dos años le enviaré...».

---

[2] Este anglicismo ha penetrado también en portugués, al menos en el del Brasil. No hace mucho recibí una carta de Rio de Janeiro que comenzaba así: «Estou anexando dois recortes do comentário [...] que o *Jornal de Letras* publicou». Y más recientemente otra (fechada el 6-1-1982) de São Paulo, cuya primera frase era: «Estamos enviando-lhe em anexo a segunda prova de seu artigo [...]»

C. *Diferencias temporales entre alemán, inglés, francés y español.*—En la segunda banda del cuadro de correspondencias de tiempos (*supra*, n.° 3) hallamos varias discrepancias entre las cuatro lenguas consideradas. 1) El alemán sólo tiene la forma de *Präteritum* donde el inglés presenta dos formas: el *simple past* y el *past continuous*. 2) Estas formas del inglés no se corresponden con las dos del francés. Pero lo que nos interesa especialmente es la diferencia semántica de estas formas verbales con las formas españolas incluidas en la misma banda.

El *Präteritum* alemán (tamb. el *simple past* inglés) puede equivaler a nuestro *imperfecto* y a nuestro *pretérito perf. simple* (indefinido). Es, por consiguiente, polisémico desde el punto de vista del español, y, por tanto, la correspondencia en la traducción puede resultar dudosa. Hay casos en que la elección del tiempo español no parece plantear problemas. Así, cuando el *Präteritum* va acompañado de una fecha exacta, suele corresponder a nuestro pret. perf. simple:

> «Alfons der Zwölfte *starb* im Jahre 1885»
> («Alfonso XII *murió* en 1885»).

Pero, incluso en una frase tan unívoca en cuanto al tiempo como ésta, podría el *Präteritum,* con un contexto apropiado, traducirse por nuestro *imperfecto*. Un historiador podría usar el imperfecto para narrar el mismo hecho, incluso indicando con más exactitud la fecha:

> «Alfonso XII, gravemente atacado por la tuberculosis, *moría* a fines de noviembre de 1885. En mayo de 1886 la reina María Cristina *daba* a luz a Don Alfonso XIII».

Generalmente, pero no siempre, una conjunción o una partícula temporal decide la elección de una de las dos formas españolas. Así, el *Präteritum* precedido de *als* «cuando» equivale normalmente a nuestro pretérito perf. simple: *Als ich ihn fragte. . .* («Cuando le *pregunté...*»); *sofort, als ich ihn sah...* («en cuanto (tan pronto como) lo *vi...*»); *als er nach Berlin abreiste...* («cuando *partió* para Berlín...») [los tres ejs. tomados del *Langenscheidts Handwörterbuch*]. Pero *als ich krank war* («mientras *estaba* enfermo») [*Wörterb. II, Deutsch-Spanisch* von Prof. Dr. R. Grossmann]. Este último ejemplo podría traducirse igualmente por nuestro pret. perf. simple: *Als ich krank war, hatte ich viel Zeit zum Lesen* («Cuando estuve enfermo, tuve mucho tiempo para leer»). Véanse más ejemplos con *als,* tomados, como el último, del *Grosses Deutsches Wörterbuch,* herausg. von G. Wahrig, para los que propongo una traducción española:

(1) *Wir waren kaum daheim angekommen, als es auch schon zu regnen anfing*
   («Apenas habíamos llegado a casa, cuando *comenzó* a llover»);

(2) *Ich war gerade beim Kochen, als er kam*
   («Estaba cocinando, cuando *llegó* él»);

(3) *Damals, als das geschah*
   («Cuando *sucedió* esto»);

(4) *Gerade als ich gehen wollte, klingelte das Telephon*
   («En el momento en que *me disponía* a salir, sonó el teléfono»);

(5) *Als ich noch ein Kind war, bin ich oft bei den Grosseltern gewesen*
   («Cuando aún *era* niño, estuve con frecuencia en casa de los abuelos»).

En (1), (2) y (3) he traducido intuitivamente el *Präteritum* precedido de *als* por nuestro pret. perf. simple; en (4) y (5), por nuestro imperfecto. Si quisiera razonar la elección, diría que en (1), (2) y (3) se trata de acciones puntuales, no cursivas, e. d., que no tienen un desarrollo perceptible: *comenzó, llegó, sucedió.* En (4), por el contrario, se trata de una acción cursiva: *als ich... wollte* («cuando quería»); la volición (deseo) supone un estado, más o menos prolongado, de la voluntad. En (5), la duración (de la infancia) es aún más patente, y está reforzada por *noch* «aún».

A veces, el carácter puntual o, por el contrario, cursivo de la acción se expresa con claridad mediante una conjunción o adverbio que acompaña al verbo, o por la misma naturaleza de éste. En tales casos, la elección del verbo español resulta fácil, como puede verse en los siguientes ejemplos alemanes e ingleses:

(1) *Sobald er ihn sah, lief er ihm entgegen.*
(2) *Während er dies betrachtete, kam er plötzlich auf den Gedanken, dass...*
(3) *As soon as my friend arrived, we went out for a walk.*
(4) *While he was trying to do it, his father looked at him.*

En (1) y (3) la conjunción *sobald* y la locución conj. *as soon* confieren al *Präteritum* alemán y al *simple past* inglés, tanto en la oración subordinada temporal: *sah, arrived,* como en la principal: *lief, went out,* carácter puntual. Por eso, a no ser que un contexto especial indique lo contrario, traduciremos:

(1) «Tan pronto como lo *vio, corrió* a su encuentro».
(3) «Tan pronto como *llegó* mi amigo, *salimos* de paseo».

En (2), la conjunción *während* («mientras») y el significado léxico del verbo *betrachten* («considerar») expresan el carácter cursivo de la acción de la oración subordinada; en cambio, el adverbio *plötzlich* «repentinamente» hace que el verbo de la principal, *kam,* tenga carácter puntual: «llegó al pensamiento de que...». Por eso, a no ser que el contexto indique otra cosa, traduciremos: «Mientras *consideraba* esto, se le *ocurrió* de pronto que...».

En (4), la conjunción *while* («mientras») (durativa) hace que el inglés, en vez del *simple past,* use el *past continuous* en la oración subordinada: *was trying,* que podríamos traducir al español o bien por nuestro imperfecto, «intentaba», que ya de suyo tiene carácter durativo, reforzado aquí por la conjunción «mientras», o bien, si el contexto aconseja marcar todavía más este carácter, por nuestro imperfecto continuo: «Mientras estaba intentando hacerlo...». En la oración principal, el significado léxico de *to look* «mirar» tanto puede tener aspecto puntual, y entonces *looked* = «miró»: «su padre lo miró», como durativo, y en tal caso, *looked* = «miraba»: «su padre lo miraba» (cfr. *infra,* § 29. 14).

Pero pueden presentarse textos en que ni la situación ni el contexto contengan datos suficientes para que un traductor se incline sin vacilar, o para que todos los traductores se inclinen a adoptar resueltamente el imperfecto o bien el pret. perf. simple. En una clase de traducción del alemán se trataba de poner en español el comienzo del cap. II del librito de W. Sdun *Probleme und Theorien des Übersetzens,* capítulo titulado «Von Breitinger zu Herder». El texto alemán dice:

> Der Aufklärung ging es um Klarheit der Probleme. Ihr Mass, das sie an Dichtungen anlegte, waren Vernunft und Poetik. Vernunft war für sie jedoch zu oft Vernünftelei, so geriet sie meist in einen platten Naturalismus oder in Banalität [...] So wurden die Urteile zu Vorurteilen.

Casi unánimemente, los alumnos convirtieron el *Präteritum* alemán en imperfecto español, de lo que resultaron textos semejantes a éste (los imperfectos van en cursiva):

> «A la Ilustración le *interesaba* la claridad de los problemas. *Medía* las obras de creación literaria por la razón y la poética. Pero la razón, con demasiada frecuencia, *era* para ella sutileza; y así *caía,* las más de las veces, en un vulgar naturalismo o en la trivialidad. [...] Así los juicios se *convertían* en prejuicios».

Pero el alumno que solía traducir con más acierto eligió en este caso el pret. perf. simple. Y defendió su elección con argumentos que nadie pudo rebatir de modo irrecusable. Y es que ambas partes tenían razón. El uso del imperfecto o el del pret. perf. simple es aquí puramente subjetivo; depende del punto de vista que adopte el narrador: considerar los hechos como simplemente pasados y concluidos (pret. perf. simple) o como procesos en cierto modo «presentes en el pasado», que se muestran al lector como no concluidos todavía, sino en curso de realización (imperfecto). Sustitúyanse en la traducción española los imperfectos por pret. perf. simples y se verá cómo la realidad descrita sigue siendo la misma; lo único que cambia es la perspectiva adoptada para contemplarla[3].

El problema puede plantearse en la dirección inversa: ¿Cómo traducir al alemán, que sólo dispone del *Präteritum* frente a los dos tiempos románicos, un texto en que se combinen con eficacia estilística el imperfecto y el pret. perf. simple o sus equivalentes en otras lenguas de la familia? No se trata aquí propiamente de un problema de comprensión, sino de una dificultad de expresión. Pero es como la otra cara de la moneda, y no hay por qué rechazar la curiosidad que nos tienta a darle la vuelta y contemplarla ya ahora.

He aquí un pasaje de *La double méprise* de Mérimée, traducido al alemán por W. Widmer en su libro *Fug und Unfug des Übersetzens,* Köln-Berlin, 1950, pág. 57:

> «Julie, après avoir senti sa cassolette et son bouquet à plusieurs reprises, parla de la chaleur, du spectacle, des toilettes. Châteaufort écoutait avec distraction, soupirait, s'agitait sur sa chaise, regardait Julie et soupirait encore. Julie commençait à s'inquiéter».

Widmer corrige la traducción de F. Hardenkopf, y propone como adecuada la siguiente:

> «Julie roch mehrmals an ihrer Räucherpfanne und ihrem Bukett, redete dann von der Hitze, von der Vorstellung, den Toiletten. Châteaufort hörte zerstreut zu, seufzte, rutschte auf seinem Stuhl hin und her, blickte Julie an und seufzte abermals. Julie begann sich allmählig zu ängstigen».

---

[3] En español (como en otras lenguas románicas), los acontecimientos pasados pueden expresarse también mediante formas verbales que la morfología gramatical sitúa en el presente y hasta en el futuro. Así, un historiador, al describir la conquista del reino de Granada por las tropas cristianas a fines del s. xv, escribe:

> «Todo el año 1491 transcurrió en un duelo tenaz entre los contendientes [...] El 6 de enero de 1492, los Reyes Católicos entraron en la ciudad».

Podía igualmente haber escrito, en vez de *transcurrió, transcurre,* o incluso *transcurrirá, transcurriría, iba a transcurrir, había de transcurrir,* y, en la segunda frase, en vez de *entraron, entraban, entran, entrarán, entrarían, iban a entrar, habían de en-*

En el texto francés hay una gradación finísima de los matices de la descripción. Las distintas acciones que componen el cuadro se sitúan en tres planos temporales; todos en el pasado, pero en un pasado cada vez más vivo, cada vez más próximo a la percepción del lector. La primera expresión verbal, «après avoir senti», forma una oración subordinada temporal; enuncia la acción, pero la deja como en la sombra, convirtiéndola en una especie de telón de fondo que dé relieve a la que se expresa a continuación mediante un verbo principal, en «passé simple»: *parla,* equivalente a nuestro pret. perf. simple: *habló.* Este tiempo, que no expresa de suyo duración, adquiere aquí ese matiz expresivo por el significado léxico del verbo y por la enumeración trimembre del complemento: «parla de la chaleur, du spectacle, des toilettes». Nadie puede hablar de tres cosas en un solo instante, y menos una mujer, sobre todo si uno de los temas lo constituyen las «toilettes». El monólogo de Julie se prolonga tanto que llega un momento en que Châteaufort ni siquiera intenta ya disimular su impaciencia: «*escuchaba* con distracción, *suspiraba, se agitaba* en la silla, *miraba* a Julie y *suspiraba* de nuevo». En realidad, la acción de Julie expresada por *parla* «habló» fue más prolongada, más duradera que el comportamiento impaciente de Châteaufort; éste sin duda *escuchó* al principio con interés, hasta que Julie comenzó a desazonarlo con su charla intrascendente y evasiva. Sin embargo, el narrador expresa la acción de Julie, *parla,* mediante el «passé simple», y las de Châteaufort, *écoutait, soupirait, s'agitait, regardait, soupirait* encore, por el imperfecto, el tiempo presentativo del pasado, el que nos muestra la acción en su desarrollo, como si estuviera aún realizándose en un presente ya desaparecido; el que, según la naturaleza semántica de cada verbo, expresa unas veces duración: «escuchaba», «miraba»; otras veces, repetición del acto: «suspiraba», y otras, en fin,

---

trar. Las formas posibles para la segunda frase pueden combinarse con cualquiera de las indicadas para la primera. El pretérito perfecto simple, *transcurrió, entraron,* es la forma narrativa neutra, en la que el narrador no adopta ningún punto de vista personal; cada una de las otras refleja un enfoque peculiar de los acontecimientos narrados.

fin, duración y repetición al mismo tiempo: «se agitaba». O bien, como en el último imperfecto del pasaje, «Julie *commençait* a s'inquiéter», expresa el inicio casi imperceptible, la formación imprecisa, el breve crecimiento de una sensación, de un estado psíquico que surge lentamente. ¡Qué diferencia de matiz expresivo si Mérimée hubiera escrito *commença,* en vez de *commençait*!

Pues bien, toda esta gradación finísima, toda esta variedad de tonos, todos estos matices de la expresión temporal se pierden irremediablemente en la traducción de W. Widmer, que, por lo demás, conserva bien la sustancia puramente semántica del texto. Es cierto que sustituye la oración subordinada del original: «après avoir senti... à plusieurs reprises» por una oración independiente: «roch mehrmals»; pero mantiene la distancia temporal, la diferencia de planos entre este verbo y el siguiente, mediante la adición al segundo del adverbio *dann: roch mehrmals... redete dann*: «olió repetidamente... habló luego». No es culpa suya que *roch* dé un sonido áspero que, como símbolo fónico, expresaría mejor un ronquido que una fruición sensual del olfato. Oídos imparciales tienen que preferir sin vacilación «après avoir senti». Pero esto, repito, no es culpa de Widmer. Tampoco es él responsable de que en alemán no haya más que un tiempo verbal, el «Präteritum», para un campo expresivo que en las lenguas románicas se distribuye entre dos, el «passé simple» (pret. perf. simple) y el imperfecto: «Châteaufort *hörte... seufzte... rutschte... blickte... und seufzte abermals. Julie begann...*». En todo este pasaje, tan finamente matizado en francés, tan destacado temporalmente del *parla* de la frase anterior y, sobre todo, de *après avoir senti,* no hay en la traducción alemana más que un plano uniforme, una coloración monótona, sin más perspectiva temporal que la proporcionada por la posición de los verbos en el conjunto textual, sólo en dos casos reforzada por la adición de adverbios: *dann* situando a *redete,* y *allmählig* calificando a *begann*[4].

---

[4] En realidad, *allmählig* califica en el texto de Widmer a *sich ängstigen* «inquietarse». Quizá correspondería más exactamente al texto francés la construcción:

Cada lengua, cada grupo de lenguas, tiene capacidades expresivas que constituyen su peculiar riqueza. Las lenguas germánicas poseen muchas que les faltan a las románicas. Pero el hecho de disponer éstas de un «pret. perf. simple» y de un «imperfecto», frente a la sola forma del *Präteritum* o del *simple past* de las lenguas germánicas, las hace más ricas en este punto y las compensa de otras carencias expresivas.

D. *El pretérito imperfecto.*—Es un recurso expresivo de las lenguas románicas verdaderamente precioso. No es simplemente el tiempo de la duración. La duración se expresa también, y mejor aún que con el imperfecto, al menos en español, con las formas continuas de cualquier tiempo: «estuvo lloviendo toda la noche», «está nevando desde hace cuatro horas», «estaré trabajando hasta que tú vengas». El imperfecto es un tiempo pasado que contempla la acción en su desarrollo, sin atender a su comienzo ni a su fin. Por eso —como observan Vinay y Darbelnet, *SCFAn,* pág. 132—, el imperfecto «no puede emplearse nunca con la indicación numérica de la duración, porque si la duración puede medirse, es que ya ha terminado. Se puede decir 'Vivía en Londres durante la guerra', pero no 'Vivía en Londres durante diez años'».

En su uso más general, el imperfecto expresa una acción pasada que se desarrolla mientras acontece otra: «*salía* de casa *cuando llegó* Juan». Es el tiempo «presentativo» del pasado, es decir, convierte el pasado en presente con relación a otro momento determinado del pasado. Por eso, así como hay un «presente histórico» que narra hechos pasados como si fueran presentes «ahora», en el momento en que se habla o se escribe, hay también un «imperfecto histórico» que expone acciones o estados pasados como si fueran presentes «entonces», en el momento ya pasado al que se refiere el que habla o escribe.

Allmählig begann Julie sich zu ängstigen; *allmählig* modificaría entonces a *begann*, acercándolo al matiz del imperfecto francés *commençait*.

El imperfecto es un tiempo eminentemente literario, vivificador del relato; hace que el lector se traslade imaginativamente al pasado y asista al desarrollo de los acontecimientos narrados. Por eso pudo decir Antonio Machado que

> *Del pretérito imperfecto*
> *brotó el romance en Castilla*
>
> («*Notas sobre poesía*»).

Son muchos, en efecto, los romances que inician el relato en pretérito imperfecto:

> «Los vientos *eran* contrarios, / la luna *estaba* crecida, / los peces *daban* gemidos / por el mal tiempo que *hacía,* / cuando el buen rey Don Rodrigo / junto a la Caba *dormía...*»
> (*Aviso de la fortuna y derrota de Don Rodrigo*).

> «*Paseábase* el rey moro / por la ciudad de Granada»
> (*Romance del rey moro que perdió Alhama*).

> «Media noche *era* por filo, / los gallos *querían* cantar, / conde Claros con amores / no *podía* reposar».
> (*Romance del conde Claros*).

> «Que por mayo *era,* por mayo, / cuando los grandes calores»
> (*Romance del prisionero*).

> «Un sueño *soñaba* anoche, / soñito del alma mía, / *soñaba* con mis amores / que en mis brazos los *tenía*».
> (*El enamorado y la muerte*).

O bien alternan el imperfecto con el presente:

> «*Pártese* el moro Alicante / víspera de san Cebrián; / ocho cabezas *llevaba,* / todas de hombres de alta sangre».
> (*Duelo de Gonzalo Gustioz ante las cabezas de sus hijos*).

> «Por Guadalquivir arriba / el buen rey Don Juan *camina*: / encontrara con un moro / que Abenámar *se decía*».
> (*Romance de Abenámar*).

«*Mira* Nero, de Tarpeya, / a Roma cómo *se ardía*; / gritos *dan* niños y viejos / y él de nada *se dolía*».

(*Romance del incendio de Roma*).

«*Estáse* la gentil dama / paseando en su vergel, / los pies *tenía* descalzos, / que *era* maravilla ver».

(*Romance de una gentil dama y un rústico pastor*).

Sería largo exponer y ejemplificar los distintos usos del imperfecto en las lenguas románicas. Para el español puede verse el *Esbozo de una nueva gramática de la lengua española,* de la R. A. E., Madrid, 1972, 3.14.3., a) - e), y, para una exposición más detallada, el *Diccionario de uso del español* de María Moliner, Madrid, 1975, s. v. VERBO, págs. 1471 b -1472 a, donde se enumeran y ejemplifican hasta quince usos de dicho tiempo. Para el francés, el *Grand Larousse de la langue française,* t. III, Paris, 1973, s. v. IMPARFAIT, págs. 2543 a -2546 b (con indicación frecuente de bibliografía).

Aquí nos limitaremos a comparar los usos del imperfecto francés con los del español.

El artículo citado del *Grand Larousse* divide los usos del *imparfait* en tres grupos: 1) *Emplois à repérage passé* (empleos con el punto de referencia en el pasado), 2) *Emplois à repérage présent* (empleos con el punto de referencia en el presente) y 3) *Emplois litigieux* (empleos litigiosos). Los imperfectos de los ejemplos que aparecen en los grupos 1. (exceptuando los que figuran en la prótasis de períodos condicionales, de los cuales hablaremos luego) y 3. pueden traducirse al español por el imperfecto:

1. A.   En 1960, Paul *était* en Algérie
    («En 1960, Paul *estaba* en Argelia»).

1. B.   Le facteur *passait* tous les jours à 8 heures
    («El cartero *pasaba* todos los días a las ocho»).

1. C.   Il y a six ans, l'armée française *débarquait* sur les côtes de Provence
    («Hace seis años, el ejército francés *desembarcaba* en las costas de Provenza»).

Gavroche *avait* toujours le rat-de-cave à la main
(«G. *seguía* teniendo la cerilla en la mano»).

Nous *dormions* quand la foudre tomba
(«*Dormíamos* cuando cayó el rayo»).

Elle a des yeux bleus que votre mari n'*avait* pas
(«(Ella) tiene unos ojos azules que no *tenía* el marido de usted»).

Il n'y *avait* encore personne sur la plage
(«Aún no *había* nadie en la playa»).

Voilà le banc rustique où s'*asseyait* mon père
(«He aquí el rústico banco en que *se sentaba* mi padre»).

Voilà le banc rustique ou s'*agrippait* le lierre
(«He aquí el rústico banco al que *se agarraba* la hiedra»).

Fidèle à sa promesse, Salomon *envoyait* le même soir l'article
du docteur Nathan a Per
(«Fiel a su promesa, Salomon *enviaba* aquella misma tarde el
artículo del Dr. Nathan a Per»).

Il vint, en effet, et ayant examiné la perle, il la *refusait* avec
mille regrets pour la peine
(«Llegó, en efecto, y habiendo examinado la perla, la *recha-*
zaba lamentando muchísimo la molestia»).

Le soir de ce même jour..., deux bicyclettes *sortaient* de Ne-
vers
(«Al atardecer del mismo día..., dos bicicletas *salían* de Ne-
vers»).

À 18 h 8, ...un nouvel incident *interrompait* le compte à re-
bours
(«A las 18, 8, ...un nuevo incidente *interrumpía* la cuenta
atrás»).

Lorsque le notaire arriva [...], elle les reçut elle-même et les
invita à tout visiter en détail. Un mois plus tard, elle *signait*
le contrat de vente et *achetait* en même temps une petite
maison bourgeoise

(«Cuando llegó el notario [...], los recibió ella misma y los
invitó a visitarlo todo minuciosamente. Un mes más tarde,
firmaba el contrato de venta y *compraba* al mismo tiempo
una casita confortable»).

1. D.   J'ai trouvé mon mari en conversation avec Paul, qui *rentrait*
du collège
(«Hallé a mi marido conversando con Paul, que *volvía* del
colegio»).

1. E.   Lundi dernier, nous avons acheté une valise à Paul, qui *partait*
le lendemain pour le collège
(«El lunes pasado, le compramos una maleta a Paul, que *par-
tía* al día siguiente para el colegio»).

Qu'est-ce qu'elle a dit qu'on *mangeait* demain?
(«¿Qué es lo que (ella) dijo que *comíamos* mañana?»).

1. F.   Elle a pensé que Paul *était* malade, et qu'il *appelait*
(«(Ella) pensó que Paul *estaba* enfermo y que *llamaba*»).

Elle a imaginé le pire: Paul *était* malade, il *appelait*
(«(Ella) se imaginó lo peor: Paul *estaba* enfermo y *llamaba*»).

1. G.   Si j'avais joué coeur, je *gagnais*
(«Si hubiera jugado corazones, *ganaba*») (v. *infra,* condición).

Un pas de plus, elle *était* dans la rue
(«Un paso más, y (ella) *estaba* en la calle»).

Si tu étais venue, je t'*emmenais* ce soir au théâtre
(«Si hubieras venido, te *llevaba* esta noche al teatro»).

1. H.   Je *venais / voulais* vous dire
(«*Venía a / quería* decirle»).

En el grupo 3), el imperfecto coincide con el uso español del lenguaje
infantil. Está mal atestiguado en Francia, donde esta función corresponde normalmente al condicional; pero se da en el sur de Bélgica:

On va jouer au papa et à la maman, hein! Moi, j'*étais* le papa, toi, tu
étais la maman
(«Vamos a jugar al papá y a la mamá, ¿eh? Yo *era* el papá, y tú *eras*
la mamá»).

Este uso del imperfecto, al que L. Warnant[5] denominó «prelúdico», e. d., que precede al juego, se da también en rumano.

No sucede lo mismo con los imperfectos de los ejemplos incluidos en el grupo 2), que lleva por título *Emplois à repérage présent*: «Empleos con el punto de referencia en el presente».

Tenemos aquí, en primer lugar, el «imperfecto irreal», con los dos ejemplos siguientes:

> Si j'*étais* riche, je voyagerais
> («Si *fuera* rico, viajaría»).

> Si je *gagnais,* j'achèterais une moto
> («Si *ganara,* compraría una moto»).

Este imperfecto «sitúa la acción —indiferentemente, pero atendiendo al sentido del verbo y al contexto— o bien en el presente (*étais,* verbo no conclusivo) o bien en el futuro (*gagnais,* verbo conclusivo)[6] o en los dos a la vez, o en un presente omnitemporal (Si la terre *était* plate...: «Si la tierra fuese plana...»)». En los tres ejemplos se trata de imperfectos irreales, que enuncian estados o procesos que no existen o no se producen[7]. El español usa en los tres casos el mismo tiempo (imperfecto), pero no el mismo modo (subjuntivo en vez de indicativo): «Si *fuera* rico, viajaría», «Si *ganara,* compraría una moto», «Si la tierra *fuese* plana...».

El imperfecto de indicativo francés puede aparecer en la prótasis del período condicional (la oración introducida por *si*) y no tener carácter irreal; por ejemplo:

> Si elle *pensait* à l'un, elle voyait apparaître l'autre,

cuya traducción española sería:

---

[5] *Mélanges Grevisse,* 1966, cit. por *GLLF,* 2546 a.

[6] Sobre los conceptos de «verbo conclusivo», «verbo no conclusivo», v. *infra,* § 29, 12.

[7] Con la diferencia de que, en el primero, y más aún en el segundo, queda abierta la posibilidad hacia el futuro.

Si (ella) *pensaba* en uno, veía aparecer al otro.

O bien:

S'il *faisait* beau, ils allaient à la plage
(«Si *hacía* buen tiempo, iban a la playa»).

«Se trata —comenta el *GLLF,* pág. 868 b, refiriéndose al primero de estos dos últimos ejemplos— de una condición realizada con intermitencia en el pasado, y *si* podría ser sustituido por *quand*». Exactamente lo mismo puede decirse del segundo ejemplo: S'il *faisait* beau, donde *si* podría igualmente sustituirse por *quand,* y en la traducción española por «cuando».

La diferencia entre esta condicional y la irreal consiste en que, aquí, el punto de referencia está situado en el pasado, mientras que en la prótasis condicional irreal el punto de referencia se sitúa en el presente (si j'*étais* riche...) o se proyecta incluso hacia el futuro (si je *gagnais*...).

Para la traducción (imperfecto de indicativo francés por imperfecto de subjuntivo español) es indiferente que la condición sea verdaderamente irreal o simplemente potencial. Véanse estos dos ejemplos (*GLLF,* 868 b):

(1) Si j'*étais* un homme, je voudrais être marin.
(2) Si j'*épousais* un marin, je voudrais le suivre en mer.

«La primera frase la pronuncia evidentemente una mujer, y nadie discutirá el carácter irreal de la suposición expresada en imperfecto. La segunda frase la pronuncia una mujer para quien el matrimonio es una eventualidad posible: por eso muchos gramáticos ven aquí la expresión de un «potencial», y no de un «irreal»; distinguen entre un *potencial,* cuyo dominio es el futuro, y un *irreal,* limitado al presente y al pasado» (*GLLF,* 868 b-869 a). Para el articulista del *GLLF,* tal distinción no es pertinente en gramática estructural, «puesto que sólo se basa en el sentido contextual —siendo el significante (*si* + *imper-*

fecto) idéntico en ambos casos». Sin embargo, el hecho de que la misma persona que pronuncia la frase (2) pueda también decir:

(3)   Si j'*épouse* un marin, je voudrai le suivre en mer

usando el presente (si j'*épouse*) en vez del imperfecto (si j'*épousais*) prueba que hay verdadera diferencia semántica (y esto es lo que interesa desde el punto de vista de la traducción) entre una condición irreal (1) y otra potencial (2). Esto equivale a decir que el significante francés *si + imperfecto* es polisémico; puede tener al menos dos significados: el de condición irreal (con el punto de referencia en el presente) y el de condición posible (con el punto de referencia en el futuro). Habrá que incluir en este segundo tipo de condicional el ejemplo citado arriba:

    si je gagnais, j'achèterais une moto

cuyo imperfecto podría igualmente ser sustituido por un presente:

    si je gagne, j'achèterai une moto.

La irrealidad o la potencialidad del imperfecto francés precedido de *si* y con el punto de referencia en el presente (o proyectado hacia el futuro) depende del carácter o sentido del verbo: «no conclusivo» (si j'*étais,* condición irreal), «conclusivo» (si je *gagnais,* si j'*épousais,* condición potencial o eventual).

Desde el punto de vista de la traducción, apenas se plantea problema: el imperfecto de indicativo francés cuyo punto de referencia esté situado en el presente o se proyecte hacia el futuro, ya se trate de verbos «conclusivos» o «no conclusivos», se traduce al español por el imperfecto de subjuntivo:

(1)   «Si yo *fuera* hombre...».
(2)   «Si me *casara* con un marino...».

No importa que en (1) no se pueda sustituir el imperfecto de subjuntivo por el presente de indicativo («Si *soy* hombre...»), mientras que en (2) sí («Si me *caso* con un marino...»). También el significado esñol *si* + *imperfecto de subjuntivo* es polisémico. Pero, aunque con ciertos verbos y en determinados contextos pueda equivaler aproximadamente a *si* + *presente de indicativo,* el traductor hará bien en atenerse a *si* + *imperfecto de subjuntivo* para traducir si + *imperfecto de indicativo* francés, reservando *si* + *presente de indicativo* para esta misma construcción francesa.

Coincide igualmente el uso de *si* + *imperfecto* irreal en francés con el de *si* + *imperfecto de subjuntivo* en español en los siguientes ejemplos, citados también por el *GLLF,* pág. 2546 a, que tienen diferentes valores modales; todos ellos constituyen prótasis exclamativas, con la apódosis sobreentendida y deducible de la situación o del contexto:

(a)   Si je *gagnais!* («¡Si (yo) ganara!»)
(b)   Si j'*étais* plus jeune! («¡Si (yo) fuera más joven!»)
(c)   Si l'on nous *voyait!* («¡Si nos vieran!»)
(d)   Si tu *fumais* un peu moins! («¡Si fumaras un poco menos!»)
(e)   Si tu te *taisais!* («¡Si te callaras!»).

Según el *GLLF,* (a) expresa deseo; (b), pesar; (c), inquietud; (d), invitación; (e), exhortación apremiante. Es cierto. Pero, excepto (b), que por el carácter no conclusivo del verbo *être* sólo puede tener valor irreal referido al presente, todas las demás expresiones podrían ser también prótasis de condicionales reales referidas al pasado, llevando entonces en la apódosis otro imperfecto. Una estrategia fácil y eficaz para conocer el valor (real, irreal, potencial-eventual) del imperfecto francés precedido de *si* consiste en atender al tiempo de la apódosis. Si en ésta hay también imperfecto, el punto de referencia está situado en el pasado; en español, lo mismo que en francés, habrá también imperfecto de indicativo en prótasis y apódosis:

S'il *faisait* beau, ils *allaient* à la plage
(«Si *hacía* buen tiempo, *iban* a la playa»).

Si en la apódosis francesa hay potencial simple y el punto de referencia de la prótasis está situado en el presente (verbos «no conclusivos»), la prótasis será una condicional irreal de presente; el español pide pretérito imperfecto de subjuntivo en la prótasis, y potencial simple en la apódosis:

> Si j'*étais* un homme, je *voudrais* être marin
> («Si (yo) *fuera* hombre, *querría* ser marino»).

Pero si, habiendo en la apódosis francesa potencial simple, el punto de referencia de la prótasis se proyecta hacia el futuro (verbos «conclusivos»), la prótasis será una condicional potencial o eventual, que en español llevará, como en el caso anterior, pretérito imperfecto de subjuntivo, con potencial simple en la apódosis:

> Si j'*épousais* un marin, je *voudrais* le suivre en mer
> («Si me *casara* con un marino, *querría* ir con él al mar»).

Ya hemos visto que en este último tipo de condicionales puede sustituirse en francés el imperfecto de la prótasis por el presente, y el potencial simple de la apódosis, por el futuro:

> Si j'*épouse* un marin, je *voudrai* le suivre en mer

y en español, el pretérito imperfecto de subjuntivo de la prótasis por el presente de indicativo, y el potencial simple de la apódosis, por el futuro (o bien por el presente):

> «Si me *caso* con un marino, *querré* (*quiero*) ir con él al mar».

Nuevamente podrían formarse con los imperfectos de las condicionales exclamativas (a), (c), (d) y (e), en situación y contexto adecuados, prótasis de carácter potencial o eventual, con el punto de referencia proyectado hacia el futuro, llevando potencial simple en la apódosis correspondiente. La posibilidad de sustitución del imperfecto de la prótasis por presente y del potencial de la apódosis por futuro puede servir como criterio para distinguir estas condicionales potenciales o eventuales frente a las irreales. En las irreales no hay esa posibilidad de sustituir dichos tiempos.

E. «*Passé simple*» y «*passé composé*». *Su traducción al español.*—Para los respectivos usos del «passé simple» y del «passé composé», v. el *GLLF,* págs. 4040 a - 4044 a. Para los del «pretérito perfecto simple» y del «pretérito perfecto compuesto» en español, *Esbozo de una nueva gramática de la lengua española,* de la R. A. E., 3.14.5 y 3.14.2., y M.ª Moliner, *DUE,* s. v. VERBO, «Pretérito indefinido», pág. 1472 a-b, y «Pretérito perfecto», págs. 1472 b-1473 a.

De una manera general puede decirse que el «passé simple» tiene como equivalente en español el pretérito perfecto simple. Todos los ejemplos del *GLLF* muestran en la traducción esta correspondencia:

Le 5 octobre 1668, Guillaume d'Orange et ses fidèles *débarquèrent* à Torbay (Jacques Boulenger)
(«El 5 de octubre de 1668, Guillermo de Orange y sus partidarios *desembarcaron* en Torbay»).

L'aurore se levait, la mer battait la plage.
Ainsi *parla* Sapho debout sur le rivage. (Lamartine)

(«Alzábase la aurora, el mar batía la playa.
De este modo *habló* Safo de pie sobre la orilla»).

Quelques minutes plus tard, l'auto *fit halte* et Salavin *mit pied à terre* (Duhamel)
(«Unos minutos más tarde, el auto *se detuvo* y Salavin *echó pie a tierra*»).

Pesamment, ce soir-là, il *sortit* vers six heures, et *descendit* vers Montparnasse [...] Il *traversa* le cimetière (Ramuz)
(«Pesadamente, aquella tarde, *salió* hacia las seis, y *bajó* hacia Montparnasse [...] *Cruzó* el cementerio»).

Quelques minutes plus tard, il *dormit*
(«Unos minutos más tarde, *se durmió»).*

Dieu *dit:* que la lumière soit. Et la lumière *fut*
(«*Dijo* Dios: «Haya luz»; y *hubo* luz») (Nácar-Colunga).

Il *dormit* de minuit à midi
(«*Durmió* desde medianoche hasta mediodía»).

Il *dormit* douze heures
(«*Durmió* doce horas»).

Paul dormait à notre arrivée: il *dormit* jusqu'à midi
(«Paul dormía cuando llegamos: *durmió* hasta mediodía»).

À dix-huit ans, il *fuma*
(«*Fumó* (= comenzó a fumar) a los dieciocho años»).

Il *fuma* de dix-huit à vingt ans
(«*Fumó* desde los dieciocho hasta los veinte años»).

À dix-neuf ans, il fumait; il *fuma* jusqu'à son mariage
(«A los diecinueve años, fumaba; *fumó* hasta que se casó»).

Pendant trois heures il *peina* sur le long chemin; enfin il *aperçut* les
    arbres du village, mais le premier paysan qu'il *rencontra* le *re-
    poussa.* De porte en porte, on le *rudoya,* on le *renvoya* sans lui
    rien donner. Alors, il *visita* les fermes. On le *chassa* de partout
(«Durante tres horas se *fatigó* por el largo camino; al fin *divisó* los
    árboles del pueblo; pero lo *ahuyentó* el primer lugareño con el que
    se *encontró.* De puerta en puerta, lo *maltrataron,* lo *expulsaron*
    sin darle nada. Entonces *visitó* las granjas. Lo *echaron* de todas
    partes»).

Le ton de la radio adverse *baissa* instantanément (De Gaulle)
(«El tono de la radio contraria *bajó* instantáneamente»).

Elle *s'habilla* lentement
(«(Ella) *se vistió* lentamente»).

Dans le jury se trouve M. Charles L..., qui *refusa* déjà en 1929, lors
    d'un concours, la copie de Le Corbusier (*l'Express,* 14 mai 1959)
(«Forma parte del jurado M. Charles L..., que ya en 1929 *rechazó,* en
    un concurso, la copia de Le Corbusier»).

Brusquement Chenut *bâilla!* (Elsa Triolet)
(«Chenut *bostezó* bruscamente»).

No puede decirse que haya la misma equivalencia entre el «passé
composé» y el pretérito perfecto compuesto. El «passé composé» ha

sustituido en la lengua hablada al «passé simple», que a causa de esta eliminación ha cobrado un valor estilístico, una *connotación litera-ria:* «este tiempo sólo se emplea en la narración escrita o en los di-cursos, en las charlas radiofónicas, en las conferencias» (*GLLF,* 4041 a). «Si se puede afirmar tranquilamente en 1975, como ya se podía en 1935, que el «passé simple» está muerto en el francés ha-blado común, es preciso reconocer con la misma seguridad que vive en el francés escrito, y ello en todos los registros, pero como un tiempo disponible, nunca obligatorio» (*ibidem*). A. Malblanc, *SCFAl,* pág. 141, rechaza casi apasionadamente la idea de que el «passé simple» pueda acabar desapareciendo también de la lengua escrita, suplantado por el «passé composé». «¡Qué error! —exclama—. Eso es desconocer el plano mismo en que el francés se formó, evoluciona y evolucionará mientras siga siendo el francés. La pérdida del passé défini [= «passé simple»] sería para nuestra lengua una desintegra-ción. Mientras haya una escuela en que nuestros hijos aprendan el francés, el passé défini, en sus terceras personas del singular y del plural, seguirá siendo un tiempo selecto, manejado por quienes se precian de un lenguaje bueno, sólido y claro».

Pero lo cierto es que la extensión del uso del «passé composé» a costa del «passé simple» ha hecho que el dominio del primero sea considerablemente más amplio que el de nuestro pretérito perfecto compuesto. Esta diferencia de amplitud semántica causa problemas de traducción, especialmente a quienes no distinguen con claridad las áreas de aplicación del pretérito perfecto simple y del pret. perf. compuesto. Ambos tiempos denotan acciones «perfectas», es decir «terminadas». La diferencia está en que la acción denotada por el pretérito perfecto simple terminó dentro de una unidad de tiempo ya concluida, cerrada, como las unidades de tiempo designadas por «ayer», «el mes pasado», «hace dos años», «hace una hora», «hace unos minutos». Si quiero comunicar la llegada de Juan dentro de cualquiera de estas unidades temporales, diré: «Juan *llegó* ayer», «J. *llegó* hace dos años», «J. *llegó* hace una hora», «J. *llegó* hace unos minutos». En cambio, la acción denotada por el pret. perf. compuesto ha terminado dentro de una unidad de tiempo que todavía dura, que no ha concluido aún; por ejemplo, las unidades de tiempo designadas por «hoy», «este mes», «este año», «este siglo», «durante mi vida», «desde 1850»[8]. Si la acción o el suceso a que nos referimos ha tenido lugar dentro de una de estas unidades de tiempo, diremos: «Juan *ha llegado* hoy», «Desde 1950 la medicina *ha progresado* mucho», «Hoy *he trabajado* diez horas», «Este año *ha llovido* mucho», etc.

Nótese que las acciones expresadas en «pret. perf. compuesto» pueden haber concluido en un pasado más lejano que otras expresadas en «pret. perf. simple»: «En este siglo *ha habido* dos guerras mundiales» (la 1.ª terminó en 1918; la 2.ª, en 1945). «Hace sólo unos años *hubo* una guerra durísima entre Vietnam y los Estados Unidos». «Este año te *he visitado* tres veces» (la 1.ª, en enero; la 2.ª, en marzo; la 3.ª, en abril; estamos ahora en junio). «Ayer *visité* a mi amigo».

Una misma expresión puede designar una unidad temporal abierta o cerrada, según la situación en que se emplee: «esta mañana» es una unidad temporal abierta si el hablante dice esas palabras durante la mañana a la que se refiere. Entonces usará el pret. perf. compuesto: «Esta mañana *he trabajado* mucho». Pero, si esas palabras se dicen por la tarde del mismo día, «esta mañana» será una unidad temporal cerrada, y se usará el pret. perf. simple: «Esta mañana *trabajé* mucho».

Esta delimitación de los usos del «pret. perf. simple» y del «pret. perf. compuesto» es clara, aunque no todos los gramáticos la acepten. Pueden reducirse a ella otras demarcaciones, como la del *Esbozo,* 3.14.2 a), según la cual «nos servimos de este tiempo [el «pret. perf. compuesto»] para expresar el pasado inmediato; por ejemplo, un orador suele terminar su discurso con la frase *he dicho,* que significa

---

[8] Las unidades de tiempo significadas por expresiones que comienzan por «desde...», sin indicar el término final de la unidad, son unidades abiertas, y, por tanto, piden «pret perf. compuesto». Si se cierra la unidad temporal añadiendo un término precedido de «hasta», debe usarse el pret. perf. simple: «Desde 1850 hasta 1950 la medicina *progresó* mucho». Lo mismo con unidades de tiempo de las que sólo se indica el término final: «Hasta 1950 la medicina *progresó* mucho».

'acabo de decir'». Pero este uso del «pret. perf. compuesto» no se basa en la inmediatez del pasado, puesto que el mismo orador podría usar igual expresión para referirse a manifestaciones hechas por él quizá una hora antes: «Como he dicho al comienzo de este discurso...». La duración del discurso, en la que se incluyen las palabras finales «he dicho», se considera como una unidad temporal abierta.

Tampoco parece exacto lo que se dice líneas después sobre el uso del «pret. perf. compuesto» «para acciones alejadas del presente, cuyas consecuencias duran todavía. Decir *La industria ha prosperado mucho* significa que ahora están patentes los efectos de aquella prosperidad, que puede continuar; decir *La industria prosperó mucho* enuncia simplemente un hecho pasado sin conexión con el presente». El uso de uno u otro tiempo no se debe a que los efectos de la acción estén o no patentes, sino a que el desarrollo de la acción se considere como producido dentro de una unidad temporal abierta (pret. perf. compuesto) o cerrada (pret. perf. simple). Serían totalmente correctas las frases «En el decenio actual la industria *se ha desarrollado* mucho, si bien los efectos de tal desarrollo no pueden medirse aún exactamente», «En el decenio pasado la industria *se desarrolló* mucho, y es ahora cuando están patentes los efectos de tal desarrollo».

Por lo demás, hay usos concretos del pret. perf. compuesto que, siendo normales para unos, no son aceptables para otros. Por ejemplo, muchos hablantes sustituirían el pret. perf. compuesto por el pret. perf. simple en la frase «Mi padre *ha muerto* hace tres años», que, según el *Esbozo* (*ibid.*), expresaría una relación afectiva con el presente, indicando que «aquel hecho repercute en mi sentimiento actual; en cambio, «Mi padre *murió* hace tres años» no es más que una noticia desprovista de emotividad». La emotividad es independiente del uso de uno u otro tiempo; es la misma en estas dos frases: «Estoy tristísimo. ¡Ha muerto mi mejor amigo! » (ha muerto este año, pero hace ya unos meses), «Estoy tristísimo. ¡Ayer murió mi mejor amigo!».

En francés e italiano, el pret. perf. compuesto ha invadido en muchos usos de la lengua corriente el dominio del pret. perf. simple, aunque la lengua literaria trate de mantener la diferencia de ambos tiempos. El mismo proceso parece estar desarrollándose en el español actual, quizá por influjo de ambas lenguas hermanas. Constantemente pueden leerse en los periódicos y oírse en la radio y en la televisión frases como: «Ayer se ha llegado a un acuerdo entre...», «La semana pasada han estado reunidos...». Si tales transgresiones del buen uso son comprensibles y, hasta cierto punto, excusables en quienes manejan la lengua acosados por la prisa, no lo son en los traductores, que, sin embargo, también incurren en ellas. Veamos tres ejemplos incluidos por Wandruszka en *N. I.* El primero es del *Journal d'un curé de campagne,* de G. Bernanos, Paris, 1936; trad. de Jesús Ruiz Ruiz, *Diario de un cura rural,* Barcelona, 1959:

> Mauvaise nuit. À trois heures du matin, *j'ai pris* ma lanterne et *je suis allé* jusqu'à l'église... *Je me suis endormi* à mon banc, la tête entre mes mains et si profondément qu'à l'aube la pluie *m'a réveillé...* En sortant du cimetière *j'ai rencontré* Arsène Miron, ...qui *m'a dit* bonjour d'un ton goguenard (*CC,* 84; *Wandr.* 540).

> («Mala noche. A las tres de la mañana *cogí* mi linterna y *me dirigí* hacia la iglesia... *Me dormí* en mi banco, con la cabeza entre las manos y tan profundamente que al alba *me despertó* la lluvia... Al salir del cementerio *me he encontrado* con Arsène Miron, ...que *me ha dado* los buenos días con un tono irónico»).

Wandruszka aduce también las traducciones alemana, inglesa, italiana y portuguesa de este pasaje:

> al. Bin ich mit der Laterne... gegangen... ich bin... eingeschlafen... mich... geweckt hat... traf ich... er bot mir.
> ing. Took... went... fell asleep... awakened me... ran into... growled.
> it. Ho preso... sono andato... mi sono adormentato... m'ha svegliato... ho incontrato... m'ha dato.
> port. Peguei... fui... dormi... fui acordado... encontrei-me... deume.

Y se limita a comparar las traducciones alemana y española, observando que «el traductor alemán y el español emplean alternativamente la forma simple y la compuesta; pero donde el alemán emplea la forma compuesta, el español elige la simple, y viceversa». Pero, aun sin comentar el uso de las formas simples por el inglés y el portugués[9], y de las compuestas por el italiano, que coincide plenamente con el francés —y pasando por alto en la traducción española la imprecisión de «hacia la iglesia» (uno puede dirigirse hacia un lugar sin llegar a él, y el que habla aquí no sólo se dirige hacia la iglesia, sino que *entra en ella*; por eso la traducción debiera decir: «fui / me fui a la iglesia») y el calco de los posesivos «mi linterna... mi banco», donde en español quedaría mejor el artículo determinante: «la linterna... el banco»—, habría que advertir que la alternancia de la forma simple: *cogí... me dirigí... me dormí... me despertó,* con la compuesta: *me he encontrado... me ha dado...* es incorrecta. Todas las acciones relatadas transcurren en unidades de tiempo ya concluidas, cerradas. Por consiguiente, la forma verbal apropiada es en todos los casos el pretérito perfecto simple: *me encontré... me dio...*

---

[9] La relación fr. esp. en el passé composé / pret. perf. simple es inversa a la que se da entre el port. y las demás lenguas románicas para expresar el pretérito en unidades de tiempo abiertas, a las que Wandruszka llama *perfectum praesens*. En *N. I.,* 536, hallamos este ejemplo:

> «Eu vim aqui pedir um auxílio porque estou doente... Eu sou pobre, por isso é que vim aqui» (*QD*, 43).

Con esta pésima traducción:

> «Vine aquí a pedir una ayuda porque estoy enferma... Soy pobre, es por eso que vine aquí».

Prescindiendo de la construcción de la última frase, totalmente inadmisible en español (a lo sumo sería aceptable: «por eso vine aquí»), es también probablemente incorrecto el uso del pret. perf. simple, tanto en esta oración como en la primera: *«Vine* aquí a pedir...».» Si suponemos que la enferma está hablando poco después de haber llegado al lugar aludido con el adverbio *aquí,* la misma mañana, la misma tarde, el mismo día en que ha llegado, la traducción esp. debiera decir: *«He venido* aquí a pedir... por eso *he venido* aquí». Pero, si no ha logrado que la reciban hasta pasados algunos días, puede pensar en su llegada como algo sucedido en un tiempo ya pasado, y decir entonces: «*Vine* aquí...». En cambio, si la enferma utilizara el verbo *ir* y el adverbio *allí,* tendría que decir en cualquier caso «Fui allí...», no «He ido allí...».

Los otros dos ejemplos proceden de la obra de Simone de Beauvoir *La force de l'âge,* Paris, 1960, y su traducción española, *La plenitud de la vida,* es de Silvina Bullrich, Buenos Aires, 1961:

> *Nous partîmes* pour Andritséna à cinq heures du soir... *Nous dormîmes* sous un arbre, nous *repartîmes* à l'aube... *nous nous trouvâmes* à une heure de l'après-midi, par plus de 40°, au pied d'un coteau caillouteux... effondrés parmi les cailloux, *nous connûmes* le désespoir. Puis *nous nous relevâmes, nous montâmes.* J'ai aperçu une maison, *j'ai couru* demander de l'eau, *j'ai bu* passionément (*FA,* 319; *Wandr.* 543).

> («*Salimos* hacia Andritsena a las cinco de la tarde... *Dormimos* bajo un árbol, *reemprendimos* la marcha al alba... *nos encontramos* a la una de la tarde, a más de 40°, al pie de una colina pedregosa... reventados entre los guijarros, *conocimos* la desesperación. Después *nos levantamos, subimos. He visto* una casa, *he corrido* a pedir agua, la *he bebido* ávidamente»).

(La puntuación de la traducción está indebidamente calcada sobre la del original. Los que traducen del francés al español deben saber que no coinciden siempre en este punto los usos de ambas lenguas. Pero no podemos desarrollar aquí este tema. Convendría observar también la improcedencia del pronombre *la* como complemento del último verbo: según la traducción, la persona que pide agua, *bebe toda la que le ofrecen;* el original sólo dice que bebió «apasionadamente»). Centrándonos en las formas del pretérito, las tres últimas: *he visto, he corrido, he bebido,* calcan incorrectamente las del original: *j'ai aperçu, j'ai couru, j'ai bu.*

El *GLLF,* 4042 a, comenta expresamente la segunda parte de este pasaje de Simone de Beauvoir: «...effondrés parmi les cailloux... passionément». «Los escritores del siglo XIX —observa— evitaban muy cuidadosamente la mezcla del pasado simple y del pasado compuesto, al menos con el mismo valor aspectual. Los del XX parecen buscarla para evitar la monotonía, como indica Mario Wandruszka en un estudio del *Français moderne* (*les Temps du passé en français et dans quelques langues vivantes,* janvier 1966)». Transcribe a continuación el párrafo de Simone de Beauvoir, y observa: «Han puesto de relieve mezclas análogas Holger Sten (*les Temps du verbe fini* [*indicatif*] *en français moderne,* 1952) y Marcel Cohen (*Grammaire et style,* 1954). Ambos coinciden en atribuirlas a la «necesidad de variar» (H. S.), al «horror del estilo francés por la monotonía y la repetición» (M. C.)». Y Alberto Barrera-Vidal, enfocando el problema en sentido inverso, es decir, desde el punto de vista de la traducción del español al francés, en su detallado estudio «La traduction en français moderne du prétérit simple et du prétérit composé espagnols. Essais d'analyse différentielle», *Interlinguistica. Sprachvergleich und Übersetzung. Festschrift zum 60. Geburtstag von Mario Wandruszka.* Max Niemeyer Verlag, Tübingen, 1971, 397-415, concluye (pág. 413) que «el *passé simple* francés apenas es más que una variante estilística del *passé composé*; con frecuencia, es la simple necesidad de variedad la que justifica su empleo en medio de una serie de *passés composés,* cuya repetición podría resultar monótona».

Simone de Beauvoir no tuvo, pues, aquí ninguna otra intención estilística. El paso del pretérito simple al compuesto sólo pretende evitar la monotonía de la narración. Un traductor cuya lengua admita el uso del pretérito simple y del compuesto dentro de la misma unidad temporal debería ajustarse al cambio del original. Es lo que, según Wandruszka, sucedería en alemán: «La variante estilística del alemán del sur *Da habe ich plötzlich ein Haus gesehen, bin hingelaufen, habe um Wasser gebeten und gierig getrunken* sería aquí la que mejor reproduciría el efecto especial del *passé composé*» (*N. I.,* 543). Pero este «efecto especial», que, según hemos visto, no es más que la variedad de la narración, no justifica el cambio de tiempo en la traducción española. Todas las acciones enunciadas en el pasaje se desarrollan en el mismo plano temporal, dentro de una unidad de tiempo ya concluida. El español exige para todas ellas el pretérito perfecto simple: «*Salimos... dormimos... nos levantamos, subimos. Vi, corrí, bebí*». La variedad estilística no podría justificar una incorrección gramatical.

El tercer ejemplo, tomado de la pág. 93 de la misma obra (Wandr. 544), dice:

> *Nous avons quitté* Madrid dans les derniers jours de septembre. *Nous avons vu* Santillane, les bisons d'Altamira, la cathédrale de Burgos, Pampelune, Saint-Sébastien; j'avais aimé la dureté des plateaux castillans, mais *je fus* contente de retrouver sur les collines basques un automne à l'odeur de fougère. À Hendaye, *nous avons pris* ensemble le train de Paris: moi, *je suis descendue* à Bayonne pour attendre le Bordeaux-Marseille.
>
> («*Dejamos* Madrid en los últimos días de septiembre. *Hemos visto* Santillana, los bisontes de Altamira, la catedral de Burgos, Pamplona, San Sebastián; me había gustado la dureza de las mesetas castellanas, pero *me alegré* de volver a encontrar en las colinas vascas un otoño con olor a helecho. En Hendaya *cogimos* juntos el tren de París: yo *me bajé* en Bayona para esperar al Burdeos-Marsella»).

No se comprende por qué la traductora, que comienza sustituyendo correctamente el «passé composé» inicial: *Nous avons quitté,* por el pret. perf. simple: *Dejamos,* calca inmediatamente después la forma verbal francesa *Nous avons vu: Hemos visto.* La acción de «ver» transcurre en la misma unidad de tiempo, ya concluida, que la acción de «dejar». El verbo que la expresa debiera, pues, ir también en pret. perf. simple: *Vimos.* En el resto del pasaje la traductora usa correctamente las formas verbales del pasado: *me había gustado* (pluscpfto., correspondiente al plqpf. francés *j'avais aimé*), *me alegré* (passé simple: *je fus contente*), *cogimos* y *me bajé* (pret. perf. simple, a pesar de que el original tiene en ambos casos la forma compuesta: *nous avons pris, je suis descendue*).

El «passé composé» se traduce al español por el «pret. perf. simple» cuando la acción expresada transcurre dentro de una unidad de tiempo ya concluida; por el «pret. perf. compuesto», cuando la acción transcurre dentro de una unidad de tiempo todavía abierta. Para conocer si la unidad de tiempo en que transcurre la acción ha concluido ya o sigue abierta, es preciso atender al contexto. Una frase como *j'ai mangé en dix minutes*

es temporalmente ambigua; sin más determinaciones, no podemos saber si la acción expresada por el verbo se ha producido en una unidad de tiempo cerrada o abierta, ni, por consiguiente, si debemos traducir *j'ai mangé* por «comí» o «he comido». Pero si la frase en cuestión presenta una de estas dos formas:

Hier, j'ai mangé en dix minutes
Aujourd'hui, j'ai mangé en dix minutes

tendremos que traducir en el primer caso:

«Ayer *comí* en diez minutos»

y en el segundo:

«Hoy *he comido* en diez minutos».

De los cuatro ejemplos siguientes (*GLLF,* 4042 b):

César a conquis la Gaule   *Paul a eu la rougeole*
Je suis né à Lyon   *Jean a perdu son ticket*

el primero y el segundo son temporalmente unívocos: «César conquistó la Galia» entre los años 58-51 a. de C.; por tanto, en una unidad de tiempo concluida; corresponde, pues, en la traducción española el pret. perf. simple. El segundo, con el verbo en 1.ª persona de singular, expresa un proceso desarrollado también en una unidad de tiempo cerrada, cuya duración puede considerarse igual a la del tiempo en que la madre del hablante lo dio a luz. Del mismo modo que sería incorrecto el pret. perf. compuesto en la frase: «Mi madre me ha dado a luz en el sanatorio », es incorrecto en «He nacido en Lyon», porque el proceso de «nacer», cuando puede expresarse en 1.ª persona, ha concluido hace ya mucho tiempo. Puede ser correcta esta forma verbal en 3.ª, incluso en 2.ª persona, si la frase que la incluye se refiere al mismo día en que se produce el suceso: «Tu hijo ha nacido ya; es hermosísimo» (telegrama al padre, que se halla ausente), «¡Pero qué hermoso has nacido, mi niño!» (exclamación de la abuela al ver al niño minutos después de nacer).

Los otros dos ejemplos pueden recibir determinaciones temporales que sitúen las acciones expresadas en unidades de tiempo cerradas; corresponderá entonces en la traducción el pretérito perfecto simple:

> «Paul *tuvo* el sarampión hace dos años»
> «Jean *perdió* su billete la semana pasada».

Sin ninguna determinación temporal, ambas acciones se sitúan en una unidad de tiempo abierta, cuyo punto de referencia es el momento en que se habla, y, por consiguiente, se deberá usar en la traducción española el pret. perf. compuesto:

> «Paul *ha tenido* [ya] el sarampión»
> «Jean *ha perdido* su billete» [tenía que conservarlo hasta el momento de utilizarlo, ahora o más tarde].

Son temporalmente ambiguos los dos ejemplos siguientes (*GLLF*, 4042 b):

> Jean *a perdu* plusieurs fois son ticket.
> J'*ai* souvent mal *dormi*.

El uso del pret. perf. simple o del pret. perf. compuesto en la trad. española dependerá del carácter cerrado o abierto de la unidad temporal en que se hayan repetido las acciones correspondientes:

> «[El mes pasado] Jean *perdió* varias veces el billete»
> «[Este año] Jean *ha perdido* varias veces el billete».
> «[El año pasado] *dormí* mal con frecuencia»
> «[En lo que va de mes] *he dormido* mal con frecuencia».

Para terminar, dos nuevos ejemplos, tomados igualmente del *GLLF*, 4043 a y b respectivamente. En el primero, el «passé composé» expresa acciones transcurridas en una unidad de tiempo cerrada, y, por consiguiente, debe traducirse al español por el pret. perf. simple. En el segundo, todas las acciones han transcurrido en la unidad de tiempo abierta que se expresa mediante el adverbio *aujourd'hui* «hoy»; corresponde, pues, en español el pret. perf. compuesto:

(1)   Lorsque, au bout d'une heure, les gens de la sous-préfecture, inquiets de leur maître, *sont entrés* dans le petit bois, ils *ont vu* un spectacle qui les *a fait* reculer d'horreur... M. le sous-préfet était couché sur le ventre, dans l'herbe... (A. Daudet).

(«Cuando, al cabo de una hora, la gente de la subprefectura, inquieta por su jefe, *entró* en el bosquecillo, *vio* un espectáculo que la *hizo* retroceder horrorizada... El subprefecto yacía boca abajo, sobre la hierba...»).

(2)   Aujourd'hui, j'*ai préparé* le déjeuner et le dîner, j'*ai balayé* la maison, j'*ai taillé* une robe, j'*ai lavé* le linge.

(«Hoy, *he preparado* la comida y la cena, *he barrido* la casa, *he cortado* un vestido, *he lavado* la ropa»).

F. *El pluscuamperfecto y el pretérito anterior.*—En la cuarta banda horizontal se repite aparentemente para el *Plusquamperfekt* alemán y el *past perfect* inglés, en su confrontación con los tiempos correspondientes de las lenguas románicas, el fenómeno que ya hemos visto en la segunda banda para el *Präteritum* y el *simple past:* a un solo tiempo de las lenguas germánicas corresponden dos de las lenguas románicas. En la práctica, sin embargo, la situación es muy diferente.

Tanto el *Präteritum* alemán como el *simple past* inglés son tiempos de gran vitalidad, usados con mucha frecuencia para expresar acciones pasadas. Y lo mismo ocurre con su pareja de equivalentes en francés y en español, el imperfecto (imparfait) y el pret. perf. simple (passé simple). En cambio, por una parte, el *Plusquamperfekt* alemán se usa menos que el *past perfect* inglés y que el *plus-que-parfait* francés y el *pluscuamperfecto* español; por otra, el pretérito anterior español ha caído casi totalmente en desuso, sustituido por el pret. perf. simple o por determinadas combinaciones de conjunciones y formas verbales. Tampoco el *passé antérieur* francés, mucho más usado que la forma correspondiente española, se emplea sin restricciones. El *passé antérieur* es el tiempo compuesto del «passé simple». No sería incorrecto su uso en oraciones independientes para expresar una acción terminada antes de un determinado momento pasado. El *GLLF* da este ejemplo:

> Le samedi à midi, il *eut réparé* la voiture.

Y lo explica así: «Al acabamiento de la acción de reparar sucede inmediatamente un estado (de buen funcionamiento) del coche; el auxiliar *être* [*sic*; debería decir *avoir*] en el «passé simple» muestra este estado a partir del momento en que comienza, momento pasado determinado por el complemento de tiempo». En la traducción española no sería posible el pret. anterior:

> El sábado, a las doce, *hubo reparado* el coche.

Sería aceptable el pluscuamperfecto: «...había reparado el coche». El hecho de que el *passé antérieur* exprese el acabamiento de una acción al que sucede inmediatamente o muy poco después el comienzo de otra acción o de un estado hace que en francés se use este tiempo, y no el *plus-que-parfait,* en todas las oraciones temporales que señalan la coincidencia del fin de una acción pasada con el comienzo de otra acción pasada que se expresa en «passé simple»:

> «Quand ils *eurent fini,* Gilbert *tendit* deux billets de cent sous pour offrir à boire» (R. Dorgelès) (*GLLF,* 4044 a).

En español sería forzado el pret. anterior en la oración temporal: «Cuando hubieron terminado», y se sustituiría ventajosamente por el pret. perf. simple: «Cuando *terminaron*», que se repite en la oración principal: «Gilbert *alargó*...».

Lo mismo en el ejemplo siguiente:

> «Après que Jacques *fut reparti,* je me *suis agenouillé* près d'Amélie» (Gide) (*GLLF, ibid.*).

Sería inusual: «Después que J. *se hubo marchado...*». Mejor: «Después que J. *se marchó...*», o mejor aún, para marcar la inmediata sucesión de la acción principal: «*Tan pronto como se marchó* J., me *arrodillé...*».

Fuera de las oraciones subordinadas temporales, el *passé antérieur* se usa también en oraciones principales sobre todo para indicar el rápido acabamiento de la acción en cierto momento del pasado. La rapidez suele acentuarse mediante adverbios como *bientôt, vite,* etc. Se trata del llamado «uso dinámico»:

> «Les comédiens *accoururent* à leur aide et les *eurent* bientôt *dégagées*» (Th. Gautier) (*GLLF, ibid.*).

En la traducción española habría que sustituir nuevamente aquí el pret. anterior por el pret. perf. simple:

> Los comediantes *acudieron* en su ayuda y enseguida las *liberaron.*

Conviene observar que, en la lengua hablada, donde, como hemos visto, se sustituye el *passé simple* por el *passé composé,* se sustituye paralelamente el *passé antérieur* por el *passé surcomposé,* que no tiene equivalencia formal en español:

> «Quand ils *ont eu fini,* Gilbert *a tendu* deux billets» (*GLLF,* 4044 b).

La traducción española usaría aquí los mismos tiempos que antes para el *passé antérieur*: «Cuando *terminaron,* G. *alargó...*».

Así como el *Präteritum* y el *simple past* abarcan al mismo tiempo los dos campos del *imparfait / imperfecto* y del *passé simple / pret. perf. simple,* el *Plusquamperfekt* y el *past perfect* abarcan al mismo tiempo los dos campos que teóricamente corresponderían al *plus-que-parfait / pluscuamperfecto* y al *passé antérieur / pretérito anterior.* Pero, caído en casi total desuso el *pretérito anterior* español, y limitado a la lengua escrita el *passé antérieur* francés, sólo queda plenamente vigente frente al *Plusquamperfekt* alemán y al *past perfect* inglés el *plus-que-parfait / pluscuamperfecto.*

Pero tampoco aquí puede hablarse de equivalencias totales. Prescindiendo de la mayor amplitud semántica de estas formas verbales germánicas, hemos aludido ya al hecho de que el *Plusquamperfekt* alemán se usa menos que el *past perfect* inglés y que el *plus-que-parfait* / *pluscuamperfecto* románicos. Veamos esto con algún detalle.

A. Malblanc (*SCFAl*, 141) señala que la anterioridad en el tiempo expresada en francés por el *passé antérieur* o por el *plus-que-parfait* puede expresarse en alemán por el *Plusquamperfekt,* por el *Präteritum* o por el *Perfekt.* Cuando la anterioridad está perfectamente marcada, se usa en alemán el *Plusquamperfekt* frente a los dos citados tiempos franceses. Malblanc enfrenta en ambas lenguas estos dos ejemplos:

(1) Dès qu'il *eut mangé,* il se   Kaum *hatte* er *gegessen,* fühlte
     sentit mal à l'aise   er sich unwohl.
(2) Il *avait neigé,* la route était   Es *hatte geschneit,* ganz weiss
     toute blanche   war die Strasse.

La traducción española de la subordinada de (1) por el pretérito anterior: «Apenas *hubo comido*» sería posible, pero un tanto forzada; sería más natural sustituir el pret. anterior por el pret. perf. simple: «Apenas comió», o por: «Inmediatamente después de comer...». Esto vale lo mismo si consideramos como LO el francés o el alemán. Por consiguiente, las sustituciones españolas apuntadas valen tanto para el *passé antérieur* como para el *Plusquamperfekt* cuando estos dos tiempos son equivalentes. En cambio, para (2), conservaríamos el pluscuamperfecto español en la primera oración, tanto al traducir del francés como del alemán: *Il avait neigé* / *Es hatte geschneit* («Había nevado»).

Malblanc observa que el francés, y lo mismo podemos decir del español, puede establecer toda una serie de anterioridades antes de recoger el hilo normal de la narración, integrando así en el relato otro relato secundario. En cambio, el alemán no soporta una larga permanencia en un tiempo anterior a otro tiempo pasado, y vuelve tan pronto como le es posible a su *Präteritum.* Si entre el pasaje de A. Maurois, *Le Cercle de Famille* (que Malblanc toma de H. Weber, *Die indirekten Tempora,* pág. 4, para ejemplificar su afirmación), y su traducción alemana intercalamos una traducción española, veremos cómo todos los *plus-que-parfaits* franceses se corresponden con *plus-cuamperfectos* españoles, mientras que la traducción alemana los sustituye en dos ocasiones (*war, waren*) por el *Präteritum*:

Ce fils l'*avait déçu*: Voici pourquoi: Il l'*avait envoyé* au Lycée de Rouen où lui-même *avait fait* des études sous l'Empire, et non à Bossuet, ce qui *avait choqué*. Au Lycée, Louis *s'était montré* brillant élève. La médaille d'histoire, le prix d'honneur de composition française, une mention bien au baccalauréat, *avaient étonné* une famille dont les traditions étaient de commerce et de chasse plus que de curiosité littéraire. À dix-sept ans, c'était un garçon timide, assez cultivé, qui lisait Maupassant, Zola.

Este hijo lo *había decepcionado*. He aquí por qué: Lo *había enviado* al Liceo de Ruán, donde él mismo *había estudiado* durante el Imperio, y no al Bossuet, lo cual *había chocado*. En el Liceo, Louis se *había mostrado* alumno brillante. La medalla de historia, el primer premio en composición francesa, un notable en el examen de Bachillerato *habían asombrado* a una familia cuyas tradiciones eran el comercio y la caza más que la curiosidad literaria. A los diecisiete años era un muchacho tímido, bastante cultivado, que leía a Maupassant y a Zola.

Als Knabe *hatte* er ihn nach Rouen in das Gymnasium *geschickt,* das er selbst unter dem zweiten Kaiserreich *besucht hatte,* und nicht ins Gymnasium Bossuet des Städtchens. Das *war* unangenehm *aufgefallen.* Louis *war* ein hervorragender Schüler. Die Ehrenmedaille für Geschichte, der erste Preis für französischen Aufsatz, eine Auszeichnung bei der Abgangsprüfung, das *waren* erstaunliche Dinge für eine Familie, bei der es Herkommen, *war,* sich mehr um Geschäfte und Jagd zu bekümmern als um die schöne Literatur. Mit siebzehn Jahren war er ein recht kultivierter aber schüchterner Jüngling, der Maupassant und Zola las.

Naturalmente, si la traducción se hiciera en dirección inversa, desde el alemán al español o al francés, habría que tener en cuenta los dos pretéritos *war* y *waren,* que aminoran la anterioridad de los procesos expresados: «Louis *war* ein hervorragender Schüler», «das *waren* erstaunliche Dinge», y traducir estos dos verbos por el *pluscuamperfecto* y el *plus-que-parfait* respectivamente .

Lo mismo sucedería en la retroversión de los dos ejemplos siguientes, que Malblanc (*ibid.*, 142) toma nuevamente de H. Weber, pág. 5, y en los que intercalo también una traducción española:

C'est en pensant à un autre que je t'écris cela. Il est venu parce que tu m'*avais laissée* seule. Il me semble que jusqu'à cette heure je n'*avais* jamais *aperçu* la campagne.	Te escribo esto pensando en otro. Ha venido porque me *habías dejado* sola. Me parece que hasta este momento nunca *había visto* el campo.	Ich schreibe dir dies und denke an einen anderen. Er ist gekommen, weil du mich *verlassen hast.* Ich glaube, ich *habe* bis heute nie das Land so richtig *gesehen.*

Por el contrario, a veces el *Plusquamperfekt* traduce el matiz de continuidad en el pasado que las lenguas románicas pueden expresar mediante el *imperfecto*. Por consiguiente, si, en tales casos, fuera el alemán la lengua original y una de las románicas la terminal, podría el *Plusquamperfekt* traducirse por nuestro *imperfecto*. He aquí dos ejemplos[10], con adición de una traducción española:

On *arrivait* d'ailleurs au bout de la montée. La police ne possédait aucun des attributs qu'*imaginait* Ida d'après la lecture des romans.	*Llegaban,* por lo demás, al término de la subida. La policía no tenía ninguno de los atributos que *se imaginaba* Ida de acuerdo con las novelas.	Die beiden *hatten* nun die Höhe *erreicht.* Die Polizei sah ganz anders aus, als es Ida nach dem Lesen der Romane sich *vorgestellt hatte.*

§ 27. Los modos verbales.

1. En todo enunciado puede distinguirse, por una parte, *lo que se dice* (*dictum*)[11] y, por otra, el *modo de decirlo*. El *dictum* es el con-

---

[10] H. Weber, págs. 144 s., cit. por Malblanc, pág. 303.
[11] Fue Charles Bally (*Linguistique générale et linguistique française,* 1932) el primero en fundamentar una teoría rigurosa de las «modalidades» de la frase, estableciendo la distinción entre: a) la «representación recibida por los sentidos, la memoria o la imaginación», a la cual, siguiendo el ejemplo de los lógicos, llamó *dictum* («lo dicho», «lo que se dice»), y b) la «operación psíquica» que el hablante aplica al *dic-*

tenido del enunciado; el *modo* de decirlo expresa la actitud psíquica del hablante con relación al *dictum*. Entre los medios gramaticales que indican la actitud del hablante con relación a lo que dice figuran las diversas formas que adopta el verbo a las que se da tradicionalmente el nombre de *modos*.

2. Al enunciar una acción mediante un verbo, el hablante puede considerarla como una realidad objetiva, o bien como producto de un acto anímico suyo. Si alguien dice: *Juan estudia mucho, Pedro llegó ayer, Antonio se irá mañana,* considera estos hechos como una realidad presente, pasada o futura, y se limita a mostrarlos o «indicarlos»; usa para ello el modo verbal llamado *indicativo*. Pero si dice: *Deseo que Juan estudie mucho, Dudo que Pedro llegase ayer, Temo que Antonio se vaya mañana,* no se refiere a las acciones de Juan, Pedro y Antonio como realidades; no las afirma ni niega como tales; no las «indica»; se limita a presentarlas como objeto de un deseo, de una duda, de un temor. Lo único que el hablante afirma o «indica» es su deseo, su duda, su temor (por eso los verbos que expresan estos estados anímicos del hablante van en *indicativo*). Pero las acciones de Juan, Pedro y Antonio sólo se enuncian como dependientes de la actitud anímica del hablante, subordinadas a dicha actitud: el modo que las enuncia es el *subjuntivo* (del lat. *subiunctivus,* derivado de *subiungo* «someter», «subordinar»).

3. A estos dos modos suelen añadirse el *imperativo,* que expresa, con relación a la acción enunciada, una actitud de imposición o mandato («*sal* de aquí ahora mismo») o de exhortación o ruego («*ayúdame,* por favor»), y el *potencial,* llamado también *condicional,* que presenta la acción como simplemente posible («pensó que *llegaría* a tiempo») o como dependiente de una condición («si madrugaras más, *tendrías* tiempo para estudiar»).

4. La gramática tradicional incluía entre los modos las formas nominales del verbo: el *infinitivo,* que expresa la acción verbal pura, y el *participio,* que es al mismo tiempo verbo y adjetivo. Ambos

---

tum, es decir la *modalidad,* cuya expresión constituye el *modus* («modo»).

pueden sustantivarse. El verbo indoeuropeo tenía, además, el modo *optativo,* que, como indica su nombre (deriv. del lat. *optare* «desear»), expresaba el deseo. Se mantuvo este modo en indo-iranio, en tocario y en griego clásico. En latín absorbió sus funciones el subjuntivo, que las conserva también en las lenguas románicas.

5. Modernamente no suelen considerarse auténticos modos el infinitivo y el participio, y algunos gramáticos adscriben el *potencial* o *condicional* al indicativo. Quedarían así los modos reducidos a tres: *indicativo* (modo de la realidad), *subjuntivo* (modo de la no realidad) e *imperativo* (modo del mandato, de la exhortación, del ruego). No podemos entrar aquí en la discusión de estos puntos de vista. Señalemos únicamente, por una parte, que el *imperativo* coincide con el *subjuntivo* en enfocar la acción como no real (no se dice: «ven» a quien ya está aquí, ni «márchate» a quien ya se ha marchado), y con el *potencial,* en considerarla posible (no tiene sentido ordenar o rogar lo que se considera imposible); por otra parte, que no todas las lenguas tienen los mismos modos verbales (el latín, p. ej., sólo tenía el *subjuntivo* frente al *subjuntivo* y el *optativo* del griego clásico), ni siquiera puede decirse que todas tengan modos verbales: carecen de ellos las que, como el chino, no tienen conjugación.

6. A la teoría y más aún a la práctica de la traducción le interesa especialmente confrontar los usos que hacen de los modos verbales las lenguas que disponen de esta categoría gramatical, y, sobre todo, establecer las discrepancias y las equivalencias observables en este punto entre cada pareja de lenguas (LO y LT) implicadas en la traducción. También sería interesante, en el supuesto de que una de las dos lenguas carezca de modos verbales, establecer las equivalencias gramaticales o léxicas que dicha lengua utiliza para traducir los modos verbales de la otra lengua, o bien, en sentido inverso, comprobar en qué medida los modos verbales de una lengua pueden traducir los recursos léxicos o gramaticales de otra que carece de modos.

Aquí nos limitaremos a anotar algunas discrepancias y equivalencias en el uso del indicativo, del subjuntivo y del potencial entre el alemán, el inglés, el francés y el español. Prescindiremos del imperativo, que no presenta en las lenguas mencionadas grandes complicaciones.

A. *Indicativo frente a subjuntivo*

1. *Alemán e inglés frente a español y francés.*

En inglés, los tiempos del subjuntivo casi siempre coinciden formalmente con los del indicativo. Se exceptúan, por una parte, el presente de subjuntivo del verbo *to be,* que es *be* para todas las personas, frente a *am* (l.ª de sing.), *are* (2.ª de sing., 1.ª, 2.ª y 3.ª de plural), *is* (3.ª de sing.) del indicativo, y la 3.ª persona de sing. de todos los demás verbos, que añade una *s* en el indicativo, pero no en el subjuntivo, y, por otra, el pasado simple del subjuntivo del verbo *to be,* que es *were* para todas las personas, frente al pasado simple de indicativo del mismo verbo, que tiene *was* para la 1.ª y 3.ª persona de singular, coincidiendo con el de subjuntivo en todas las demás personas. Esta frecuentísima coincidencia formal hace que muchas veces resulte difícil saber si en una frase inglesa nos hallamos ante un indicativo o un subjuntivo.

Pero, teniendo en cuenta frases inglesas en que el indicativo y el subjuntivo se diferenciarían formalmente, y comparándolas con frases alemanas estructuradas del mismo modo, se llega a la conclusión de que estas dos lenguas coinciden con frecuencia en el uso del indicativo cuando el francés y el español usan el subjuntivo. Veamos algunos ejemplos seleccionados entre los que aduce Wandruszka en el cap. XXIV de *N. I.,* titulado «Los Modos», págs. 556-583:

> (1)   fr. Je crains qu'il n'y *ait* un malentendu (*RC,* 411; *Wandr.* 567).
> esp. Temo que *haya* un malentendido.
> al. Dass hier ein Missverständnis *vorliegt.*
> ing. I'm afraid there*'s* some misunderstanding.

(2)   fr. Il attendit que tout le monde *fût* au réfectoire... (*CP,* 324; *Wandr.* 569).

    esp. Esperó a que todo el mundo *estuviese* en el refectorio.

    al. Bis alle im Speisesaal *waren.*

    ing. Till everyone *was.*

(3)   fr. On le travaillera à chaud, jusqu'à ce qu'il nous *claque* entre les mains (*MSS,* 212; *Wandr.* 569).

    esp. Lo trabajaremos en caliente, hasta que nos *estalle* entre las manos.

    al. Bis er uns unter den Händen *krepiert.*

    ing. Until he *breaks* between our hands.

(4)   al. Ich muss alles ordnen, ehe es zu spät *ist* (*B,* 577; *Wandr.* 570).

    ing. Before it *is* too late.

    esp. Tengo que ordenarlo todo, antes de que *sea* demasiado tarde.

    fr. Avant qu'il *soit* trop tard.

(5)   al. Besser, ich gehe, bevor der Wirt *kommt* (*KK,* 49; *Wandr.* 570).

    ing. Before the Old Man *comes.*

    esp. Mejor me voy, antes de que *aparezca* el hostelero.

    fr. Avant que le patron n'*arrive.*

(6)   al. Es mag wohl sein, dass ich hochmütig *bin* (*NG,* 9; *Wandr.* 574).

    ing. It may well be that I *am* proud.

    esp. Puede muy bien ser que yo *sea* orgulloso.

    fr. Il est bien possible que je *sois* orgueilleux.

(7)   fr. Quoi qu'on *fasse,* on vit, bien sûr (*FA,* 368; *Wandr.* 576).

    esp. Hagamos lo que *hagamos,* vivimos, eso es seguro.

    al. Was immer man *tut.*

    ing. Whatever one *does.*

(8)   fr. Quel dommage que Simone ne *soit* pas un garçon (*JF,* 177; *Wandr.* 581).

    esp. Qué pena que Simone no *sea* un varón.

    al. Nicht ein junger Mann *ist.*

    ing. What a pity Simone *was*n't a boy.

(9) al. Ich danke Gott dafür, dass Sie *sind* wie Sie sind (*Zb,* 505; *Wandr.* 581).

  ing. I thank God that you *are* as you are.

  esp. Doy gracias a Dios de que usted *sea* como es.

  fr. Je rends grâce à Dieu que vous *soyez* comme vous êtes.

(10) al. Eines bedaure ich: nämlich, dass August nicht hier *ist* (*B,* 116; *Wandr.* 582).

  ing. What a pity August *is* not here.

  esp. Lo que siento es una sola cosa, que August no *esté* aquí.

  fr. Ce que je regrette, c'est qu'Auguste ne *soit* pas là.

(11) ing. I'm glad you're back (*FWA,* 177; *Wandr.* 582).

  al. Ich bin froh, dass du wieder da *bist.*

  esp. Me alegro [de] que *hayas* vuelto.

  fr. Je suis content que tu *sois* de retour.

(12) esp. Me alegro [de] que *estés* aquí (*TV,* 299; *Wandr.* 582).

  fr. Je suis content que tu *sois* là.

  al. Ich freue mich, dass du wieder da *bist.*

  ing. I'm glad you're here.

En los doce ejemplos hallamos el subjuntivo en las dos lenguas románicas frente al indicativo en las dos germánicas (en todos los ejemplos el indicativo está perfectamente caracterizado en inglés, o por las formas peculiares del verbo *to be* en este modo: ejs. (1), (2), (4), (6), (8), (9), (10), (11) y (12), o por la -*s* característica de la 3.ª persona de singular en los demás ejemplos; en todos ellos coinciden en inglés y alemán no sólo el indicativo sino también los tiempos empleados, excepto en (8), donde el inglés usa el pasado simple frente al presente en alemán). En (3) y (5), las formas verbales francesas coinciden con las del indicativo; es, sin embargo, seguro que en ambos casos se trata del subjuntivo, porque tal es el modo que piden las locuciones conjuntivas *jusqu'à ce que* y *avant que*.

Los ejemplos citados nos autorizan a considerar igualmente indicativo, aunque no tenga ninguna marca formal distintiva, el modo usado por el inglés en otros ejemplos semejantes, en los que el alemán usa también el indicativo frente al subjuntivo de las lenguas románicas.

Ejemplo semejante a (1):

> fr. J'ai un peu peur que tu te *dises*: (*CP*, 356; *Wandr.* 567).
> esp. Tengo un poco de miedo de que te *digas*:
> al. Du *sagst* dir.   ing. You *say* to yourself.

Ejemplo semejante a (2):

> al. Er wartete, bis die Kellner und Mädchen *hinausgegangen waren* (*B*, 305; *Wandr.* 569).
> ing. He waited till the waiters and the girls *had gone*.
> esp. Esperó hasta que el tabernero y las camareras se *hubiesen marchado*.
> fr. Il attendit que les employés *eussent franchi* la porte.

(Observemos, entre paréntesis, que la traducción española tiene, en primer lugar, un uso dudoso del subjuntivo regido por la locución conjuntiva «hasta que» después de un pret. perf. simple; se dice: *espero* o *esperaré hasta que llegue Juan*; pero no suele decirse: *esperé hasta que llegase Juan,* y menos aún: *esperé hasta que hubiese llegado Juan.* Con el verbo principal en pret. perf. simple se diría: *esperé hasta que llegó Juan,* o, ya con cierta afectación: *esperé hasta que hubo llegado Juan.* No sucedería lo mismo con la locución conjuntiva *a que,* la cual regiría subjuntivo en los tres casos: *espero / esperaré a que llegue Juan, esperé a que llegase Juan*; cfr. antes el ej. (2). Por otra parte, es indudablemente errónea la traducción de *die Kellner* por «el tabernero»: *Kellner,* «camarero» mejor que «tabernero», es masculino, y, si se tratase de uno solo, el texto diría *der Kellner,* no *die Kellner,* que es el plural).

En el ejemplo siguiente, la relativa consecutiva lleva subjuntivo en las dos lenguas románicas, indicativo en alemán y sin duda también en inglés:

> fr. Permettez-moi donc alors de m'adresser à vous dans un langage que vous *puissiez* comprendre (*CC*, 192; *Wandr.* 564).

esp. Permítame que me dirija a usted en un lenguaje que *pueda* usted comprender.

al. Die Ihnen verständlich *ist.*

ing. That you *can* understand.

En alemán, las subordinadas de verbos de voluntad pueden ir también en subjuntivo. A veces coexisten en el mismo texto los dos modos; pero, según Wandruszka, págs. 562-563, «hace tiempo que el indicativo va ganando terreno en esto»:

al. Wir, der dritte Stand, wir wollen, dass nur noch ein Adel des Verdienstes *bestehe...* wir wollen, dass alle Menschen frei und gleich *sind* (*B,* 119; *Wandr.* 563).

esp. Nosotros, el tercer estado, queremos que sólo *exista* aún [*subsista*] una [la] nobleza del servicio [mérito]... queremos que todos los hombres *sean* libres e iguales.

fr. *Soient* libres et égaux.

El alemán usa también el indicativo cuando falta la oración principal:

al. Und dass niemand meine Figur *anrührt!* (*NG,* 313; *Wandr.* 563).

esp. ¡Y que nadie *toque* mi estatua!

fr. Et que personne ne *touche* à ma statue!

A veces el inglés va más lejos que el alemán en el uso del indicativo. Así en los dos ejemplos siguientes, donde el alemán, como el francés y el español, usa el subjuntivo para negar una hipótesis, mientras que el inglés emplea el indicativo:

(a) fr. Non que la petite *fût* sans pouvoir sur sa mère (*NV,* 293; *Wandr.* 576).

esp. No porque la criatura *careciera* de poder sobre su madre.

al. Nicht als ob die Kleine keinen Einfluss mehr auf die Mutter *gehabt hätte.*

ing. Not that the child *is* wholly without influence.

(b) fr. Non que je *sois* un maître difficile ou exigeant (*NV*, 271;
          Wandr. 576).
     esp. No es que *sea* un señor difícil o exigente.
     al. Nicht als ob ich ein schwieriger oder strenger Herr *wäre*.
     ing. It is not that I *am* a difficult or unreasonable master.

En alemán e inglés, tras verbos o expresiones que significan esperanza, se usa el indicativo. En español, el subjuntivo:

     al. Hoffentlich *geht* es deinem Vater besser.
     ing. I hope your father *is* better.
     esp. Espero que tu padre *esté* mejor.

Asimismo, las oraciones temporales proyectadas al futuro llevan indicativo en alemán y en inglés, mientras que en español van en subjuntivo:

     al. ...bis Sie *abgelöst werden.*   esp. ...hasta que le *releven.*
     ing. ...till you *are relieved.*

He aquí unos cuantos ejemplos tomados de la versión alemana
del ensayo de Ortega *Miseria y esplendor de la traducción.* El traductor alemán convierte en indicativos los subjuntivos del original español:

(1) «De aquí que *sea* característico de tales conversaciones» (pág.
     26).
     («Daher *ist* für solche Unterhaltungen charakteristisch»).

(2) «Yo comprendo que para oídos franceses... *resulte* dura de oír la
     afirmación de que...» (pág. 38).
     («Ich verstehe, dass für französische Ohren... die Behauptung,
     dass... hart *klingt*»).

(3) «Pudiera acontecer que la misión del intelectual *fuese* esen-
     cialmente impopular» (pág. 44).
     («Es könnte sich erweisen, dass die Aufgabe des Intellektuellen
     in ihrem Wesen unpopulär *ist*»).

4)   «La lengua vasca será todo lo perfecta que Meillet *quiera...*»
     (pág. 48).
     («Die baskische Sprache mag so vollkommen sein, wie Meillet
     will»).

(5) «De aquí que me *obsesione...* esta idea de que...» (pág. 82). «De
     aquí que *importe...*» (*ibid.*).
     («Darum *bin* ich von der Idee besessen, dass...». «Darum *ist* es
     wichtig...»).

(6) «Imagino, pues, una forma de traducción que *sea...* que no *pre-
     tenda...* que no *sea...* pero sí que *sea...*» (págs. 84-86).
     («Ich stelle mir also eine Art von Übersetzung vor, die... *ist,
     ...*die *nimmt,* die nicht... *ist,* die aber... *ist*»).

(7) «...será posible que la versión *tenga...*» (pág. 88).
     («...wird es möglich sein, dass die Übersetzung... *besitzt*»).

En (1), (2), (3) y (5) la conjunción «que» inicia oraciones subordinadas completivas o sustantivas, que o bien funcionan como sujeto, en
(1), (3), (5), o como complemento directo, en (2); en (1) y (5) puede
pensarse como verbo implícito en la oración principal «viene», «procede» u otro semejante: «De aquí viene que...». En esta clase de subordinadas, la conjunción completiva o sustantiva «que» equivale a
la expresión «el hecho de que». Pues bien, el verbo que expresa el
hecho anunciado por esta expresión va, en español, en subjuntivo; en
alemán, por el contrario, las subordinadas introducidas por la conjunción equivalente *dass* llevan indicativo. En (4), la expresión «todo
lo perfecta que...» tiene valor comparativo; equivale a «tan perfecta
como...». Cuando las expresiones «todo lo que...» o «tan... (tanto...)
como...» o simplemente «como...» comienzan con un verbo (principal) y terminan con otro (subordinado), el último va en indicativo si
se refiere al pasado o al presente; en subjuntivo, si se refiere al futuro: «*Comió* todo lo que le *dieron*», «*Come* todo lo que le *dan*», pero
«*Comerá* todo lo que le *den*», «*Cantó* como *quiso*», «*Canta* como
quiere», pero «*Cantará* como *quiera*». La razón de este cambio de
modo es que el futuro no es aún real, y por eso el hablante enfoca el

hecho de la oración subordinada de una manera subjetiva, poniéndolo en subjuntivo. El alemán, en cambio, tiende a enfocar este hecho como real, usando para ello el indicativo. En la frase de Ortega en (4) no se trata de un auténtico futuro, que sitúe el hecho en tiempo posterior al momento en que se habla; el subjuntivo expresa aquí una posibilidad presente: «la lengua vasca puede ser todo lo perfecta que M. *quiera*». Ahora bien, la posibilidad presente y el hecho futuro se hallan aproximadamente a la misma distancia de la realidad, y por eso pueden enfocarse, en las oraciones subordinadas, de una manera subjetiva.

En (6), la subordinada es una oración de relativo consecutiva: «una forma de traducción [tal] que *sea*...». Esta clase de oraciones lleva el verbo en indicativo si la consecuencia se enfoca como real y determinada; en subjuntivo, si se enfoca como real pero indeterminada. Véase la diferencia de enfoque en estas dos frases: «Busco a una mujer que *tiene* los ojos garzos» (es una mujer determinada), «Busco una mujer que *tenga* los ojos garzos» (no se trata de una mujer determinada, sino de cualquiera entre las que tienen los ojos garzos). Si en la oración principal tenemos un verbo como «imaginar», que ya de suyo expresa que su objeto, lo imaginado, carece de realidad, el verbo de la subordinada tendrá que ir en subjuntivo. En cambio, el significado del verbo alemán *vorstellen,* propiamente «poner delante», es mucho más concreto y determinado; por eso la subordinada correspondiente lleva indicativo. Es como si en español dijéramos: «Pongo delante de mí (y, por consiguiente, la veo) una traducción que *es*...».

Para el subjuntivo español e indicativo alemán en oraciones subordinadas dependientes de verbos que expresan posibilidad, como en (7), v. *supra,* pág. 194, ej. (6).

2. *Francés, alemán e inglés frente a español.*

En oraciones subordinadas referidas al presente o al futuro y dependientes de verbos en presente que significan una esperanza mez-

clada con deseo, el francés, el alemán y el inglés usan el presente o el
futuro de indicativo; el español, el presente de subjuntivo:

(1)   fr. J'espère que mon père *viendra* me voir (*MS,* 130; *Wandr.*
          566).
       al. *Wird* mich *besuchen.*
       ing. I hope my father *will come* to see me.
       esp. Espero que mi padre *venga* a verme.

(2)   fr. J'espère que tu ne *bois* pas d'alcool (*MS,* 130; *Wandr. ibid.*).
       al. Ich hoffe, du *trinkst* keinen Alkohol.
       ing. I hope you *don't drink.*
       esp. Espero que no *bebas* alcohol.

(3)   fr. J'espère bien que ce *n'est* pas la fièvre (*P,* 1317; *Wandr.*
          ibid.).
       al. Dass es nicht das Fieber *ist.*
       ing. It'*s* not.
       esp. Espero que no *sea* la fiebre.

(4)   al. Ich hoffe, du *verstehst* mich (*Bi,* 192; *Wandr.* 567).
       ing. I hope you *understand* me.
       fr. J'espère que tu me *comprends.*
       esp. Espero que me *entiendas.*

En el texto siguiente, la esperanza-deseo se refiere a un hecho pasado, concluido, que propiamente no puede ser objeto de esperanza ni
de deseo. «Espero» viene a significar aquí: «Me alegraría saber que
tal cosa ha sucedido según la esperaba o deseaba». En este tipo de
construcciones, el francés usa en la subordinada el futuro anterior; el
alemán y el inglés, el *Perfekt* y *simple past* respectivamente; el español, pret. perfecto de subjuntivo:

(5)   fr. J'espère que Philippe n'*aura* pas trop *souffert* (*P,* 1415
          Wandr. 566).
       al. Dass Philipp nicht zu sehr *gelitten hat.*
       ing. *Did* not *suffer.*
       esp. Espero que Philippe no *haya sufrido* demasiado.

El francés puede, en tales casos, usar también el *passé composé*: «J'espère qu'il *a été reçu*» (*GLLF*, s. v. *Espérer*). Y el inglés usaría el *present perfect* si la subordinada de *hope* no fuese negativa: «I hope he *has paid* his bill» (O. Jespersen, *A Modern English Grammar,* Part IV. Syntax (Third Volume), pág. 23, 2.4.7.).

En español se está extendiendo, quizá por influjo del francés, el uso del futuro de indicativo en oraciones subordinadas dependientes de verbos de esperar. El *DUE* de M.ª Moliner ilustra su 1.ª acepción de *Esperar*: «Creer que algo bueno o conveniente que está anunciado o algo que se desea ocurrirá realmente», con estos dos ejemplos: «Espero que vendrá puntualmente», «Espero que mañana no lloverá».

Las oraciones temporales referidas al futuro, que en español se construyen con la conjunción *cuando* + presente de subjuntivo, llevan en francés futuro de indicativo, y en alemán e inglés, presente del mismo modo:

> (1) esp. Cuando yo me *muera* (*BS,* 53; *Wandr.* 570).
> fr. Quand je *mourrai*.
> al. Wenn ich *sterbe*.   ing. When I *die*.

> (2) esp. Cuando *salga* la luna (*BS,* 107; *Wandr.* 570).
> fr. Quand la lune se *lèvera*.
> al. Wenn der Mond *aufgeht*.
> ing. When the moon *comes* out.

> (3) esp. Cuando le *dé* la gana (*TV,* 50; *Wandr.* 570).
> fr. Quand bon lui *semblera*.
> al. Wann er Lust *hat*.
> ing. Whenever he *feels* like it.

El futuro anterior francés corresponde en construcciones de este tipo al pret. perf. de subjuntivo español:

> Quand tu m'*auras répondu,* je prendrai une décision.
> («Cuando me *hayas respondido,* tomaré una decisión»).

Algunas locuciones conjuntivas que expresan duración proyectada hacia el futuro llevan en francés futuro de indicativo; así *tandis que* y *tant que*. La conjunción española equivalente en cuanto al sentido, «mientras», rige subjuntivo:

> Tandis que vous *vivrez* (Racine) («Mientras *viváis*»).
> Tant qu'il y *aura* des hommes («Mientras *haya* hombres»).

Igualmente con otras locuciones conjuntivas que expresan posterioridad:

> Huit jours après que vous *serez partis*
> («Ocho días después que *hayáis marchado*»).

Lo mismo que en (1), (2) y (3) sucede en expresiones modales del tipo de «como quieras», «como gustes»:

(4) al. Wie du *willst* (*Bi,* 199; *Wandr.* 571).
  ing. As you *wish*. esp. Como *quieras*.
  fr. Comme tu *voudras*.

(5) esp. Como usted *guste* (*TV,* 206; *Wandr.* 571).
  al. Wie Sie *wünschen*. fr. Comme il vous *plaira*.
  ing. As you *please*.

Después de *quizá* suele usarse en español el subjuntivo, aunque también es posible, y aun clásico, el indicativo: «Quizá no *es* tan fuera de razón como a vos parece»[12]. En francés, alemán e inglés, las expresiones equivalentes piden indicativo:

> esp. Quizá *tenga* razón (*BS,* 45; *Wandr.* 575).
>   fr. Elle *a* peut-être raison. ing. She *may* be right.
>   al. Vielleicht *hat* sie recht.

> esp. Quizá *sepan* ya quién es (*TV,* 143; *Wandr.* ibid.).
>   fr. On *sait* peut-être déjà. ing. Perhaps they'*ve found* out.
>   al. Vielleicht *weiss* man schon, wer sie ist.

---

[12] Boscán, *El Cortesano,* lib. 2.º, cap. 7; cit. en *Dicc. de Autoridades,* s. v. QUIZÁ.

Vimos ya (*supra,* págs. 168 ss.) que las condicionales irreales o potenciales francesas referidas al presente o al futuro llevan en la prótasis (oración precedida de *si*) imperfecto de indicativo, mientras que en español tienen el mismo tiempo en subjuntivo:

(a)   Si j'*étais* riche («Si (yo) *fuera* rico»).
(b)   Si je *gagnais* («Si (yo) *ganara*»).
(c)   Si la terre *était* plate («Si la tierra *fuese* plana»).

Las oraciones condicionales irreales referidas al pasado llevan en francés el pret. pluscuamperfecto de indicativo, y en español, el mismo tiempo del subjuntivo:

(a)   Si j'*avais été* riche («Si (yo) *hubiera sido* rico»).
(b)   Si j'*avais gagné* («Si (yo) *hubiera ganado*»).

B. *Potencial* (= *condicional*) *frente a subjuntivo*

El potencial, llamado por los franceses condicional e incluido por algunos gramáticos en el indicativo, se usa en construcciones francesas cuyas equivalentes españolas llevan subjuntivo. Así, cuando un verbo principal en pasado niega la seguridad del hecho futuro que se expresa en la subordinada, el verbo de ésta puede ponerse en potencial:

«On n'était pas sûr que Fidel Castro *trouverait* où coucher» (ej. del *GLLF,* 5759 b).
(«No se tenía seguridad de que F. C. *hallase* dónde acostarse»).

(En español se usaría, como en francés, el potencial si la oración principal fuese afirmativa):

On était sur que F. C. *trouverait...*
(«Se tenía la seguridad de que F. C. *hallaría...*»).

Lo mismo cuando un verbo principal en presente niega la posibilidad del hecho que se expresa en la subordinada:

«Je ne pense pas que Kennedy *accepterait* un marché pareil» (ej. cit. por el *GLLF,* 5760 a).
(«No creo que K. *aceptase* semejante negocio»).

(En español, como en francés, potencial en la subordinada si la principal fuese afirmativa):

Je pense que K. *accepterait...*   («Creo que K. *aceptaría...*»).

El potencial pasado se usa en estilo indirecto donde el francés tendría un futuro anterior en el estilo directo:

«Ils promirent de venir se chauffer les pieds aussitôt qu'ils *auraient changé* d'habits» (M. Aymé, cit. por el *GLLF,* 876 a).
(Estilo directo: «Nous viendrons nous chauffer les pieds aussitôt que nous *aurons changé* d'habits»).

En español, pret. pluscuamperfecto de subjuntivo en estilo indirecto, y pret. perf. de subjuntivo en estilo directo:

(«Prometieron venir a calentarse los pies tan pronto como *hubieran cambiado* de ropa») (est. directo: «Vendremos... tan pronto como *hayamos cambiado...*»).

C. *Subjuntivo frente a indicativo*

1. *Subjuntivo en alemán, indicativo en español.*

Hemos visto cómo el alemán usa el indicativo, en muchas ocasiones, cuando en español se emplea el subjuntivo. En conjunto, puede decirse que el alemán utiliza el subjuntivo menos que el español. Pero hay usos peculiares del subjuntivo en alemán a los que corresponde en español el indicativo. Esto sucede generalmente en el estilo indirecto. El estilo indirecto consiste en relatar lo dicho o pensado por uno mismo o por otro reproduciendo las palabras empleadas para decirlo o pensarlo, pero no en la misma forma en que fueron dichas o pensadas, sino cambiando a veces las personas de los pronombres personales, de los posesivos y de los verbos, y asimismo, con frecuencia, el tiempo y el modo de los verbos, que pasan a formar oraciones subordinadas dependientes del verbo empleado para relatarlas. En *Juan dijo*: «*Yo lo haré*», las palabras «Yo lo haré» están en estilo directo; en *Juan dijo que él lo haría,* la oración subordinada: *que él lo haría,* dependiente de *dijo,* está en estilo indirecto: la 1.ª persona ha pasado a ser 3.ª, y el verbo, antes en la 1.ª de singular del futuro de indicativo, está ahora en la 3.ª de singular del potencial simple.

Pues bien, los verbos de las oraciones subordinadas dependientes de verbos que expresan un *pensamiento,* una *manifestación,* una *creencia,* una *pregunta,* una *suposición,* etc., suelen ir en alemán en subjuntivo. He aquí algunos ejemplos:

(1) Er sagte mir, dass er krank *sei / wäre.*
      («Me dijo que *estaba* enfermo»).

(2) Mein Freund fragte mich, ob mein Vater Deutsch *spreche / spräche.*
      («Mi amigo me preguntó si mi padre *hablaba* alemán»).

(3) Hat Rolf Ihnen geschrieben, dass er krank *sei / wäre?*
      («¿Le ha escrito Rolf (diciéndole) que *está* enfermo?»).

(4) Werner erklärte, dass er das Buch nicht lesen *könne.*
      («W. manifestó que no *podía* leer el libro»).

(5) Erika glaubte, dass ich sie betrügen *wolle.*
      («Erika creía/creyó que yo *quería* engañarla»).

Cuando la oración subordinada está introducida por la conjunción *dass,* puede omitirse ésta; el verbo seguirá en subjuntivo, pero ocupará el lugar que le correspondería en el estilo directo. La traducción española será la misma:

(1) Er sagte mir, er *sei / wäre* krank.

(3)   Hat Rolf Ihnen geschrieben, er *sei / wäre* krank?
(4)   Werner erklärte, er *könne* das Buch nicht lesen.
(5)   Erika glaubte, ich *wolle* sie betrügen.

Normalmente, el verbo principal del que dependen oraciones subordinadas de estilo indirecto está en *Präteritum* o en *Plusquamperfekt.* Pero puede estar también en presente, cuando la acción
expresada en este tiempo se ha realizado en el pasado, aunque éste
sea un pasado muy reciente. He aquí tres ejemplos tomados de la
vieja *Gramática de la lengua alemana* de E. Ruppert, 3.ª ed., Heidelberg, 1909, pág. 337:

(6)   Er behauptet in seinem Buche, dass jener Berg 4000 Meter hoch
       sei.
       («Afirma en su libro que aquel monte *tiene* 4.000 ms. de altura»).

(7)   Er schreibt mir, dass er den Kaiser *gesehen habe.*
       («Me escribe que *ha visto* al Kaiser»).

(8)   Sie sagen mir, dass ich ehrgeizig *sei.*
       («Me dice usted que *soy* ambicioso»).

Los tres verbos principales están en presente, pero expresan acciones
realizadas en el pasado: las afirmaciones del libro se hicieron al es-
cribirlo hace ya tiempo (meses, años, quizá siglos); la carta fue escrita antes de que su destinatario pudiera leerla; el que me dice que soy
ambicioso, quizá acaba de decírmelo hace un momento, pero este
momento pertenece ya también al pasado. Por otra parte, en (6), (7) y
(8) podría usarse el indicativo en vez del subjuntivo, sin duda por
estar el verbo principal formalmente en presente.

En las oraciones subordinadas dependientes de los verbos *glau-
ben, meinen, sagen,* etc., aunque éstos no estén en *Präteritum* ni en
Plusquamperfekt, sino en presente o incluso en futuro, se usará el
subjuntivo para expresar que el hablante no garantiza, o incluso niega, que sea verdad lo expresado por el verbo de la subordinada. Los
ejemplos (9) y (10), que siguen, han sido tomados igualmente de la

ob. cit. de E. Ruppert, pág. 339 (se les añade aquí la traducción española):

(9) Ihr glaubt, dass ich gesund *sei.*
     («Creéis que *estoy* sano») [el subjuntivo alemán indica que puede no ser verdad].

(10) Fürst, man wird dir sagen, du *seiest* allmächtig; man wird dir sagen, du *seiest / werdest* von deinem Volke *angebetet.*
     («Príncipe, te dirán que *eres* todopoderoso [no es cierto]; te dirán que tu pueblo te *adora* [es, al menos, dudoso]»).

He aquí una nueva serie de ejemplos de subjuntivo alemán de estilo indirecto en la traducción de frases que en el citado ensayo de Ortega, *Miseria y esplendor de la traducción,* llevan indicativo:

(a) «...un utopismo consistente en creer que lo que el hombre *desea, proyecta* y se *propone es,* sin más, posible» (pág. 30), «...piensa que... *es* posible» (*ibid.*)
     («...Utopismus, der darin besteht, zu glauben, dass, was der Mensch *wünsche, plane* und sich *vornehme,* ohne weiteres auch möglich *sei*», «...glaubt, dass... möglich *sei*»).

(b) «...comprendo que... resulte dura... la afirmación de que hablar *es* un ejercicio utópico» (pág. 48).
     («...die Behauptung, dass Sprechen ein utopisches Bemühen *sei*»).

(c) «El equívoco... oculto en esa idea de que el habla nos *sirve* para manifestar nuestros pensamientos» (pág. 52).
     («...die Zweideutigkeit, die in der Vorstellung liegt, dass die Sprache uns zur Offenbarung unserer Gedanken *diene*»).

(d) «Pues no se crea que no *pasa* lo mismo [...] cuando pensamos en nuestro propio idioma» (pág. 54).
     («Nun glaube man aber nicht, dass nicht das gleiche *geschähe* [...], wenn wir in unserer eigenen Sprache denken»).

(e) «...decía Goethe que las cosas *son* diferencias que nosotros ponemos» (pág. 68).
     («...sagte Goethe, dass die Dinge Verschiedenheiten *seien,* die wir selbst feststellen»).

(f) «El indoeuropeo creyó que la más importante diferencia entre
las «cosas» *era* el sexo» (pág. 68).
(«Der Indoeuropäer glaubte, dass der wichtigste Unterschied
zwischen den «Dingen» das Geschlecht *sei*»).

En todos estos ejemplos, salvo en (e) (aquí el verbo principal está
en *Präteritum,* y el subjuntivo de la subordinada no implica que el
hablante ponga en duda lo dicho por Goethe), las oraciones subordinadas van en subjuntivo, aunque no dependan de un verbo en tiempo
pasado, porque se trata de un subjuntivo de estilo indirecto que niega
o pone en duda lo expresado en la oración subordinada: (a) podría ser
en estilo directo: «He aquí la creencia de tales utopistas: «Todo lo
que el hombre desea, proyecta y se propone es... posible». El utopista
piensa: «...es posible». Ortega niega lo afirmado por tales utopistas
simplemente al calificarlo de creencia utópica.

En (b), aquellos para quienes resulta dura la afirmación de referencia la ponen al menos en duda. En estilo directo, lo dicho podría
formularse así: «Hay quienes afirman: «Hablar es un ejercicio utópico». Comprendo que esto resulte duro...»».

En (c), la formulación en estilo directo podría ser: «esta idea: «El
habla nos sirve para manifestar nuestros pensamientos», es un equívoco». Las últimas palabras ponen en duda el contenido de tal idea.

En (d), podría ser así el estilo directo: «Si alguien dice: «No pasa
lo mismo...»», no se le crea». «No se le crea» niega que sea verdad lo
afirmado en la subordinada.

En (f) está el verbo principal en pasado («creyó», *glaubte)* y,
además, se niega implícitamente lo expresado en la subordinada, que
en estilo directo podría ser: «Esto es lo que creyó el indoeuropeo: La
más importante diferencia entre las 'cosas' es el sexo».

Los verbos alemanes de las oraciones subordinadas, al pasar al
subjuntivo de estilo indirecto, conservan el mismo tiempo que lleva-
rían en indicativo si se usaran en estilo directo. En español, si el verbo principal está en un tiempo pasado, el de la subordinada se pone
en pluscuamperfecto cuando en estilo directo iría en cualquier tiempo

pasado; en imperfecto, cuando en estilo directo iría en presente, y en potencial cuando en estilo directo le correspondería el futuro; cuando en la principal hay pret. perf. compuesto, presente o futuro, en la subordinada de estilo indirecto se conserva el mismo tiempo del estilo directo:

> (11) Man *sagte,* der Graf *sei gestorben.*
>   («Se *decía / dijo* que el conde *había muerto*»).

(La subordinada alemana, de estilo indirecto, está en pret. perf. compuesto de subjuntivo; en estilo directo estaría en el mismo tiempo del indicativo: «der Graf *ist gestorben*». En español, pluscuamperfecto en estilo indirecto, pret. perf. compuesto en estilo directo: «Se decía / dijo: El conde *ha muerto*»).

> (12) Die Alten *meinten,* die Erde *sei* eine Scheibe.
>   («Los antiguos *creían* que la tierra *era* un disco»).

(En alemán, pretérito en la principal, presente de subjuntivo en la subordinada de estilo indirecto; presente de indicativo en estilo directo: «die Erde *ist* eine Scheibe»; en español, pretérito imperfecto en la principal, pretérito imperfecto en la subordinada de estilo indirecto; presente en estilo directo: «la tierra *es* un disco»).

> (13) Ich *glaubte,* Gott *werde* mich *verlassen.*
>   («Yo *creía* que Dios me *abandonaría*»).

(En alemán, pretérito en la principal, futuro de subjuntivo en la subordinada de estilo indirecto; futuro de indicativo en estilo directo: «Gott *wird* mich *verlassen*»; en español, pretérito imperfecto en la principal, potencial en la subordinada de estilo indirecto; futuro de indicativo en estilo directo: «Dios me *abandonará*»).

> (14) Ihr *glaubt,* dass ich gesund *sei.*
>   («*Creéis* que *estoy* sano»).

(Tanto en alemán como en español, presente en la principal y en la subordinada de estilo indirecto; pero, en ésta, subjuntivo en alemán (indicativo en estilo directo: «du *bist* gesund» o «er *ist* gesund»); indicativo en español, lo mismo que en estilo directo, donde sólo cambiaría la persona: «*estás* sano» o «*está* sano»).

(15) Man *hat* oft *behauptet,* dass die Glückseligkeiten dieser Welt nur von kurzer Dauer *seien.*
(«Se *ha afirmado* con frecuencia que las dichas de este mundo *son* de corta duración»).

(Si la subordinada alemana pasara al estilo directo, el subjuntivo se convertiría en indicativo, pero conservando el mismo tiempo: «die Glückseligkeiten dieser Welt *sind* nur von kurzer Dauer». En español, el estilo directo tendría también presente: «Las dichas de este mundo *son*...»; como el verbo de la principal está en pretérito perfecto compuesto, se mantiene el mismo tiempo del estilo directo en la subordinada de estilo indirecto).

(16) Man *wird* dir *sagen,* du *seiest* allmächtig.
(«Se te *dirá* que *eres* todopoderoso»).

(El subjuntivo de la subordinada alemana de estilo indirecto sería indicativo en estilo directo: «du *bist* allmächtig»; pero se conservaría el mismo tiempo: presente. En español, por estar el verbo principal en futuro, se mantiene en la subordinada de estilo indirecto la misma forma verbal del estilo directo: «*eres* todopoderoso»).

2. *Subjuntivo en francés, indicativo en español.*

El francés moderno hablado sólo tiene dos tiempos en el subjuntivo: el *présent,* equivalente al presente de subjuntivo español, y el *passé,* equivalente a nuestro pretérito perfecto de dicho modo. El imperfecto y el pluscuamperfecto de subjuntivo, que en español conservan plena vigencia, han sido casi totalmente eliminados de la lengua literaria francesa del siglo xx. Quizá el abandono de estos dos últimos tiempos franceses ha contribuido a extender en esta lengua el uso del indicativo a construcciones que en español llevan subjuntivo (cfr. *supra,* págs. 200 ss.). Sin embargo, hay algunas construcciones (pocas) en que se produce el fenómeno inverso: donde el español usa el indicativo, el francés emplea el subjuntivo. Hay, por ejemplo, verbos que normalmente rigen oraciones subordinadas construidas con indicativo, como *dire, affirmer,* etc.:

> Vous affirmez que Jean *est venu*
> On dit qu'il *est arrivé*

pero en la modalidad interrogativa o condicional ponen el verbo de la subordinada en subjuntivo para expresar que el que hace la pregunta, o pone la condición, duda que sea verdad lo dicho o afirmado:

> Affirmez-vous que Jean *soit venu?*
> Si on vous dit qu'il *soit arrivé...*

En español, también aquí se usa el indicativo:

> ¿Afirma usted que Juan *ha venido?*
> Si le dicen que *ha llegado...*

Lo mismo sucede en oraciones subordinadas causales en que la causa no se da como segura:

> «Elle tient à ce bijou, soit qu'il *vaille* cher, soit qu'il lui *rappelle* quelqu'un» (ej. del *GLLF,* 5760 b).
> («(Ella) estima mucho esta joya, o porque *es* cara o porque le *recuerda* a alguien»).

§ 28. LAS VOCES DEL VERBO.

1. La «voz», llamada también *diátesis* (= «disposición», «manera de ser»), es una categoría gramatical del verbo que indica si el sujeto del proceso verbal es exterior o interior a éste. Según Benveniste (cit. por F. Lázaro Carreter, *DTF, s. v.* voz), «la diátesis se asocia a la per-

sona y al número para caracterizar la desinencia verbal. Se tiene, pues, reunidas en un mismo elemento un conjunto de tres referencias, que, cada una a su modo, sitúan al sujeto con relación al proceso, y cuyo agrupamiento define lo que se podría llamar el campo posicional del sujeto: la persona [...]; el número [...]; la diátesis [...]. Estas tres categorías, fundidas en un elemento único y constante, la desinencia, se distinguen de las oposiciones modales, que se manifiestan en la estructura del tema verbal».

2. Según Benveniste, son dos las voces o diátesis fundamentales: la *activa,* en la cual se expresa que el sujeto permanece fuera del proceso verbal: yo *amo,* y la *media,* en la cual el proceso se realiza en el sujeto mismo o en un ámbito estrechamente relacionado con él: lat. *nascor.* De la voz media parece haberse derivado históricamente la *pasiva,* la cual expresa que el sujeto «sufre» o recibe la acción ejecutada por otro.

3. Los antiguos, sin embargo, conocieron primero la distinción entre las voces *activa* y *pasiva,* a la que sólo posteriormente se añadió, como tercer término, la *media.* Aristóteles, en el inventario que hace de las «categorías» (= conceptos supremos a los que pueden reducirse todos los demás, *Categoriae,* 2 a 3-4), ejemplifica la oposición entre «hacer» (ποιεῖν) y «sufrir» (πάσχειν) respectivamente con las formas verbales equivalentes a «corta», «quema» (activa) y «es cortado», «es quemado» (pasiva). Posteriormente se añadió a estas dos diátesis la tercera, llamada μεσότης «media», para designar un grupo de formas verbales que en griego se diferenciaban de la pasiva en el futuro y en el aoristo. En todos los demás tiempos eran iguales las formas de las voces pasiva y media, y la diferencia normal entre éstas en el futuro y en el aoristo consistía en que la pasiva intercalaba el sufijo θη entre la raíz del verbo y su desinencia. (El aoristo pasivo tenía, además, desinencias peculiares).

4. Esto limita la validez de la afirmación de Benveniste, según la cual la diátesis se manifiesta, junto con la persona y el número, en la desinencia. Por otra parte, en las lenguas modernas germánicas y románicas no hay desinencias verbales peculiares para las voces

media y pasiva; de manera que el alcance de la definición de Benveniste sólo se aplica a las desinencias verbales de la voz activa, en las cuales, en efecto, se manifiestan simultáneamente las tres categorías de persona, número y voz. En estas lenguas se ha desarrollado para formar la voz pasiva un procedimiento que ya el latín y el griego utilizaban en parte y que consistía en yuxtaponer un verbo auxiliar (casi siempre equivalente a «ser») a un participio pasivo (el griego tenía cuatro: presente, futuro, aoristo y perfecto; el latín y las lenguas románicas y germánicas sólo tienen uno).

5. A las voces *activa, media* y *pasiva* añaden algunos gramáticos la voz *pronominal,* cuyo sujeto es al mismo tiempo, pero representado por la forma objetiva del pronombre de su misma persona, objeto del proceso verbal. Otros hablan también de una voz *deponente,* en latín, propia de aquellos verbos que, coincidiendo formalmente con la voz pasiva, se usaban en general con un sentido parecido al de la voz media en griego.

6. Estaría aquí fuera de lugar un estudio detallado de estas cinco voces. Ni siquiera podemos exponer cómo se forman, en las lenguas que nos interesan, las voces activa y pasiva, que son las dos más importantes. Esto puede verse en cualquier gramática. Por otra parte, es un conocimiento elemental, que se da por supuesto en todos los traductores.

7. Desde el punto de vista del traductor, interesa sobre todo conocer las diferencias de uso de las voces del verbo en la pareja de lenguas implicadas en la traducción. Y quien maneje como lengua original el inglés, el alemán o el francés, y como lengua terminal el español, debe saber que en cualquiera de aquéllas, y muy particularmente en inglés, se usa la voz pasiva mucho más que en español. El español, en efecto, tiende a evitar la pasiva, utilizándola casi exclusivamente cuando razones especiales, por ejemplo de claridad o de ritmo, desaconsejan el uso de la activa. Por consiguiente, al traducir del inglés, del alemán o del francés al español, conviene, en principio, sustituir la voz pasiva por la activa. Para ello deberá el traductor conocer el funcionamiento de la pasiva en español y las posibilidades

de tal sustitución. Una exposición de este tema hecha con claridad y concisión puede verse en el *DUE* de M.ª Moliner s. vv. PASIVO (655 a y b) y VERBO, b) «Forma pasiva perifrástica» (1500 a y b), cuya doctrina resumo, y en ocasiones trato de aclarar, a continuación.

8. El término «pasiva» se aplica a la función del sujeto que no realiza la acción expresada por el verbo del que es sujeto gramatical, sino que la sufre o recibe. Se aplica también a la forma verbal y a la oración en que esto sucede, y a la forma pronominal con «se» del mismo significado.

9. La forma pasiva específica es la llamada «voz pasiva», forma verbal compuesta con el participio pasivo del verbo que expresa la acción y el verbo «ser» como auxiliar. Propiamente, ésta es una forma verbal perifrástica, y no le corresponde el nombre de «voz», aplicado con propiedad a la forma pasiva latina, que tiene desinencias propias: *amaris* («eres amado», «eres amada»); *amatur* («es amado», «es amada»).

10. La voz pasiva, incluso en la forma perifrástica propia del español y de otras lenguas modernas, permite expresar el contenido de una oración transitiva cuando no se puede porque es desconocido, o no se quiere por cualquier motivo, nombrar el sujeto que realiza la acción; o cuando se prefiere enfocar la atención sobre el objeto directo de la oración activa dándole el papel preponderante de sujeto gramatical. Así las oraciones activas: «Le asestaron un golpe por la espalda», «Me han insultado», «Unos extranjeros han alquilado la casa», se convierten en pasivas: «Le fue asestado un golpe por la espalda», «He sido insultado», «La casa ha sido alquilada por unos extranjeros».

11. Ciertamente, existen en español estas dos posibilidades de construcción, activa y pasiva, para expresar la misma acción con diverso enfoque. Pero la forma de hablar espontánea prefiere la voz activa. La pasiva, «cuyo empleo da a la frase precisión y elegancia, tiene un empaque culto que hace que sea rehuida» en lenguaje coloquial. «Esto explica que no admitan la pasiva las frases de sentido figurado de uso informal, así como las frases formadas por modis-

mos; no se puede decir ni escribir, por ejemplo, «les fue tomado el pelo» o «fue echado con cajas destempladas». Por lo demás, como observa la autora del *DUE,* la «voz pasiva» no es la única manera de expresar una acción omitiendo el sujeto gramatical o sin ponerle como sujeto gramatical al que la realiza; hay, además, la forma de significado pasivo con «se», o «pasiva pronominal», llamada también «pasiva refleja» («los plátanos se cultivan en los países tropicales»), la forma activa con «se» como sujeto pronominal indefinido («No se oía en todo el lugar sino ladridos de perros») (*Quijote*) y la forma impersonal activa en tercera persona de plural sin sujeto. (Sobre la distinción entre la forma de significado pasivo con «se» y la forma activa con el mismo pronombre, véase en el mismo *DUE* el largo artículo SE, págs. 1116 a-1118 a. Aquí, aun a riesgo de simplificar excesivamente, diremos que en la forma pasiva pronominal o refleja el elemento nominal concierta en número con el verbo («los plátanos se cultivan»), mientras que en la forma activa con «se» como sujeto pronominal indefinido no se da tal concordancia («no se oía [singular] sino ladridos [plural]»). La duda puede subsistir cuando el verbo y el elemento nominal de la oración formada con «se» están en singular: «en los países tropicales se cultiva café», «el café se cultiva en los países tropicales»).

12. Según M.ª Moliner, el uso de la voz pasiva (se refiere a la pasiva propia o perifrástica) es obligado cuando el de otra forma de significado pasivo se presta a anfibología. Así, la expresión «el lápiz se borra fácilmente» puede significar «el lápiz puede ser borrado fácilmente» (lo cual es una ventaja) o «el lápiz se borra con facilidad espontáneamente» (lo cual es una desventaja); si lo que se quiere decir es lo primero, habrá que darle la forma «el lápiz es borrado fácilmente». En lenguaje coloquial se conserva la forma activa anteponiendo al verbo un pronombre pleonástico que aclara el sentido: «la tiza se la borra bien»; pero, si el nombre es masculino, no suena bien repetirlo con «lo» («el lápiz se lo borra bien»), y en vez de «lo» se emplea «le»: «el lápiz se le borra bien». Si el nombre es de persona, hay que ponerle «a» delante: «las personas se educan» = «a las

personas se las educa»; y esta construcción es completamente correcta y no sólo propia del lenguaje coloquial.

13. Por mi parte, estoy de acuerdo con esta última formulación, en que se sustituye la forma pasiva pronominal o refleja por la forma activa con sujeto pronominal indefinido. Pero la inserción del pronombre pleonástico se debe a la anteposición del complemento de objeto directo: «a las personas»; no se utilizaría dicho pronombre en la construcción: «se educa a las personas». Y en este caso sería imposible la pasiva perifrástica «las personas son educadas» porque, además de la falta de espontaneidad que caracteriza habitualmente a esta forma, aquí sería ambigua, ya que, fuera de contexto, «son» podría interpretarse como verbo atributivo (y no como auxiliar), y «educadas», como adjetivo en función de predicado (y no como participio pasivo).

14. En cuanto a las expresiones coloquiales «la tiza se la borra bien» (aceptable), «el lápiz se lo borra bien» (no recomendable), «el lápiz se le borra bien» (aceptable), disiento de la autora: «el lápiz se le borra bien» me parece menos recomendable aún que «el lápiz se lo borra bien»; y tampoco es aconsejable «la tiza se la borra bien». Recomendaría, en cambio, «la tiza es fácil de borrar», «el lápiz es fácil de borrar».

A) *La voz pasiva en inglés y su traducción al español*

Hemos dicho ya que la voz pasiva se usa cuando interesa más poner de relieve la meta del proceso verbal que su origen; es decir, cuando se estima más conveniente destacar quién o qué cosa recibe la acción expresada por el verbo que manifestar quién o qué cosa ejecuta dicha acción. También suele ponerse el verbo en voz pasiva cuando el autor de la acción es desconocido. Si un guía inglés está explicando a un grupo de turistas un cuadro más interesante por lo que representa que por su calidad, dirá espontáneamente: *This picture was painted by X* (pasiva), y no *X painted this picture*. Si alguien nota de pronto que le han robado el reloj, y no sabe quién se lo ha robado, dirá: *My watch has been stolen,* y no *Somebody has stolen my watch.*

En español, cuyo orden de palabras es mucho menos rígido que el del inglés, para destacar que el cuadro interesa más que su autor no se necesita recurrir a la voz pasiva: basta poner el nombre del objeto al comienzo de la frase, resumiéndolo luego en un pronombre seguido del verbo activo: «*Este cuadro lo pintó X*» sería mucho mejor solución (y, por tanto, mejor traducción de la frase inglesa que «Este cuadro fue pintado por X»). Y, si alguien nota que le han robado el reloj pero desconoce al autor del robo, tampoco dirá: «Mi reloj ha sido robado» ni «El reloj me ha sido robado», sino: *Me han robado el reloj* (sin salir de la voz activa), usando la tercera persona del plural precisamente para indicar que no sabe quién se lo ha robado. Ésta sería, por tanto, la mejor manera de traducir la frase inglesa correspondiente.

En general funciona como sujeto de la voz pasiva el objeto o complemento directo de la voz activa. Pero en inglés también puede ser sujeto de la voz pasiva el complemento indirecto (dativo) de la voz activa. Así, la frase activa «Someone gave him a book» puede transformarse en pasiva de dos maneras: *A book was given to him,* o bien *He was given a book.* Puede incluso decirse que la segunda forma, que convierte en sujeto gramatical de la voz pasiva el objeto indirecto de la activa, es mucho más usual[13]. Wandruszka (pág. 632) atribuye este fenómeno a la desaparición general de las formas de la flexión inglesa y a la consiguiente pérdida del sentimiento de su diferenciación. «Al tener la misma forma el acusativo y dativo en *they saw him* («ellos lo vieron») y *they told him* («ellos le dijeron»), de ahí había sólo un paso para decir en lugar de *him was told* («se le dijo»), de forma análoga a *he was seen* («se le vio»), también *he was told* («se le dijo»)».

---

[13] Thomson y Martinet, *PEG,* pág. 175.

La desaparición de la flexión era condición previa para tan singular extensión de la pasiva, pero no la justifica por sí sola. Ha colaborado aquí sin duda la preferencia generalizada del inglés por la voz pasiva. El uso de *le* como pronombre personal de 3.ª persona para representar tanto el objeto o complemento indirecto (función etimológica) como el directo apareció en español ya en los primeros textos de la Edad Media y llegó a hacerse de uso casi regular en León y Castilla (*Esbozo*, 2.5.5.*d*); sin embargo, nunca se ha dicho en español «Él fue dado un libro». Pero el hecho es que en inglés aparece con gran frecuencia ese uso, y el traductor debe saber cómo interpretarlo y traducirlo. He aquí un ejemplo citado por Wandruszka (*ibid.*):

> fr.   L'épreuve me fut épargnée (*FA*, 301).
> esp. La prueba me fue ahorrada.
> al.   Die Prüfung blieb mir erspart.
> ing. I was spared this ordeal.

De las tres traducciones del texto francés, la más ceñida al original es la española, lo cual no es indicio de mejor calidad, sino, en este caso, precisamente por tratarse de una frase en voz pasiva, más bien de lo contrario. Probablemente sería más natural en español una transformación activa, como: «No tuve que someterme a la prueba» o algo semejante. La traducción inglesa, conservando la voz pasiva, es formalmente la más distante del original. El traductor podía haber escrito: «This ordeal was spared me»; pero prefirió la forma más usual en inglés, y para construirla convirtió el objeto indirecto, *me,* en sujeto de la pasiva: *I was spared,* transformando en complemento de objeto lo que en el original francés era sujeto: *l'épreuve = this ordeal.*

He aquí otro ejemplo tomado también de Wandruszka (página 636), donde la traducción inglesa utiliza el mismo recurso, esta vez frente a un original francés en voz activa:

> fr.   On ne me donnait que des livres enfantins (*JF*, 53).
> esp. No me daban más que libros infantiles.

al. Man gab mir nur Kinderbücher in die Hand.

ing. I was given only children's books.

El original francés y las traducciones española y alemana tienen la voz activa impersonal, introducida en fr. y al. por los pronombres indefinidos *on* y *man,* y expresada en esp. por la 3.ª persona del plural sin sujeto. El inglés, en cambio, transforma la activa en pasiva, y el objeto indirecto de la activa, *me,* lo convierte en sujeto: *I was given.*

Veamos todavía otro ejemplo, esta vez escrito originalmente en inglés, tomado de la misma fuente (*ibid.*):

ing. People went to the corrida... to be given tragic sensations (*F,* pág. 246).

esp. La gente fue a la corrida... para recibir sensaciones trágicas.

al. Um tragische Sensationen... zu erleben.

fr. Pour avoir des sensations tragiques.

Aquí vemos la tendencia espontánea del inglés a usar la voz pasiva, donde las otras tres lenguas, que en este caso no podrían dejarse influir por el inglés, por serles imposible esta construcción, usan la voz activa. Y el inglés utiliza de nuevo, aquí implícitamente, la transformación en sujeto del objeto indirecto de una frase que en la voz activa sería *The corrida gave them tragic sensations → they were given tragic sensations → to be given tragic sensations.*

Wandruszka aduce todavía (págs. 633-35) un par de ejemplos de construcciones inglesas en las que, adoptando el punto de vista de las otras lenguas, «es evidente que hay en el fondo relaciones de dativo». Doy sólo, con el original inglés, la traducción española citada por Wandruszka, añadiéndole un breve comentario:

«She was only allowed to play with children of her own rank» (*HP,* 234).

(«Sólo le estaba permitido jugar con niños de su mismo rango»).

Ricardo Baeza, traductor de esta obra de Oscar Wilde (*A House of Pomegranates*), resuelve bastante bien la construcción pasiva inglesa mediante una oración atributiva. Pero quizá podía haber escrito: «Sólo se le permitía», para expresar la acción; «Sólo le estaba permitido» sugiere más bien un estado, una situación resultante de la acción expresada en *She was allowed.*

> «Were you ever forbidden to read certain books?» (*Re,* 161: *Wandr.* 634).
> («¿No te prohibían leer ciertos libros?»).

El traductor resuelve bien la conversión de pasiva en activa usando la 3.ª pers. de plural sin sujeto. Pero se aparta del sentido de la pregunta: 1.º) haciéndola en forma negativa, con lo cual sugiere una respuesta afirmativa; 2.º) omitiendo en la traducción el equivalente de *ever* (aquí «alguna vez»), convirtiendo así en estado, en acción permanente: *te prohibían* (la prohibición sería continua) lo que en el original se presenta como acción aislada o, a lo sumo, repetida, pero no continua. Probablemente el pret. perf. simple reproduciría el sentido del original mejor que el imperfecto: *¿Te prohibieron alguna vez leer ciertos libros?* sería una traducción más adecuada.

No sólo el objeto indirecto de la voz activa sino también ciertas relaciones circunstanciales pueden desempeñar en la transformación pasiva la función de sujeto. Véase el primero de los tres ejemplos siguientes aducidos por Wandruszka (página 634):

> (1) «Even a Pope is not expected to be continually pontificating» (*BM,* 233).
> («Ni siquiera de un Papa podría esperarse que estuviera siempre pontificando»).

Una formulación activa de esta frase podría ser:

> *People do not expect even of a Pope to be continually pontificating.*

Y una posible transformación pasiva, además de la que hallamos en el texto:

> *To be continually pontificating is not expected even of a Pope.*

Los traductores resuelven la pasiva inglesa en pasiva refleja, restableciendo la relación circunstancial de procedencia, que en latín se expresaría mediante el ablativo, con la preposición *de,* equivalente aquí a *of.* Pero se apartan innecesariamente del presente de indicativo inglés *is not expected,* situando la acción en el modo potencial (condicional), cuyo carácter refuerzan con el auxiliar «poder». Una traducción más sobria y exacta sería:

> Ni siquiera de un Papa se espera que esté siempre pontificando.

Los ejemplos (2) y (3) tienen como sujeto de la voz pasiva el miembro de la frase que en la formulación activa sería sujeto de una oración subordinada dependiente de un verbo de opinión, en (2), y de expresión, en (3). Es sabido que en latín este tipo de oraciones subordinadas llevaba el sujeto en acusativo, porque originariamente se veía el verbo principal como portador de dos objetos o complementos directos, uno de persona (luego sujeto de la oración subordinada) y otro de cosa o no persona (generalmente un verbo en infinitivo, que podía a su vez llevar diversos complementos). El inglés, al transformar la activa en pasiva, puede elegir como sujeto cualquiera de los dos objetos o complementos del verbo activo, prefiriendo generalmente para esta función el complemento de persona.

> (2) «Count Rouvaloff was supposed to be writing a life of Peter the Great» (*AS*, 185).
> («El conde R. pasaba por estar escribiendo una vida de Pedro el Grande»).

Nuevamente se resuelve aquí la pasiva en activa. Pero la solución «pasaba por estar escribiendo» es impropia de un traductor tan prestigioso como Ricardo Baeza. Se dice en español «pasa por sabio», «pasa por bueno», «pasa por médico». *Pasar por,* en este sentido, es sinónimo de *ser tenido por,* y expresa generalmente que el sujeto «pasa por lo que no es». No se dice «pasa por médico» o «es tenido por médico» de alguien que realmente es médico. Ahora bien, la expresión inglesa *was supposed to be writing* sólo dice que «se suponía que estaba escribiendo», e. d., que «se creía que estaba escribiendo», pero no se sabía con certeza si lo que se suponía o se creía era verdadero o falso. Por otra parte, la expresión española *pasar por,* lo mismo que *ser tenido por,* lleva como predicado un adjetivo o un sustantivo, no una oración subordinada de infinitivo: «pasa por médico», «es tenido por médico» (siendo un simple curandero), pero no «pasa por haber terminado la carrera de medicina». Una traducción adecuada podría ser: «Se suponía / Se creía que el conde R. estaba escribiendo...».

(3)	«He is said to have invented the electric hedge» (*BM,* 224).
	(«Se dice que inventó la cerca eléctrica»).

La traducción es correcta: voz activa con sujeto pronominal indefinido. Otra solución podría ser: «Dicen que inventó...»: activa impersonal mediante la 3.ª persona de plural sin sujeto.

Wandruszka (pág. 635) hace notar la diferencia de sentido entre *he is said* («se dice de él») y *he is told* («se le dice»), y pone dos ejemplos de uso pasivo de *to tell*:

(1)	«We must do what we are told» (*AM,* 23).
	(«Debemos hacer lo que nos han ordenado»).

La traducción resuelve bien la pasiva inglesa en activa, mediante el empleo de la tercera persona de plural sin sujeto; pero se aparta del original con una desviación morfológica (poniendo un perfecto compuesto: «nos han ordenado» donde el original tiene un presente: *we are told*) y una desviación léxica (*to tell* tiene un sentido más amplio que «ordenar»; en una frase como la del original podría significar también «aconsejar»). «Decir» tiene aproximadamente la misma amplitud semántica de *to tell*; puede significar simplemente «manifestar», como en *to tell the truth* («decir la verdad»), y también «aconsejar» o «mandar», «ordenar»: *he was told to get his hair cut* («le dijeron / le aconsejaron / le mandaron que se cortara el pelo»). *To tell* no implica de suyo el valor semántico de «aconsejar» ni de «ordenar», aunque pueda recibir del contexto estos valores. Una traducción adecuada gramaticalmente y sin riesgo de desviación semántica sería: «Debemos hacer lo que nos dicen».

> (2) «The next day I... was told by the butler that Lady Alroy had just gone out» (*SWS*, 216).
> («Al día siguiente... el mayordomo me dijo que Lady Alroy acababa de salir»).

La traducción de Ricardo Baeza es aquí intachable. Sigue para la transformación en activa el camino exactamente inverso al que seguiría un traductor inglés para transformar en pasiva la frase española: «El mayordomo me dijo...»: objeto indirecto: *me* → sujeto: *I*; verbo activo: *dijo* → pasivo: *was told*; sujeto activo: *el mayordomo* → *by* + complemento agente: *by the butler*; (*I* → me; *was told* → dijo; *by the butler* → el mayordomo).

Debe tenerse en cuenta que el inglés, al hacer la transformación pasiva de una frase activa cuyo verbo lleva un complemento precedido por una preposición, conserva la preposición inmediatamente después del verbo pasivo:

> Activa: *We must write to him.*
> Pasiva: *He must be written to.*
> Activa: *You can play with these cubs quite safely.*
> Pasiva: *These cubs can be played with quite safely.*
>
> (Ejs. de Thomson y Martinet, *o. c.*, pág. 175).

Obsérvese que en la voz pasiva se convierte en sujeto el complemento preposicional de la voz activa: *to him* → *he*; *with these cubs* → *these cubs*. Por consiguiente, en la traducción española, siguiendo el camino inverso, transformaremos el sujeto de la oración pasiva inglesa en complemento de la oración activa española, anteponiéndole, si así lo pide el verbo usado en la traducción, la preposición equivalente a la que sigue al verbo pasivo inglés. Pero en la formulación pasiva inglesa puede haberse omitido el sujeto de la voz activa, como ocurre en los dos ejemplos citados. El traductor no puede entonces, a no ser que el contexto le dé información suficiente, determinar el sujeto de su construcción activa. Tendrá que expresar la acción sin atribuirle un sujeto determinado. Así, las formulaciones pasivas de los dos ejemplos citados tendrían que traducirse por expresiones como:

(1)   «Es necesario escribirle», «Hay que escribirle».
(2)   «Con estos cachorros se puede jugar sin ningún peligro».

Si tradujéramos (1) por «Debemos escribirle», nos expondríamos a equivocarnos, porque *He must be written to* podría ser una exhortación dirigida a una o a varias segundas personas, y entonces significaría «Debes» o «Debéis escribirle». Del mismo modo, si tradujéramos (2) por «Podéis jugar...», nos expondríamos a falsear el sentido que el autor de la frase hubiera querido darle; quizá, al formularla, se dirigiera a varias personas, entre las que se incluía a sí mismo: «Podemos jugar...».

Veamos algunos ejemplos aducidos por Wandruszka (páginas 635 s.) con las soluciones dadas por los traductores de las obras correspondientes:

(1)   «Sir Mathew Reid had been sent for at once» (*AS*, 183).
       («Se mandó buscar a Sir Mathew Reid inmediatamente»).

(2)   «His pictures were eagerly sought after» (*MM*, 219).
       («Sus cuadros se compraron rápidamente»).

(3)   «We should only be laughed at» (*BM*, 151).
       («Sólo se reirían de nosotros»).

(4)   «[The room] was not lived in any more» (*Re*, 132).
       («[La habitación] ya no estaba habitada»).

La formulación pasiva no se conserva en la traducción de ninguno de estos cuatro textos; no por decisión de los traductores, sino porque la lengua terminal no la admitía. En (1) se utiliza la activa con el sujeto pronominal indefinido *se,* pasando el sujeto de la oración pasiva inglesa a objeto directo en la formulación española; en (2) se recurre a la pasiva refleja, sin cambio de sujeto; en (3) el sujeto pasa a complemento del verbo pronominal transitivo indirecto («reírse de»), y en (4) la oración pasiva inglesa se convierte en activa atributiva (en vez de «es habitada», «está habitada»), sin cambio de sujeto.

Desde el punto de vista de la adecuación o congruencia de las traducciones, habría que observar lo siguiente:

En (1) se cambia el tiempo del verbo: en el original *past perfect,* equivalente a nuestro *pluscuamperfecto;* en la traducción, el pret. perf. simple: «se mandó», en vez de «se había mandado». Por otra parte, en «se mandó buscar» hay una desviación semántica con relación al original, o al menos ambigüedad. ¿Qué debemos entender por «se mandó buscar a Sir Mathew»? ¿Que no se sabía dónde estaba, y se dio la orden de buscarlo? El original no dice eso, sino que se envió a alguien para que hiciera venir a Sir Mathew. El traductor podía haber escrito: «Se envió a buscar a Sir Mathew». Aún quedaría una pequeña ambigüedad en «buscar», pero el contexto la resolvería.

En (2) hay dos desviaciones semánticas: *were sought* no significa «fueron comprados», sino «fueron buscados» (se puede *buscar* los cuadros de un pintor para comprarlos, pero también para otros fines, p. ej. para exponerlos. En todo caso, el traductor no debe sustituir el camino por la meta). En segundo lugar, *eagerly* no significa «rápidamente», sino «ávidamente», que no es lo mismo: lo que se hace «con avidez» suele hacerse «rápidamente»; pero se puede hacer algo rápidamente y sin ninguna avidez. La avidez es una disposición anímica; la rapidez, una cualidad mecánica.

El texto completo de la traducción de (4) es: «Caminé lentamente hasta el centro de la habitación. No, no se usaba. Ya no estaba habitada». En la última frase hay dos ligeras mermas estilísticas: se convierte en estado («estaba habitada») lo que en el original es acción (*was lived in*), y se repite el concepto «habitada» / «habitación» (en el original *lived* / *room*). Una traducción más ceñida al original podría ser: «Nadie vivía ya en ella».

B) *La pasiva en alemán y su traducción al español*

En alemán, el uso de la voz pasiva no es tan frecuente como en inglés, pero sí más frecuente que en español. No se da en alemán la deficiencia estructural que aparece en otras lenguas, por ejemplo en inglés y en francés, a veces también en español, al formar la pasiva con el auxiliar *to be, être, ser* + el participio pasado del verbo que expresa la acción. Si se dice en inglés o en francés, fuera de contexto, *the house is built, la maison est construite,* cabe dudar de si lo que se quiere decir es que la casa «está siendo construida» o «está ya construida». En español resuelve normalmente esta ambigüedad el uso del verbo «estar» como atributivo; pero hay frases como «este niño es mal educado» donde puede producirse la misma ambigüedad que en inglés y en francés, pues tanto puede entenderse que el niño «está recibiendo mala educación» como que «tiene mala educación». También el inglés y el francés tienen recursos para evitar esta ambigüedad. Pero el alemán no necesita evitarla, porque en su manera de formar la voz pasiva tal ambigüedad no puede producirse. En esta lengua, en efecto, se usa *sein* como verbo atributivo, y *werden* como auxiliar de la voz pasiva: *das Haus ist gebaut* sólo puede significar «la casa está construida», y *das Haus wird gebaut* («la casa es construida»); *der Junge ist schlecht erzogen* («el muchacho está mal educado»), pero *der Junge wird schlecht erzogen* («el muchacho está siendo mal educado»).

A pesar de esta ventaja estructural, el alemán recurre a la activa con bastante frecuencia. «En alemán —observa Wandruszka, pág. 627— el problema de la pasiva se ha resuelto técnicamente de una manera irreprochable. Pero, precisamente en alemán, la activa impersonal con *man* es un programa concurrente muy vivo». «La preferencia por una u otra posibilidad —expone poco después (pág. 628)— puede convertirse en una costumbre constante. De las dos posibilidades, *Man verlangt Sie am Telefon* [activa impersonal cón *man*] y *Sie werden am Telefon verlangt* [pasiva], generalmente se elige en alemán la segunda, sin que por ello sea imposible la primera. En inglés se ha convertido en fórmula fija la segunda (*You are wanted on the phone*) [pasiva], y en francés la activa impersonal (*On vous demande au téléphone*)» [impersonal con *on*, equivalente a *man* en alemán]. En español, *Le llaman al teléfono*, uso impersonal de la 3.ª persona de plural sin sujeto.

Un recuento de usos de las voces pasiva y activa en alemán y en español, basado en sesenta y seis ejemplos aducidos por Wandruszka (págs. 620-642), da los siguientes resultados:

1) En los dieciocho ejemplos en que aparece el alemán como lengua original, hallamos trece veces la voz pasiva y cinco veces la activa.

2) En los ejemplos en que el alemán es traducción de un original en voz pasiva, aparece esta voz veintisiete veces, y catorce veces la activa. Cuando el texto alemán es traducción de un original en voz activa, aparece la activa siete veces y seis la pasiva.

3) En los ejemplos en que el texto español es traducción de un original en voz pasiva, aparece la activa treinta y tres veces, cinco la pasiva refleja, y quince la pasiva perifrástica («ser» + participio pasado). Cuando el español es traducción de textos en voz activa (16 veces) nunca aparece la voz pasiva.

De las quince veces en que aparece en español la pasiva perifrástica como traducción de la pasiva del original, algunas, sobre todo cuando el original es francés, la pasiva se debe sin duda a influjo de éste, y la traducción habría ganado usando la activa. Por ejemplo en estos dos textos:

(1) «Nommé ministre de l'Éducation nationale, Abel Bonnard blâma la tiédeur de ses prédécesseurs, il réclama que l'Université «s'engageât»; il ne fut pas suivi» (*FA,* 528; *Wandr.* 625).

(«Nombrado ministro de Educación Nacional, Abel Bonnard criticó la tibieza de sus predecesores, reclamó que la Universidad «se comprometiera»; no fue seguido»).

Curiosamente, en este caso ni el alemán ni el inglés mantienen la pasiva: *Man hörte nicht auf ihn, No one followed his lead.* En español sería más natural *No tuvo seguidores, No halló quien le siguiera,* o algo semejante. (Por lo demás, la traducción no sólo calca la voz pasiva de la última frase, sino también la yuxtaposición de las dos oraciones principales: «...criticó la tibieza de sus predecesores, reclamó que la U. se comprometiera». El español pide aquí la coordinación: «...criticó... y reclamó que...». En cuanto a la puntuación, también es con frecuencia objeto de calco para los traductores: debe desaparecer la coma que separaba las oraciones yuxtapuestas, al ocupar su lugar la conjunción copulativa, y el punto y coma debe sustituirse por punto o por dos puntos).

(2) «L'ordre de rendre les armes a été donné avant-hier» (*CH,* 282; *Wandr.* 625).
(«La orden de entregar las armas fue dada anteayer»).

Sería más natural «La orden...se dio anteayer».

Teniendo, pues, en cuenta que el alemán usa la voz pasiva bastante más que el español, el traductor que tenga el alemán como lengua original y el español como lengua terminal hará bien en sustituir la pasiva alemana por la activa española siempre que no haya ninguna razón en contra. Veamos algunos de los ejemplos aducidos por Wandruszka en que el alemán es lengua original:

(1) «An mehreren Tischen wurden Photographien herumgezeigt, neue, selbstangefertigte Aufnahmen ohne Zweifel; an einem anderen tauschte man Briefmarken. Es wurde vom Wetter gesprochen» (*Zb,* 42; *Wandr.* 623).
(«En algunas mesas se mostraban fotografías, nuevas, hechas por ellos mismos sin duda; en otra se cambiaban sellos. Se hablaba del tiempo»).

En el texto alemán tenemos en primer lugar la pasiva: *wurden herumgezeigt;* después la activa impersonal con *man: tauschte man,* y finalmente la pasiva impersonal con *es: es wurde gesprochen.* El

230 de la traducción

traductor recurre las dos primeras veces a la pasiva refleja: «se mostraban fotografías», «se cambiaban sellos»; la tercera vez, a la activa impersonal con *se*: «se hablaba». Nótese que «mostrar» y «cambiar» son verbos transitivos, que, por tanto, admitirían teóricamente la pasiva perifrástica: «eran mostradas fotografías», «eran cambiados sellos»; pero la repugnancia del español por este tipo de pasiva hace que se prefiera la pasiva refleja. «Hablar», en cambio, es intransitivo, y, por consiguiente, no admite ningún tipo de pasiva, ni siquiera la pasiva refleja. (Hay en la traducción una pérdida semántica: *herumzeigen* implica, además de la acción de «mostrar», un movimiento circular, que no forma parte del significado de este verbo español; quizá «pasar de mano en mano» sería una solución: «se pasaban de mano en mano fotografías»; en esta expresión, además del movimiento, está implícita la idea de «mostrar». Hay también una construcción un tanto chocante: «...se mostraban fotografías, nuevas, hechas por ellos mismos sin duda»: en el texto alemán, *neue* y *selbstangefertigte* son dos adjetivos referidos al sustantivo siguiente: *Aufnahmen,* sinónimo en este caso de *Photographien*. Al omitir la traducción de *Aufnahmen* quedan los dos calificativos sin soporte, y hay que referirlos al sustantivo anterior, del que están separados por comas, en una posición de relieve que no tienen en el original. Caben dos soluciones: a) suprimir la coma entre «fotografías» y «nuevas» («recientes» sustituiría con ventaja a este adjetivo): «se pasaban de mano en mano fotografías recientes, hechas por...»; b) repetir la palabra «fotografías», puesto que en el original se repite el concepto: «se pasaban de mano en mano fotografías; eran fotografías recientes, hechas sin duda por sus poseedores»).

(2)   «Fräulein Leonore? Man erwartet Sie im Hotel Prinz Heinrich» (*Bi*, 287; *Wandr.* 627).
(«¿La señorita Leonore? La esperan en el hotel Prinz Heinrich»).

En alemán, activa impersonal con *man*; en español, activa impersonal con la 3.ª persona de plural sin sujeto. Solución perfecta.

(3)   «Man hat die Leiche meines Grossvaters nie gefunden» (*Bt,* 27; *Wandr.* 629).
(«Jamás se logró encontrar el cadáver de mi abuelo»).

Activa impersonal con *man* en el original; activa impersonal con *se* en la traducción. (La forma perifrástica modal perfectiva «se logró encontrar» introduce en el texto una explicitación; el original sólo dice: «Jamás *se encontró* el cadáver...»). Pero esta explicitación no añade nada que no esté implícito en el original. «Se logra» o «no se logra» algo que se desea y se intenta con interés. Es de suponer que se deseaba y se intentaba con interés descubrir el cadáver del abuelo).

(4)   «Der Ball... ist er eigentlich je gefunden worden?» — «...sie haben den Ball nie gefunden» «jedenfalls wurde der Ball nie gefunden» (*Bi,* 194; *Wandr.* 629).
(«La pelota... ¿encontraron la pelota?»—«...nunca la pudieron encontrar... en todo caso no se ha encontrado nunca la pelota»).

Dos veces la pasiva en alemán (frases 1.ª y 3.ª) y una vez la activa. En español, dos veces la activa, y, en la 3.ª frase, una construcción que puede interpretarse como pasiva refleja o como activa impersonal con *se*. (Omisión del equivalente de *je* en la traducción: «¿acaso encontraron la pelota?» / «¿encontraron alguna vez la pelota?». En la 2.ª frase, una explicitación semejante a la de (3): «nunca la pudieron encontrar», y sustitución del sintagma nominal «la pelota» por el pronombre «la»; el texto dice exactamente: «nunca encontraron la pelota»).

(5)   «Man brachte Licht» (*TK,* 47; *Wandr.* 630).
(«Trajéronle luz»).

Activa impersonal con *man* en el original; activa impersonal con 3.ª persona de plural sin sujeto en la traducción. (Explicitación innecesaria del complemento indirecto mediante el pronombre *le*; el original sólo dice: «Trajeron luz»).

(6)   «Das Essen wurde gebracht» (*Zb,* 177; *Wandr.* 630).
       («Se sirvió la comida»).

Pasiva en el original; activa impersonal con *se,* o pasiva refleja, en la traducción. (Explicitación innecesaria; el original dice: «Se trajo la comida». Una explicitación sólo se justifica si tiene alguna ventaja sobre la equivalencia estricta. Y el sentido que se explicita debe estar implícito en el texto original; aquí puede estar implícito en el contexto, pero no en el texto: una cosa es «traer la comida» y otra «servirla»).

(7)   «Wird hier denn nicht geheizt?» (*Zb,* 13; *Wandr.* 639).
       («¿No hay calefacción aquí?»).

Pasiva en alemán, activa en español. (La equivalencia semántica de la traducción deja bastante que desear: a) se ha perdido el valor enfático que la pregunta recibe de *denn* en el original; b) en el original no se pregunta por la existencia, sino por el funcionamiento de la calefacción: «¿Es que aquí no se enciende la calefacción?» se aproximaría más al texto alemán).

(8)   «Es wurde nicht wenig gelesen auf den Liegehallen und Privatbalkons des internationalen Sanatoriums 'Berghof'» (*Zb,* 250; *Wandr.* 639).
       («Se leía mucho en las salas y en los balcones privados del sanatorio internacional 'Berghof'») .

Pasiva en el original; activa impersonal con *se* en la traducción. (En el original hay una «figura», la llamada lítote o atenuación, consistente en decir menos de lo que se quiere decir, para hacer entender más de lo que se dice: «Se leía no poco en las galerías de reposo [mejor que «salas»] y en...» ¿Por qué expresa el traductor en estilo neutro lo que el original presenta en estilo figurado?).

(9)   «Bei Begräbnissen dritter Klasse wird nicht gesungen» *(Bi,* 100; Wandr. 639).
       («En entierros de tercera clase no se canta»).

Pasiva en el original; activa impersonal con *se* en la traducción. (El alemán renuncia con más facilidad que el español al artículo determinante de carácter generalizador (*infra*, § 63. 5., 28.). La omisión del artículo en la traducción puede considerarse aquí un calco del original. La formulación espontánea del español sería: «En los entierros de tercera clase...»).

(10) «Als wir uns setzten, wurde immer noch geklatscht» (*Bt*, 376; *Wandr*. 639).
(«Cuando nos sentamos, seguían aplaudiendo»).

Pasiva en el original; en la traducción, activa impersonal con la 3.ª de plural sin sujeto. (Probablemente sería mejor solución «seguían los aplausos». La formulación «seguían aplaudiendo», equivalente a «todavía aplaudían», induce al lector, en cierto modo, a preguntarse por el sujeto: ¿quiénes seguían aplaudiendo? Esto no lo sugiere la pasiva impersonal del original, ni tampoco «seguían los aplausos»).

(11) «Da wurde geweint. Da wurde endlich wieder einmal geweint» (*Bt*, 438; *Wandr*. 639).
(«Se lloraba. Por fin se lloraba»).

En el original se repite la pasiva impersonal; en la traducción, la activa impersonal con *se*. (El traductor ha omitido el equivalente de *wieder*. La omisión es importante: no es lo mismo «llorar» que «llorar de nuevo». Debiera haber traducido: «Por fin se lloraba de nuevo» o «Por fin se volvía a llorar»).

(12) «Da man gewahr geworden, dass die Ärzte fort waren, lautete plötzlich die Parole auf Tanz. Schon wurde der Tisch beiseite geschleppt. Man postierte Späher an die Türen» (*Zb*, 307; *Wandr*. 640).
(«Puesto que se había descubierto que los médicos se habían ido, sonó de repente la consigna del baile. Se retiró la mesa, se pusieron espías»).

En el original hay una pasiva: *wurde geschleppt*, que en la traducción se resuelve en pasiva refleja o activa impersonal con *se*: «se retiró la mesa». (La traducción, por lo demás, deja bastante que desear. En «Se retiró la mesa», se omite el equivalente de *schon,* que aquí podría ser «al punto»; además, «se retiró la mesa» es mucho menos expresivo que *der Tisch wurde beiseite geschleppt*; una expresión más adecuada sería «arrastraron a un lado la mesa», que, precedida de «al punto», daría idea de la rapidez de la acción. Y «se pusieron espías», además de formar indebidamente una oración yuxtapuesta a la anterior (en el original hay punto entre ellas), tiene una ambigüedad de la que está totalmente libre la expresión alemana: *Man postierte Späher an die Türen,* oración activa impersonal con el sujeto indefinido *man,* expresa claramente que una o varias personas «apostaron vigilantes en las puertas». La pasiva refleja «se pusieron espías» no nos permite saber si «se pusieron» ellos o «los pusieron» otros. Finalmente, «espías» no parece aquí la palabra propia, y no hay razón para omitir el complemento de lugar «en las puertas»).

> (13) «Man trank perlende Kunstlimonade an den Tischen, und auf der Freitreppe wurde photographiert» (*Zb,* 103; *Wandr.* 640).
>
> («En las mesas se bebía burbujeante limonada, y en la escalinata se hacían fotografías»).

En el original tenemos primero la activa impersonal: *Man trank*; luego, la pasiva impersonal: *wurde photographiert.* En la traducción, activa impersonal con *se,* o pasiva refleja, primero, y luego pasiva refleja.

> (14) «Es wurde früher als gewöhnlich zu Mittag gegessen, und das Abendbrot nahm man ebenfalls zeitiger als sonst, im Klavierzimmer, weil im Saale schon Vorbereitungen zum Balle getroffen wurden» (*TK,* 70; *Wandr.* 640).
>
> («Almorzaron mas temprano que de costumbre e igualmente la cena se hizo antes que otras veces, porque en la sala se hacían ya preparativos para el baile»).

Comienza el original con una pasiva impersonal: *Es wurde... gegessen,* sigue con una activa impersonal con *man,* y termina con una pasiva específica: *Vorbereitungen... getroffen wurden.* Parece haber en el alemán cierta tendencia a buscar la variedad estilística alternando el uso de las voces del verbo, con predominio de la pasiva normal sobre la activa y la pasiva impersonales. De los catorce ejemplos comentados, manifiestan esta alternancia de voces todos los que se prestan a ella; es decir, los que tienen varios verbos susceptibles de más de una solución; son los textos (1), (4), (12), (13) y (14).

(Cuando se usa «almorzar» con el sentido de «comer», e. d., tomar la comida de mediodía, suele decirse «comer» por «cenar»; la correlación nominal será, pues, «almuerzo» (= «comida») / «comida» (= «cena»). Pero «almorzar» y «almuerzo» se entienden en muchos sitios como «desayuno» o comida ligera a media mañana. Aquí, puesto que se menciona la cena, debiera decirse: «Comieron más temprano...». Y mejor que «la cena se hizo» sería «cenaron» o «se cenó»; se evitaría la repetición demasiado próxima de «se hizo» y «se hacían», aparte de que «hacer la cena» significa en primer lugar «prepararla». Hay una omisión grave en la traducción, quizá por errata: falta el equivalente de *im Klavierzimmer*, «en la sala del piano», y *Saal* debe traducirse entonces por «salón». Tal como se lee la traducción, la oración «porque... se hacían ya preparativos...» indica la causa de que se cenara «antes que otras veces»; la oración equivalente en el original dice por qué se cena en la sala del piano y no en el salón).

De este rápido comentario de las traducciones de textos alemanes precedentes pueden sacarse dos conclusiones: 1.ª) los traductores españoles convierten generalmente en activa impersonal, o a lo sumo en pasiva refleja, la pasiva alemana. La presión del alemán sobre nuestros traductores es mucho menor que, por ejemplo, la del francés; esto se nota también en la traducción de la voz pasiva (v. los ejs. citados antes, págs. 228-229); 2.ª) se habrá podido observar (y esto no sucede sólo cuando la lengua original es el alemán) el descuido de las traducciones. Son pocas las que pueden considerarse plenamente satisfactorias.

C) *La pasiva en francés y su traducción al español*

En un artículo publicado por Jean Dubois en el *Journal de psychologie,* enero-marzo de 1966, y resumido por el *GLLF,* 4064 a, se ponen de relieve cuatro factores de la construcción pasiva. Los expongo a continuación, proponiendo para cada ejemplo francés la traducción española que me parece más natural y que, por tanto, podría ser su mejor equivalente.

1.º En la frase activa, la lógica natural pide como sujeto un ser animado, y como objeto, un ser inanimado (*Jacques a cassé la cruche*: «J. ha roto el cántaro»). Por consiguiente, se preferirá la construcción pasiva cuando se desee presentar a un ser animado como meta del proceso verbal atribuido a un objeto inanimado. No se dirá, pues, *Une voiture a renversé un passant* (v. activa): «Un coche ha atropellado/atropelló a un peatón», sino

> *Un passant a été renversé par une voiture*
> («Un peatón ha sido/fue atropellado por un coche»).

En español es probablemente menos decisiva que en francés la «lógica natural», y podrían influir en la elección otras razones, p. ej. el deseo de evitar la cacofonía de los hiatos «coche *ha a*tropellado *a*». Pero, si cambiamos la frase por esta otra, en que el agente es «una roca desprendida de la montaña»; el verbo, «matar», y el que sufre la acción, «un excursionista», es casi seguro que la formulación española se haría en voz activa:

> Una roca desprendida de la montaña mató a un excursionista

y no

> Un excursionista fue muerto/matado por una roca desprendida de la montaña

a lo cual contribuiría la vacilación entre los participios «matado» y «muerto». Ni siquiera en el caso de que el excursionista fuese nuestro amigo diríamos: «Nuestro amigo fue muerto/matado por...», sino «Una roca... mató a nuestro amigo». O, si queremos marcar la prioridad de la persona: «A nuestro amigo lo mató una roca...».

2.º La función de sujeto la ejerce normalmente el ser animado o el objeto conocido a propósito del cual se va a emitir un juicio o una información. Por consiguiente, se preferirá la construcción pasiva cuando se quiera que un ser animado o una cosa determinados por el contexto aparezcan como receptores de la acción expresada por el verbo:

«X est un préfet actif. Ses mérites ont été hautement appréciés par le gouvernement» (*Le Monde,* 30 avr. 1965).

La traducción: «X es un prefecto activo. Sus méritos han sido muy apreciados por el gobierno» será sin duda inferior a esta otra: «X es un pr. activo. El gobierno ha apreciado mucho sus méritos». Por lo demás, esta norma ¿no se contradice hasta cierto punto con la anterior? «Los méritos» no son seres animados, sino valores abstractos, mientras que el gobierno, aunque sea también una entidad abstracta, está constituida por seres humanos, de manera que podría sustituirse por «los gobernantes».

3.º Cuando uno de los dos términos de la relación establecida por el verbo está en singular y el otro en plural, la norma pide que el sujeto esté en singular. Así se economiza una marca de plural en el verbo, y, con frecuencia, se evita una ambigüedad en cuanto al alcance de la relación; por consiguiente, se prefiere la voz pasiva si el término que sufre o recibe la acción está en singular. Ejemplo:

«Un propriétaire terrien a été enlevé vendredi par six hommes» (*Le Monde,* 30 avr. 1965).
(«Un terrateniente fue secuestrado el viernes por seis hombres»).

La formulación activa: *Six hommes ont enlevé un propriétaire terrien* podría —se nos advierte— resultar ambigua (*chacun un?,* e. d., ¿«uno cada uno»?, con lo cual serían seis también los terratenientes secuestrados). Sin embargo, en español sería preferible el enunciado:

«Seis hombres secuestraron el viernes a un terrateniente», y nadie se sentiría inducido a pensar que cada uno de los seis hombres había secuestrado a un terrateniente.

4.º La economía del discurso exige con frecuencia la inclusión de una frase en otra por medio de un pronombre relativo. Si el representado por este pronombre es el ser animado o la cosa que recibe la acción significada por el verbo de la oración de relativo, la frase incluida se pone con frecuencia en pasiva para conservar el orden normal sujeto-verbo:

> *Les hommes politiques qui ont été consultés hier par le chef de l'État se sont montrés très réservés.*

Por eso —concluye esta norma— la pasiva es más frecuente en las oraciones de relativo que en las principales.

También aquí podría evitarse la pasiva en español traduciendo:

> Los hombres políticos a quienes consultó ayer el Jefe del Estado se mostraron muy reservados.

Conviene observar, sin embargo, que la pasiva también existe en español, y no debe evitarse a toda costa, sino tan sólo cuando no aventaje en nada a la activa. En las oraciones de relativo a que se refiere esta norma de la construcción francesa, podría ser buena solución conservar la pasiva, pero omitiendo el relativo y el auxiliar:

> Los hombres políticos consultados ayer por el Jefe del Estado...

La brevedad sin merma del sentido también es recomendable en la traducción.

El autor del artículo del *GLLF* añade a los factores enumerados por Jean Dubois los dos siguientes:

5.º El volumen de los términos, en atención al cual se ponen después del verbo los miembros más largos, los términos coordinados:

> *La Grande-Bretagne est composée de l'Angleterre, du pays de Galles, de l'Écosse et de l'Irlande du Nord.*

Es un ejemplo discutible como exponente de voz pasiva. Si *est composée* fuese una forma verbal auténticamente pasiva, sería un presente; la acción significada por el verbo estaría realizándose aún, como sucedería en esta otra frase:

> *La Grande-Bretagne est visitée par beaucoup d'étrangers.*

Pero *est composée* en el texto aducido significa un estado, no una acción que se está realizando. Es una construcción similar a la usada por César al comienzo de la *Guerra de las Galias*: «*Gallia est omnis divisa* in partes tres», donde, evidentemente, *est divisa* no es un presente pasivo, que tiene en latín su forma propia y sintética: *dividitur*; ni tampoco un pretérito perfecto, que traduciríamos por «fue dividida». Ni aquí ni en *est composée* funciona *est* como auxiliar de la voz pasiva, sino como verbo atributivo; el carácter pasivo reside exclusivamente en los participios adjetivados *composée* y *divisa*. Lo mismo sucedería en «Madrid *está situada* aproximadamente en el centro de España», donde *ser* es sustituido por *estar* como verbo atributivo. Igualmente, en la traducción española del ejemplo del *GLLF* no se usaría como auxiliar *ser,* sino *estar*:

> La Gran Bretaña *está* compuesta por Inglaterra, el País de Gales, Escocia e Irlanda del Norte

mientras que en el ejemplo con *est visitée* traduciríamos: «La G. B. *es* visitada...». Por lo demás, «está compuesta» podría sustituirse sin desventaja por «se compone», y la última frase podría reformularse mejor en voz activa:

> Visitan la Gran Bretaña muchos extranjeros.

6.º Cuando el contexto pide un imperfecto de subjuntivo, la pasivización permite con frecuencia sustituir por *fût* o *fussent* formas más obsoletas:

> *Il serait utile que sa demande fût présentée aussi par nous* (discurso citado por Marcel Cohen; el orador evita *que nous présentassions*).

Esta es, ciertamente, una razón válida para formular una frase francesa en voz pasiva. Ya hemos dicho que también en español puede recurrirse a la pasiva para evitar una cacofonía. Pero en español el imperfecto de subjuntivo no suele resultar más cacofónico que la propia voz pasiva. El ejemplo aducido por M. Cohen podría, en efecto, traducirse muy bien poniendo el verbo en activa:

> Sería conveniente que también nosotros presentásemos su petición.

Una de las grandes ventajas que suelen atribuirse a la voz pasiva es la de expresar un acontecimiento sin mencionar al agente, que puede ser desconocido. Vimos el ejemplo inglés *My watch was stolen,* y cómo podría traducirse muy bien al español por «Me han robado el reloj», sin recurrir a la voz pasiva. El *GLLF* pone, para el francés, los dos ejemplos siguientes, a los que adjuntamos una traducción palabra por palabra:

> *Un bijoutier a été assassiné rue Gambetta*
> («Un joyero ha sido asesinado en la calle Gambetta»).

(se desconoce al autor del asesinato);

> *Le pain a encore été augmenté*
> («El pan ha sido nuevamente aumentado (de precio)»).

Allí mismo se observa que ambas frases pueden transformarse en activas utilizando el pronombre indefinido *on* para representar al agente:

> *On a assassiné un bijoutier*
> *On a encore augmenté le pain.*

En español, las formulaciones más naturales del contenido de ambas frases, y, por consiguiente, su mejor traducción, serían:

> «Han asesinado a un joyero».
> «El pan ha vuelto a subir» / «...ha subido de nuevo».

En la primera se recurre al uso de la tercera persona del plural sin sujeto, como antes en «Me han robado el reloj», para expresar una acción impersonal en el sentido de que se pone el verbo en plural aun cuando se piensa que probablemente el agente ha sido uno solo, como cuando se dice «Han llamado a la puerta» (sabemos que la acción de llamar pulsando el timbre o golpeando con la aldaba la ha realizado una sola persona, aunque pueda estar acompañada por otra u otras). En la segunda frase sustituimos el uso transitivo de *augmenter* por el intransitivo de «subir» y hacemos que pase a ser sujeto el objeto o complemento directo de la formulación activa francesa.

En un apartado que titula PASSIFS COMPLEXES, el *GLLF* incluye varios ejemplos cuya formulación activa sería en español más natural que la pasiva o que rechazarían en absoluto la formulación pasiva. Así la estructuración de un grupo verbal compuesto de *auxiliar + infinitivo,* que puede transformarse en pasivo mediante la pasivización del infinitivo:

> *On peut (doit, va, vient de) couper cette route*
> *Cette route peut (doit, va, vient d') être coupée.*

La formulación más natural en español sería:

> Pueden (deben, van a, acaban de) cortar esta carretera

mediante el uso impersonal del verbo en 3.ª persona del plural cuando se desconoce o no se quiere mencionar el sujeto. La formulación pasiva de la frase

> *Paul a été prié de sortir*

está justificada en francés, pero sería inadmisible en español:

> *Paul ha sido rogado de salir.
> *Paul ha sido rogado que salga.

Serían, en cambio, formulaciones correctas:

> Han rogado a Paul que salga.
> A Paul le han rogado que salga.

o incluso:

> Se ha rogado a Paul que salga.

Y, suponiendo que el *passé composé* deba traducirse por pret. perf. simple (cfr. § 26, E):

> Rogaron a Paul que saliera.
> A Paul le rogaron que saliera.
> Se rogó a Paul que saliera.

Tampoco sería posible en español la formulación pasiva de las tres frases siguientes, admisibles en francés:

> *Le château n'était pas achevé de meubler* (Chateaubriand).
> *Ma deux-chevaux n'est pas finie de roder.*
> *Ma robe est commencée de couper.*

> *El castillo no era acabado de amueblar.
> *Mi dos caballos no es terminado de rodar.
> *Mi vestido es comenzado a cortar.

El carácter pasivo de *était achevé* y *est finie* en la 1.ª y en la 2.ª frase es tan discutible como el de *est composée* en el ejemplo relativo a la composición de la Gran Bretaña. Una prueba en contra es que también aquí la frase española sustituiría con ventaja el auxiliar *ser* por *estar*: «El castillo no estaba acabado de amueblar», «Mi dos caballos no está terminado de rodar», que tampoco serían soluciones satisfactorias. Las tres frases podrían traducirse bien formulándolas en voz activa:

> No se había acabado de amueblar el castillo.
> No he/han terminado de rodar mi dos caballos.
> He/han comenzado a cortar mi vestido.

Finalmente, en francés admiten la forma pasiva en la construcción unipersonal algunos verbos «transitivos indirectos» como *parler de, procéder à, reprocher de*:

Il a été parlé de toi à la dernière réunion.
Il sera procédé au plus tôt à l'inhumation.
Il est reproché à cet homme d'avoir volé un pain (*GLLF,* 4063 a).

La construcción pasiva equivalente sería imposible en español. Habría que proceder a la transformación activa, que en francés puede hacerse con *on: On a parlé..., On procédera..., On reproche...,* y en español con *se* como sujeto indeterminado:

Se habló de ti en la última reunión.
Se procederá a la inhumación lo más pronto posible.
Se reprocha a este hombre haber hurtado un pan.

§ 29. EL ASPECTO.

1. Las categorías morfológicas del verbo que tradicionalmente se enseñaban en los manuales son, además de la *persona* (que, como vimos en el § 25., se manifiesta también en el pronombre y en el adjetivo posesivo) y el *número* (que, según dijimos en el § 23., afecta en las lenguas indoeuropeas a todas las palabras variables), el *tiempo,* el *modo* y la *voz,* que hemos tratado aquí someramente en los §§ 26, 27 y 28. En la actualidad se suele estudiar con relación al verbo otra categoría morfológica: el *aspecto,* de la que también nosotros vamos a tratar a continuación, advirtiendo desde ahora que, siendo una categoría fundamentalmente verbal, no le corresponde al verbo de manera exclusiva.

2. El término «aspecto» es traducción del ruso *vid',* que designa un concepto imprescindible en el estudio de la morfología verbal de las lenguas eslavas. Éstas suelen tener para cada acción verbal dos verbos diferentes: uno *imperfectivo,* que presenta la acción o el proceso verbal en su desarrollo («acción lineal»), y otro *perfectivo,* que expresa la acción o el proceso ya concluidos, fuera de toda idea de desarrollo («acción puntual»).

3. A mediados del siglo pasado, el lingüista alemán Georg Curtius introdujo la noción de aspecto en el estudio del verbo griego.

Pero el término usado por él, *Zeitart* («clase de tiempo»), no era apropiado para designar el concepto en cuestión, pues el «aspecto» no implica nociones propiamente temporales. Por eso los gramáticos alemanes acabaron sustituyendo aquel término por otro más exacto, *Aktionsart* («clase de acción»).

4. Fue la lingüística grecolatina la que difundió la noción de aspecto, al estudiar la manera de expresar la acción verbal en los temas de presente, aoristo y perfecto griegos y la oposición entre las formas latinas del *infectum* y del *perfectum*. Pero los cultivadores de la lingüística grecolatina no siempre estuvieron de acuerdo en su manera de entender la noción de aspecto. Según Brugmann, «el aspecto indica cómo se desarrolla la acción» (punto de vista objetivo), mientras que, para Wackernagel, «el aspecto indica cómo se representa la acción el hablante» (punto de vista subjetivo). «La noción de aspecto recubriría así dos hechos tan diversos como los que se producen en las formas *repicar* (manera iterativa de la acción, aneja a su significado) o *han repicado* (que añade a su significado iterativo, la consideración de hecho terminado, por parte del hablante)» (*DTF,* s. v. ASPECTO).

5. Entre los estudiosos de las lenguas románicas y germánicas tardó en abrirse paso el concepto de aspecto, mucho menos importante en estas lenguas que en las eslavas, menos importante asimismo que en latín y en griego. Inicialmente se pensaba que las lenguas germánicas y románicas no conocían más caracterizaciones del desarrollo de la acción que las de «tiempo» y «modo». Este punto de vista fue abandonado a principios del siglo XX.

6. Sobre el *aspecto* en francés escribía en 1922 F. Brunot, *La pensée et la langue* (cit. por *GLLF,* 266 a): «Sin tener la importancia que tiene en otras lenguas, la indicación del aspecto contribuye en francés, junto con la datación, a la expresión del tiempo [...]. El tiempo sólo puede indicarse completamente si se expresa, por una parte, en qué momento se realiza la acción, y, por otra, en qué punto de su desarrollo se halla en tal momento». J. Vendryes afirmaba en *Le langage,* 1923 (cit. *ibid.*): «El francés no es, pues, incapaz de expresar el

aspecto, puesto que halla el medio de hacerlo cuando lo considera necesario. Sólo que el aspecto no es en francés una categoría gramatical regular».

7. Ni Brunot ni Vendryes ni otros lingüistas franceses de aquellos años (como Gustave Guillaume, *Temps et verbe*, 1929, y Ch. Bally, *Linguistique générale et linguistique française*, 1932) usaban aún la distinción entre *aspecto* y *Aktionsart*, establecida ya en 1908 por Agrell, al que siguieron otros muchos lingüistas. Esta distinción separaba los valores *subjetivos*, para los que reservaba el término *aspecto*, de los valores *objetivos*, designados con el término *Aktionsart*. Los valores subjetivos se expresan en la morfología del verbo y se refieren al desarrollo de la acción tal como lo considera el hablante (p. ej. la oposición lat. *amabat / amaverat* = acción que está realizándose / acción concluida). Los valores objetivos radican en el significado léxico del verbo (p. ej. en *picar / picotear, tirar* «disparar» / *tirotear* = acción que puede realizarse una sola vez / acción repetida).

8. La terminología no está aún definitivamente fijada. No es extraño, si se tiene en cuenta que los datos son muy diferentes según se trate de las lenguas semíticas o de las indoeuropeas y, dentro de éstas, de las eslavas, del griego y del latín, o de las lenguas germánicas y románicas.

9. El *Esbozo* recoge la distinción de *aspecto* y *Aktionsart* en sus apartados 3.13.6. y 3.13.7., dedicando el primero a las *Clases de acción verbal* (= *Aktionsarten*) y el segundo al *Aspecto de la acción verbal*.

9.1. Los verbos, explica en 3.13.6., pueden distribuirse en grupos según sea la manera de aparecer en la mente de los hablantes la acción significada. Hay verbos que expresan una acción que se nos presenta como un acto «momentáneo» (*saltar, chocar, decidir, firmar, besar, llamar*); la acción expresada por otros es «reiterativa» o compuesta de una serie de actos más o menos iguales y repetidos (*abofetear, picotear, hojear, frecuentar*); la de otros se presenta en su continuidad, en su transcurso, sin manifestar su comienzo ni su terminación: son los verbos *durativos* o *permanentes* (*conocer, saber, contemplar, vivir, querer, respetar*); otros, llamados *incoativos,* expresan el comienzo de la acción (*enrojecer, alborear, amanecer*); otros, en fin, el momento en que la acción llega a ser completa, acabada, perfecta, y por eso se llaman *desinentes* (*nacer, morir, acabar, concluir*). Estas denominaciones, y otras que ocasionalmente se emplean, reciben el nombre genérico de clases de acción (3.13.6 a).

9.2. La *clase de acción* es, pues, «inherente al significado de cada verbo» y «su naturaleza es semántica» (*ibid.,* b). Pero no siempre «carece de morfemas propios que la expresen» (*ibid.*). Hay afijos que transforman la clase de acción verbal; p. ej., en lat. *per-: facere* «hacer» (acción durativa) / *perficere* «terminar» (acción desinente); al. *er-: steigen* «subir» (acción durativa) / *ersteigen* «llegar a la cima» (acción desinente); esp. *besar* (acción momentánea) / *besuquear* (acción iterativa), *tirar* «efectuar un disparo» (acción momentánea) / *tirotear* «repetir los disparos de fusil de una parte a otra» (acción iterativa).

9.3. Por otra parte, el significado normal de un verbo puede verse alterado por el contexto, hasta el punto de que las modificaciones contextuales, es decir, sintácticas, pueden hacer que cambie la clase de acción verbal. «Por ejemplo, *saltar,* cuya calidad semántica [= clase de acción] es de ordinario momentánea (*Salté el foso*) o iterativa (*El caballo salta los obstáculos sin dificultad*), puede adquirir significado permanente cuando aludimos al salto de agua de una catarata [*El río salta desde 15 m. de altura*]. *Escribir* es una acción permanente o reiterada en un escritor profesional; pero *escribir una carta* es una acción desinente, que comienza y acaba» (*Ibid.*).

9.4. En 3.13.7. el *Esbozo* considera *aspectos* verbales las modificaciones de los significados propios de los verbos, o de su clase de acción, producidas por medios gramaticales, que pueden ser morfológicos o perifrásticos. «Así, por ejemplo, *enojarse* (comenzar a sentir enojo) toma aspecto incoativo, que no tiene el verbo *enojar,* por la añadidura del pronombre reflexivo; lo mismo ocurre entre *dor-*

mirse (incoativo) y *dormir* (durativo)». Las modificaciones perifrásti-
cas son las que se producen mediante las perífrasis verbales, estudia-
das por el *Esbozo* en 3.12. «Si comparamos, por ejemplo, la acción
que designamos por el verbo *escribir* con las locuciones *tener que escribir, estar escribiendo* e *ir a escribir,* notaremos que al concepto
escueto de *escribir* añade la primera perífrasis la obligación [o, más
bien, la necesidad moral] de realizar el acto que se menciona; *estar
escribiendo* significa la duración o continuidad del hecho, y en *ir a
escribir* expresamos la voluntad o disposición de ánimo para ejecu-
tarlo» (3.12.1 a). «Las perífrasis usuales en español son numerosas, y
consisten en el empleo de un verbo auxiliar conjugado seguido de infinitivo, gerundio o participio» (*ibid.,* b). No es posible estudiarlas
aquí. Recomendamos la lectura detenida del mencionado capítulo del
Esbozo. Dichas perífrasis verbales—concluye éste en 3.13.7.—«denotan aspectos de la acción (progresivo, durativo, perfectivo, etc.),
aplicables a cualquier verbo». Por otra parte —añade allí mismo—,
«en el sistema de la conjugación, las diferentes formas del verbo
conocidas con el nombre de *tiempos* añaden a la representación estrictamente temporal la expresión de los aspectos perfectivo e imperfectivo».

9.5. Los conceptos de aspecto *perfectivo* e *imperfectivo* se
explican en 3.13.8 a), distinguiendo los tiempos verbales en «imperfectos» y «perfectos». «En los tiempos «imperfectos», la atención
del que habla se fija en el transcurso o continuidad de la acción, sin
que le interese el comienzo o el fin de la misma. En los «perfectos»
resalta la delimitación temporal. *Cantaba* es una acción imperfecta;
he cantado es un acto acabado o perfecto. Nótese que *perfecto* tiene
en Grámatica el riguroso sentido etimológico de «completo» o «acabado». Son imperfectos todos los tiempos simples de la conjugación
española, con excepción del pretérito perfecto simple, o sea: *canto,
cantaba, cantaré, cantaría, cante, cantara* o *cantase, cantare.* Son
perfectos el pretérito perfecto simple, *canté,* y todos los tiempos compuestos: el participio pasivo que va unido al verbo auxiliar *haber*
comunica a estos últimos su aspecto perfectivo».

10. *Tiempo y aspecto.*—En el artículo dedicado por el *GLLF* a *L'Aspect* (266-269) se explica la diferencia entre las indicaciones de tiempo y las de aspecto transponiendo los hechos temporales al plano espacial. Sobre una línea graduada en centímetros se sitúa un punto A, p. ej. en el centímetro 12:

• 9 • 10 • 11 • 12 • 13 • 14 • 15 • 16 • 17 •

En una frase como *Henri IV est mort en 1610* se seguiría un procedimiento análogo. La mención de 1610 sitúa el proceso verbal *est mort* «murió» en un determinado punto del pasado. Se indica así una fecha, «y es este sentido restringido el que se da, en lingüística, a la palabra 'tiempo'».

10.1. «Pero si debemos situar en la línea, no un punto, sino un segmento AB de 3 cm. por ejemplo, el número 12 ya no es suficiente: es preciso decir si el número 12 contiene el comienzo del segmento (punto A), su fin (punto B) o una parte intermedia (hallándose A quizá en 11 y B en 14); puede suceder también que AB esté completamente a la izquierda o a la derecha de 12. Este género de indicaciones equivale a las que se llaman, en el orden del tiempo, indicaciones de aspecto, pues casi todas las acciones que tenemos que expresar tienen en el espacio cierta duración, que puede ser superior a la de las unidades de tiempo. Compárese:

Henri IV régna de 1589 à 1610.
(«Enrique IV reinó desde 1589 hasta 1610»).
Henri IV régnait en 1604.
(«Enrique IV reinaba en 1604»).

Régna («reinó») muestra la acción en toda su duración; *régnait* («reinaba») sólo muestra una de sus partes interiores: el año 1604. La oposición del *passé simple* [pretérito perfecto simple] y del *imparfait* [imperfecto] es una oposición de aspecto».

11. En esta exposición resulta esclarecedora la transposición de los hechos temporales al plano espacial y su ejemplificación por medio de la línea graduada en centímetros: la localización del proce-

so verbal en un punto o en un segmento de la línea patentiza la diferencia entre la «acción puntual», momentánea, y la «acción lineal», más o menos prolongada. Pero decir que, en el texto «Henri IV régna de 1589 à 1610», el *passé simple* «muestra la acción en toda su duración» implica una confusión notable: la del valor propio de la forma verbal, que es el que constituye su aspecto, con el valor del contexto en que aparece el verbo. El *passé simple,* al que llaman otros *passé défini,* equivalente en el lenguaje escrito a nuestro *pretérito perfecto simple* (llamado antes *indefinido*), no expresa la duración de la acción, sino su terminación y cumplimiento. Como indica el *Esbozo* en 3.13.8 a, es el único tiempo «perfecto» entre los tiempos simples; es decir, el único que expresa, lo mismo que los tiempos compuestos, la «perfección» o acabamiento de la acción, no su duración. Lo que en el texto *Henri IV régna de 1589 à 1610* (y lo mismo en su traducción esp. «Enrique IV reinó desde 1589 hasta 1610») indica «toda la duración de la acción» no es la forma [e. d., el tiempo] verbal, sino el complemento temporal que se le añade: «de 1589 à 1610». El *passé simple* «régna», como nuestro pret. perf. simple «reinó», expresa simplemente que la acción significada por el verbo ha terminado; no se refiere para nada a la duración: *régna, reinó,* como el aoristo gr. ἐβασίλευσε (*ebasíleuse*), se oponen precisamente a los correspondientes *imperfectos,* que sí expresan duración de las acciones o procesos de naturaleza más o menos durativa, como es la acción de «reinar», que no puede realizarse en un instante; por eso *régnait, reinaba,* ἐβασίλευε (*ebasíleue*), implican, en principio, duración de la acción de *reinar,* aunque se añada al imperfecto un complemento de tiempo que sitúe la duración de la acción en un segmento de la línea temporal: «reinaba en 1604» (sin restringirla, por lo demás, a este segmento, mucho más corto que el segmento delimitado por el complemento «desde 1589 hasta 1610»).

12. El *GLLF* establece (pág. 267 a) una distinción importante, que afecta a lo que, siguiendo a J. Brunel, llama *ordre du procès,* término equivalente a la *Aktionsart* de los gramáticos alemanes y a la «clase de acción» del *Esbozo.* Según esta distinción, los verbos se

dividen en *conclusivos* y *no conclusivos,* términos de O. Jespersen, *A Modern English Grammar,* 1931. (Tal distinción la había hecho ya con toda claridad casi un siglo antes Andrés Bello en su *Gramática de la lengua castellana,* 1847, al hablar de verbos *desinentes* y *permanentes*: «Nótese —escribe el insigne gramático— que en unos verbos el atributo, por el hecho de haber llegado a su perfección, expira, y en otros, sin embargo, subsiste durando: a los primeros llamo *desinentes,* y a los segundos *permanentes. Nacer, morir,* son verbos desinentes, porque luego que uno nace o muere, deja de nacer o de morir; pero *ser, ver, oír,* son verbos permanentes, porque sin embargo de que la existencia, la visión o la audición sea desde el principio perfecta, puede seguir durando gran tiempo» (*O. c.,* n.° 624 (*a*)). Los verbos *conclusivos* o *desinentes* rechazan, en principio, todo complemento temporal que exprese duración, como «durante una hora», «durante dos días», «largo tiempo»; no se puede decir, p. ej., «nació durante una hora», «murió durante dos días», «llegó durante largo tiempo». Los no *conclusivos* o *permanentes* admiten, en cambio, tales complementos: «Fue profesor durante cuarenta años», «Todo el día vio cómo las olas se rompían contra los acantilados». «Oyó música durante tres horas». Son verbos conclusivos o desinentes, entre otros, los siguientes verbos franceses y sus equivalentes españoles: *atteindre* («alcanzar»), *bondir* («saltar»), *éclore* («salir del huevo (una ave)», «abrirse (una flor)», «despuntar (el día)»); *entrer* («entrar»), *mourir* («morir»), *naître* («nacer»), *sortir* («salir»), *trouver* («hallar»), etc. No todos los verbos conclusivos expresan una acción instantánea: la acción de *déjeuner* («desayunar») puede durar más de una hora; pero no se dice normalmente «desayunó durante largo tiempo»; la acción de *abrirse* una flor puede durar varias horas, pero no suele decirse «estas rosas se abrieron durante cuatro horas», aunque sí se diga «estas rosas se abrieron esta mañana», expresión en que el complemento temporal no expresa duración fija, sino un tiempo global, que incluye el momento en que se realizó la acción mentada: *desayunar* y *abrirse* son, pues, verbos conclusivos o desinentes.

13. Son no conclusivos o permanentes los siguientes verbos franceses y sus equivalentes españoles: *aimer* («amar»), *attendre* («aguardar»), *courir* («correr»), *dormir* («dormir»), *habiter* («habitar»), *nager* («nadar»), *regarder* («mirar»), *régner* («reinar»), *travailler* («trabajar»), *vivre* («vivir»), etc.

14. «Hay, por lo demás —aclara el *GLLF*—, verbos híbridos, de sentido conclusivo o no conclusivo según el contexto: *lire, occuper, se taire...* Así, este último verbo es conclusivo cuando se dice: «Les sifflets obligèrent le chanteur a se taire»; no lo es en: «Je me suis tu pendant dix ans»; en la primera frase el verbo significa «faire le silence» [= esp. «callarse»]; en la segunda, «garder le silence» [= esp. «estar callado»]».

15. Una marca morfológica de la oposición «conclusivo / no conclusivo» la constituye en francés el hecho de que los verbos intransitivos conclusivos tiendan a formar los tiempos compuestos con el auxiliar *être*: «il *est* né», «il *est* mort», mientras que los intransitivos no conclusivos tienden a formarlos con *avoir*: «il *a* marché», «il *a* régné». Esta tendencia se ve confirmada por la diferente elección del auxiliar para el mismo verbo cuando éste puede usarse con valor conclusivo o no conclusivo: «Nous *sommes montés* sur le toit» («Hemos subido al tejado»; valor conclusivo: la acción ha llegado a su término), pero «Nous *avons monté* pendant quatre heures» («Hemos subido durante cuatro horas»; valor no conclusivo: «la montaña es tan alta que podríamos continuar subiendo durante varias horas más». Cfr. *GLLF, ibid.*).

16. Esta distinción entre verbos *desinentes* o *conclusivos* y *permanentes* o *no conclusivos,* situada por el *GLLF* en el «ordre du procès» y por el *Esbozo* entre las «clases de acción», es importante lingüísticamente, y también desde el punto de vista de la traducción: un verbo conclusivo de la LT no puede ser equivalente de trad. de un verbo no conclusivo de la LO, ni un verbo conclusivo de la LO puede traducirse por otro no conclusivo de la LT. Son también interesantes desde ambos puntos de vista otras caracterizaciones de la acción verbal, algunas de las cuales constituyen asimismo oposiciones binarias,

como las designadas por los adjetivos *durativo / momentáneo, ingresivo / terminativo, perfectivo / imperfectivo,* mientras que otras se presentan aisladas, como las designadas por los adjetivos *aorístico, complexivo, conativo, intensivo,* etc. (Vid. *infra,* n.° 24).

17. Pero resulta discutible la distinción general entre *aspecto* y *clase de acción.* Por eso no es extraño que ambos términos sigan usándose a veces como sinónimos. Probablemente, sería más sencillo y más conforme con la realidad lingüística hablar sólo de *aspecto,* pero dividiendo esta noción en «aspecto léxico», «aspecto morfológico» y «aspecto sintáctico». Al mismo tiempo, debe observarse que el aspecto, es decir, la apariencia con que se presenta o se ve la acción, no se da sólo en el verbo, sino en todas las categorías o clases de palabras cuyo significado implica el concepto de acción: además del verbo, ciertos sustantivos, adjetivos y adverbios.

18. El «aspecto léxico» es, en el verbo, lo que se ha llamado su «clase de acción», expresada en el significado del verbo tal como aparece, por ejemplo, en el infinitivo, que expresa la acción en sí misma, sin matices temporales. El «aspecto léxico» se da también en sustantivos de acción, como *carrera* (aspecto durativo), *salto* (aspecto momentáneo), *golpeteo* (aspecto iterativo); en adjetivos, como *resistente* (aspecto durativo), *súbito* (aspecto momentáneo); en adverbios o locuciones adverbiales, como *permanentemente* (aspecto durativo), *de pronto* (aspecto momentáneo), *repetidamente* (aspecto iterativo).

19. El «aspecto morfológico» se da, en las lenguas románicas, en la oposición entre el *imperfecto* y el *pret. perf. simple,* como se daba en latín entre los tiempos del tema de presente y los del tema de perfecto: los primeros expresaban la acción en su desarrollo; los segundos, la acción ya concluida. En las lenguas germánicas y en las románicas presentan la acción como concluida, además del pret. perf. simple, todos los tiempos compuestos con un auxiliar + el participio pasado o pasivo (la forma que expresa el aspecto de acción terminada es el participio, mientras que el auxiliar sitúa la acción en el tiempo). De las lenguas europeas, son las eslavas las que más claramente ex-

presan el aspecto en su morfología verbal. El ruso, por ejemplo, a pesar de tener relativamente pocas formas verbales, puede expresar, gracias a los aspectos, la mayoría de los matices de significado que las lenguas germánicas y románicas expresan mediante estructuras temporales. Los cinco tiempos del verbo ruso se reparten entre dos aspectos: el imperfectivo y el perfectivo. El aspecto imperfectivo tiene tres tiempos: pasado, presente y futuro; el aspecto perfectivo sólo tiene pasado y futuro. Cada verbo tiene dos infinitivos; de uno se deriva el aspecto imperfectivo, y del otro, el aspecto perfectivo. Los dos infinitivos suelen estar estrechamente relacionados entre sí: uno puede derivarse del otro mediante la adición de un prefijo, o por la inserción de una sílaba, o por la alteración de una vocal anterior a la terminación del infinitivo. Hay, sin embargo, unos cuantos verbos cuyos dos infinitivos proceden de temas diferentes. Los tiempos imperfectivos indican acciones durativas o iterativas; los perfectivos, acciones instantáneas, singulares, o completas.

20. Algunos lingüistas asignan valor aspectual, que podría considerarse morfológico, a ciertas partículas que, en las lenguas germánicas, al unirse a un verbo, cambian el matiz con que se presenta la acción significada por él. Refiriéndose al inglés escrito, A. Live [14] expone:

> Although English has not consistent structural representation of aspect, the particle often performs such a function. *Up,* the most prolific as well as the most productive particle, frequently suggests intensity or totality (*dry up, eat up, clean up,* etc.). With adjective-and-noun-derived verbs, *up* is generally causative (*even up, pretty up, clear up...*). *Out* contributes a connotation of thoroughness and culmination (*work out, carry out,* etc.). *Off* contributes a terminative slant (*pay off, write off, shot off, call off, swear off, finish off*) (...) *Away* approximates the iterative or the durative in *hammer away, eat away, tear away,* but the inchoative in imperatives (*Fire away! Talk away! Sing away!*).

---

[14] «The Discontinuous Verb in English», *Word,* vol. 21, 1965, pág. 436, cit. por L. Quereda, *Metodología de los verbos compuestos ingleses,* página 97.

21. Lo mismo podría decirse del alemán, en el que, antepuesta a un verbo, la partícula *an* puede indicar el comienzo de la acción (aspecto incoativo), p. ej. en *anblicken, andrehen, anfahren, angreifen*; a veces, su intensificación, p. ej. en *andauern, andrücken*, etc. Para *aus,* cf. *supra,* § 14. 6, los ejs. *ausbezahlen, ausbilden, austrinken*, en los que *aus* modifica el significado básico del verbo correspondiente dando a la acción denotada el matiz de acabamiento, como sucedía también en lat. con el preverbio *ex,* p. ej. en *exorare, extendere,* etc.

22. Podrían añadirse ejemplos de otros preverbios en estas y otras lenguas. Para no ser prolijo, me limitaré a dar algunos de verbos españoles que, al anteponérseles el preverbio *per,* refuerzan el aspecto durativo (*perdurar, perseguir, pervivir*) o bien confieren a su significado aspecto intensivo (*perjurar,* en la 2.ª acep. del *DRAE:* «Jurar mucho o por vicio, o por añadir fuerza al juramento...»; *pernotar*: «notar o advertir bien algo», *DRAE*; *perorar,* en la 3.ª acep. del *DRAE:* fig. «Pedir con instancia»). Podrían darse también ejs. de adjetivos, en algunos de los cuales el aspecto intensivo de *per* es herencia latina, como en *pertinaz,* intensivo de *tenaz* (del lat. *pertinax,* comp. de *per + tenax*) y *perspicaz* (del lat. *perspicax,* que carecía de forma simple), propiamente «de vista penetrante».

23. El «aspecto sintáctico» se basa en el significado de un enunciado entero, es decir, en el contexto, que puede alterar el aspecto léxico o el aspecto morfológico de una forma verbal. Vimos antes, en 9.3, que el aspecto léxico (clase de acción) de *saltar* es normalmente momentáneo (*Salté el foso*) o iterativo (*El caballo salta los obstáculos sin dificultad*), pero que el contexto puede convertirlo en durativo, incluso en permanente, p. ej. en el enunciado *El río salta desde 15 m. de altura.* Sabemos, por otra parte, que la oposición entre el pret. perf. simple y el imperfecto consiste en que el primero expresa la acción como terminada, sin atender a su duración, mientras que el imperfecto la expresa como acción en curso, que se realiza en un tramo preciso del pasado, sin atender a su comienzo ni a su fin. Sin embargo, en dos oraciones como las mencionadas en 10.1: «Enrique

IV *reinó* desde 1589 hasta 1610» y «Enrique IV *reinaba* en 1604», el pret. perf. simple *reinó* expresa, gracias al contexto, una duración mayor que la del imperfecto *reinaba*: ésta no supera un año, mientras que aquélla se extiende a veintiuno.

24. F. Lázaro Carreter, en su *DTF,* registra las siguientes clases de aspectos: acomodativo, aorístico, aparicional, biextensivo, comitativo, complexivo, cursivo, durativo, efectivo, extensivo, flexional, frecuentativo, imperfectivo, ingresivo, instantáneo, intensivo, iterativo, lineal, momentáneo, perfectivo, progresivo, puntual, resultativo, sintagmático, tensivo y terminativo. Las definiciones de todos estos conceptos pueden verse en los lugares correspondientes de la obra citada.

25. Pueden mencionarse, además, los aspectos *continuativo* y *semelfactivo, secante* y *no secante, reciente* e *inminente,* estudiados junto con los aspectos *tensivo, extensivo* y *biextensivo* por el *GLLF,* respectivamente en las págs. 267 b, 269a y b, y 269 b.

26. A) Ejemplo de *aspecto continuativo*: «J'*ai habité* Limoges un an» («Viví en Limoges un año»). «La acción de *habiter* —comenta el *GLLF*—, que es no conclusiva, se muestra prolongándose en toda la duración limitada por el complemento de tiempo: el aspecto es *continuativo*».

27. Ejemplo de aspecto *semelfactivo*: «Un jour, j'*ai déjeuné* chez Dupont» («Un día, *comí* en casa de Dupont»). Comentario: «La acción de *déjeuner,* que es conclusiva, se muestra produciéndose una vez (lat. *semel),* sin ocupar toda la duración limitada por el complemento de tiempo (duración muy superior a la duración normal de una comida): el aspecto es *semelfactivo*».

28. En ambos ejemplos, el aspecto nace del contexto; es, por consiguiente, de carácter sintáctico. En este sentido, tanto el *continuativo* como el *semelfactivo* pueden darse igualmente con verbos conclusivos el primero y con verbos no conclusivos el segundo: *correr* es verbo no conclusivo; pero si digo: «Un día *corrí* durante ocho horas seguidas», el aspecto de *corrí* es semelfactivo, pues se entiende que tal proeza sólo la realicé una vez. En cambio, *comer* es verbo conclusi-

vo; pero se puede decir: «*Comieron* ininterrumpidamente durante tres horas», enunciado en que la acción de *comer* recibe del contexto aspecto continuativo y ocupa toda la duración limitada por el complemento de tiempo.

29. El aspecto léxico de un verbo puede ser alterado por el aspecto morfológico de un tiempo determinado: *disparar* tiene *aspecto léxico puntual, instantáneo* o *momentáneo;* pero el *aspecto morfológico* de *disparaba* suele ser *iterativo.* Y tanto el aspecto léxico como el aspecto morfológico pueden ser alterados por el aspecto sintáctico: *leer* tiene de suyo *aspecto léxico durativo* o *lineal; leyó* o *ha leído* tienen *aspecto morfológico perfectivo;* pero, en el enunciado: «Durante dos años *leyó* cada día algún pasaje de la Biblia», *leyó* recibe del contexto un *aspecto sintáctico iterativo.*

30. El *aspecto léxico semelfactivo* se da en verbos cuya acción sólo puede realizarse una vez, como *nacer, morir,* o, con relación al mismo ser animado (animal o persona) como complemento objetivo, *matar, decapitar, castrar,* etc.

31. B) La oposición aspectual *secante / no secante* es un tanto sutil. El *GLLF* recurre a una imagen espacial para definir el aspecto *secante.* La vista que se tiene de un bosque —dice— es esencialmente diferente para quien está dentro de él y para quien está fuera. Desde dentro, sólo se ven árboles, y apenas se tiene conciencia de los límites del bosque. Desde fuera, por el contrario, lo que se ve son los límites, y desde una altura puede verse la totalidad del bosque. El aspecto *secante* es el de una acción observada desde un punto de su desarrollo [es decir, desde el interior de la acción]: no se ve ni el comienzo ni el fin de la acción, sino tan sólo su desarrollo. Es el aspecto propio del «presente» cuando expresa, como es normal, una acción actual, pues tal acción está cortada (lat. *secare*) en dos segmentos por el instante en que se realiza. Este aspecto se da particularmente en los verbos no conclusivos: *Juan duerme, La tierra gira;* o en los verbos conclusivos o desinentes que expresan una acción de cierta duración: *Pedro come.* Cada una de las acciones expresadas en estos ejemplos se ha cumplido ya en parte y en parte

no se ha cumplido aún (por eso sería impropia la sustitución de «secante» por *inaccompli* «incumplido», y «durativo», que también se emplea, es igualmente impropio, pues no implica ningún corte en la duración). Pero esta manera de ver la acción —prosigue el *GLLF*— se aplica mal a los verbos conclusivos de sentido instantáneo, pues tales verbos tienen con frecuencia en el «presente» un valor de pasado próximo: «il *arrive* de la mer» («llega [= acaba de llegar] del mar») o de futuro próximo: «Attendez, j'*arrive*» («Esperad, *llego* [enseguida]»). El aspecto *no secante* es el de una acción observada desde un punto exterior a su desarrollo. Así sucede normalmente en el pasado simple y en el pasado compuesto, o en el futuro, de los verbos conclusivos: *La guerre éclata au mois d'août. Paul arrivera ce soir* («La guerra estalló en agosto». «Paul llegará esta tarde»).

32. La diferencia entre los aspectos *secante* y *no secante* se ve bien en los dos ejemplos siguientes:

> Il *fera* nuit à huit heures («A las ocho *será* de noche»).

> À une heure du matin, il *fera* nuit
> («A la una de la mañana *será* de noche»).

En ambos tenemos la misma forma verbal: *fera*; pero, en el primero, la acción es contemplada desde un punto exterior a su desarrollo; su aspecto es *no secante*: «A las ocho [de la tarde] *será* [ya] de noche», mientras que, en el segundo, contemplamos la acción desde el interior de su desarrollo: «A la una de la mañana *será* [todavía] de noche». «Se trata —explica el *GLLF*— de una acción no conclusiva, y el punto de referencia temporal del «presente» es sustituido por el de los complementos de tiempo. El futuro es de suyo indiferente a este matiz aspectual, sólo determinado por la clase de acción verbal y por los elementos contextuales». El aspecto secante es, por consiguiente, en ambos ejemplos, de índole contextual, es decir, sintáctico.

33. Pero la oposición *secante / no secante* se expresa también morfológicamente en la oposición francesa *imparfait / passé simple*

(ou *composé);* en español, en la oposición *imperfecto / pret. perf. simple* (o *compuesto).* El imperfecto tiene aspecto *secante*:

> À une heure du matin, il *faisait* nuit.
> («A la una de la mañana, *era* de noche»).

El aspecto *no secante* corresponde, en la lengua escrita, al *passé simple,* y en la hablada, al *passé composé*:

> À huit heures, il *fit (a fait)* nuit.
> («A las ocho [de la tarde] *se hizo* de noche»).

«El imperfecto —concluye el *GLLF—,* en su valor de pasado (no irreal), implica, pues, un punto de observación interior, determinado generalmente en el contexto por la indicación de un momento más corto que la acción expresada». Y aduce el siguiente ejemplo:

> *En 1604, Henri IV régnait.*
> («En 1604 *reinaba* Enrique IV»).

Efectivamente, el imperfecto limita la visión del proceso de *reinar* a un tramo temporal que puede haber comenzado antes y haber terminado después de 1604.

34. En cambio, el *passé simple* (o el *passé composé*), y en esp. el pret. perf. simple, incluye por completo la acción en el tramo temporal indicado:

> *Henri IV mourut (est mort) en 1610.*
> («Enrique IV *murió* en 1610»).

Morir es un verbo conclusivo y puntual. Por eso la acción expresada por el *passé* queda incluida en un momento preciso del tramo temporal constituido por el año 1610; no se extiende a antes ni después, ni siquiera a toda la duración de dicho año. (Sobre el uso, en español, del *imperfecto* para expresar este mismo valor, cf. *supra,* pág. 156). Pero, si la acción es «no conclusiva» o «permanente», el *passé simple* (o el *passé composé*) francés y el pret. perf. simple español pueden usarse no sólo cuando se señala con precisión su comienzo, como en

> *À huit heures, il fit (a fait) nuit*
> («A las ocho [de la tarde] *se hizo* de noche»)

sino también cuando se indica su fin:

> *Jusqu'à huit heures, il fit (a fait) jour.*
> («Hasta las ocho [de la tarde] *fue* de día»).

35. C) El *GLLF* distingue también un aspecto *reciente* y otro *inminente,* que se expresan mediante auxiliares, cuando las formas verbales mismas no indican el intervalo entre el fin o el comienzo de una acción y el momento al que se refiere el que habla o narra. En español pueden expresarse ambos aspectos mediante perífrasis verbales semejantes a las francesas. Ejemplo de *aspecto reciente*:

> Fustel de Coulanges *venait de mourir,* en 1891.
> («Fustel de Coulanges *acababa de morir,* en 1891»).

Ejemplo de aspecto inminente:

> Christophe crut que son père *allait la tuer.*
> («Christophe creyó que su padre *iba a matarla*»).

36. El *GLLF* concluye su estudio del aspecto con la siguiente afirmación (pág. 269 b): «Entre las categorías que hallamos en la mayoría de las lenguas, el aspecto es una de las que más difieren, en cuanto a sus manifestaciones morfológicas, entre una estructura y otra». Esto no implica que en una lengua no puedan reproducirse los diversos «aspectos» expresados por otra; implica sólo que los medios usados para reproducirlos pueden ser diferentes, de manera que, por ejemplo, un aspecto que en una lengua se expresa morfológicamente tendrá que ser reproducido en otra por medios léxicos o sintácticos.

37. Esto es importante para la traducción. El *GLLF* cita allí mismo el testimonio del lingüista checo Jan Šabršula, «especialista en la materia», que «se ha dedicado a probar que todos los matices

del aspecto eslavo se reproducen en francés o en rumano. Ha establecido catálogos de equivalencias como los que deberían figurar en los diccionarios bilingües, traduciendo cada significante aspectual checo (morfema o lexema) por un significante de la lengua románica». Los significantes del francés utilizados para estas traducciones son, según el *GLLF,* «generalmente lexemáticos: prefijos, sufijos, verbos y locuciones auxiliares, complementos de tiempo, grupos nominales de transformación» [muchas locuciones auxiliares, ciertos complementos de tiempo y los grupos nominales de transformación son lexemáticos en cuanto a los elementos de que constan, pero sintácticos en su conjunto]; «la gramaticalización se limita a la oposición entre los tiempos compuestos y los tiempos simples, y entre el imperfecto y el *passé simple* (o el *passé composé*). El único elemento de unidad en estos haces heterogéneos parece, en definitiva, situarse al nivel de las identificaciones, en el plano de los significados: el aspecto sería un dato lógico o psicológico, corolario de la datación».

38. Desde el punto de vista de la traducción es más interesante aún lo que dice A. Malblanc en el Apéndice I de su *SCFAl,* al comentar la tesis de Hans Weber, *Das Tempussystem des Deutschen und des Französischen* (Berna, 1954), especialmente en las págs. 300-304, §§ 260-270, sobre las diferencias aspectuales de los tiempos pasados del francés y del alemán. Trataré de resumirlo aquí, intercalando a veces algunas consideraciones que pueden ser útiles para la traducción del alemán al español. Mucho de lo que allí se dice del francés puede aplicarse igualmente al español. Pero debe tenerse en cuenta que tanto H. Weber como A. Malblanc se refieren exclusivamente al aspecto verbal morfológico.

39. El francés presenta el pasado con dos aspectos: «durativo» y «puntual».

40. Hay una perspectiva que presenta el suceso en su duración, visto desde el interior, sin relación con nuestro presente, en una especie de presente propio. Es la perspectiva del imperfecto, que *representa* el pasado. El imperfecto es el tiempo ideal de la descripción (cf. *supra,* pág. 163). El imperfecto y su sistema (pluscuamperf.,

condicional) presentan el tiempo en su duración. El imperfecto es, pues, un tiempo de *aspecto durativo.*

41. Pero el francés [como las demás lenguas románicas] puede ver también el pasado con un *aspecto puntual,* momentáneo, que se presenta en dos perspectivas: una objetiva, en la que el suceso se considera abstractamente en el pasado puro, en el orden de sucesión de los acontecimientos (*passé défini* = *passé simple* [en esp. pret. perf. simple = pret. indefinido]), tiempo de la narración, perteneciente casi sólo a la lengua escrita; la otra perspectiva es subjetiva, y en ella el acontecimiento pasado aparece en relación con el presente del hablante o narrador (*passé indéfini* = *passé composé,* propio de la lengua hablada [en esp. pret. perf. compuesto, sobre cuyo uso, notablemente diverso del francés, vid. *supra,* págs. 174 ss.]). En el *aspecto puntual subjetivo* se incluye también el pasado reciente, expresado mediante la perífrasis verbal *venir de* + *infinitivo* [en esp. *acabar de* + *infinitivo*]. Estas locuciones verbales constituyen un verdadero tiempo, el pasado reciente, que es la fuente directa del presente. [Vimos en 35. cómo el *GLLF* distinguía un *aspecto reciente* (que pertenece al pasado próximo), opuesto, en cierto modo, al *aspecto inminente,* referido al futuro próximo].

42. El aspecto puntual del pasado, en su perspectiva subjetiva de pasado reciente, puede situarse, como el imperfecto, en un tiempo ilimitadamente anterior al presente del hablante o narrador, mediante el imperfecto de *venir* (o de su equivalente en otras lenguas románicas) + *de* + *infinitivo.* Se establece así un aspecto reciente relativamente, es decir, reciente en relación con el presente del relato, que puede ser anterior en unas horas o en unos años o en varios siglos al presente del narrador. En el enunciado *César venait de dire adieu à ses prétentions* («César acababa de despedirse de sus pretensiones») la acción de *dire adieu à* («despedirse de») presenta un aspecto reciente con relación al presente de la narración, que puede ser, con relación al narrador, un pasado de sólo unas horas o unos días, pero también de unos años, o incluso —si el enunciado se refiere, p. ej., al romano J. César— de algo más de dos milenios.

43. El alemán, en su manera de presentar el pasado, no conoce ni el aspecto puntual ni el durativo. Cuando necesita expresar estos aspectos, tiene que utilizar recursos ajenos al verbo exponente de la narración, p. ej. partículas adverbiales o conjuntivas, auxiliares de modo, perífrasis, que apoyarán a los dos tiempos de que dispone para expresar el pasado, cuya estructura semántica, sobre todo la del «pretérito», corresponde bastante mal a la de los tiempos románicos (v. *supra,* § 26. C.).

44. El *pretérito* es el tiempo propio de la narración. Pero expresa el acontecimiento pasado contemplándolo exclusivamente desde el exterior, objetivamente, en su aspecto concreto. El *perfecto,* en cambio, adopta un punto de vista subjetivo; contempla el suceso como un hecho abstracto, en relación directa con el presente del hablante. Tiene en común con el *passé composé* francés una perspectiva subjetiva y el hecho de ser un tiempo compuesto con los auxiliares equivalentes a *être* y *avoir*: *sein* y *haben*; y también el pertenecer más específicamente a la lengua hablada que el «pretérito», aunque éste es en ella bastante más frecuente que el *passé simple* en francés.

45. Malblanc reconoce la imposibilidad de recoger estas consideraciones en cuadros paralelos, porque el francés [lo mismo se podría decir de las demás lenguas románicas] y el alemán siguen caminos diferentes. Pero se consuela pensando que el traductor de vocación no se detiene ante estas dificultades teóricas. «Si conoce bien la lengua adversa, se representa el acontecimiento en su realidad con el aspecto que se le da, y, confiando en su sentimiento, en su *Sprachgefühl,* elige en su lengua los tiempos apropiados y acude, si es preciso, a los recursos ajenos al verbo: la elección de los tiempos es en gran parte instintiva». Es verdad. Pero no basta el instinto ni el *Sprachgefühl* para asegurar una elección acertada. Es preciso conocer la gramática de ambas lenguas, en particular la de la lengua propia. Muchos traductores españoles fallan, al traducir del francés, en la elección del pret. perf. simple o del pret. perf. compuesto, y, al traducir del alemán, en la elección de estos mismos tiempos y, además, en la del pret. perf. simple o el imperfecto (cf. § 26. E y C).

46. Malblanc relaciona a continuación algunas traducciones características, en primer lugar, del imperfecto francés, cuyos diversos aspectos pocas veces pueden ser reproducidos por el «pretérito» alemán solo. Nos interesan especialmente desde el punto de vista de la traducción del alemán al español, pues muestran cómo en ella puede prescindirse de los recursos usados por el alemán en apoyo de su «pretérito», sin necesidad de buscarles apoyos formales en la traducción del alemán a las lenguas románicas. Veamos algunos casos concretos. (Las cifras indicadoras de págs. que pone Malblanc después de los ejemplos se refieren a las de la obra de H. Weber).

47. *Aspecto durativo.*—El uso de verbos alemanes de aspecto léxico durativo, como *sein* «ser», *wohnen* «habitar», *bleiben* «permanecer», *stehen* «estar de pie», etc., facilita la transposición de este aspecto. Tales verbos no necesitan recursos ajenos para reproducir con su «pretérito» el aspecto durativo del imperfecto francés o, en general, románico:

> «Déjà tous deux *étaient* dans l'escalier: Aber die beiden *waren* bereits im Treppenhaus» (pág. 120).
> «Le camp de Matelot, c'*étaient* trois maisons de bois. Lui et Junie *habitaient* la maison à un étage, en face de la cabane basse *restait* Charlotte: Das Lager des Matrosen *bestand* aus drei Holzbaracken. Er und Junie *bewohnten* das einstöckige Haus, in der Hütte gegenüber *wohnte* Charlotte» (pág. 40).

[Norma para la traducción del alemán al español: El «pretérito» de los verbos de aspecto léxico durativo debe traducirse normalmente por nuestro *imperfecto*. Pero, a veces, un complemento de tiempo puede dar a este pretérito aspecto perfectivo, y en tal caso deberá traducirse por nuestro pret. perf. simple: «Charlotte *wohnte* drei Wochen in der Hütte gegenüber: Charlotte *vivió* tres semanas en la cabaña de enfrente»].

48. *Aspecto iterativo.*—El imperfecto puede expresar la repetición habitual de una acción, cuyo aspecto es entonces *iterativo*:

«À partir de ce premier soir Vincent s'*amenait* vers onze heures, *causait* un quart d'heure avec Robert, puis *montait* au premier»: «Seit diesem ersten Abend *pflegte* Robert Vincent aufzusuchen und eine Viertelstunde mit ihm zu plaudern» (pág. 121).

Prescindiendo de lo inadecuado de la traducción, que invierte la atribución del sujeto y omite la última frase, es acertado el comentario de Malblanc: «El uso de *pflegen* + *infinitivo* es corriente en la traducción del imperfecto iterativo». [Por consiguiente, el «pretérito» de *pflegen* + *infinitivo* puede traducirse al francés y al español por el imperfecto del verbo que en al. va en infinitivo: «Er *pflegte* morgens zeitig *aufzustehen*: «Se levantaba temprano» / «Madrugaba». «Mein Vater *pflegte zu sagen,* dass...»: «Mi padre solía decir que...» / «Mi padre decía que...»]

49. *Aspecto progresivo.*—Malblanc se limita aquí a citar los dos ejemplos siguientes:

«Antonio arriva le matin. Toussaint *préparait* sa salle des malades: ...in der Frühe kehrte Antonio zurück. Toussaint *war damit beschäftigt,* den Raum für den Besuch der Kranken *zu richten*» (pág. 123).

«Mme. Herpain (on lui parle), d'un mouvement machinal, *savonnait* son cou et ses bras»: «Frau Herpain *fuhr* mechanisch *fort,* Hals und Arme *einzuseifen*» (pág. 123).

[Giros como *er war damit beschäftigt... zu* + *infinitivo* pueden traducirse al español por el imperfecto del verbo correspondiente al que en al. va en infinitivo; a veces, por el imperfecto de *estar* + *gerundio:* «Gertrud *war gerade damit beschäftigt,* Gardinen *aufzuhängen,* als ich ankam» («G. estaba colgando cortinas cuando yo llegué»). En cambio, *er fuhr fort, zu* + *infinitivo* corresponde más bien a nuestro *siguió* + *gerundio.* La trad. esp. de un texto alemán como *Frau H. fuhr fort, Hals und Arme einzuseifen* no sería propiamente «La señora H. enjabonaba...», sino «siguió enjabonando...». Esto hace pensar que la traducción al. de *savonnait* («enjabonaba») por *fuhr fort... einzuseifen* no es adecuada].

50. *Imperfecto evocador.*—Aquí, como en los dos ejemplos anteriores, el aspecto se reproduce en alemán con la ayuda de un verbo complementario:

«Olivier se tut. Un gouffre entre Bernard et lui *se creusait*»: «O. verstummte. Ein Abgrund *schien sich aufzutun* zwischen B. und ihm» (pág. 124).

[La trad. alemana, que reproduce bien el aspecto progresivo de *se creusait,* se aparta, en cambio, semánticamente del original: no es lo mismo «abrirse» (proceso real) que «parecer abrirse» (proceso aparente)].

51. En el § 265 (pág. 302) se caracteriza el «pretérito» alemán frente al imperfecto francés con la siguiente oposición, que puede extenderse al imperfecto románico: «Encerrado en sí mismo, concreto, movible, el «pretérito» no tiene la iluminación interior del imperfecto francés. Por eso, para traducir éste lo mejor posible, el traductor alemán añade al pretérito, según los casos, un *schon,* un *eben, so eben, gerade, dabei, jetzt, nur, oft, immer, da, dann, damals,* a veces un adverbio: *plötzlich, langsam, gewöhnlich,* luces externas más o menos discretas, que iluminan las relaciones del pretérito con su entorno y responden al gusto alemán por los enlaces abundantes y precisos». [Se trata, pues, de reproducir por medios léxicos y sintácticos un aspecto que en el imperfecto de las lenguas románicas es morfológico]. Malblanc cita tres ejemplos:

«Il eut une crise pendant la nuit. Sa femme *était* à Compiègne...»: «Während der Nacht hatte er einen Anfall. Seine Frau *weilte gerade* in Compiègne...» (pág. 132).

«Nótese también —advierte Malblanc— el *weilte* durativo». [Este carácter de *weilte* bastaba para reproducir el aspecto durativo de *était* «estaba»; precisamente porque *weilen* «permanecer» indica una estadía de cierta duración, *gerade* no refuerza aquí, sino que limita la duración de *weilte:* «permanecía en aquel momento» = *était* «estaba», cuya duración se limita por un *alors* «entonces» implícito en el contexto: su mujer no vivía habitualmente en Compiègne, pero estaba allí cuando él tuvo la crisis].

«Il *devenait* très jaune»: «*Dabei* wurde er ganz gelb» (pág. 133).
«La mer *montait*»: «*Langsam* stieg die Flut» (pág. 39).

[En el último ejemplo, el pretérito de *steigen,* verbo durativo, reforzado por el adverbio *langsam* «lentamente», reproduce el aspecto progresivo del imperf. mejor que *wurde* (el «devenir» puede ser casi instantáneo) apoyado por *dabei* «al mismo tiempo», adverbio que no expresa el avance de la acción sino su simultaneidad con otra. De la preferencia alemana por el uso de partículas como simple apoyatura aspectual de los verbos se deduce la conveniencia de omitirlas en la traducción cuando acompañan al «pretérito», poniendo el verbo románico en imperfecto: «*Hans arbeitete* und *hörte dabei* Radio»: «H. trabajaba y oía la radio» (omisión de *dabei*)].

52. Malblanc dedica todavía los §§ 266-270 a comentar las posibles transposiciones del imperfecto francés mediante el «pretérito» alemán apoyado por verbos complementarios, por frases conjuncionales, por auxiliares de modo, incluso mediante el perfecto o el pluscuamperfecto. Pero estas consideraciones no tienen ya relación directa con los aspectos de la acción que puede expresar el imperfecto francés y, en general, el imperfecto románico.

53. Cerramos, pues, este apartado sobre el aspecto con la siguiente observación: desde el punto de vista de la traducción, percibir con claridad el aspecto léxico, morfológico o sintáctico de la acción (recordemos que la acción no se expresa sólo en el verbo, sino que puede expresarse también en el sustantivo, y su aspecto puede ser determinado por el adjetivo y por el adverbio) es tan necesario para reproducirlo adecuadamente como comprender el significado léxico, morfológico y sintáctico de cualquier palabra para darle un equivalente de traducción apropiado. Como advierte G. Mounin[15]: «en no pocas lenguas, el aspecto de la acción es mucho más importante gra-

---

[15] *Linguistique et traduction,* pág. 258.

maticalmente que la fijación de los tiempos en que se sitúa; esto es conocido por todos los lingüistas, incluso sin salir del indoeuropeo».

54. Es también notorio que las distintas familias de lenguas no se corresponden en cuanto a los medios de que disponen para expresar el aspecto de la acción. Las lenguas románicas utilizan la oposición *imperfecto / pret. perf. simple* (o sus equivalentes) para diferenciar principalmente los aspectos imperfectivo y perfectivo. En las lenguas germánicas no hay un tiempo equivalente al imperfecto románico. Pero también es aplicable a la expresión del aspecto la afirmación general reiterada por R. Jakobson en su breve pero sustancioso artículo «On Linguistic Aspects of Translation» (en *On Translation,* ed. by R. A. Brower, Cambridge, Mass., Harvard University Press, 1959): «Toda experiencia intelectual y su clasificación es transferible a cualquier lengua» (pág. 234). «Ninguna carencia de instrumento gramatical en la lengua a la que se traduce impide la traducción literal de toda la información conceptual contenida en el original» (pág. 235). «Si una lengua carece de alguna categoría gramatical, su sentido puede traducirse a esta lengua por medios léxicos» (*ibid.*) [16].

---

[16] M. Wandruszka dedica el capítulo XX de su libro *Nuestros idiomas: comparables e incomparables,* págs. 510-534, a mostrar los diversos recursos utilizados por las lenguas allí comparadas para expresar diferentes aspectos de la acción. Es muy útil la lectura de todo el capítulo, sobre todo de las págs. 511 s., 518 y 527-534.

VII. EL PLANO FÓNICO DE LA LENGUA

1. Hemos dicho que el plano fónico de la lengua no tiene para el traductor tanta importancia como para el intérprete. Para éste, que opera normalmente sobre textos orales, la fonología es factor esencial en la comprensión. Al traductor los sonidos de la LO le interesan sólo como elementos o factores estilísticos. En la traducción hay que preservar ante todo el sentido del TLO; también, pero en segundo término, el estilo. Teniendo esto en cuenta, vamos a dedicar la sección última de esta primera parte al plano fónico de la lengua.

2. *Fónico* es un término genérico, que comprende todo lo relativo al sonido como elemento del lenguaje. Incluye lo *fonético* y lo *fonológico*. La *fonética* estudia los sonidos del lenguaje en su aspecto físico y fisiológico, sin tener en cuenta su función lingüística. La *fonología,* en cambio, estudia el funcionamiento de los sonidos en una lengua determinada. «La única tarea de la Fonética es responder a la pregunta: ¿cómo se pronuncia esto o aquello...? La Fonología debe investigar qué diferencias fónicas están ligadas, en la lengua estudiada, a diferencias de significación; cómo los elementos de diferenciación (o *marcas*) se comportan entre sí y según qué reglas pueden combinarse unos con otros para formar palabras o frases»[1].

3. Pero al traductor en cuanto tal no le interesan los sonidos de la LO en su aspecto puramente físico y fisiológico, desligados de su

---

[1] Trubetzkoy, cit. por F. Lázaro Carreter, *DTF, s. v.* FONOLOGÍA.

función lingüística. Tampoco le interesa especialmente saber qué diferencias fónicas están ligadas en dicha lengua a diferencias de significación ni cómo se comportan entre sí y pueden combinarse tales marcas. Le interesa más bien saber cuáles son los sonidos y las combinaciones de sonidos de la LO que pueden producir en el lector determinadas impresiones. El estudio de estos efectos fónicos no le corresponde a la Fonología, ni tampoco a la Fonética, si nos atenemos estrictamente a sus definiciones. Suele asignarse, no obstante, con cierta inconsecuencia, a una rama de la Fonética, llamada *Fonética simbólica,* cuya misión sería averiguar «la posible idoneidad que ciertos sonidos poseen para evocar ciertas representaciones» (*DTF, s. v.* FONÉTICA). Si efectivamente hay en una lengua sonidos capaces de evocar determinadas representaciones —cosa discutible y discutida si se consideran tales sonidos aisladamente, pero indudable si se consideran unidos con otros para formar palabras (*onomatopeya*), y sobre todo constituyendo frases—, su estudio debe incluirse en el dominio de la *Fonoestilística,* «término propuesto ya por Trubetzkoy para designar una posible rama de la lingüística que se ocuparía de los procedimientos fonéticos y fonológicos [que mejor se llamarían «fónicos»] de expresión y de appell» (*Ibid., s. v.* FONOESTILÍSTICA)[2]. La capacidad de los elementos fónicos de una lengua para evocar determinadas representaciones constituye el *simbolismo del sonido.*

Haremos a continuación algunas consideraciones sobre el simbolismo de los sonidos lingüísticos en la medida en que pueden

---

[2] Los términos «expresión» y *«appell»* o «llamada», junto con «representación», son la denominación de las tres funciones que Karl Bühler en su *Sprachtheorie. Die Darstellungsfunktion der Sprache,* Stuttgart, ²1965 (trad. esp. de J. Marías) asigna al lenguaje. «La *llamada* actúa sobre el oyente para dirigir su atención o atraerla sobre el hablante; mediante la *expresión,* el hablante manifiesta su estado psíquico, y, por fin, la *representación* permite al lenguaje transmitir un contenido... Las tres funciones coexisten frecuentemente. Las dos primeras son comunes al hombre y a los animales; la de representación es específicamente humana» (*DTF, s. v.* FUNCIÓN). R. Jakobson ha distinguido en el lenguaje tres funciones más: la función *fática,* la función *metalingüística* y la función *poética.* (Cf. V. M. de Aguiar e Silva, *Teoría de la literatura,* Madrid, Gredos, 1972, págs. 15 y ss.).

interesar al traductor. Desde este punto de vista podemos considerar los sonidos lingüísticos aislados, los sonidos formando palabras y los sonidos en agrupaciones más extensas que la palabra.

§ 30. SIMBOLISMO DE LOS SONIDOS LINGÜÍSTICOS AISLADOS.

1. Se atribuye a Platón la idea de que los sonidos elementales (*stoicheia*) de las palabras son significativos por sí mismos. En el *Crátilo* 426 c - 427 c, Sócrates parece expresar la opinión de que algunos elementos fónicos (cuyo sonido se aproximaría al representado en español por *r, i, f, ps, s, ds, d, t, l, g* sonora, *a, ē* y *u*) son apropiados para expresar determinados conceptos; así la *rhō* (*r*) le parece ser «como un órgano de todo movimiento»; la *iōta* (*i*) serviría para expresar lo fino, lo delgado, lo pequeño, como lo más apropiado para ir a través de todas las cosas; la *a,* en cambio, expresaría lo grande. Se ha querido confirmar estas dos últimas atribuciones con un ejemplo atribuido también a Platón[3] y que sería muy demostrativo: la pareja *mikrós* («pequeño») / *makrós* («grande»). Pero el mismo Sócrates afirma enseguida (428 a) que él no tiene ningún interés en sostener tal opinión, y más adelante (434 c-e) acaba convenciendo a Crátilo de que las palabras significan por convención y no por las propiedades atribuidas antes a sus elementos.

2. Entre los latinos, Persio llamó a la *r* «littera canina». Cicerón consideraba molesta la repetición de esta letra, y así rechaza (*Orator* 49, 164) una palabra como *perterricrepa*; y en la misma obra (163) llama «insuavissima littera» a la *f,* que, a juicio de Quintiliano, era un soplo, más que un elemento de la voz humana. Para el propio Quintiliano (12, 10, 31), la *m* era una «littera mugiens» («letra mugidora»)[4].

---

[3] Sin indicar el pasaje en que podría hallarse. En el *Crátilo* no se encuentra.
[4] Cf. V.-J. Herrero Llorente, *La lengua latina en su aspecto prosódico,* Madrid, Gredos, 1971, pág. 183.

3. En la época moderna se extremaron las teorías sobre la expresividad natural de los sonidos lingüísticos. Los teóricos y poetas románticos y posrománticos, especialmente los tratadistas y los cultivadores del simbolismo, llegaron a atribuir color a cada una de las vocales, estableciendo casi como un dogma estético-literario el principio de la «audición coloreada». ¿Quién no conoce el célebre soneto de Rimbaud:

> A noir, E blanc, I rouge, U vert, O bleu, voyelles,
> Je dirai quelque jour vos naissances latentes...?

Este soneto se convirtió muy pronto en el manifiesto del simbolismo, y ha sido traducido a una veintena de lenguas, entre ellas al español por lo menos tres veces: por Díez-Canedo, por M. Bacarisse y por mí[5]. Étiemble le ha dedicado un libro documentadísimo y muy combativo[6], en que trata de destruir el mito creado en torno a este poema mediocre, que el propio Rimbaud no tomaba en serio.

4. Ya a principios de nuestro siglo la «audición coloreada» cayó en cierto descrédito; pero —observa Étiemble (págs. 137 y siguientes)— «las correspondencias han continuado seduciendo a los espíritus: poetas y lingüistas perpetúan el error antiguo». Y cita el ejemplo de Jespersen, que en su célebre estudio *Symbolic value of the vowel I,* publicado en 1922, «creyó poder elaborar, o al menos sugerir un simbolismo de los sonidos». Jespersen observa allí, del mismo modo que Sócrates en el *Crátilo,* que la *i* sirve con frecuencia «para designar lo pequeño, ligero, insignificante y débil»[7], aunque no pretende que

---

[5] Mi traducción, puramente ocasional y hecha antes de conocer la existencia de las de Díez-Canedo y Bacarisse, se publicó en la versión española de la obra de V. M. de Aguiar e Silva cit. en la nota 2, pág. 31, n. 39. En la 2.ª ed. de mi libro *En torno a la traducción,* págs. 270-288, hablo de otras tres traducciones al español.

[6] *Le sonnet des voyelles. De l'audition colorée à la vision érotique,* Paris, Gallimard, 1968, 242 págs.

[7] F. Lázaro Carreter, *o. c., s. v.* FONÉTICA (SIMBÓLICA), refiriéndose a la observación de Jespersen, anota por su parte que, «efectivamente, en español la hallamos [la presencia de *i* significando pequeñez] en los sufijos *-ico, -ito,* en *diminuto, niño,* etc.», y añade que L. Spitzer hizo notar el uso de *ch* en los hipocorísti-

toda *i* tenga este destino; cita incluso, como ejemplos opuestos, las palabras inglesas *thin* («fino») y *thick* («gordo»), del mismo modo que podrían aducirse contra los ejemplos de *mikrós* («pequeño») y *makrós* («grande»), atribuidos a Platón, *gigas* («gigante») / *nannos* («enano»), o la pareja inglesa *big* («grande») / *small* («pequeño»). Por su parte, R. Wellek y A. Warren, aun reconociendo que el famoso soneto de Rimbaud puede ser completamente arbitrario al establecer una relación determinada entre vocales y colores, sostienen que «las asociaciones fundamentales entre vocales palatales (*e, i*) y los objetos finos, veloces, claros y brillantes, y, a su vez, entre vocales velares (*o, u*) y objetos pesados, lentos, opacos, oscuros, pueden probarse mediante experimentos acústicos»[8].

5. Un año después que el libro de Étiemble apareció en Heidelberg el de Ludwig Schrader *Sinne und Sinnesverknüpfungen*[9], traducido al español con el título de *Sensación y sinestesia* y el subtítulo: *Estudios y materiales para la prehistoria de la sinestesia y para la valoración de los sentidos en las literaturas italiana, española y francesa*[10]. Schrader, más conciliador que Étiemble, dedica un largo capítulo (págs. 13-93 de la trad. española) a exponer las encontradas opiniones sobre la sinestesia, fenómeno abarcador de la visión del sonido y, por tanto, de la «audición coloreada». El apoyarse en la sinestesia como recurso poético se daba ya en las literaturas antiguas, p. ej. en Homero y en la Biblia. Y casi un siglo antes que Rimbaud, en la última década del XVIII, A. W. Schlegel, en sus *Betrachtungen über Metrik* («Consideraciones sobre métrica»), dirigidas a F. Schlegel, establecía, si bien calificándola de juego de la fantasía, la siguiente correspondencia entre vocales y colores:

A	O	I	Ü	U
roja	*púrpura*	*azulada*	*violeta*	*azul marino*

cos y palabras afectivas (*Concha, Pancho, chico,* etc.)».

[8] *Theory of Literature,* versión esp. de José M.ª Gimeno, 4.ª ed., 3.ª reimpr. Madrid, Gredos, págs. 192 s.

[9] Carl Winter, Universitätsverlag, 1969.

[10] Trad. de Juan Conde, Madrid, Gredos, 1975.

Advierte, sin embargo, que igualmente se podría atribuir a la A el color blanco, y a la U, el negro. La E le parece gris, por hallarse a medio camino entre estas dos vocales[11]. Schrader termina el mencionado capítulo citando el poema de Alfonso Reyes *Una metáfora,* en que el crítico y poeta mejicano satiriza a los adversarios de la sinestesia apelando a Homero y a otros autores clásicos. Transcribo a continuación el poema. Las notas de Schrader pueden verse con más detalle en su obra:

«las cigarras de voz de lirio», dice Homero...[288]
Le pesa al preceptista, le duele al traductor.
La audacia del poético y voluntario error
de escolios y de notas ha juntado un rimero.

Algo hay en Apolonio que es del mismo acero[290],
y algo en el viejo Hesíodo[291] que tiene igual sabor.
No creo que se pueda decir nada mejor,
y juzgue cada uno lo que dicte su fuero.

¿Pues no ha osado un moderno hablarnos del clamor
rojo de los clarines[292], y no es valedero
si otro habla del negro redoble del tambor?

Transporte sensorial, vocales de color,
Sinestesia —perdónese el terminajo huero—,
Suprarrealidad, Cantos de Maldoror...

¡Se asusta el avispero!
Mientras zozobra el crítico, digamos con valor:
¡Bravo por «las cigarras de voz de lirio», Homero!

[288] *Ilíada* III, 152.
[290] Apolonio de Rodas, *Argonáutica* IV, 903 (las voces de color de lirio de las sirenas).
[291] Hesíodo, *Teogonía* 41 (el mismo epíteto para las voces de las musas).
[292] Schrader enumera ejemplos de escritores de varias lenguas. Reproduzco sólo parte de la nota: «clarín de llama» en Juan Ramón Jiménez, «Desnudos», en *Libros inéditos de poesía,* selección, ordenación y prólogo de Francisco Garfias, vol. 1, Madrid, 1964, pág. 135, en cercanía inmediata de «aurora plena / cantando entre granas». El sonido de la trompeta como una llama, ya en Esquilo, *Persas* 395, y en Eurípides, *Fenicias* 1377.

[11] L. Schrader, *o. c.,* pág. 27 de la trad. española.

6. Más recientemente aún, en su *Psycholinguistik. Eine Einführung*[12], Gudula List admite como un hecho la existencia del simbolismo fónico (págs. 37- 42 de la trad. española), para el cual se trataría sólo de encontrar una explicación convincente. Le parece superficial la que se basa en una vinculación asociativa de un sonido con el significado de ciertas palabras en que tal sonido aparece. El hecho de que, en el experimento realizado por Sapir proponiendo *mal* y *mil* como nombres de objetos iguales pero de distinto tamaño, los sujetos interrogados atribuyeran siempre mayor tamaño a *mal* que a *mil* (confirmando así la caracterización socrática de la *a* y de la i) se debería a la semejanza de sonido con *large* («grande») y *little* («pequeño»). Pero contra esto se puede objetar que también *big* («grande») y *small* («pequeño») son designaciones corrientes de tamaños, apareciendo, en este caso, *i* en la palabra que significa «grande», y *a,* en la que significa «pequeño». «Y sobre todo —observa G. List—, la unanimidad en el juicio no se ciñe siquiera a los límites de una lengua, sino que es válida también para comunidades lingüísticas muy distintas» (pág. 39 de la trad. esp). ¿Hay en todas estas lenguas palabras de uso muy frecuente en que el sonido *i* se asocie al significado de pequeñez? ¿No hay en ellas otras palabras de uso igualmente frecuente en que el mismo sonido aparezca unido al significado de algo grande? En español, por ejemplo, como observaba F. Lázaro Carreter (nota 7), tenemos la presencia de *i* en los sufijos diminutivos *-ico, -ito,* a los que podría añadirse el diminutivo asturiano-leonés *-ín* (*pequeñín,* incluso *piquiñín* en ciertos lugares de Asturias). Pero a esto se puede contraponer los superlativos en *-ísimo,* que significan lo contrario, y muchas palabras de uso frecuente, como *infinito, instintivo, indistinto, cilindro,* que no sugieren nada pequeño. Con todo, como advierte Coseriu[13], «el lingüista puede señalar que palabras con vocales ante-

---

[12] Stuttgart-Berlin-Köln-Mainz, Kohlhammer Verlag, 1972; trad. esp. de Javier Morales Belda, *Introducción a la psicolingüística,* Madrid, Gredos, 1977.

[13] «Forma y sustancia en los sonidos del lenguaje», en *Teoría del lenguaje y lingüística general,* 3.ª ed. revisada y corregida, Madrid, Gredos, 1978, pág. 207.

riores, como *dick* en alemán o *velikij* en ruso, significan «grueso» y «grande», pero esto no modifica la convicción del hablante español acerca del valor evocativo de una palabra como *chiquitito* (que no es lo mismo que *muy pequeño*) ni le hace interpretar *mujercita* como *mujer + pequeña* o *mujerona* como *mujer + grande*». Prescindiendo ahora del valor afectivo de diminutivos y superlativos, es evidente que en *chiquitito,* y todavía más en *chiquitín,* la acumulación de *íes* acentúa la idea de pequeñez.

7. Pero aquí, como en todos los diminutivos, colaboran estrechamente el sonido y el significado. A veces, sin embargo, palabras desprovistas de cualquier significado conocido, como las antes citadas *mal / mil* de Sapir, producen en el oyente imágenes de tamaño, de forma y hasta de color. Permítaseme citar dos experiencias personales: 1) Antes de conocer personalmente al fonetista Quilis, me lo imaginaba, creo que sin más motivo que las dos *íes* de su apellido, quizá reforzadas por la forma de la *l* intermedia, muy alto y muy delgado. Cuando llegué a conocerlo, experimenté cierta sorpresa ante su estatura corriente en España y su complexión robusta. 2) Dos niñas de cuatro y seis años discutían ante un corralillo si los animales que allí había, todos de color oscuro, eran toros o vacas. Según la menor eran vacas; según la mayor, toros. Acudieron a mí como árbitro, y, al asegurarles yo que eran vacas, la mayor repuso: «no; las vacas son blancas, y los toros, negros».

8. Pero esto no nos aclara en qué se basan las atribuciones de tamaño, forma o color a determinados sonidos lingüísticos, especialmente a ciertas vocales. ¿Cuál es el fundamento real de dichas atribuciones si no puede considerarse tal la presencia de estos sonidos en palabras de uso frecuente cuyo significado acaba destiñendo sobre el sonido en cuestión? Gudula List apunta, quizá algo borrosamente, la solución probable: «es posible que el misterio del simbolismo fónico universal se reduzca al problema fisiológico del instrumental unitario de los órganos humanos del lenguaje, y al problema no lingüístico de las leyes generales del sonido». (*O. c.,* pág. 39 de la trad. esp.). Es decir, el que en gran número de lenguas muy diferentes se asocie el

sonido de *i* con la imagen de pequeñez, y el de *a* con la de algo grande, se debe al hecho de que, siendo fisiológicamente iguales los órganos de la fonación en todos los hombres, todos ellos realizan más o menos el mismo gesto para ambas vocales, *agrandando* la abertura bucal para pronunciar la *a* y *empequeñeciéndola* para emitir la *i*. Esta solución está ya, en cierto modo, presente en el *Crátilo,* 422d-423b, cuando Sócrates dice que los primeros nombres tuvieron que ser como gestos hechos «con la voz y con la lengua y con la boca», mediante los cuales imitarían los hombres, como imitan los mudos con las manos y con la cara, las cosas que querían nombrar.

9. Sin embargo, como observa W. Kayser[14], «las atribuciones de color a las vocales que se han hecho hasta ahora discrepan entre sí fundamentalmente (lo cual no excluye una correlación constante para un mismo autor)»[15]. Por su parte, W. Porzig[16] asegura que «es innegable que todo el que hable alemán asentirá a la pregunta de si en palabras como *spitz* («agudo»), *Witz* («ingenio»), *fix* («ligero») o *klar* («claro»), *strahlen* («radiar») o *Schreck* («susto»), *stocken* («pararse»), *zucken* («palpitar») o *leise* («quedo, leve»), *weich* («blando») o *sausen* («zumbar»), *laut* («alto») (del sonido), responde el sonido a la significación de cada una».

10. Pero los sonidos aislados no significan nada, salvo en contadas excepciones, como en el imperativo latino *i* («vete», de *ire* «ir»)

---

[14] *Interpretación y análisis...,* pág. 137.

[15] Esta constancia de la correlación es dudosa para el propio Rimbaud. El autor de *Voyelles* comienza el soneto afirmando que la A es negra: «A noir». Pero en unos versos de *Mémoire* citados por Étiemble (*Le Sonnet...,* pág. 146), donde «con toda evidencia quiere evocar la imagen o la idea de blancura, escribe:

L'eau claire comme le sel des larmes d'enfance;
L'assaut au soleil des blancheurs des corps des femmes»;

«Cuántas letras vocales A, cuántos sonidos vocálicos *a,* cuánta negrura —exclama Étiemble— para expresar tantos candores, tantas cosas blancas (l'*e*au [agua], cl*a*ire [clara], l*a*rmes [lágrimas], enf*a*nce [infancia], *a*ssaut [asalto], *a*u [al], bl*a*ncheurs [blancuras]...)!».

[16] *El mundo maravilloso...,* pág. 29.

o en el sustantivo francés *eau* (sonido *o*, «agua»). Y aunque la *i* del imperativo latino pudiera corresponder de algún modo a lo que dice Sócrates en el *Crátilo,* y en *eau* pudiera verse cierta correspondencia con *O bleu* («O azul») del soneto rimbaudiano, ¿qué interés puede tener esto para el traductor que se ve obligado a sustituir, p. ej. en español, *i* por *ve* o *vete* (con una o dos *es* precedidas de otros sonidos) y *eau* por *agua,* palabra que, según Rimbaud, evocaría una imagen profundamente negra, aunque para otros pueda ser muy blanca? No es, pues, en los fonemas o sonidos aislados donde debe fijar la atención el traductor al estudiar un TLO, sino en los sonidos como elementos asociados al significado de las palabras o al de agrupaciones más extensas que la palabra.

§ 31. SIMBOLISMO FÓNICO DE LAS PALABRAS.

Hemos visto que, en principio, los fonemas o sonidos elementales de una lengua no tienen significación por sí solos; su misión es unirse a otros para constituir juntos la palabra, que es la base del significado [17]. Pues bien, las palabras de la LO que pueden interesar al traductor por su sonido son las llamadas en general «palabras expresivas», entre las que ocupan lugar especial las *onomatopeyas.* Trataremos de éstas en primer lugar.

a) *La onomatopeya.*

1. Se produce la onomatopeya cuando los elementos fónicos de una palabra tratan de reproducir el sonido de la cosa o de la acción

---

[17] Digo que la palabra es «la base» del significado porque las agrupaciones de sonidos que sin ser palabras tienen algún significado (como los prefijos, sufijos, diminutivos, aumentativos, desinencias flexivas, etc.) necesitan como soporte la palabra.

significadas: *bisbiseo, cacarear, chasquido, cuco, hipo, mugir, murmurar, musitar, rasgar, runrún, serrar, susurrar, tictac,* son onomatopeyas. «Una palabra es, ante todo, una imagen sonora—explica W. Porzig (*o. c.*, pág. 24)—, y gran parte de las cosas del mundo son sonidos o nos llaman la atención por los sonidos que producen. Así es posible imitar el mundo de los sonidos por medio de los sonidos del lenguaje».

2. Las onomatopeyas son palabras evidentemente motivadas. La polémica acerca de si las palabras significan «por naturaleza» (*phýsei*) o «por convención» (*thései*) viene de tiempos anteriores a Platón, como puede verse en su diálogo *Crátilo*. Desde Saussure, la «arbitrariedad» del signo lingüístico se ha convertido en una especie de dogma para la gran mayoría de los lingüistas. No han faltado, sin embargo, quienes han mantenido frente a esta postura graves reservas. En primer lugar, son poco afortunados los términos «arbitrario» y «arbitrariedad», que suscitan asociaciones mentales con «caprichoso» y «capricho». Es «arbitrario» lo que alguien hace sin más móvil que su gusto personal y su albedrío. Pero en la atribución de significados a las palabras no hay persona ni grupo con capacidad para resolver arbitrariamente. Cada individuo se encuentra, al nacer en una comunidad lingüística, con una lengua ya formada, que aceptará sin opción posible y, todavía muy niño, comenzará a usar como suya. Y no podrá alterarla por decisión propia. Si con los años resulta creador lingüístico, sus neologismos, generalmente motivados, carecerán de todo valor si la comunidad no los acepta. La aceptación por la comunidad de lo que alguien propone es lo que llamamos convenio, pacto o convención. Es, pues, más razonable que los términos saussurianos de «arbitrario» y «arbitrariedad» la fórmula antigua según la cual «los nombres», los signos lingüísticos, significan «por convención». Pero tampoco esta fórmula resulta plenamente admisible si se quiere significar con ella que todas las palabras carecen de motivo. Para no salirnos del tema, nos limitaremos a decir aquí que la existencia de onomatopeyas demuestra que al menos algunas palabras son motiva-

das. Y las onomatopeyas existen en todas las lenguas del mundo, constituyen uno de los universales lingüísticos[18].

3. Por otra parte, la innegable motivación de las onomatopeyas no opera uniformemente en todas las lenguas; de lo contrario, las palabras onomatopéyicas serían iguales en todas partes, y los traductores no tendrían con ellas ningún problema. Pero las onomatopeyas —como observa W. Kayser (*o. c.,* páginas 135 s.)— «nunca reproducen exactamente los sonidos del exterior. Al oírlas en una lengua desconocida, nadie comprende su significado. Claro está que las lenguas tampoco aspiran a la identidad, pues no aprovechan completamente las posibilidades de sus fonemas, sino que se contentan con vagas indicaciones». El ave que en español se llama *cuco,* porque, cuando canta, nos parece como si emitiera estos sonidos, se llamaba *kókkyx* en griego clásico (con *y* equivalente a la *u* francesa) porque los griegos oían su canto como si dijera *kókky,* mientras que en griego moderno se llama *kûkkos,* y en latín se llamaba *cucūlus* (con un sufijo diminutivo); los alemanes la llaman *Kuckuck*; los franceses, *coucou*; los ingleses, *cuckoo,* y los finlandeses, *käki.* Para los alemanes, la vaca *muht,* la oveja *blöckt,* la cabra *meckert,* el cerdo unas veces *quiekt* y otras *grunzt,* el gato *miaut,* la paloma *gurrt* y el cuervo *krächzt*; para nosotros, la vaca *muge,* la oveja y la cabra *balan* (un solo término, aunque los respectivos sonidos se distinguen perfectamente), el cerdo en unos casos *chilla* y en otros *gruñe,* el gato *maúlla* (*maya* o *miaga*) y a veces *ronronea,* y emite otros sonidos para los que no tenemos nombre, p. ej. cuando se enfurece, o cuando, por enero, en pleno celo, alza un plañido largo y lastimero como el llanto de un niño abandonado; la paloma *arrulla* y el cuervo *grazna.* No cantan los gallos de modo distinto en España, en Francia, en Inglaterra, en Alemania; pero aquí decimos que el gallo lanza su

---

[18] Puede pensarse que la formación de palabras por onomatopeya desempeñó un papel importante, incluso fundamental, en los primeros tiempos del lenguaje humano, que pudo tener en las onomatopeyas su punto de partida. Es un hecho que este tipo de palabras tiene gran importancia en los estados iniciales del lenguaje, tanto en el lengua-

quiquiriquí, que es para los franceses un *cocorico,* para los alemanes un *Kikeriki* y para los ingleses un *Cock-a-doodle-doo.* La verdad es que ninguna de estas palabras reproduce con exactitud «el canto del gallo», que sólo existe en abstracto, pues cada gallo canta su canto, distinto de cualquier otro (los aldeanos saben, sin verlo, si ha cantado su gallo o el de tal o cual vecino. Y también los gallos tienen en su lenguaje otros muchos sonidos para los que no tienen nombres ni verbos las lenguas humanas).

4. Que la imitación del mismo sonido natural dé resultados diferentes en las distintas lenguas no debe sorprendernos: «una impresión sonora —comenta Porzig (*o. c.,* págs. 24 s.)— llega a hacerse efectiva no sólo por medio del verdadero sonido, sino también por la percepción del oyente, y ésta difiere en los distintos hombres. Y diferentes son también los movimientos usuales de los órganos de la palabra en las diversas comunidades idiomáticas». La lengua no pretende nunca imitar con tanta exactitud como la pintura clásica; pero tampoco ésta se ajusta siempre por completo a la apariencia de lo pintado: cuando dos o más pintores retratan a la misma persona, los retratos salen diferentes. Por otra parte, la evolución natural de una lengua, que no sigue líneas exactamente coincidentes con las de ninguna otra, es una causa más de la diferencia de las onomatopeyas entre lengua y lengua. Evolucionan las palabras, también las onomatopéyicas, mientras que los sonidos naturales siguen siendo los mismos durante milenios: *sternutare* designaba en lat. lo que nosotros llamamos *estornudar,* los franceses *éternuer, y* los italianos *starnutire* o *starnutare.* Por lo demás, no todos los españoles, ni

je infantil, que no sólo usa con frecuencia sino que a menudo crea estas formas lingüísticas, como en las lenguas de pueblos llamados primitivos, en las que la onomatopeya parece ser más frecuente que en las de pueblos culturalmente desarrollados. Sobre la onomatopeya como fenómeno motivador de la creación de palabras, véase el ameno y documentado estudio que don Vicente G.ª de Diego antepuso a su *Diccionario de voces naturales,* Madrid, Aguilar, 1968, págs. 20-107.

todos los franceses, ni todos los italianos, estornudan lo mismo; tampoco estornudarían lo mismo todos los romanos.

5. El traductor debe darse cuenta de qué palabras tienen en el TLO carácter onomatopéyico y, si es posible, debe traducirlas por onomatopeyas. De lo contrario, falsea el estilo del TLO dejando perderse uno de sus elementos más expresivos. Pero no siempre es posible traducir una onomatopeya por otra, porque hay lenguas muy ricas en esta clase de palabras y otras en que abundan menos. Las lenguas germánicas son mucho más ricas en onomatopeyas que las lenguas románicas. En consecuencia, un traductor alemán, por ejemplo, hallará casi siempre en su lengua una onomatopeya que responda bien a otra española. En cambio, al traductor español le faltarán muchas veces buenos equivalentes para onomatopeyas alemanas. ¿Cómo poner en español aquellos versos de Annette von Droste-Hülshoff que cita W. Kayser[19], advirtiendo que «presentarán obstáculos insuperables para su traducción a una lengua románica»?:

> Der schwankende Wacholder *flüstert,*
> Die Binse *rauscht,* die Heide *knistert*
> Und stäubt Phalänen um die Meute.
> Sie *jappen, klaffen* nach der Beute...
> Die Meute, mit geschwollnen Kehlen
> Ihm nach, wie *rasselnd* Winterlaub.
> Man hört ihre Kiefern *knacken,*
> Wenn *fletschend* in die Luft sie *hacken...*
> Was *bricht* dort im Gestrüppe am Revier?
> Im holprechten Gallop *stampft* es den Grund;
> Ha, *brüllend* Herdenvieh! voran der Stier,
> Und ihnen nach *klafft* ein versprengter Hund.
> Schwerfällig *poltern* sie das Feld entlang.
> Nun endlich stehen sie, *murren* noch zurück,
> Das Dickicht messend mit verglastem Blick,
> Dann sinkt das Haupt, und unter ihrem Zahne
> Ein leises *Rupfen knirrt* im Thymiane...

---

[19] *Introducción y análisis...,* pág. 135.

He puesto en cursiva las palabras onomatopéyicas. Quien no sepa alemán verá así la extraordinaria abundancia de palabras de esta clase en el texto de von Droste-Hülshoff, y comprobará que, a pesar del carácter imitativo de las onomatopeyas, no se comprenden directamente. Renuncio a traducir estos versos porque, siendo su principal valor el de las onomatopeyas, para las que no hallaría equivalente en español, no valdría la pena intentar ponerlos en nuestra lengua.

b) *Otras palabras expresivas.*

6. Además de las onomatopeyas, hay en todas las lenguas otras *palabras expresivas,* que, sin imitar sonidos naturales, tratan de sugerir o producir de algún modo la impresión causada por la percepción directa de aquello que significan. Aquí, en el cuerpo de la palabra, es donde puede hacerse real, resultar eficaz, el valor imitativo y sugerente que, como vimos, algunos han atribuido a los sonidos aislados. Walter Porzig (*o. c.,* páginas 27-30) distingue, además de la onomatopeya, la *metáfora sonora,* el *gesto sonoro* y el *simbolismo fonético.*

7. Ejemplos de *metáfora sonora* los tenemos en las palabras españolas *palpar, palpitar, titilar, trémulo.* Todas ellas sugieren de algún modo la sensación de lo que significan. Propiamente, *palpar* es tocar con los dedos o con la palma de la mano alguna cosa para percibirla o reconocerla; *palpitar* es contraerse y dilatarse el corazón, especialmente cuando lo hace con más intensidad o frecuencia que de ordinario, o también, producirse un movimiento entrecortado e involuntario de alguna parte interior del cuerpo; *titilar,* en su acepción más corriente, es como parpadear una luz lejana, por ejemplo la de una estrella, y *trémulo* se dice de lo que tiembla o se agita con ligeras y muy frecuentes oscilaciones que lo desplazan mínimamente, a uno y otro lado, de su posición normal. Todos éstos son fenómenos perceptibles por la vista o por el tacto; ninguno, en cuanto tal, por el oído. Sin embargo, se designan con palabras; es decir, con sonidos. Cuando estas palabras tienen fuerza expresiva, como las citadas,

pueden producir en quien las oye (y también, mediante audición interna, en quien las lee), si es bastante sensible, una impresión semejante a la que recibiría al ver o percibir por el tacto el objeto o fenómeno que se menciona. Esto lo hace posible una capacidad psicológica mediante la cual se extiende la actividad de un sentido al campo de otro o de otros, de suerte que el objeto propio de uno pasa a ser compartido por dos o más, estableciéndose así esa especie de simpatía o comunidad de impresiones que llamamos *sinestesia;* etimológicamente: «sensación común» o «sensación conjunta».

El desplazamiento del objeto propio de un sentido distinto del oído a la zona de actividad de éste, o del objeto propio de éste al campo de actividad de otro sentido, es lo que llamamos *metáfora* (= «traslación») *sonora.*

8. Pero el fundamento de la fuerza expresiva de una palabra, el origen de esa relación especial entre la palabra y su significado, puede estar en el hablante mismo. Cuando alguien tiene que comunicar algo sin poder servirse de palabras, como les sucede a los mudos o a quienes desconocen la lengua mediante la cual podrían hacerse entender por otros, recurre al gesto. Los gestos son el lenguaje mímico, el lenguaje imitativo por excelencia. Por eso en sus formas elementales, como señalar con un dedo tendido hacia algo, amenazar agitando un puño, ordenar o pedir que alguien se detenga levantando hacia él una mano abierta, los entienden los hablantes de lenguas muy diferentes. Las palabras, en ciertos casos, como explica Platón en el *Crátilo,* 422 d - 423 b, son como gestos sonoros, que sustituyen a los verdaderos gestos.

9. Donde más claramente puede observarse el carácter de gesto sonoro de las palabras es en el lenguaje inicial del niño, cuando aún no es capaz de usar la lengua que hablan los que lo rodean. Es precisamente esta incapacidad lingüística temporal la que mueve al niño a utilizar el gesto sonoro, como la incapacidad lingüística permanente o circunstancial mueve respectivamente al mudo o al que desconoce la lengua del país en que se encuentra a recurrir a movimientos expresivos del rostro o de las manos. Porzig (*o. c.,* pág. 28) señala que «el *ta*

o el *tata* con que responden los niños a impresiones que despiertan su atención o su deseo nace de un movimiento indicador de la lengua». Y observa que los pronombres demostrativos de muchas lenguas se caracterizan por sonidos dentales, lo mismo que el pronombre personal de segunda persona. En cambio, «el pronombre personal de la primera contiene en muchas lenguas, aun sin estar emparentadas, sonidos nasales y guturales: en las lenguas indogermánicas [indoeuropeas], «yo» está reproducido por los temas *egho* y *me;* las semíticas tienen una forma fundamental, *anaku;* el chino, *ngok* como forma fonética más antigua. Esta coincidencia se remonta, evidentemente, al gesto con que uno llama la atención hacia sí mismo». Cuando los niños, al ver algo que despierta su apetito, repiten *am, am, am,* no hacen más que sonorizar el gesto de la masticación. «Con razón se ha presumido —concluye Porzig, pág. 29— que la sílaba *ma,* que simple o duplicada [o acompañada de algún sufijo] representa a la madre en las más de las lenguas del mundo, es originariamente la sonificación del movimiento de mamar».

10. Finalmente, lo que Porzig llama *simbolismo fonético* (que yo preferiría llamar «simbolismo fónico», pues lo fonético se refiere exclusivamente al aspecto físico y fisiológico de los sonidos lingüísticos, sin tener en cuenta su función) es la relación que parece haber en muchos casos entre determinados sonidos del lenguaje y el significado de las palabras que los contienen. No puede haber simbolismo, función representativa del sonido, si éste no se asocia a un significado. Y como la palabra es la unidad mínima significativa aislada —puesto que los morfemas (prefijos, infijos o sufijos) sólo significan formando parte de una palabra—, no puede haber simbolismo fónico fuera de la palabra, aunque sí puede haberlo, como veremos, en grupos expresivos más extensos que la palabra.

11. Dicho esto, tenemos que admitir la existencia de simbolismo fónico en palabras que no constituyen onomatopeyas ni meros gestos sonoros, aunque sean éstos, como ya se dijo, el último fundamento de tal simbolismo. Es evidente que la presencia, sobre todo repetida, de la vocal *i* en palabras que significan algo pequeño, fino, delgado o

delicado, refuerza estos significados y ayuda a percibirlos por el oído en el lenguaje hablado, por el oído interior y hasta por la vista en el lenguaje escrito. Esto se debe a que el sonido de la *i* es el más agudo y penetrante de la lengua, y la letra que lo representa, la más pequeña del alfabeto, y no sólo del alfabeto latino[20]. Hemos visto ejemplos alemanes como *spitz* («agudo»), *Witz* («ingenio»), y quizá podrían añadirse *Kind* («niño»), *lieb* (sonido *līp*) («querido»), *lind* («suave»), etc. Pero también podrían aducirse contraejemplos de la misma lengua, como *Bild* («imagen»), *Biss* («mordisco»), *Ding* («cosa»), donde la *i* no sugiere ninguna de las representaciones atribuidas a su sonido o a su forma, o incluso *dick* «grueso» y *dicht* «espeso», con significados opuestos a los que podrían esperarse del simbolismo fónico de la *i*. Lo mismo sucede en las demás lenguas. Limitándonos al español, podemos citar ejemplos como *cínife, filo, fino, hilo, lindo, milímetro, niño, silbido* (parcialmente onomatopéyico); muchos diminutivos, como *chiquitín, chiquito, chiquitito, pajarito, pajarillo, pajarín, florecilla, arbolillo, disgustillo*; incluso algunos superlativos, como *pequeñísimo, delgadísimo, mínimo*. Pero también contraejemplos, como *vino, típico, sífilis*, en que la *i* carece por completo de valor simbólico, y superlativos como *grandísimo, gordísimo*, cuyo significado se opone al simbolismo que normalmente se le atribuye.

12. Como representante del simbolismo fónico de las consonantes podemos elegir la *erre*. Ya vimos que en el *Crátilo* aparece como símbolo del movimiento, por ejemplo en *rheîn* («fluir»), *rhoé* («corriente»), *trómos* («temblor»), *tréchein* (sonido *tréjein*) («correr»), etc. Y en latín podríamos citar *currere* («correr»), *rota* («rueda»), *rapidus* («rápido»). El grupo *sl* puede simbolizar el deslizamiento en varias lenguas. Pero en todas ellas podrían ponerse también contraejemplos para demostrar que, si el simbolismo fónico, tanto de las

---

[20] Recuérdese el pasaje del Evangelio, escrito en griego, donde Jesús, para indicar que él no ha venido a alterar la Ley ni en lo más mínimo, afirma que, mientras duren el cielo y la tierra, no cambiará en la Ley ni una *iota*, que es el nombre griego de la *i*.

vocales como de las consonantes, no se apoya en el significado de las palabras, queda neutralizado, y hasta puede tener efectos contrarios a los que se le atribuyen en principio[21].

13. ¿Y qué interés puede tener para el traductor el valor simbólico tanto de las onomatopeyas como de las palabras simplemente expresivas? El simbolismo fónico de las palabras puede ser un valor estilístico importante en el TLO, y el traductor, como todo lector competente, debe saber descubrirlo y valorarlo, y, cuando la LT se lo permita, reproducirlo en la traducción.

§ 32. EL SIMBOLISMO FÓNICO EN GRUPOS DE PALABRAS. LA ALITERACIÓN.

1. Donde más claramente actúa el simbolismo del sonido, y con más variedad de formas, es en agrupaciones verbales, en porciones de texto constituidas por varias palabras. Y no es preciso que cada una de estas palabras, ni siquiera que alguna de ellas sea particularmente expresiva. Dámaso Alonso[22] llama a estos grupos verbales «sintagmas expresivos», y advierte que, «en ellos, voces no especialmente expresivas o débilmente expresivas refuerzan mutuamente su expresividad o la crean (como, por ejemplo, ocurre en el fenómeno conocido con el nombre de aliteración)». La aliteración es, en efecto, el recurso por excelencia para conseguir, en grupos de palabras, el simbolismo expresivo. En cierto modo, la aliteración puede ser en el grupo de palabras como la onomatopeya en la palabra aislada.

2. Entendemos por *aliteración* la repetición del mismo sonido o de sonidos afines en palabras bastante próximas entre sí para que pueda percibirse el efecto expresivo de tal repetición. La aliteración puede ser vocálica, consonántica o mixta; es decir, puede consistir en

---

[21] Sobre lo que antecede, v. Bruno Snell, *Der Aufbau der Sprache,* trad. esp. de M. Macau de Lledó, *La estructura del lenguaje,* Madrid, Gredos, 1966; especialmente «Los sonidos», págs. 36-54.

[22] *Poesía española...,* pág. 604.

la repetición de vocales, de consonantes o de vocales y consonantes juntamente, en las condiciones dichas.

3. La aliteración parece ser fenómeno común a todas las literaturas, aunque no en todas aparece con igual frecuencia ni con los mismos fines. En la antigua poesía de los pueblos germánicos, antes de que se introdujera en ella la rima, la aliteración era esencial en el verso. No era un simple recurso expresivo, de armonía imitativa, sino que tenía por objeto ligar estrechamente los elementos del verso. «La aliteración —observa W. Kayser, *o. c.,* pág. 127— era la base del verso germánico y ligaba tres de los cuatro acentos de un verso». Después de la adopción de la rima, la aliteración sigue desempeñando en las literaturas germánicas funciones expresivas. En la literatura griega no fue un recurso frecuente. Para la latina, en cambio, tuvo gran importancia. Se utilizó mucho en plegarias, respuestas de oráculos, fórmulas, proverbios, expresiones jurídicas. Aunque no tanto como los poetas, la usaron también los prosistas. Los latinos no veían en ella un simple ornato literario, sino que le atribuían funciones específicas: en los *carmina* primitivos, servía para relacionar entre sí y destacar elementos del verso. La utilizaron profusamente incluso los poetas que hacían adaptaciones del griego, por ejemplo Nevio, a quien pertenece este verso:

> *libera lingua loquemur ludis liberalibus*

y también Ennio, de quien se citan los tres siguientes:

> *Machina multa minax molitur maxima muris.*
> *O Tite, tute Tati tibi tanta tyranne tulisti.*
> *At tuba terribili sonitu taratantara dixit*[23].

Plauto se valió constantemente de la aliteración en enumeraciones y retratos, y la usó con frecuencia en las manifestaciones de sus personajes cómicos.

---

[23] Cf. V.-J. Herrero Llorente, *La lengua latina en su aspecto prosódico,* pág. 188.

4. En esta peculiaridad de la literatura latina frente a la griega, de la que tanto dependió en otros aspectos, se ha querido ver una antigua tradición itálica heredada por los romanos. En los poetas de la época clásica no es tan frecuente como en los primitivos; pero tampoco en ellos faltan ejemplos notables, en los que evidentemente se puso intención imitativa. Es célebre en este aspecto el hexámetro 596 del libro VIII de la *Eneida,* en que Virgilio describe el sonoro galope de un escuadrón de caballos:

it clamor, et agmine facto
quadrupedante putrem sonitu quatit ungula campum

que el P. Aurelio Espinosa Pólit, traductor excelente, puso así en castellano:

Sube la grita,
y con largo galope resonante
baten los cascos a compás el campo[24].

---

[24] Aurelio Espinosa Pólit, S. I., *Virgilio en verso castellano,* México, ed. Jus, 1961. En la trad. del P. Espinosa Pólit se percibe la intención imitativa, que le hace buscar la aliteración de la gutural sorda en *cascos, compás, campo,* reforzada por la labial sorda de las dos últimas palabras y por la dental sorda de *baten.* Pero en el hexámetro virgiliano la aliteración es mucho más eficaz: tres guturales sordas, que inician las palabras 1.ª, 4.ª y 6.ª; dos labiales sordas (en las sílabas *-pe-* y *pu-* de las palabras 1.ª y 2.ª) y cinco dentales sordas, en las sílabas *-te, -trem, -tu, -tit/un-* de las palabras 1.ª, 2.ª, 3.ª y 4.ª-5.ª. Nótese que entre las palabras 4.ª y 5.ª hay en la recitación del verso una especie de encabalgamiento verbal, de una palabra con otra, que produce el mismo efecto que si la *-t* de *quatit* fuese inicial de la palabra siguiente: *qua/ti/tun/gula.* Pero lo que sobre todo da valor descriptivo a este verso es el ritmo del hexámetro dactílico, que podría representarse así, acentuando las sílabas donde recae el ictus o especie de acento fónico:

quádrupedánte putrém sonitú quatit úngula cámpum

Este ritmo se pierde forzosamente en una traducción como la del P. Espinosa Pólit, en endecasílabos: el ultimo verso, que es el de mayor intención y eficacia imitativas, se divide, en cuanto al ritmo, en dos casi hemistiquios: *baten los cascos / a compás el campo.* Este endecasílabo bimembre lleva los acentos principales en las sílabas 4.ª y 8.ª,

Otro ejemplo notable de aliteración descriptiva nos lo ofrece Ovidio en *Metamorfosis* VIII, 245 s.:

> *ferroque incidit acuto*
> *perpetuos dentes et serrae reperit usum.*

Ya en el hemistiquio final del v. 245 y en el primero del 246 pueden oírse, en la acumulación de sílabas con oclusivas sordas: *-que, -ci, -t/acuto / perpetu-, -tes,* los golpes repetidos sobre el filo de la lámina de hierro para volverla dentada. Pero es el segundo hemistiquio del verso 246 el que corona la cumbre imitativa con la yuxtaposición, evidentemente buscada por el poeta, de la sílaba final del sustantivo y la primera del verbo, *-rrae re-,* precedidas de *se-,* todas con un vocalismo casi igual: *-e, -ae, -e-* (reforzado por los ictus de los pies 4.° y 5.°, que recaen sobre las sílabas *sé-* y *ré-*); forman así un conjunto:

> *sérrae ré-,*

que imita insuperablemente el sonar de la sierra en la madera.

---

lo cual produce un ritmo saltarín, casi de danza, que no tiene ningún parecido con el ritmo anapéstico ($\smile \smile \doubleacute{}$) de la galopada:

> *patatán / patatán / patatán / patatán / patatán / patatán.*

Podrá objetarse que el hexámetro virgiliano es perfectamente dactílico y, por consiguiente, su esquema rítmico se opone al anapéstico ($\doubleacute{} \smile \smile$). Así es teóricamente. Pero el oído lo percibe como anapéstico, porque la larga palabra inicial, de cinco sílabas, con la penúltima larga, recibe el acento principal sobre ésta y aminora la intensidad del ictus de la sílaba primera, con lo cual las dos siguientes se ven como atraídas por la cuarta y se unen rítmicamente a ella, como si leyéramos el verso de un tirón, poniendo entre paréntesis la primera sílaba:

> *(qua)drupedán/teputrém/sonitú/quatitún/gulacám/pum.*

Una traducción más eficaz que la de A. E. P., tanto en lo relativo a la aliteración como en cuanto al ritmo, sería:

> *se alza un clamor, y la ordenada tropa*
> *bate casquipotente el tambor polvoriento del campo.*

Claro que también ésta sería discutible por otros motivos; sobre todo por la imagen nada virgiliana del campo-tambor.

5. En el latín posclásico, la aliteración fue perdiendo terreno. Servio dice de ella: *Haec compositio iam vitiosa est quae maioribus placuit* («Se considera ya vicioso este recurso, que agradó a nuestros mayores»)[25].

6. Sigue, no obstante, cultivándose la aliteración en las literaturas modernas. Sería prolijo, y nos apartaría de nuestro propósito, acumular ejemplos conocidos. Todos los manuales citan el verso de Racine (*Androm.* 5, 5, 1.638):

> Pour qui sont ces serpents qui sifflent sur vos têtes?

donde cinco silbantes, al comienzo de otras tantas palabras, quieren imitar el silbido escalofriante que se atribuye a las serpientes dispuestas al ataque.

7. Otros ejemplos franceses y españoles pueden verse en Porzig, *o. c.,* pág. 34, n. 22, citados por el traductor de la obra, Abelardo Moralejo, que los toma de V. García de Diego[26], y de M. Grammont[27]. Pero quien desee calar hondo en el valor expresivo de la aliteración, lea las páginas que Dámaso Alonso dedica en *Poesía española...,* 5.ª ed., Madrid, 1966, a describir sus efectos en pasajes célebres de nuestra literatura[28].

8. No todos los casos de aliteración pueden considerarse intencionados, sin que esto merme su eficacia expresiva. «En la creación literaria —explica V. García de Diego, *Lecciones....* pág. 64— hay que considerar como caso infrecuente, y aun raro, la intención deliberada total del simbolismo. Sólo en algún pasaje se ve el esfuerzo consciente del autor para concordar el efecto acústico de un pasaje con el fondo sensual o sentimental del mismo. Y, sin embargo, por un acier-

---

[25] Cf. V.-J. Herrero Llorente, *o. c.,* pág. 190.

[26] *Lecciones de lingüística española,* 2.ª ed., págs. 63-87.

[27] *Traité de phonétique,* 4.ª ed., Paris, 1950: «*Phonétique impressive*», págs. 377-424.

[28] Esas páginas están registradas en el copioso índice de materias que lleva la obra, s. v. *aliteración.*

to de su subconsciencia, la sonoridad armoniza frecuentemente con el contenido, especialmente en los poetas». Es indudable que la aliteración puede deberse en muchos casos a esa certera intuición subconsciente del poeta. Pero es igualmente seguro que en otros, sobre todo cuando la aliteración es, por decirlo así, acumulante, como en los versos latinos citados, y sin duda también en el de Racine, el efecto de la sonoridad ha sido conscientemente querido por el poeta; no digo buscado, porque puede habérsele ofrecido espontáneamente; pero, aceptado con deliberación, ya no se puede ver en él un fenómeno casual, ajeno a la intención del poeta. Si se me permite un testimonio personal, citaré un pasaje de un poema titulado *Amarilis,* inspirado en la égloga I de Virgilio[29]. Todo el poema habla con Amarilis, y describe, en lo que le dice, su vida junto a Títiro, en el campo. En un momento determinado —Títiro se halla a cierta distancia podando un olmo—, aparecen estos dos versos:

> Y tú lo llamas: «¡Títiro!», y tu lengua
> retoza ante los dientes al nombrarlo.

Puedo asegurar que, al escribir la primera parte del primer verso: «Y tú lo llamas: ¡Títiro!», no había aún ninguna intención aliterante. Pero el nombre «Títiro» es, de suyo, fónicamente expresivo; al pronunciarlo, incluso sin sonido audible, parece como si la lengua danzara ante los dientes. De esta sensación interna surgió la idea de reforzar la aliteración inicial espontánea: «Y *t*ú lo llamas: ¡*Títi*ro! », acumulando más dentales, en una frase de cierto carácter metalingüístico:

> y *t*u lengua
> re*t*oza an*t*e los dien*t*es al nombrarlo.

---

[29] *Estudios Clásicos,* n.º 63, mayo de 1971, págs. 161-164.

§ 33. OTROS RECURSOS FÓNICOS DEL LENGUAJE: LA RIMA Y EL RITMO.

1. Además del simbolismo de los sonidos lingüísticos, pueden interesar al traductor otros recursos fónicos utilizados consciente o inconscientemente en el TLO y que contribuyen a su calidad literaria. Si no los percibe o no es capaz de valorarlos, no comprenderá el estilo de la obra que se dispone a traducir ni, por consiguiente, podrá intentar siquiera reproducirlo.

2. No es posible detallar aquí la gran variedad de tales recursos. Se requeriría para ello todo un tratado de fonoestilística. Por lo demás, la fonoestilística es sólo una parte de la estilística, y un traductor que no se contente con reproducir el sentido del TLO, sino que aspire a trasladar, en lo posible, también su estilo, hará bien en estudiar algún buen manual de estilística de la LO y, naturalmente, otro de la LT. Del mismo modo que no se puede comprender el sentido de un texto sin conocer el léxico y la gramática de la lengua en que está escrito, tampoco es posible comprender su estilo si se desconocen los recursos y procedimientos estilísticos usuales en esa lengua.

3. Aquí vamos a limitarnos, siguiendo nuestra consideración del plano fónico de la lengua, a tratar brevemente de la *rima* y del *ritmo*. Ambos procedimientos se aplican sobre todo en el verso; pero el segundo es también frecuente en la prosa artística. Por último, dedicaremos un párrafo aparte a la *eufonía,* cualidad que, de algún modo, debe estar presente en todo texto escrito.

a) *La rima.*

4. Suele definirse la rima como la «igualdad o semejanza de los sonidos en que acaban dos o más versos a partir de la última vocal acentuada» (*DTF, s. v.* RIMA). Pero, como observa certeramente W. Kayser[30], la rima no pertenece esencialmente al verso, y puede darse

---

[30] *O. c.,* pág. 124.

también en la prosa. Precisamente en España tuvo la prosa rimada cultivadores apasionados entre los árabes y los judíos, especialmente en las *maquāmas* arábigas y en sus equivalentes las *mahăberot* hebraicas. Convendría, pues, corregir la definición sustituyendo «versos» por «palabras». Por otra parte, la rima es en las literaturas de Europa un fenómeno relativamente moderno. Ni la griega ni la latina conocieron la rima en sus épocas clásicas. Tampoco la usó la poesía germánica primitiva. Es cierto, sin embargo, que se trata de un fenómeno mucho más frecuente en el verso que en la prosa, y que la noción de rima suele implicar la de verso.

5. La rima es, como la aliteración, un tipo de repetición de una sonoridad determinada[31]. Se sitúa normalmente al fin del verso, aunque a veces también se halla en su interior, como veremos.

6. Generalmente, cuando escribimos o leemos, nos molesta la repetición próxima de una palabra, incluso de palabras formadas sobre un mismo tema y, si se trata de prosa, también la repetición próxima de palabras que terminen lo mismo. ¿Por qué, entonces, nos agrada la rima en el verso, y en ocasiones ha agradado incluso en la prosa? Sencillamente, porque la repetición regular de una sonoridad, si se produce después de cierto tiempo, constituye una especie de ritmo, y el ritmo, que es un elemento fundamental de la música, halaga a nuestro oído. Por lo demás, la rima no es simplemente un ornato sonoro. Señala de manera especial la terminación de los versos, refuerza su ligazón y correspondencia, y ayuda muy eficazmente a retenerlos en la memoria.

7. Cuánta ha de ser la distancia de las rimas para que resulten gratas «es cuestión de gusto y, por tanto, distinta de pueblo a pueblo

---

[31] Uno de los formalistas rusos, O. Brik, emprendió el estudio sistemático de las repeticiones sonoras. Según él, deben tenerse en cuenta los factores siguientes: número de sonidos repetidos, número de repeticiones, orden de los sonidos en cada uno de los grupos repetidos, lugar que ocupan en la unidad métrica el o los sonidos repetidos. Cfr. O. Ducrot y T. Todorov, *Dictionnaire encyclopédique des sciences du langage,* página 245; allí mismo, pág. 247, bibliografía rusa, inglesa y francesa sobre el tema.

y aun de hombre a hombre»[32]. De manera general, quizá pueda decirse que el tiempo de la repetición no debe ser demasiado breve, pues entonces la rima, en vez de halagar al oído, lo fatiga; ni demasiado largo, pues, extinguido el eco del primer miembro de la pareja de palabras rimadas, no se produce el acorde.

8. La rima pasó a las literaturas europeas desde la hímnica latina de principios de la Edad Media. No tardó en echar en ellas profundas raíces. La lucha que en el s. xviii se desarrolló en Alemania contra la rima, invocando el ejemplo de la poesía antigua, tanto griega y latina como germánica, no consiguió desarraigarla. «Pero la forma de *ritmo libre* creada entonces por Klopstock se impuso como forma legítima, y más tarde halló también cierta acogida en las literaturas románicas»[33]. El «ritmo libre» se caracteriza por el abandono de todas las normas métricas: no sólo prescinde de la rima, sino que desecha también las formas estróficas, y el verso no se atiene a un número fijo de sílabas ni de acentos, ni, por consiguiente, ocupan éstos un lugar determinado. Lo único que distingue de la prosa estos versos libres es que en ellos el acento se repite a intervalos aproximadamente iguales. Los versos que acatan las normas relativas a la acentuación y al número de sílabas pero omiten la rima se llaman *versos blancos*. Kayser piensa que, «en el fondo, se mantiene inconmovible en la lírica la soberanía de la rima» (*ibid.*). Esto no puede afirmarse de la poesía española contemporánea.

9. En la definición de rima que hemos aceptado: «igualdad o semejanza de los sonidos en que acaban dos o más palabras a partir de la última vocal acentuada», está ya implícita la distinción de dos especies de rimas. Hablamos de: 1) *rima consonante* cuando entre dos o más palabras hay igualdad de todos los sonidos a partir de la última vocal acentuada: *dardo / nardo;* 2) *rima asonante* cuando hay igualdad de vocales a partir de la última acentuada, pero no igualdad de consonantes: *dardo / clavo*. En la terminología francesa, italiana, etc.,

---

[32] Porzig, *o. c.,* pág. 195
[33] W. Kayser, *o. c.,* pág. 125.

suele llamarse *rima* (*rime*) a la *rima consonante,* y simplemente *asonancia* (*assonanza, assonance*) a la *rima asonante.* La asonancia es frecuente en las literaturas española, portuguesa y francesa, sobre todo en sus comienzos. En la española sigue todavía vigente en los varios tipos de romance. No tuvieron éxito los intentos de los románticos para aclimatarla en las literaturas germánicas, especialmente en la alemana, por influjo de la española. Tampoco Ch. Guérin, a fines del siglo pasado, logró revitalizarla en la lírica francesa[34].

10. En español, tanto la rima consonante como la asonante pueden ser agudas u oxítonas: *albor / temblor, clarín / reír;* llanas o paroxítonas: *mundo / profundo, rosa / paloma,* y esdrújulas o proparoxítonas: *pálido / cálido, rápido / cándido.* Pero la rima asonante aguda es poco usada, y las rimas esdrújulas, tanto consonantes como asonantes, se cuentan como llanas, es decir, como si tuvieran sólo dos sílabas, anulándose la que sigue a la vocal acentuada; de manera que, en las asonantes esdrújulas, al no contar la vocal postónica, pueden rimar palabras como *sílfide* y *trípode,* lo mismo que rimarían **silfde / *tripde.* Las rimas asonantes suelen ir en los versos pares de composiciones poéticas sin carácter estrófico, especialmente en los romances, y dejan sueltos o libres los impares.

11. Según los modos de combinar las rimas consonantes, se habla de:

1) *rimas pareadas* (al. *ungetrennte* o *gepaarte Reime*; ing. *plain rhymes*; fr. *rimes suivies, accouplées* o *plates*) cuando los versos riman seguidos, de dos en dos: *aa, bb, cc,* etc.;

2) *rimas alternantes* (al. *Wechselreime*; ing. *interlaced r.*; fr. *r. croisées*) cuando, en un grupo de cuatro versos, rima el 1.° con el 3.° y el 2.° con el 4.°: *abab*;

3) *rimas cruzadas*[35] (al. *Umformungsreime, umarmende* o *eingeschlossene R.*; ing. *enclosing r.*; fr. *rimes embrassées*) cuando, en un grupo de cuatro versos, rima el 1.° con el 4.° y el 2.° con el 3.°: *abba*;

---

[34] *Sang des crépuscules,* 1895; cfr. W. Kayser, pág. 127.
[35] Nótese la diferencia con la terminología francesa, que llama *rimes croisées* a las del tipo anterior. Puede verse en esto cómo también en la terminología científica, apa-

4) *rimas encadenadas* (al. *verschlungene Reime, Tiradenreime*; ing. *crossed r.*; fr. *r. enlacées*) cuando, en una serie indeterminada de versos, rima el 1.º con el 3.º, el 2.º con el 4.º y el 6.º, el 5.º con el 7.º y el 9.º, el 8.º con el 10.º y el 12.º, y así sucesivamente: *aba, bcb, cdc, ded,* etc.;

5) *rimas interpoladas* cuando, en un grupo de seis versos, rima el 1.º con el 2.º, el 4.º con el 5.º y el 3.º con el 6.º: *aabccb*;

6) si una de las palabras que riman (o las dos) se halla dentro del verso, hablamos de *rima interior* o *interna*:

> Tales los hombres sus fortunas *vieron*:
> En un día *nacieron* y expiraron,
> que, pasados los siglos, horas *fueron*.

W. Kayser, de quien he tomado este ejemplo (pág. 126), cita allí mismo el siguiente fragmento de un poema de Fernando Pessoa titulado *Saudade dada,* donde hay tal acumulación de rimas interiores que casi parece un trabalenguas:

> E há nevoentos desencantos
> Dos encantos dos pensamentos
> Nos santos lentos dos recantos
> Dos bentos cantos dos conventos...
> Prantos de intentos, lentos, tantos
> Que encantam os atentos ventos.

Cuando, en una serie indeterminada de versos, aparece constantemente, en el interior (y en un lugar fijo) de uno, una palabra que rima con la última del verso anterior, estamos ante la *rima al mezzo,* llamada también *rima encadenada*[36] (al. *Mittelreim* o *Binnenreim*; ing. *sectional r.*; fr. *r. médiane*):

---

rentemente libre de complicaciones para la traducción, hay ocasiones de tropiezo. Estamos aquí ante una especie de «falso amigo» terminológico.

[36] Sería preferible no llamar a esta rima *encadenada,* puesto que tal designación es más usual para la del tipo 4).

> Nuestro ganado pace, el viento *espira,*
> Filomena *suspira* en dulce *encanto*
> Y en amoroso *llanto* se *amancilla;*
> Gime la *tortolilla* sobre el olmo... (Garcilaso)[37].

Cuando riman dos palabras de un mismo verso, estamos ante una *rima doble* (al. *Schlagreim;* fr. *r. doublée);* así en los llamados *versos leoninos,* por el nombre de su inventor, León, canónigo de Saint-Victor en el s. IX:

> Contra vim *mortis* non est medicina in *hortis.*

W. Porzig[38] llama *Schlagreim* (que A. Moralejo traduce por *rima reiterada*) a la que se da entre dos palabras seguidas, p. ej. *leise Weise* («suave manera»). Y advierte que es preciso usarla con gran precaución, aunque a veces puede ser muy eficaz, como en este pasaje del poema de Rilke *Der Panther* («La pantera»):

> Sein Blick ist vom Vorübergehn der Stäbe
> So müd geworden, dass er nicht mehr hält.
> Ihm ist, als ob es tausend *Stäbe gäbe,*
> Und hinter tausend Stäbe keine Welt.

que Moralejo traduce así:

> Del pasar de las barras tan cansada
> su vista está que no retiene más.
> Para ella es cual si hubiera una miriada
> de barras y no más mundo detrás[39].

---

[37] Tomo el ejemplo (y la designación de esta rima, así como otras designaciones de las anteriores y siguientes) del *DTF.* Tampoco el nombre de *rima al mezzo* le cuadra perfectamente a esta rima, que no aparece aquí a la mitad del verso (en el endecasílabo no se puede hablar con propiedad de «hemistiquios»), sino al fin de una primera parte que constituiría un verso de siete sílabas.

[38] *O. c.,* pág. 196.

[39] En esta traducción, muy buena en conjunto, se pierde la «rima reiterada». Pero la pérdida del efecto producido en alemán por la insistencia sonora: *Stäbe gäbe* se compensa en gran parte por la afortunada traducción de *tausend Stäbe* «mil barras»

Por la cualidad o la disposición de los sonidos que constituyen la rima, se distinguen las siguientes variedades, cuyas designaciones difieren a veces en las distintas lenguas:

1) *rimas pobres* se llaman en español las que se forman con terminaciones muy abundantes en la lengua: *-aba, -ado, -ente, -ión*;

2) *rimas ricas,* las que se dan entre combinaciones fónicas poco frecuentes[40].

12. En la métrica francesa se llaman 1) *rimes pauvres* aquellas en que es igual la vocal acentuada, pero ésta no va seguida de ninguna consonante: *peu / lieu*; 2) *rimes suffisantes,* aquellas en que son iguales la vocal acentuada y la(s) consonante(s) que la sigue(n): *même / suprême*; 3) *rimes riches,* aquellas en que, además de ser iguales la vocal acentuada y la(s) consonante(s) que la sigue(n), hay también igualdad de la(s) consonante(s) que precede(n) a dicha vocal acentuada: *rival / cheval, anagramme / programme*[41]; 4) *rimes léonines,* aquellas en que, además de la igualdad presente en las «rimes riches», se da también la de la vocal que precede a la(s) consonante(s) inmediatamente anterior(es) a la vocal acentuada: *aisance / naissance*; 5) *rimes masculines* (llamadas también *oxytones*), aquellas en que el acento recae sobre la última sílaba: *cheval / égal, cahiers /*

(repetido en el verso cuarto, con nueva reiteración de la rima) por «una miriada / de barras».

[40] En la métrica alemana se habla de rima rica cuando hay identidad de sonidos a partir del penúltimo acento del verso. Kayser, pág. 120, pone como ejemplo este ghasel del conde de Platen:

Der Strom, der neben mir ver*rauschte, wo ist er nun?*
Der Vogel, dessen Lied ich *lauschte, wo ist er nun?*
Wo ist die Rose, die die Freundin am Herzen trug?
Und jener Kuss, der mich be*rauschte, wo ist er nun?*
Und jener Mensch, der ich gewesen, und den ich längst
Mit einem andern Ich ver*tauschte, wo ist er nun?*

[41] En las lenguas germánicas resulta desagradable y se considera falta grave la igualdad de la(s) consonante(s) que precede(n) a la vocal acentuada. Se habla entonces de *identical rhyme, rührender Reim*. Nótese aquí de nuevo cómo términos en apariencia equivalentes designan conceptos distintos.

écoliers; 6) *rimes féminines* (o *paroxytones*) las que llevan el acento sobre la penúltima: *même / suprême, belle / cruelle.* Los poetas de la Pléiade (s. xvi) establecieron la moda de alternar regularmente, de dos en dos, versos de rima masculina y femenina: *mm, ff, mm, ff.* Este procedimiento se llama *alternance de rimes.* Se habla también de 7) *rimes dactyliques* (o *proparoxytoniques*) cuando el acento recae sobre la sílaba antepenúltima, y 8) de *rimes hyperdactiliques,* cuando recae sobre la sílaba cuarta contando por el fin. Teniendo en cuenta la relación que las rimas establecen con los demás elementos del enunciado, se habla de: 9) *rimes grammaticales* cuando riman formas gramaticales idénticas; se oponen a las 10) *rimes antigrammaticales*; 11) *rimes sémantiques,* en las que la proximidad sonora produce la impresión de proximidad semántica, y 12) *rimes antisémantiques,* cuya proximidad sonora pone de manifiesto o refuerza el contraste de los significados. En general, de la repetición sonora surge cierta relación semántica.

13. Algunas épocas extremaron los refinamientos de la rima, dando lugar a gran número de tipos especiales, casi siempre combinaciones de los ya mencionados. Así sucedió en Francia, sobre todo durante los siglos xiv y xv. Uno de esos tipos especiales es la *rime équivoque,* que se basa en la homonimia, e. d., en la identidad fónica y gráfica de palabras con diferente significado: *le soir tombe / vers la tombe*[42].

En España, durante el Siglo de Oro, fue bastante frecuente la llamada *rima partida,* en los *versos de cabo roto.* Se producía este tipo de rima al suprimir la última sílaba de cada verso de modo que rimaran las penúltimas:

> No te metas en dibu-
> ni en saber vidas aje-,
> que en lo que no va ni vie-
> pasar de largo es cordu-. (Cervantes)[43]

---

[42] Para todo lo dicho aquí sobre la rima en la métrica francesa, cfr. O. Ducrot y T. Todorov, *DESL,* 245 s.

[43] Ejemplo citado por F. Lázaro Carreter, *DTF, s. v.* RIMA.

14. La valoración de la rima ha sido diversa en diferentes épocas. Unánimemente apreciada por las literaturas europeas durante los siglos XVI y XVII, fue combatida ya por algunos en el XVIII. En el XIX y en el XX ha habido opiniones encontradas. Ha sido ensalzada por unos y maldecida por otros. Dámaso Alonso[44] cita una frase de Proust, «que encierra —dice— una honda verdad», y que Vicente Gaos puso como lema de su libro *Arcángel de mi noche*: «A los buenos poetas, la tiranía de la rima les fuerza a encontrar sus mayores bellezas». Es cierto que Dámaso Alonso se burló de la rima en *Hijos de la ira,* al comienzo de la «Elegía a un moscardón azul», apoyándose en Verlaine:

> Oh, qui dira les torts de la rime?
> Quel enfant sourd ou quel nègre fou
> nous a forgé ce bijou d'un sou
> qui sonne creux et faux sous la lime?

Pero él mismo comenta que se trata de una broma «contra la gran sonetada que había en poesía española desde 1939»[45]. Y en *Poesía española..., ibid.,* reconoce que no tenía razón, y Verlaine tampoco. Precisamente Verlaine —observa— debe a la rima «casi todos los hallazgos expresivos de su poesía. Aun en su *Art Poétique.* Es decir, en el mismo momento en que la estaba maldiciendo». La invectiva verlainiana citada por Dámaso Alonso es, como se habrá observado, una invectiva rimada.

15. En lo que atañe a la *comprensión* del TLO, la aliteración y la rima no deben pasarle inadvertidas al traductor literario (ambos procedimientos son, en efecto, literarios, y aun casi exclusivamente poéticos). Debe, por el contrario, prestarles gran atención en la lectura y valorar su contribución a la calidad estilística del conjunto. Sólo así logrará reproducirlos en su traducción cuando sea posible, y, cuando no lo sea, hallar alguna manera de compensarlos.

---

[44] *Poesía española...,* pág. 58.
[45] Cf. la ed. de *Hijos de la ira* por Elias L. Rivers, Barcelona, Labor, 1970, pág. 79, nota: «Comentario del poeta».

b) *El ritmo.*

16. El ritmo consiste en la alternancia periódica de varios elementos durante el desarrollo de un fenómeno determinado. El ritmo está, por consiguiente, vinculado al movimiento y al tiempo.

17. La percepción del ritmo se realiza, sobre todo, por los sentidos del oído, muscular y del tacto. También, aunque esto se ha puesto en duda, por el de la vista. John Dewey y Th. M. Greene, entre otros, han sostenido que la idea y el término de «ritmo» pueden aplicarse también a las artes plásticas[46]. R. Wellek y A. Warren[47] objetan, con razón, que «parece imposible superar la diferencia profunda que existe entre el ritmo de una composición musical y el ritmo de una columnata». Según W. Kayser[48], «hablar del ritmo de un cuadro o de un edificio es, en general, un lenguaje metafórico, que no aclara gran cosa». En efecto, el cuadro y el edificio, una vez terminados, son seres estáticos, en los que no se percibe ningún transcurso temporal, ningún movimiento, ni, por consiguiente, ritmo en sentido propio. Existe, sin embargo, algún tipo de auténtico ritmo perceptible por la vista. En la alternancia temporal de determinados colores, por ejemplo en los juegos de luces de una fuente iluminada, puede haber ritmo, y, si lo hay, será la vista la que lo perciba. Y el ritmo propio de la danza lo percibe también, sobre todo, la vista.

---

[46] John Dewey, *Art as Experience,* New York, 1934, pág. 212; Th. M. Greene, *The Arts and the Art of Criticism,* Princeton, 1940, págs. 213 ss. Antes habían rechazado esta idea del ritmo E. Neumann, *Untersuchungen zur Psychologie und Aesthetik des Rhythmus,* Leipzig, 1894, y F. Medicus, «Das Problem einer vergleichenden Geschichte der Künste», en *Philosophie der Literaturwissenschaft* (ed. E. Ermatinger), Berlín, 1930, págs. 195 ss.

[47] *Teoría literaria,* versión esp. de José M.ª Gimeno, 4.ª ed., Madrid, Gredos, 3.ª reimpr., 1979, pág. 156.

[48] *Interpretación y análisis...,* pág. 319. Kayser dedica a estudiar el ritmo todo el cap. VIII de su obra, págs. 315-360, muy esclarecedor. En él se basa mucho de lo que digo a continuación.

8. Pero aquí nos interesa el ritmo del sonido, y específicamente el del lenguaje. Para que este ritmo se produzca tienen que alternar ordenadamente varios elementos. En un mismo sonido pueden distinguirse los siguientes: timbre, tono, intensidad y duración. El *timbre* es la cualidad por la que un sonido se distingue de otro aunque ambos tengan el mismo tono y la misma intensidad. El *tono* consiste en la mayor o menor elevación o altura del sonido; técnicamente corresponde a la mayor o menor frecuencia de las vibraciones que lo causan. La *intensidad* es proporcional a la fuerza o energía con que el sonido se produce. Y la *duración* es su permanencia o prolongación en el tiempo. En los sonidos del lenguaje, la intensidad y la duración pueden darse en algunas consonantes, como la *s* o la *r* múltiple; pero las cuatro cualidades dichas sólo pueden coincidir en las vocales. Por lo demás, los elementos del ritmo lingüístico son las sílabas, y, aunque teóricamente existen sílabas sin vocal (formadas en muchas lenguas por las llamadas «sonantes»), a efectos rítmicos sólo tenemos en cuenta las sílabas formadas por vocales o por vocales y consonantes.

19. De acuerdo con esto, se podría distinguir en los sonidos lingüísticos 1) un *ritmo de timbre,* 2) un *ritmo de tono,* 3) un *ritmo de intensidad* y 4) un *ritmo de duración.*

20. Kayser aduce el siguiente ejemplo de 1):

bim, bim, bam, bim, bim, bam, bim, bim, bam...

Da por supuesto que las nueve sílabas de la serie se pronuncian con igual intensidad y duración, y (habría que añadir) en el mismo tono. La variación del timbre de la vocal en las sílabas 3.ª, 6.ª y 9.ª produce, efectivamente, un ritmo.

21. Si en vez de la alternancia de timbre vocálico introducimos una alternancia de tono, conservando la misma vocal en las nueve sílabas, pronunciadas con igual intensidad y duración, pero en tono más bajo la 3.ª, 6.ª y 9.ª:

bim, bim, ᵦᵢₘ, bim, bim, ᵦᵢₘ, bim, bim, ᵦᵢₘ,

tendremos un ejemplo de 2).

22. Suponiendo que fuera posible pronunciar las citadas sílabas 3.ª, 6.ª y 9.ª con más intensidad pero con igual duración que las otras, tendríamos un ejemplo de 3):

> bim, bim, bím, bim, bim, bím, bim, bim, bím;

pero la pronunciación de una sílaba con más intensidad implica también, normalmente, mayor duración. La poesía sánscrita, griega y latina utilizaba la duración o «cantidad» silábica como elemento rítmico fundamental.

23. Ninguno de estos cuatro tipos de ritmo se da puro, sin mezcla de los otros, en ninguna lengua. En todas se combinan siempre varios, constituyendo el ritmo del tono un efecto especial, que suele designarse con el nombre de *melodía*. La melodía del TLO, entendida como la entonación que daría a cada uno de sus elementos un hablante nativo competente, no puede reproducirse en el TLT y, por tanto, queda fuera de nuestro campo de interés.

24. Tampoco suele ser interesante para el traductor el ritmo de timbre. Puede aparecer a veces en el TLO de forma notable. Véase, por ejemplo, el fino análisis que hace Dámaso Alonso[49] del célebre verso de Góngora:

> infame *tur*ba de noc*tur*nas aves.

Pero estas repeticiones de una misma sílaba no constituirían ritmo por sí solas; en primer lugar, porque nunca o casi nunca se producen a intervalos regulares, y, además, porque su efecto va íntimamente ligado al ritmo de intensidad. Éste, en las lenguas acentuales, y el de duración en las cuantitativas son los ritmos que es necesario percibir en la lectura de un texto. Son factores primordiales para la calidad del verso y hasta para la de la prosa.

25. El ritmo de la poesía clásica greco-latina se basaba en la alternancia reglada de sílabas largas y breves, y también la prosa artística

---

[49] *Poesía española...*, págs. 328 ss.

latina prestaba gran atención al ritmo cuantitativo. La poesía de las lenguas románicas y germánicas se apoya en el ritmo de intensidad o acentual, que también es tenido en cuenta, consciente o inconscientemente, por los mejores prosistas. Vamos a limitarnos a este tipo de ritmo.

26. Para que se produzca el ritmo acentual es preciso que las sílabas tónicas sucedan con cierta regularidad a las átonas. El verso tiende, en esto, a una regularidad estricta. El ritmo de la prosa es más problemático. Toda prosa artística está organizada de algún modo, y se distingue de la vulgar por su capacidad de agrado. Pero es evidente que no se cumple en ella con el mismo rigor que en el verso la alternancia regular de sílabas acentuadas y no acentuadas. Ni en la prosa más refinada hay un lugar fijo o previsible para los acentos. Por eso algunos investigadores desearían reservar el nombre de «ritmo» para el que se da en el verso, llamando «organización» al principio estructurador de la prosa literaria. Pero, en la terminología vigente, el «ritmo» abarca también la organización artística de la prosa. Trataremos, no obstante, por separado ambas clases de ritmo.

1) *El ritmo del verso.*

27. Para hacer patente la diferencia entre el ritmo del verso y el de la prosa, reproduzco un trozo de prosa y unos versos; prosa y versos del mismo poeta, Vicente Aleixandre[50]. Señalo en ambos casos con acento gráfico las sílabas en que recaen los principales acentos tónicos. El acento grave indica un acento tónico secundario.

> Hòy te quiéro declarár mi amór.
> Ùn río de sángre, ùn már de sángre ès éste béso estrellàdo sobre tus lábios. Tus dòs péchos sòn mùy pequéños para resumír una história. Encántame. Cuéntame el reláto de èse lunár sin paisáje. Taládo bósque por el que yò me padecería, llanúra clára.

---

[50] Las líneas de prosa son de «El amor no es relieve», del libro *Pasión de la tierra,* en *Mis poemas mejores,* 4.ª ed., Madrid, Gredos, 1976, pág. 46. El propio autor advier-

La localización de los acentos secundarios es sin duda arbitraria, y sería posible convertir algunos de ellos en acentos principales; quizá también alguno de los principales en secundario.

28. Veamos ahora los seis primeros versos de «Ya es tarde»:

1. Vinièra *yó* como el si*léncio cáu*to
2. (Nò sè quièn èra a*quél* que lo de*cía.*)
3. Bajo lùna de *nácares o fué*go,
4. bajo la in*ménsa llá*ma o en el *fón*do del *frío,*
5. en ese *ójo* pro*fún*do que vi*gí*la
6. para evi*tár* los *lá*bios cuando *qué*man.

29. En el trozo de prosa no es posible señalar regularidades en la sucesión de sílabas tónicas y átonas. Siendo *t* una sílaba tónica con acento secundario, *T* una sílaba con acento principal y *a* una sílaba átona, tendríamos para la primera línea el siguiente esquema:

t a T a a a t a T

(cuento como bisilábico el grupo final, *mi amor,* pues en la pronunciación normal se produce una sinalefa que funde en una las dos primeras sílabas del grupo). Tenemos, pues, en esa línea, aislada del resto, cierto ritmo, que se manifiesta en el esquema. Pero en un trozo de prosa, como en un poema, una línea no está aislada, sino en relación con las demás. Y en las líneas siguientes no vuelve a darse una agrupación de sílabas tónicas y átonas en que se reproduzca ese mismo esquema.

30. He aquí ahora el esquema acentual de los seis versos. Señalo nuevamente con *T* los acentos principales; con *t* los que no serían imprescindibles en el esquema, y con *a* las sílabas átonas:

---

te en un prologuillo que «la ruptura que este libro significaba tomó la más libre de las formas: la del poema en prosa. Es poesía «en estado naciente», con un mínimo de elaboración». Los versos proceden de «Espadas como labios», *ibid.,* pág. 66.

1. a t a T a a a T a T a
2. t t t t a T a a a T a
3. a a t a a T a a a T a
4. a a a T a T a a a T a T a
5. a t T a a T a a a T a
6. a a a T a T a a a T a

Hay en el conjunto total dos peculiaridades. En el verso 1.°, dos de los acentos principales están desplazados con relación a los de los otros versos. El verso cuarto es más largo que los demás; todos menos él son endecasílabos; el cuarto tiene catorce sílabas: es un alejandrino. Como es sabido, en los endecasílabos modernos, los acentos fundamentales pueden ir en las sílabas 6.ª y 10.ª, o, en vez de la 6.ª, pueden acentuarse la 4.ª y 8.ª. Esto último es lo que sucede en el verso primero. La combinación de ambos tipos de endecasílabo ha sido habitual en la poesía española desde el Siglo de Oro; la inserción de alejandrinos entre endecasílabos es moderna. Emparejan bien ambos tipos de verso porque, en su primer hemistiquio, el alejandrino coincide acentualmente con el endecasílabo acentuado en la sílaba sexta. Vemos, pues, en el esquema, que, salvo el endecasílabo primero, todos los demás versos llevan acentuada la sílaba 6.ª, y también la 10.ª. En esta regularidad acentual consiste el ritmo del endecasílabo. Y algo semejante sucede con cualquier tipo de verso. Se da en el verso una regularidad acentual que no existe en la prosa.

31. Según W. Kayser[51], hay para los intervalos acentuales un «valor óptimo», demostrado por la investigación experimental, que se aproxima en la recitación a dos tercios de segundo. Por eso en el ritmo libre, si la recitación es lenta, se marcan más acentos; en cambio, en una dicción rápida, se suprimen algunos para alcanzar tal medida. Se ha querido relacionar este hecho con la frecuencia de las pulsaciones del corazón o con la del paso. El ritmo se basaría entonces en la naturaleza humana. Lo cierto es que, en el verso, las sílabas

---

[51] *O. c.,* pág. 323.

acentuadas se repiten a intervalos breves y aproximadamente iguales, de tal modo que pueden preverse al menos algunos de los acentos. Esta previsibilidad es característica del ritmo del verso frente al de la prosa.

32. En los versos de las literaturas germánicas es más uniforme aún que en los de las literaturas románicas. La medida yámbica ($\smile$ –) o trocaica (– $\smile$) parece fijar la sucesión de sílabas tónicas y átonas como si no pudiera en todo el verso haber dos seguidas de la misma clase. En la práctica, no suele seguirse con rigor este orden; más bien suele romperse adrede para evitar la monotonía. Kayser (págs. 324 s.) pone dos ejemplos, uno alemán (de Goethe) y otro inglés (de Browning); el primero, de ritmo trocaico, en que se suceden tetrámetros y trímetros, e. d., versos de cuatro y de tres troqueos respectivamente:

> *Sah* ein *Knab* ein *Rös*lein *stehn,*
> *Rös*lein *auf* der *Hei*den,
> *War* so *jung* und *morgenschön,*
> *Lief* er *schnell,* es *nah* zu *sehn,*
> *Sah's* mit *vielen Freu*den...

Pongo en cursiva las sílabas teóricamente acentuadas para que se vea más claramente la regularidad de su alternancia con las átonas. En la recitación real, es probable que no se marque, o se marque muy levemente, algún acento, p. ej. el de *auf* en el 2.º verso, y que, en cambio, se refuerce la pronunciación de alguna palabra teóricamente átona, p. ej. *so* en el verso tercero.

33. He aquí ahora el tetrámetro yámbico inglés:

> The *rain* set *early in* to-*night,*
> The *sul*len *wind* was *soon* a*wake,*
> It *tore* the *elm*-tops *down* for *spite,*
> And *did* its *worst* to *vex* the *lake...*

Pongo nuevamente en cursiva las sílabas tónicas (téngase en cuenta que -*wake, tore, spite, lake,* forman en cada caso una sola sílaba), advirtiendo de nuevo que en la recitación se tendería a no marcar excesivamente el ritmo yámbico; aquí, probablemente, para evitar la monotonía, se acentuaría también *set* en el primer verso y *was* en el segundo.

34. Al tetrámetro yámbico de las literaturas germánicas corresponde en francés el octosílabo, que equivale al eneasílabo de la métrica española, frecuente en nuestros cancioneros medievales y de cierta vigencia en la poesía moderna. He aquí un breve poema eneasilábico de Jorge Guillén, «Última tierra en el destierro»[52];

   1. El destierro terminó ya.
   2. No es de nadie este fondo ciego,
   3. Que ignorando el nombre de arriba
   4. Ni emplaza en sitio humano al muerto.
   5. No hay país por esas honduras,
   6. Tan remotas, del cementerio,
   7. Donde sólo nosotros somos
   8. Melancólicos extranjeros.
   9. Quien fue el ausente yace ahí:
  10. Última tierra en el destierro.

35. Si comparamos en el aspecto acentual los versos de Browning con los de Guillén, representando con — cada sílaba y acentuando gráficamente las tónicas, tenemos los dos esquemas siguientes:

```
        Browning                              Guillén
    — ´ — ´ — ´ — ´              1.  — — ´ — — — ´ ´ —
    — ´ — ´ — ´ — ´              2.  — — ´ — — — ´ — —
    — ´ — ´ — ´ — ´              3.  — — ´ — ´ — — ´ —
    — ´ — ´ — ´ — ´              4.  — ´ — — ´ — — ´ —
                                 5.  — — ´ — — ´ — — —
                                 6.  — — ´ — — — ´ —
                                 7.  — — ´ — — — ´ —
                                 8.  — — ´ — — — ´ —
                                 9.  — ´ — ´ — ´ — ´ —
                                10.  ´ — — ´ — — — ´ —
```

---

[52] *Mis poemas mejores,* 4.ª ed. aumentada, Madrid, Gredos, 1976, página 109.

Hay total regularidad acentual en los versos de Browning; apenas hay alguna en los de Guillén. Sólo la penúltima sílaba lleva acento en todos los versos de éste, como siempre en los versos españoles (es sabido que, si la última palabra del verso es aguda, su última sílaba vale por dos, y, si esdrújula, no cuenta la sílaba que sigue al último acento). Fuera de esto, se observa cierta tendencia a acentuar la 3.ª sílaba (siete veces de diez). Un verso (el 10.°) tiene acento en la l.ª; dos (4.° y 9.°), en la 2.ª; tres (4.°, 9.° y 10.°), en la 4.ª; dos (3.° y 5.°), en la 5.ª (ambos tienen otro acento —sin contar el que todos llevan en la 8.ª— sobre la 3.ª); cuatro (2.°, 4.°, 7.° y 9.°), en la 6.ª, y uno (el 1.°), en la 7.ª. Hay tres parejas de versos coincidentes en el número y lugar de los acentos; la primera, formada por los versos 2.° y 7.°, que llevan acentuadas las sílabas 3.ª y 6.ª; la segunda, por los versos 3.° y 5.°, con acento en la 3.ª y 5.ª, y la tercera, por los versos 4.° y 9.°, que llevan acentuadas la 2.ª, 4.ª y 6.ª. Ni siquiera es regular el número de acentos de los versos: tenemos seis con tres acentos, dos con dos sólo, y otros dos con cuatro. Hay, pues, en el ejemplo español una libertad acentual notablemente mayor que en los ejemplos alemán e inglés. Esta libertad relativa se da en casi todos los versos españoles, con excepción de algunos, como los decasílabos que se ajustan al siguiente esquema:

$$\_ \_ \acute{\_} \_ \_ \acute{\_} \_ \_ \acute{\_}\_$$

(a las ármas, valiéntes astúres)

o los de cuño modernista:

$$\acute{\_} \_ \_ \acute{\_} \_ \quad \_ \acute{\_} \_ \_ \quad \acute{\_} \_ \_ \quad \acute{\_} \_ \_ \acute{\_} \_$$

(ín-cli-tas rá-zas u-bé-rri-mas sán-gre de His-pá-nia fe-cún-da)

hoy, tanto unos como otros, casi en total desuso. En los versos de nueve sílabas o menos no hay más sitio fijo para el acento que la sílaba penúltima. Ya hemos visto cómo se acentúan los endecasílabos. Los versos regulares de más de once sílabas suelen dividirse en dos hemistiquios, con acento en la sílaba penúltima de cada uno; así, por ejemplo, los dodecasílabos, los alejandrinos y los versos de dieciséis sílabas.

36. A veces, los llamados versos de ritmo libre, que no se atienen a un número determinado de sílabas, son uniones no usuales de versos menores o de fragmentos en prosa que presentan en alguna parte ritmos de verso o están entreverados con auténticos versos. Véanse, por ejemplo, los diez primeros versos de «El escarabajo», de Vicente Aleixandre[53]:

1. He aquí que por fin llega al verbo también el pequeño escarabajo,
2. tristísimo minuto,
3. lento rodar del día miserable,
4. diminuto captor de lo que nunca puede aspirar al vuelo.

5.   Un día como alguno
6. se detiene la vida al borde de la arena,
7. como las yerbecillas sueltas que flotan en un agua no limpia,
8. donde a merced de la tierra
9. briznas que no suspiran se abandonan
10. a ese minuto en que el amor afluye.

En 1., que sin duda quiere marcar desde el principio la voluntad de ritmo libre, hallamos un comienzo y un final de verso claramente heptasilábicos: «He aquí que por fin llega»... «pequeño escarabajo». Sería posible, pero sin duda forzado, reducir a otro heptasílabo la parte restante, con una pausa después de «llega» y otra después de «el», que entonces quedaría en posición final y recibiría un acento secundario pero suficiente para doblar la duración de la sílaba. 2. es un heptasílabo perfecto; 3., un endecasílabo intachable. 4. puede leerse o bien como un verso de trece sílabas: «diminuto captor de lo que nunca puede», con un apéndice hexasilábico: «aspirar al vuelo», o bien como un alejandrino con el mismo apéndice, para lo cual basta introducir una cesura después de «captor», duplicando así la duración de la última sílaba de esta palabra. 5. es un nuevo heptasílabo, y 6., un alejandrino, cuyo primer hemistiquio termina con la palabra «vida». En 7. puede verse también un alejandrino: «como las yerbecillas

---

[53] *O.C.,* pág. 109.

que flotan en un agua», pero esta vez con una adición adjetival a cada sustantivo: «sueltas» y «no limpia», la primera de las cuales no parece tener otra misión que la de quebrar el ritmo. 8. constituye un octosílabo, cuyo ritmo lo aparta por igual de los heptasílabos sueltos o trabados en alejandrinos y de los endecasílabos, acentuando así la impresión de libertad rítmica del poema. Son endecasílabos 9. y 10.; 9., acentuado en sexta y décima, y 10., en cuarta y octava.

37. He aquí otros dos breves poemas, uno inglés, de Longfellow, y otro alemán, de Brentano. La traducción española que sigue a cada poema intenta reproducir su ritmo:

The arrow and the song

I shot an arrow into the air,
It fell to earth, I knew not where;
For so swiftly it flew, the sight
Could not follow it in its flight.

I breathed a song into the air,
It fell to earth, I knew not where;
For who has sight so keen and strong,
that it can follow the flight of a song?

Long, long afterward, in an oak
I found the arrow, still unbroke;
And the song, from beginning to end,
I found again in the heart of a friend.

La flecha y la canción

(«Disparé una saeta al aire.
Cayó a tierra, no supe dónde.
Tan rauda voló que mis ojos
No pudieron seguirla.

Exhalé una canción al aire.
Cayó a tierra, no supe dónde.
¿Quién puede seguir con la vista
de una canción el vuelo?

En un roble, mucho más tarde,
Hallé la flecha inquebrantada;
La canción la guardaba entera
El pecho de un amigo»).

Wiegenlied

Singet leise, leise, leise.
Singt ein flüsternd Wiegenlied.
Von dem Monde lernt die Weise,
Der so still am Himmel zieht.

Singt ein Lied so süss gelinde,
Wie die Quellen auf den Kieseln,
Wie die Bienen um die Linde
Summen, murmeln, flüstern, rieseln.

Canción de cuna

(«Cantad muy queda, muy quedamente,
En un susurro, canción de cuna,
Como en las noches claras, azules,
Va por el cielo la blanca luna.

Cantad tan suave, tan blandamente
Como las aguas sobre las guijas,
Cual las abejas en torno al tilo
Zumban, susurran, murmuran, vibran»).

38. W. Kayser[54] analiza el ritmo de ambas canciones, inglesa y alemana, mostrando que en las dos es más importante que el contenido. De la alemana dice que es de un poder avasallador, pero que sería casi imposible comprender bien los significados y relacionarlos entre sí. «Ni podemos, ni queremos hacerlo. Otras fuerzas [...] nos ocupan por completo, [...] dan forma a la poesía, de modo que, en cuanto a los significados, todo se reduce a vagas y diluidas alusiones. Ante todo está la sonoridad. [...] La otra fuerza que nos hace vibrar es el ritmo».

---

[54] *O. c.,* págs. 335-36.

39. La importancia del ritmo en el poema ha sido tema discutido y se han adoptado ante él posturas extremas. Algunos han llegado a pensar en escribir poemas sin significado, atendiendo sólo a la sonoridad y al ritmo. Los experimentos hechos en el siglo xx han fracasado. Y es que el ritmo, aunque prime sobre el significado, sólo en unión con él consigue plena eficacia. «Quien intente hacer música con la sonoridad lingüística como un músico con los sonidos, acepta un reto en que de fijo quedará vencido. Y deja de ser poeta; porque el instrumento del poeta es el lenguaje, y a la esencia del lenguaje pertenece la significación» (Kayser, *ibid.,* pág. 338).

40. Es indudable que hay poemas, como el citado de Longfellow y más aún el de Brentano, en que la sonoridad y el ritmo importan más que el significado. Pero esto no puede afirmarse de todo poema. Pensemos, por ejemplo, en la *Divina Comedia.* Aquí el pensamiento domina soberanamente, y el ritmo del endecasílabo, mucho menos insistente que el del tetrámetro germánico, se limita a cubrir, como un vestido bien hecho, pero sencillo, un cuerpo muy hermoso.

41. Kayser esboza, sólo como propuesta, cuatro tipos de ritmo del verso. Ve en el ritmo de los poemas de Longfellow y de Brentano «la constante tendencia a la continuación del movimiento, la relativa debilidad de los acentos, la levedad y semejanza de las pausas, la fuerte correspondencia de los *kola* [miembros del verso], la importante función de los versos en cuanto al ritmo» (*Ibid.,* pág. 340). A este tipo de ritmo lo llama *ritmo fluido (fliessender Rhythmus).* Se da principalmente en los versos cortos, cuya traducción al español (y a las demás lenguas románicas) suele ser más difícil que la de versos largos, sobre todo cuando la lengua original es una de las germánicas, y en particular la inglesa.

42. Al tipo de ritmo que podría ejemplificarse bien con el hexámetro greco-latino en obras de tanto aliento como la *Ilíada* o la *Eneida,* o con el endecasílabo asonantado de nuestro romance heroico o incluso con el endecasílabo blanco o sin rima, lo llama *ritmo caudaloso (strömmender Rhythmus).* En él, «todo presenta dimensiones mayores. Se habla con mayor aliento y mayor tensión; los acen-

tos se destacan más y son más diferenciados; la tensión tiene aquí momentos claramente culminantes, y, de acuerdo con todo ello, también las pausas son más diferenciadas. Por último —al ser mayores el aliento y el impulso— son también más largos los *kola*» (*Ibid.*, pág. 342).

43. Un nuevo tipo de ritmo se produce, según Kayser (página 343), cuando el endecasílabo se ordena en estrofas de estructura fija, como la octava real en las literaturas románicas. «La artística disposición de esta estrofa y la triple subida hasta la rima pareada final, que hace que se detenga el movimiento, ponen diques al vigoroso avance» del ritmo caudaloso. Los *kola* tienen dentro de la estrofa una construcción más uniforme, y todas las unidades rítmicas, *kola,* semiestrofas y estrofas, son más independientes, cortan el movimiento y le hacen comenzar de nuevo. Estamos aquí ante el *ritmo constructivo,* al cual se presta igualmente el alejandrino, verso equilibrado, que favorece, más aún que la octava real, la trabazón y sutileza del pensamiento.

44. El cuarto tipo lo constituye el *ritmo de danza,* que «por su intimidad nos recuerda el ritmo fluido. No obstante, se distingue claramente de él por un mayor vigor de los acentos, mayor exactitud de los *kola* y mayor importancia de las pausas, que aquí son más diferenciadas. Frente a la suave fluidez, se distingue en conjunto por una fuerte tensión» (*Ibid.*, pág. 345). Ejemplo de este ritmo podría ser «Verde verderol», de *Baladas de primavera,* de Juan Ramón Jiménez[55]:

> Verde verderol,
> ¡endulza la puesta del sol!
>
> Palacio de encanto,
> el pinar tardío
> arrulla con llanto
> la huida del río.
> Allí el nido umbrío
> tiene el verderol.

---

[55] *Pájinas escojidas. Verso,* Madrid, Gredos, 1968, pág. 61.

Verde verderol,
¡endulza la puesta del sol!
....

45. No podemos seguir este rumbo. Nos llevaría demasiado lejos. Digamos, para terminar, que nadie debe emprender la traducción de poemas en verso sin conocer la métrica de la LO y más aún la de su propia lengua. Y este doble conocimiento no puede proporcionarse ni adquirirse en unas cuantas páginas. Aquí sólo hemos intentado bosquejar algunas ideas generales, con la esperanza de que alguien quizá se sienta movido por ellas a estudiar el tema con más detenimiento.

2) *El ritmo de la prosa.*

46. El ritmo de la prosa no muestra contornos tan definidos como el del verso. Su concepto es menos claro, y por eso resulta más difícil su estudio. Por otra parte, el ritmo es siempre en la prosa mucho menos importante que en el verso. Si en ciertos tipos de verso el ritmo puede incluso primar sobre el pensamiento, la prosa se descalificaría si consintiera tal dominio.

47. Los recursos que tiene a su disposición la prosa para lograr un ritmo adecuado a su naturaleza son los mismos que utiliza el verso: la ordenada sucesión de sílabas tónicas y átonas, las formaciones de grupos, la tensión, las pausas. No es cierto que en la prosa, al menos en cierto tipo de prosa, la estructuración del texto se guíe exclusivamente por su contenido. Siempre que se intenta dar a la prosa calidad artística, «está alerta en el autor, lo mismo que en el oyente, un sentido rítmico especial, que reacciona independientemente del contenido» (Kayser, pág. 346). La estructuración rítmica de la prosa puede incluso hacer más transparentes los significados.

48. Los prosistas griegos y latinos prestaron gran atención al ritmo en sus escritos. En ambas lenguas se producía siempre, inevitablemente, una sucesión de sílabas largas y breves. Pero esta sucesión

espontánea era desordenada e informe, y, en cuanto tal, carente de ritmo. Cualquier manifestación abandonada a ella sería prosa, pero no artística. Lo artístico requiere orden y forma.

49. Dos artes enseñaban los modos de ordenar y conformar la sucesión de sílabas largas y breves: la *Poética* para el verso y la *Retórica* para la prosa. Ambas reconocían como la unidad rítmica más pequeña el *pie,* sucesión regular de largas y breves, que podía adoptar varias formas. Los pies fundamentales eran el *yambo* (˘ –), el *troqueo* (– ˘), el *dáctilo* (– ˘ ˘), el *anapesto* (˘ ˘ –) y el *espondeo* (– –). Mientras que la *Poética* sujetaba todo el discurso a una sucesión regular de largas y breves, la *Retórica* permitía mayor libertad y sólo establecía cierta regularidad para la sucesión de pies en algunas partes del discurso. La regulación retórica de la sucesión de *pies* se llamaba *número oratorio* o, más brevemente, *número,* o también *ritmo* (lat. *rhythmus,* préstamo del gr. ῥυθμός). Aristóteles (*Rhet.* 3, 8, 1) pensaba que el ritmo de la prosa artística debía ser intermedio entre el verso y la sucesión espontánea y desordenada de sílabas largas y breves.

50. Sería prolijo cualquier resumen de las normas de la retórica clásica para el ritmo de la prosa. Al lector interesado por el tema le recomendamos la lectura de los núms. 978 a 1052 (vol. II, págs. 336-372) de la obra de Lausberg[56]. Aquí nos limitaremos a observar que donde se exigía especial atención al ritmo era en los finales de frase, sobre todo en los de período. Por eso los grupos rítmicos más importantes eran las llamadas *cláusulas,* cierres o terminaciones (en lat. *clausulae,* deriv. de *clausum,* supino de *claudo* «cerrar»). También se recomendaba sujetar a ritmo los comienzos de frase, aunque menos estrictamente que las terminaciones. En el medio, podía el escritor permitirse más libertades[57].

---

[56] *Manual de retórica literaria...,* Madrid, Gredos, 1967.

[57] Es curioso que, bastante después de habérsele retorcido el cuello a la retórica, la prosa artística siga ateniéndose, sin duda inconscientemente, a las viejas normas. Boris Tomashevski, uno de los primeros investigadores rusos de estas cuestiones, demostró estadísticamente, analizando pasajes de *El caballo blanco* de Pushkin, que

51. Al perderse, durante el imperio tardío, el sentido de la cantidad vocálica, desapareció también la recta observancia de las cláusulas. La cantidad de las vocales fue sustituida por la división de las palabras y el lugar del acento, formándose de este modo cuatro tipos de cláusulas, que aparecen en la Edad Media como los cuatro *cursus:*

> *cursus planus*: víncla perfrégit; requiéscat in páce;
> *cursus velox*: vínculum fregerámus; cónsules perferémus;
> *cursus tardus*: víncla perfrégerat; velocitáte redúceret;
> *cursus trispondiacus*: dolóres detulérunt; ípsa moderétur.

El latín medieval y, más tarde, la prosa de los humanistas están llenos de *cursus,* con claro predominio del *cursus planus*. Sirvan de ejemplo algunos finales de frase de un párrafo tomado al azar del *Diálogo de la lengua,* de Valdés: «de España a la griega»; «en tierra con ellos»; «de toda la España»; «muchos vocablos»; «azeite que olio»; «conozcamos por nuestros». Se cumple aquí (sólo aparentemente, pues no hay verdadera cantidad silábica, sino meros acentos) el esquema del verso adónico ($-\ \smile\ \smile\ -\ \smallsmile$), que, en la métrica grecolatina, cerraba la estrofa sáfica.

52. Esta predilección inconsciente puede verse incluso en escritores de nuestros días. Leamos la segunda página del ya citado poema en prosa de Vicente Aleixandre[58]. Tiene diecisiete líneas, cortadas por veinte puntos. Pues bien, doce de los veinte finales de frase se ajustan al *cursus planus*: «Crecerán los magnolios.»; «tus axilas son frías.»; «todos los ruidos.»; «corazón de gamuza.»; «recordará tu destino.»; «La voz casi muda.»; «las flores oscuras.»; «a muerte perdida.»; «como una serpiente.»; «golpea mi frente.»; «contra el cielo mojado.»; «mi soledad no es morada.» Y esto no es un azar. Examinamos otro poema en prosa, «Del color de la nada» (págs. 41 s.), y hallamos, en sus treinta finales de frase, catorce de

---

los comienzos y fines de frase muestran mayor regularidad rítmica que las partes centrales. Cf. R. Wellek y A. Warren, *Teoría literaria,* pág. 195.

[58] «El amor no es relieve»; *supra,* n. 50.

cursus planus. La frecuencia es algo menor que en el fragmento de «El amor no es relieve», pero mucho mayor que la de cualquier otro *cursus*. Y, si atendemos particularmente a los títulos, veremos que el libro al que pertenecen los dos poemas citados, *Pasión de la tierra,* que fue primitivamente *La evasión hacia el fondo,* presenta en ambas formas la cadencia del verso adónico. Y de los ocho poemas de este libro seleccionados por Aleixandre para su Antología, cinco tienen en su título el mismo ritmo: «Lino en el soplo», «Del color de la nada», «Fuga a caballo», «El amor no es relieve», «Ropa y serpiente». Hasta en el título de la Antología, *Mis poemas mejores,* está presente el *cursus planus*.

53. La moderna investigación estilística trata de utilizar estos fenómenos para indagar las cualidades personales del autor. Nosotros nos contentamos con señalar la presencia de ritmos determinados también en la prosa. El traductor debe leer el TLO con el oído interior atento a estos ritmos. Al captarlos y sentir su eficacia, comprenderá el funcionamiento de uno de los elementos caracterizadores del estilo del texto. Y esta comprensión no es indiferente para el resultado ulterior de su empresa.

54. Es posible, incluso probable, que en los ejemplos tomados de poemas en prosa de Vicente Aleixandre, el autor haya seleccionado sus ritmos inconscientemente. Pero hay casos en que el escritor interviene en el ritmo con plena conciencia; por ejemplo, cuando hace correcciones motivadas precisamente por el ritmo. Kayser (págs. 349 ss.) da algunos ejemplos, indicando con P la versión primera, y con D la definitiva. El primer ejemplo procede de *Madame Bovary,* de Flaubert[59]:

   P.:   «D'abord, on parla du malade, puis du temps...»
   D.:   «On parla d'abord du malade, puis du temps...».

---

[59] Ed. de los *Ébauches et Fragments inédits,* por Gabrielle Leleu, 2 vols., Paris, 1936.

Casi por la misma época hizo Stifter una corrección semejante al revisar su novela *Der Hagestolz*:

P.:   «Zuerst reden sie von allem und oft alle zugleich, dann reden sie...»

D.:   «Sie redeten zuerst von allem und oft alle zugleich, dann redeten sie...».

«Son considerables —comenta Kayser— las diferencias rítmicas: «D'abord» o «Zuerst» al principio de frase reciben un acento muy marcado, que exige después una pausa perceptible. De la modificación resulta un solo grupo de palabras, que asciende hasta «malade» o «allem», que llevan el acento dominante, mientras que la antítesis se debilita». En ambos casos, observa Kayser, la modificación se debe no sólo a motivos rítmicos sino también, y hasta principalmente, a una intención semántica: «a los dos autores les pareció injustificada una antítesis tan marcada, y quisieron trasladar a posición dominante los verdaderos centros de importancia (*malade, allem*)». Como ya dijimos arriba (n.º 47), la estructuración rítmica de la prosa puede hacer más transparente el significado[60].

55. Pero hay casos en que la corrección se debe exclusivamente a motivos rítmicos. Véase este otro ejemplo, citado igualmente por Kayser (pág. 350) y tomado del *Eurico* de Alejandro Herculano:

---

[60] En ambos textos, no debiera ser idéntica la traducción de P y D, pues también en español el cambio del orden de las palabras altera el ritmo de la prosa y desplaza la acentuación del significado:

Flaubert.	P: «Primero, se habló del enfermo, luego del tiempo....
	D: «Se habló primero del enfermo, luego del tiempo...»
Stifter.	P: «Primero, hablan de todo y con frecuencia todos a la vez, luego hablan...»
	D: «Hablaron primero de todo y con frecuencia todos a la vez, luego hablaron...».

Como veremos en el § 58. 1., lo más seguro para el traductor es ceñirse todo lo posible al orden de las palabras del TLO, mientras la norma de la LT no lo impida o aconseje lo contrario.

P.:   «do bramido do mar e do rugido das ventanias...»
D.:   «do bramido do mar e do rugido dos ventos...».

La sustitución de «ventanias» por «ventos» no cambia nada en el significado. Es evidente que la modificación no tiene intención semántica, sino que busca exclusivamente un cambio de ritmo. Y obsérvese que en el sintagma de la versión definitiva, «do rugido dos ventos», aparece, también en portugués, el *cursus planus*.

56. En un nuevo ejemplo de Stifter, tomado de la misma obra, tampoco actuaron en la modificación motivos semánticos, sino exclusivamente rítmicos:

P.:   «Und von dem Haupte der Helden leuchtet der Ruhm...»
       («Y de la cabeza de los héroes irradia la gloria...»)
D.:   «Und von dem Haupte der Helden leuchtet dann der Ruhm...»
       («Y de la cabeza de los héroes irradia entonces la gloria...»).

«La primera versión —explica Kayser— tiene, totalmente, carácter de verso. No hay duda de que fue precisamente la semejanza con el verso la que movió a Stifter a hacer la modificación. Con ella se anula la igualdad de los intervalos y de los grupos silábicos no acentuados, así como la igualdad de intensidad de los acentos, que hacían tan uniforme el pasaje: el acento sobre la palabra «Ruhm» es ahora el predominante; la soberanía rítmica del doble adónico [= *cursus planus*] ha desaparecido» (*ibid.*).

57. A continuación se refiere Kayser a una «gran discusión» entre quienes piensan que la prosa es tanto mejor cuantos más versos se pueden recortar en ella, y quienes opinan que el ritmo propio del verso la deteriora: «los teóricos franceses midieron frecuentemente la prosa con la vara del alejandrino» (*ibid.*). Pero no han faltado voces contrarias a esta postura. Una de las más vigorosas fue la del rumano Pius Servien (Coculesco), cuyas obras francesas aparecieron entre 1925 y 1950[61] y hallaron muchos adeptos tanto entre los teóricos

---

[61] Kayser, en la bibliografía correspondiente al cap. VIII de su obra, titulado «El ritmo», cita los siguientes estudios de P. Servien sobre el tema: *Essai sur les rythmes*

como entre los escritores. Ya con anterioridad a Servien se había sostenido que la prosa no debe parecerse al verso. Kayser cita como ejemplo a Theodor Storm, quien agradeció a Paul Heyse que le hubiera hecho advertir la cadencia yámbica de su obra *Ein Fest auf Haderslevhuus*[62]. Storm se avergonzó de que le hubiera ocurrido tal cosa. Podrían aducirse otros ejemplos mucho más antiguos. Ya Aristóteles en su *Retórica* 3, 8, 3 advierte que «la prosa debe tener ritmo, pero no metro [e. d., medida de verso]; de lo contrario, será un poema». Quintiliano 9, 4, 72 enseña que es feísimo que aparezca en el discurso un verso entero, incluso una parte de verso, sobre todo en una cláusula o fin de frase. Y Marciano Capella 34, 517 reprueba en Cicerón el empleo de un *hendecasyllabus* entero: *súccessít tibi Lúciús Metéllus*[63]. Kayser, sin embargo, considera la discusión «aún no resuelta» y opina que «para una aclaración definitiva se requieren todavía cuidadosos análisis de buena prosa» (pág. 351). La decisión no será fácil. «Lo que es válido [...] para determinado pasaje lírico o retórico de una novela puede estar muy lejos de ser aplicable a una narración íntima. En ésta puede dañarse la calidad de la prosa si el ritmo [...] llama demasiado la atención. Las expectativas que hace surgir quitan valor a las palabras. Por el contrario, un autor que habla expresivamente, que se sitúa en un punto de vista elevado, como si, en vez de dirigirse a un lector individual, se dirigiera a un auditorio anónimo; en una palabra, el que proclama en vez de narrar, tiene pleno derecho a utilizar en su prosa estructuras métricamente reguladas» (*ibid.*)[64].

---

toniques du français, París, 1925; *Lyrisme et structures sonores,* París, 1930; *Les rythmes comme introduction physique à l'esthétique,* París, 1930; *Science et poésie,* París, 1947.

[62] La cadencia yámbica se da ya en el título.

[63] Cf. H. Lausberg, *Manual de retórica literaria,* vol. II, pág. 338, n.° 981. Allí puede verse también el testimonio moderno de J. P. Sartre, *La Nausée,* 1938, pág. 47: «Ne doit-on pas, Monsieur, éviter soigneusement les alexandrins dans la prose?».

[64] Aristóteles, *Poética,* 1460 b 3-5, daba, para la tragedia, el siguiente consejo práctico, que manifiesta gran perspicacia y una experiencia literaria nada corriente:

58. Esta variedad de tipos de texto produce una escala muy larga de gradaciones, desde la prosa literaria casi totalmente arrítmica hasta la que se acerca a la regularidad acentual del verso (o hasta el «verso libre» de ciertos poemas que, escritos en líneas seguidas, no se distinguirían de un poema en prosa). A cierta forma de transición entre la prosa y el verso la llaman los franceses *verset*. En inglés, aparece en los salmos anglicanos y en escritores que buscan efectos bíblicos, como Ossian. En Francia, fue Claudel su principal cultivador[65]. En Alemania lo usó muy eficazmente Gertrud von le Fort en su obrita *Hymnen an die Kirche*[66], en cuya traducción española se buscó no sólo la fidelidad semántica sino también cierta equivalencia rítmica. Según R. Wellek y A. Warren[67], en la literatura inglesa, la prosa rítmica floreció sobre todo en el siglo XVII, cultivada por escritores como Thomas Browne y Jeremy Taylor. En el XVIII dejó paso a un estilo coloquial más sencillo, aunque ya a fines de aquel siglo surgió un nuevo «estilo elevado», el de Johnson, Gibbon y Burke, que reapareció en diversas formas a lo largo del XIX con De Quincey y Ruskin, Emerson y Melville, y luego con Gertrude Stein y James Joyce. En Alemania, uno de los cultivadores de la prosa rítmica fue Nietzsche, y en Rusia son célebres en este aspecto ciertos pasajes de Gogol y de Turguenev, y, más recientemente, la prosa de A. Bieli.

59. Sin duda sería fecundo para el conocimiento de nuestros prosistas contemporáneos el estudio rítmico de su prosa. Autores como Gabriel Miró, Valle-Inclán, Juan Ramón Jiménez y algunos de los actuales proporcionarían abundantes e ilustrativos hallazgos.

«La elocución hay que trabajarla especialmente en las partes carentes de acción y que no destacan por el carácter ni por el pensamiento; pues la elocución demasiado brillante oscurece los caracteres y los pensamientos». (V. mi ed. trilingüe, Madrid, Gredos, 1974).

[65] De él ha recibido el nombre de «versículo claudeliano».

[66] *Himnos a la Iglesia,* traducción y prólogo de Valentín García Yebra, Madrid, Colección de poesía Adonáis, Rialp, 1949. 2.ª ed. revisada, Ediciones Encuentro, Madrid, 1995.

[67] *Teoría literaria,* págs. 195 s.

60. Según Wellek y Warren, sigue siendo discutible y discutido el valor artístico de la prosa rítmica. La mayoría de los lectores contemporáneos «prefieren que la poesía sea poética y que la prosa sea prosaica. La prosa rítmica parece considerarse una forma mixta: ni prosa ni verso» (*o. c., pág.* 196). Esto podría aplicarse a las formas extremas del versículo claudeliano o del verso libre. Pero, aun limitado así el alcance de tal rechazo, nos parece infundado, y hacemos nuestro el juicio de los citados autores. Se trata, probablemente, de un prejuicio crítico de nuestra época. «Es de suponer que la defensa de la prosa rítmica sería idéntica a la defensa del verso. Bien utilizada, la prosa rítmica nos obliga a tomar mayor conciencia del texto; la prosa rítmica subraya, enlaza, construye gradaciones, insinúa paralelismos, organiza el lenguaje, y organización es arte» (pág. 196).

61. Al traductor literario en cuanto tal no le compete el ataque ni la defensa de prosa rítmica. Esto le corresponde al crítico. Al traductor literario le corresponde la comprensión plena del TLO, también en su aspecto rítmico, a fin de organizar mejor, incluso rítmicamente, el TLT, de modo que también en esto se acerque lo más posible a la equivalencia.

§ 34. LA EUFONÍA.

1. La *eufonía* (del gr. *eû* «bien» y *phōné* «sonido») es el «efecto acústico agradable que resulta de la combinación de los sonidos en una palabra o de la unión de las palabras en la frase»[68]. El vicio opuesto a esta virtud del lenguaje se llama *cacofonía* (del gr. *kakós* «malo» y *phōné* «sonido»), y consiste en la «repetición o encuentro de varios sonidos con efecto acústico desagradable»[69].

2. La *eufonía* es un fenómeno más amplio que los ya estudiados. Pueden contribuir a ella las aliteraciones, la rima y el ritmo, de los

---

[68] *DTF*, s. v. EUFONÍA.
[69] *Ibidem*, s. v. CACOFONÍA.

cuales puede surgir igualmente el fenómeno contrario, la cacofonía. Pero también pueden ser causa de eufonía o de cacofonía otras combinaciones sonoras, como veremos a continuación.

3. Tanto la eufonía como la cacofonía pueden darse en las palabras aisladas y en las combinaciones de palabras. En las combinaciones de palabras, la cacofonía, en principio, debe evitarse siempre. La ausencia de cacofonía es en cierto modo un primer grado de eufonía, deseable en toda clase de textos. La eufonía en sus grados más altos es propia del verso. Y, en la prosa, no todos los tipos de texto exigen el mismo grado de eufonía.

4. La eufonía o la cacofonía de las palabras aisladas no dependen del escritor. Las palabras, tal como son, forman parte de la lengua. El escritor puede evitar las que le desagraden, pero no alterarlas arbitrariamente. En cambio, sí depende de él que las palabras formen en el texto conjuntos agradables, o al menos no desagradables.

5. La poética y la retórica clásicas se ocuparon ampliamente del orden de las palabras. Atendieron a las propiedades de las palabras en sí, pero sobre todo a los efectos de su unión en la frase.

6. Se consideraba defectuosa la repetición próxima de palabras iguales o muy semejantes. Era el vicio opuesto a la variedad. Hasta el placer, si carece de variedad, puede producir tedio. Debía evitarse sobre todo la sucesión de monosílabos; pero también la de palabras breves, y asimismo la de palabras largas. Se censuraba igualmente la sucesión de palabras de la misma clase gramatical, nombres, verbos, etc.

7. Había también normas relativas a las partes de palabra, e. d., a las sílabas y a los sonidos aislados. Se referían a la sucesión de cantidades silábicas, al contacto silábico entre palabras y a la similicadencia de palabras en contacto. En cuanto a la cantidad silábica, se prohibía la sucesión ininterrumpida de un número excesivo de sílabas breves o largas. En el contacto de sílabas de dos palabras debían evitarse efectos fónicos desagradables y también efectos semánticos inconvenientes; estos últimos implicaban también cacofonía, porque el sonido y el significado se influyen mutuamente. Se consideraba

desagradable que la última sílaba de una palabra fuese igual a la primera de la palabra siguiente (p. ej. dori*ca ca*stra), y más aún que fuesen iguales las dos últimas y las dos primeras («o fortu*natam natam,* me consule, Roma»; «res mihi in*visae visae* sunt, Brute»). La inconveniencia semántica se produce cuando el encuentro de la última o últimas sílabas de una palabra con la primera o primeras de la palabra siguiente puede sugerir significados sucios u obscenos. Un ejemplo de Quintiliano 8, 3, 44-45: si se altera el orden del sintagma «cum hominibus notis» de modo que entren en contacto la preposición y el participio: «cum notis», al asimilarse en la pronunciación la *m* a la *n* siguiente resultará *cun notis,* y la unión de las dos sílabas *cunno* será «malsonante».

8. También se consideraba reprobable la similicadencia de palabras inmediatamente seguidas; por ejemplo, de varios genitivos plurales de la segunda declinación latina, como «fortissimorum proximorum fidelissimorumque sociorum» (Marciano Capella, 34, 518).

9. Además de estas normas relativas a las sílabas, había otras que alertaban contra el efecto desagradable producido por el contacto de dos consonantes o de dos vocales en el encuentro de palabras. El encuentro de una consonante final con otra inicial podía producir la llamada *structura aspera.* Se consideraban consonantes «ásperas» la *s,* la *x,* la *r* y la *f,* y debía evitarse su contacto entre dos palabras, p. ej. en «ars studiorum», «ablatas gratis» (*s + gr*), «per flagella, per frena». El encuentro de dos vocales pertenecientes a dos palabras seguidas constituía la *structura hiulca,* equivalente al hiato. Sobre el hiato había una normativa complicada, con toda una escala de prohibiciones y licencias.

10. La aliteración, que en verso sólo era reprobable cuando se repetía exageradamente la misma letra, como en el ejemplo famoso de Ennio (*Ann.* fr. 109): *o Tite tute Tati tibi tanta tyranne tulisti,* citado por Marciano Capella 33, 514, o cuando no tenía interés para el significado, como en *sale saxa sonabant* (*Aen.* 3, 183), se censuraba generalmente en prosa. Marciano Capella distinguía varios tipos

de aliteración, según la letra que se repitiera; así el *iotacismus,* p. ej.: *Iunio Iuno Iovis iure irascitur,* o, no tan exagerado, en este pasaje de Cic. *Pro Cluent.* 35, 96: «*non fuit istud iudicium iudicii simile, iudices*»; el *lambdacismus*: «*sol et luna luce lucent alba leni lactea*»; el *mytacismus*: «*mammam ipsam amo quasi meam animam*»; el *polysigma*: «*Sosia in solario soleas sarciebat suas*».

11. De la combinación de varios de los vicios enumerados podían surgir casos especiales de cacofonía. Marciano Capella cita el siguiente ejemplo de Terencio (*Hecyra* 1, 1, 1): «*Per pol quam paucos reperias meretricibus / fideles evenire amatores, Syra*», donde, además de la aliteración de la *p,* se produce el encuentro de consonantes ásperas en posición final e inicial de palabra: pauco*s r*eperias, meretricibu*s f*ideles, amatore*s, S*yra.

12. La poética y la retórica clásicas estuvieron vigentes durante siglos, especialmente en los países románicos. Malherbe trató de aplicar a la literatura francesa, a veces con rigor excesivo, las normas tendentes a evitar la cacofonía. Por ejemplo, intentó desterrar de la poesía el empleo seguido de palabras monosilábicas. Contra esta prohibición reaccionó Vaugelas, citado por Littré, s. v. MONOSYLLABE, 1.º: «Ce n'est point une chose vicieuse en notre langue, qui abonde en monosyllabes, d'en mettre plusieurs de suite». Tampoco la acató Racine al escribir aquel verso de *Phèdre* 4, 2, 1112: «le jour n'est pas plus pur que le fond de mon coeur», compuesto enteramente de monosílabos y que, a pesar de la aliteración *pas plus pur,* desvinculada del significado, no incurre en cacofonía. Como ejemplo de cacofonía producida en francés por la repetición de sílabas del mismo sonido aduce Littré esta frase (que incurre también en la reiteración de monosílabos): «Il faut qu'entre *nous nous nous nou*rrissions».

13. Malherbe no sólo aplicó a la poesía francesa la norma relativa a evitar encuentros de palabras que pudieran producir combinaciones malsonantes, sino que la extendió a palabras de cuyo encuentro pudieran resultar significados meramente ridículos, como en aquel verso de Desportes: *belle tyranne, aux Nérons comparable,* donde Malherbe descubrió un «*tira nos nez*», y en *partout au trouble,* donde

podría pensarse en «*tout au trou*». En la retórica de Ximénez Patón hallamos ejemplos muy expresivos de tales combinaciones, como las que se producen en «un cuento que sucedió a personas que yo conocí; uno se decía Galera, y el otro Gallo. Fue éste a buscar a aquél, y preguntó en su casa diciendo: ¿*Está-ca-Galera? Díganle que lo busca-Gallo*».

14. La poética sigue imponiendo su ley en el verso, si bien con menos rigor que antes. La retórica ha sido destronada. Pero, consciente o inconscientemente, los buenos escritores (y no olvidemos que un buen traductor tiene que ser buen escritor) observan muchas de sus normas. Más aún, el gusto por la eufonía y el rechazo de la cacofonía se da, con más o menos intensidad, en todos los usuarios de una lengua. Hay fenómenos gramaticales y léxicos que no tienen otra causa. Uno de ellos es la gramaticalización del aparente cambio de género en el artículo determinante, que tiende a imponerse también en el indefinido, ante palabras femeninas que comienzan por *a* tónica[70]. Otro, la tendencia a no terminar un enunciado con una palabra monosilábica; a esta tendencia se debe sin duda la lexicalización de ciertas expresiones en su forma actual, p. ej. «de pies a cabeza» y no «de cabeza a pies», mientras que en otras lenguas aparece la expresión equivalente con los sustantivos en orden inverso: al. «von Kopf bis Fuss»; ing. «from head to foot», it. «da capo a piedi» o «dalla testa ai piedi».

15. En prosa se tiende a evitar la repetición próxima de palabras iguales o formadas sobre el mismo tema. Como observa W. Porzig[71] «no se dice en alemán *das Leben, das er lebte* «la vida que él vivió», sino *das er führte* «que llevó», y *eine Sprache reden*, en vez de *eine*

---

[70] Digo «*aparente* cambio de género» porque, histórica y etimológicamente, en los sintagmas *el alma, el águila, el hambre,* el artículo es de género femenino, evolución del lat. *ĭlla,* que dio en castellano antiguo *ela,* forma que se reducía a *el* ante cualquier vocal (hoy sólo ante *a* tónica) y se convirtió en *la* ante consonante. Cf. Rafael Lapesa, *Historia de la lengua española,* 9.ª ed. corregida y aumentada, Madrid, Gredos, 1981, página 210, n. 20.

[71] *El mundo maravilloso...,* pág. 195.

Sprache sprechen «hablar una lengua», lo prefieren inclusive gentes
que nunca dirían *deutsch* o *französisch reden* [...] *Einen Weg bahnen*
«explanar un camino» es corriente, pero *eine Bahn bahnen* «explanar
una vía», inusitado; se dice entonces *Bahn machen* «hacer vía», o
eine Bahn schaufeln «expalar una vía» (por la nieve)».

16. El deseo de evitar la repetición próxima de lo idéntico o
semejante influye incluso en las lenguas, llegando a suprimir sílabas
o fonemas en algunas palabras. La *haplología* es un fenómeno de
disimilación que consiste en suprimir una sílaba cuando, en la misma
palabra, se juntan dos que tienen consonantes iguales. Así en lat.
nutrix («nodriza») por *nutritrix* (de *nutrire* «nutrir»), *stipendium*
(«estipendio, soldada») por *stipipendium* (de *stips, stipis* «emolumen-
to» y *pendere* «pagar»); en esp. *idolatría* por *idololatría*, *impudicia*
por *impudicicia*, *cejunto* al lado de *cejijunto*, y vulg. *probalidad* por
probabilidad. Porzig (pág. 193) observa que, aunque en al. los femeninos de los sustantivos de actor terminados en *-er* se forman añadiendo *-in* a la forma masculina, p. ej. de *Lehrer* («maestro»),
Lehrerin, de *Schneider* («sastre»), *Schneiderin*, de *Tänzer* («baila-
rín»), *Tänzerin*, el femenino de *Zauberer* («encantador, hechicero»)
no es *Zaubererin* sino *Zauberin*. Lo mismo sucede con los sustantivos de acción derivados de los de actor mediante la adición de
-ei; así, de *Räuber* («ladrón»), *Räuberei* («latrocinio»), de *Hehler*
(«encubridor»), *Hehlerei* («encubrimiento»), de *Jäger* («cazador»),
Jägerei («cacería»)[72], pero de *Wilderer* («cazador furtivo»), *Wilderei*,
aunque lo normal sería *Wildererei*, y de *Zauberer, Zauberei*, aunque
podría esperarse *Zaubererei*.

17. La disimilación de fonemas iguales próximos se daba ya en
latín. Por ejemplo, el formante de adjetivos *-alis, -ale* se transformaba
en *-aris, -are* cuando en una sílaba anterior próxima aparecía el
fonema *l*; así, por una parte, los adjetivos *actualis, annualis, floralis,
legalis, liberalis, naturalis, navalis, pluralis, vocalis*, etc.; por otra,

---

[72] Porzig deriva estos nombres de acción de los verbos correspondientes: *rauben,
hehlen, jagen*.

angularis, anularis, auxiliaris, familiaris, molaris, popularis, saecularis, solaris, talaris, velaris, vulgaris, etc. Esta disimilación la han heredado las lenguas románicas: it. *annuale,* esp. y port. *anual,* fr. *annuel;* it. *attuale,* esp. *actual,* port. *atual,* fr. *actuel;* it. *florale,* esp., port. y fr. *floral;* it. *naturale,* esp. y port. *natural,* fr. *naturel,* etc.; pero it. *angolare,* esp. y port. *angular,* fr. *angulaire;* it. *anulare,* esp. y port. *anular,* fr. *annulaire;* it. *popolare,* esp. y port. *popular,* fr. *populaire;* it. *volgare,* esp. y port. *vulgar,* fr. *vulgaire,* etcétera.

18. Las lenguas las hacen los hablantes, y estos fenómenos de disimilación se deben al deseo colectivo, y, por tanto, natural, de evitar en el habla corriente, en la prosa oral, la repetición próxima de lo igual o semejante. Los buenos prosistas literarios siguen, consciente o inconscientemente, esta tendencia de la lengua. Y no sólo evitan la repetición próxima de palabras iguales o formadas sobre el mismo tema, sino también, cuando es posible, la sucesión de palabras cuyo encuentro resultaría cacofónico; por ejemplo[73], el de las terminadas en s con las que comienzan por *r,* como «quizás resulte...», «los retuvieron en...», que sería fácil corregir escribiendo: «quizá resulte»[74], «les obligaron a permanecer en...».

19. No podemos extendernos en consideraciones generales sobre la eufonía, y menos aún tratar de establecer normas que pudieran favorecerla. En tal camino correríamos siempre el riesgo de subjetivismo. Dos consejos que pueden darse en este punto son de carácter negativo: 1.º) Procedimientos capaces de enriquecer el verso

---

[73] Habría cacofonía en «resultaría *cacofónico, como* el de...», por la cuádruple repetición de la gutural sorda. No es posible alterar la palabra *cacofónico* para evitar la triple aparición próxima de dicho fonema, pero sí se puede evitar la intensificación de la cacofonía resultante de yuxtaponer a su sílaba final *-co* la misma sílaba inicial de «*co*mo». Por eso en lugar de «como» se ha usado aquí «por ejemplo».

[74] Según M. Seco, *Diccionario de dudas...,* s. v. QUIZÁ, «es tan correcto decir *quizás* como *quizá.* Pero los escritores prefieren en general esta última forma, que es la etimológica». Sin duda esta preferencia se apoya más en la eufonía que en la etimología, desconocida por muchos escritores. En un caso, sin embargo, resulta preferible *quizás,* precisamente por eufonía: cuando la palabra siguiente comienza por *a,* la *-s* de *quizás* evita el hiato, siempre desagradable.

pueden deteriorar la prosa: la aliteración frecuente, el ritmo demasiado marcado o repetido, y sobre todo la rima. También aquí tiene validez la máxima latina: *est quaedam virtutibus ac vitiis vicinitas* («hay cierta afinidad entre las virtudes y los vicios»). Lo que es virtud en el reino del verso puede resultar vicio en el de la prosa. 2.º) El mejor procedimiento para conseguir la eufonía en prosa es evitar la cacofonía. Mas[75] para evitar la cacofonía, como la disonancia en música, hay que tener oído. En otro lugar, hace ya más de tres decenios[76], escribí a este propósito unas palabras dirigidas a los traductores y que sigo considerando válidas. Con ellas termino este apartado sobre la eufonía: «Tampoco logrará una traducción [literaria] valiosa quien no posea un sentido para la musicalidad de las palabras, una especie de tacto para la suavidad o aspereza de los sonidos, una facultad para su colorido, para captar el ritmo de la frase».

---

[75] M. Seco, *Diccionario de dudas...,* s. v. MAS, conj. adversativa, observa que «en la lengua actual su empleo, si no es regional, está limitado a la literatura». En efecto, *pero* resulta más sencillo y natural. A veces, sin embargo, puede ser preferible *mas,* por eufonía; p. ej. al comienzo de frases cuya segunda palabra es *para:* la aliteración de «pero para» sería cacofónica.

[76] «Aurelio Espinosa Pólit, traductor de poetas clásicos», *Arbor,* números 199-200, julio-agosto, 1962, pág. 19.

SEGUNDA PARTE

VIII. VARIAS CLASES DE TRADUCCIÓN

Vinay y Darbelnet, § 31, dividen la traducción en dos clases mayores: traducción *directa* o *literal* y traducción *oblicua*. (Sería mejor suprimir *literal* como calificativo de la primera clase de traducción; el término de «traducción literal» se usa luego para designar el último de los tres procedimientos incluidos en esta clase).

§ 35. LA TRADUCCIÓN DIRECTA.

Los citados autores entienden por traducción *directa* o *literal* aquella en que un TLO se puede reconstruir en la LT guardando un paralelismo total. Incluyen en esta clase de traducción el «préstamo» (*emprunt*, § 32), el «calco» (*calque*, § 33) y la «traducción literal» (*traduction littérale*, § 34). En la traducción *oblicua* incluyen los procedimientos llamados por ellos «transposición» (*transposition*, § 36), «modulación» (*modulation*, § 37), «equivalencia» (*équivalence*, § 38) y «adaptación» (*adaptation*, § 39).

Esta terminología presenta, para su aceptación en español, varios inconvenientes. En primer lugar, *traducción directa* se llama normalmente en español la que se hace de una lengua extranjera a la lengua propia. Se opone a *traducción inversa,* que es la que se hace desde la lengua propia a una lengua extranjera. En cuanto al término *literal* (sustituido a veces en francés por *traduction à la lettre* y en español —con calco del francés— por «traducción a la letra» o «trad. al pie de la letra»), es inexacto e impreciso. Es inexacto si se entiende en sentido estricto, porque nunca se traduce letra por letra: hay lenguas muy afines, como el esp., port. e it., en que algunas palabras coinciden literalmente, p. ej. *concorde, idealista, pomposo, romanticismo* (aunque no se pronuncien del mismo modo); pero tales palabras no son objeto de traducción entre las lenguas a las que son comunes. Dos lenguas en que todas o casi todas las palabras tuvieran esa coincidencia no serían dos lenguas sino una sola.

Entendido más libremente, el término *literal* es impreciso, pues admite grados de libertad en la traducción. J. C. Catford[1] pone como extremos los tipos de traducción designados con los «términos populares» de traducción *libre* y traducción *palabra por palabra,* y sitúa entre ambos la traducción *literal,* que puede tomar como punto de partida una traducción «palabra por palabra», pero introduce cambios de acuerdo con la gramática de la LT (p. ej. insertando palabras adicionales, cambiando estructuras en cualquier rango, etc.). El *DUE* de M.ª Moliner, caracterizado por su exactitud en las definiciones, da la siguiente para *traducción literal* (s. v. TRADUCCIÓN): «La que se atiene rigurosamente al original en la forma elegida para expresar el pensamiento, sin apartarse de ella más que lo necesario para que sea correcta en el idioma a que se traduce». Pero este apartamiento necesario para la corrección puede ser mínimo o muy grande. Es mínimo en la traducción del siguiente pasaje de la o. c. de Vinay y Darbelnet (§ 34):

(a)　*En principe, la traduction littérale est une solution unique,*
　　　En principio, la traducción literal es una solución única,

　　　réversible et complète en elle-même.
　　　reversible y completa en sí misma.

---

[1] *A linguistic theory of translation,* 2.42, pág. 25 (47 de la trad. esp.).

El apartamiento se da sólo en la penúltima palabra. El paralelismo completo pediría en esp. el pronombre personal *ella,* pero la corrección gramatical exige el reflexivo *sí.* Por otra parte, al traducir

(b) *j'ai mal à la tête* por «me duele la cabeza»

tampoco nos apartamos del original más que lo necesario para que la traducción resulte correcta. Pero nadie hablará ya aquí de «traducción literal».

Una traducción como la de (a) se designa también en francés con la expresión *mot à mot* (Vinay y Darbelnet, § 34: «La traduction littérale ou mot à mot»), ing. *word for word,* al. *Wort für Wort* o con el adjetivo *wörtlich* (*wörtliche Übersetzung*), y puede llamarse en esp. «traducción palabra por palabra» (en adelante «trad. p. por p.»). Esta designación, usada ya en latín (*verbum pro verbo* reddere, *verbum e verbo* exprimere, Cic., san Jerón.; *ad verbum* exprimere, san Jerón.), es más exacta y precisa que la de «traducción literal», pues la trad. p. por p. busca en lo posible, como veremos (§ 49., 3 ss.), el paralelismo de cada palabra del TLT con otra del TLO.

§ 36. LA TRADUCCIÓN OBLICUA.

Es «traducción oblicua» la que no guarda con el original el paralelismo requerido para que pueda aplicársele la designación de «trad. p. por p.». Así, la traducción de

j'ai mal à la tête por «me duele la cabeza»

será una traducción oblicua, pues sus términos no se corresponden paralelamente con los del original.

La traducción oblicua es complementaria de la trad. p. por p., en el sentido de que se aplica cuando ésta resulta imposible. Y, puesto que la trad. p. por p. resulta imposible con mucha frecuencia entre las lenguas más afines y casi siempre entre lenguas tipológicamente distantes, la trad. oblicua será el objeto principal de nuestro estudio.

La trad. oblicua incluye todos los procedimientos de traducción que no sean «calco» ni «trad. p. por p.». (Observemos ya aquí que el «préstamo» (vid. luego § 39. 9) no es traducción, como tampoco lo es, en el extremo opuesto de la escala establecida por Vinay y Darberlnet, la «adaptación»).

§ 37. LA TRADUCCIÓN LIBRE.

Suele entenderse por traducción «libre» a) la que, ateniéndose al sentido, se aparta más o menos del original en la manera de expresarlo; b) la que se atiene al sentido en lo fundamental, pero no en los detalles de menor importancia.

Igual que el término de trad. «literal», al que con frecuencia se opone, el de traducción «libre» es bastante impreciso. La llamada trad. «libre» del tipo a) puede ser una traducción rigurosamente exacta: al traducir *j'ai mal à la tête* por «me duele la cabeza», me atengo al sentido del original y me aparto notablemente de éste en la manera de expresarlo; pero no me aparto del original libremente, sino obligado por el uso de mi propia lengua. Por consiguiente, no se trata en este caso de una «traducción libre». Se trata, simplemente, de una «traducción oblicua». La traducción «libre» del tipo b), en la medida en que prescinde de los detalles, deja de ser traducción y se aproxima a la «adaptación» o a la imitación.

§ 38. TRADUCCIÓN INTERLINEAL Y TRADUCCIÓN YUXTALINEAL.

Estas designaciones se refieren sólo a la disposición externa de la traducción. Se llama «traducción interlineal» la que se escribe debajo de cada línea del TLO, quedando así todas las líneas de la traducción, excepto la última, entre dos líneas del original. Se adopta a veces esta disposición tipográfica en libros destinados a la enseñanza de la LO; generalmente se trata de traducciones p. por p. En la traducción «yuxtalineal», que suele tener igual carácter y la misma finalidad que la «interlineal», se disponen en columnas yuxtapuestas el TLO y el TLT, de manera que cada línea del TLT corresponda a otra equivalente del TLO. También aquí suele buscarse la correspondencia p. por p. En la traducción «yuxtalineal», que generalmente va acompañada por otra traducción normal, suele «ordenarse» previamente el TLO, es decir, se disponen sus elementos según un orden admitido por la LT, de manera que sea posible una trad. p. por p. inteligible, sin tener en cuenta la corrección gramatical, y menos aún la estilística, del TLT. Sea este pasaje del libro I, LIV, 2, de la *Guerra de las Galias,* de César:

> Caesar, una aestate duobus maximis bellis confectis, maturius paulo quam tempus anni postulabat in hiberna in Sequanos exercitum deduxit.

La «ordenación» del TLO y la «traducción yuxtalineal» podrían disponerse así:

Caesar, confectis una aestate	César, acabadas en un (solo) verano
duobus bellis maximis,	dos guerras grandísimas,
deduxit exercitum	condujo el ejército
in hiberna	a los cuarteles de invierno
in Sequanos	a [territorio de] los secuanos
paulo maturius quam	(un) poco antes (de lo) que
tempus anni postulabat.	el tiempo del año pedía.

Como se ve, hay en la traducción ligeras explicitaciones del significado del TLO y adaptaciones de la expresión del TLT, que van entre paréntesis. Si se considera conveniente alguna adición mayor, suele ponerse entre corchetes. La traducción normal, que acompaña a ésta en la página par, debajo del texto latino «sin ordenar», e. d., en su orden original, es la siguiente:

> «César, habiendo acabado en un solo verano dos guerras de la mayor importancia, retiró el ejército al campamento de invierno, en las tierras de los secuanos, algo antes de lo que la estación pedía».

La traducción «interlineal» suele dejar el TLO en el orden que le dio su autor. Cuando es grande la disparidad entre este orden y el requerido por la LT, resulta práctico numerar las palabras del TLO, repitiendo luego el número de cada una sobre la o las que le corresponden en el TLT. (Véanse ejs. más adelante (§ 49. 19, § 50. 14 y § 51. 1 ss.). No es usual el procedimiento seguido en el ej. n.º (13), en que la numeración de las palabras del TLO se ajusta al orden del TLT).

Tanto la traducción «interlineal» como la «yuxtalineal» se destinan a ediciones bilingües de la obra que se traduce. Para el propósito de este libro, que no pretende enseñar ninguna lengua, carecen de interés ambos tipos de traducción. Aquí nos interesan exclusivamente la trad. p. por p. y la trad. oblicua.

IX. PRÉSTAMO Y CALCO

Vinay y Darbelnet[1] incluyen en la que llaman *traduction directe ou littérale* el «préstamo» (*emprunt*) y el «calco» (*calque*).

§ 39. EL PRÉSTAMO.

1. Consideran «préstamo» la palabra que una lengua toma de otra sin traducirla; p. ej., en francés son préstamos del inglés *suspense* y *bulldozer*, y en inglés son préstamos del francés *fuselage* y *chef*; en español son préstamos del francés *boutique* y *chalet*.

2. El término «préstamo» o sus equivalentes están bien arraigados en las principales lenguas europeas: al. *Lehnwort, Lehngut, Entlehnung*; ing. *loanword, borrowed word, borrowing, import*. Américo Castro propuso para sustituir el término «préstamo» el de «adopción lingüística» y también, quizá por sugerencia del ing. *import*, el de «importación lingüística», basándose en que lo prestado es algo que se piensa devolver, mientras que una lengua, cuando toma un elemento de otra, se lo apropia y no lo devuelve nunca. Pero el término «préstamo» ha prendido con fuerza en la terminología lingüística internacional y sería difícil desarraigarlo.

---

[1] *SCFAn*, pág. 47.

3. El «préstamo» trata de llenar una laguna en la lengua receptora, laguna generalmente relacionada con una técnica nueva, con un concepto desconocido entre los hablantes de esta lengua.

4. En lo que atañe al traductor, el TLO puede contener un término —referido a la cultura de la LO o a otra cultura ajena tanto a la LO como a la LT— para el que no hay equivalente en la LT. El traductor podría entonces intentar reproducir el sentido de tal término mediante una perífrasis, definiéndolo o explicándolo. Pero entorpecería con ello la traducción. En vez de recurrir a explicaciones o definiciones, puede incorporar al TLT el término en cuestión tal como aparece en el TLO. Vinay y Darbelnet (§ 32.) recomiendan este procedimiento: «Una frase como «the coroner spoke» se traduce mejor por un préstamo: «Le coroner prit la parole» [El coroner tomó la palabra] que buscando con más o menos fortuna un título equivalente entre los magistrados franceses».

5. Se distingue a veces entre «préstamo» y «extranjerismo» (en al. *Fremdwort*). Se considera «extranjerismo» la palabra aceptada tal como es en la lengua de donde procede, sin adaptación de ninguna clase a la lengua que la recibe. El «préstamo», según esta distinción, sería el extranjerismo naturalizado, adaptado al sistema lingüístico que lo acepta. Los «préstamos», generalmente, fueron primero «extranjerismos» que acabaron amoldándose a la estructura fónica, a la acentuación y demás características de la lengua receptora. El español tiene miles de extranjerismos antiguos, sobre todo de procedencia árabe, convertidos en «préstamos» naturalizados, que para el lego en lingüística y para el desconocedor de la historia de nuestra lengua pasan por palabras tan castizas como las de origen latino; así *abalorio, acebuche, aceite, aceña, acíbar, acicate, adalid, adarga, adarme, adelfa, adobe, adoquín,* etc., etc.

6. Pero no siempre resulta fácil separar con precisión los «extranjerismos» de los «préstamos». Se ha tratado de establecer para ello diversos criterios, como el de la condición filológica, la frecuencia del uso y la ortografía de la palabra. En Alemania, p. ej., se ha pretendido aplicar el principio filológico de considerar «préstamos»

(*Lehnwörter*) las palabras extranjeras recibidas antes de 1500, y «extranjerismos» (*Fremdwörter*) las incorporadas al alemán después de esta fecha. Pero, en general, se ha considerado inaceptable este criterio.

7. No hay ninguna lengua conocida que pueda considerarse lengua pura. Todas contienen un número mayor o menor de palabras extranjeras, con adaptación o sin ella. De las lenguas europeas, el alemán es una de las que más resistencia pueden oponer al «extranjerismo» e incluso al «préstamo», precisamente por su extraordinaria facilidad para el *calco* (v. § 40. 5 y 6). Sin embargo, según I. F. Finlay[2], un conocido diccionario alemán de extranjerismos registra más de treinta mil, y hay otro de proporciones similares para el holandés. En Francia, la invasión de palabras inglesas, sobre todo durante los últimos decenios, ha hecho nacer el término humorístico de *franglais*. De igual modo, para referirse al excesivo influjo del francés y del inglés sobre el español, se habla de *frampañol* y *espanglés*.

8. Vinay y Darbelnet entienden por «préstamo» lo que otros llaman «extranjerismo». Según ellos, los préstamos antiguos incorporados al léxico y convertidos en servidumbre de la lengua han perdido su carácter de préstamo. «Lo que interesa al traductor son los préstamos nuevos e incluso los préstamos personales. Hay que observar que con frecuencia los préstamos entran en una lengua por el canal de una traducción» (*ibidem*). El préstamo así entendido, e. d., como «extranjerismo», «es el más sencillo de todos los procedimientos de traducción» (*ibidem*).

9. En realidad, el préstamo inadaptado («extranjerismo») no es un procedimiento de traducción, sino de enseñanza limitada, pero directa, de la LO. El traductor que recurre al extranjerismo enfrenta directamente a sus lectores con una palabra de la LO y, a lo sumo, les facilita su aprendizaje y el descubrimiento de su significado por el contexto. El traductor obra entonces lo mismo que los escritores ori-

---

[2] *Translating*, pág. 115

ginales de su misma lengua que recurren a extranjerismos o por necesidad o por razones estilísticas.

Desde el punto de vista del traductor, el extranjerismo es una confesión de impotencia, o bien, como en el caso de escritores originales, de locutores de radio y televisión o de simples hablantes que lo usan sin necesidad, una muestra de esnobismo. ¿Puede justificarse en una traducción el uso de *air hostess* o de *hôtesse de l'air* en vez de «azafata», de *bowling* o *jeu de quilles* en vez de «juego de bolos», de *full-time* en vez de «dedicación plena», de *sleeping* (*car*) o *wagon-lit* en vez de «coche cama», de *show* en vez de «espectáculo»? Parece claro que sólo debe recurrirse al extranjerismo cuando no existe ni es posible formar en la LT un término equivalente.

10. Pero no está al alcance de cualquiera formar en su lengua términos nuevos. Se requieren para ello conocimientos que la mayoría de los hablantes —y de los traductores— no tienen. Estaría muy bien que se creasen entidades capaces de ayudar a los traductores a resolver los problemas que en este campo surgen constantemente. La Real Academia Española y las Academias de los países hispanohablantes son organismos de gran autoridad y prestigio, pero suelen actuar con notable retraso. Para el francés existen en los países francófonos *Offices de la langue française,* con varias denominaciones, cuya finalidad es sugerir a los traductores procedimientos adecuados para verter palabras nuevas. Estas sugerencias son, en general, aceptadas por sus destinatarios, lo cual no suele ocurrir con las soluciones individuales. En el terreno científico, un *Comité d'Étude des Termes Techniques Français* (C. E. T. T. F.) funcionaba ya en 1958, publicando fichas en que se planteaban claramente los problemas y se proponían soluciones satisfactorias. En otros países hay revistas importantes, como la alemana *Lebende Sprachen,* que mantienen con regularidad un «servicio terminológico» plurilingüe. Estos servicios son especialmente importantes para los lenguajes técnicos, que con frecuencia se ven invadidos por términos extranjeros simplemente transcritos, que convierten la lectura de ciertos artículos de revistas especializadas, y a veces de la prensa diaria, en una serie de adivinan-

zas. El lector que desconoce la lengua de origen de tales términos corre el riesgo de atribuirles un significado que no tienen. Y a veces un mismo extranjerismo se emplea para significar cosas diferentes.

11. Pero hay casos que se resisten a la sustitución por un término autóctono. Entonces no hay más remedio que aceptar el extranjerismo, adaptándolo, si es posible, a la estructura fónica y morfológica de la lengua receptora. Así podrá ser fácilmente asimilado por ésta, de suerte que sus hablantes dejen de percibirlo como elemento extraño. Este procedimiento, al que llamamos *naturalización,* puede ser verdaderamente enriquecedor de la LT. El castellano fue en otros tiempos una lengua muy hospitalaria, que acogía con facilidad palabras extranjeras; pero las naturalizaba, e. d., las transformaba de acuerdo con su propia estructura. Hoy, los sectores más sensibles y responsables entre los hispanohablantes oponen resistencia al extranjerismo. Y, cuando lo aceptan, suelen contentarse con transcribirlo, sin adaptación de ninguna clase. No puede compararse hoy el español con el inglés o el rumano en cuanto a la disposición acogedora de palabras foráneas; ni con el portugués, sobre todo en su variedad brasileña, en cuanto a capacidad naturalizadora. Éste conserva la pujanza asimiladora que en otros tiempos caracterizaba también al español, y muchas veces acierta a naturalizar correctamente las palabras extrañas, lo cual no puede afirmarse del español contemporáneo[3]. Sin embargo, buena parte de la riqueza del español procede de sus arabismos, incluso de sus americanismos, e. d., de la incorporación de palabras tomadas de las lenguas americanas.

---

[3] Como ejemplos de sana audacia asimiladora pueden citarse *bôer/ bóeres,* (esp. *bóer/boers,* el pl. no se indica en nuestros diccionarios) *clube/clubes* (esp. *club/clubs*), *conforto* (esp. *confort,* antes *conforte*), *fiorde/fiordes* (esp. *fiord/fiords,* apenas *fiordo/fiordos*), *soviete/sovietes* (esp. *soviet/soviets*) y hasta *estoque/estoques* (esp. *stock/stocks*). Incluso en cultismos procedentes del griego se muestra el portugués más acertado que el español: port. *hipérbato/hipérbatos, hipótese/hipóteses, mimese, oximoro/oximoros,* frente a esp. *hipérbaton* (que dificulta la formación del plural: ¿*hipérbatons* o *hiperbatones*?), *hipótesis* (que la impide), *mímesis* (mal acentuado) o *mimesis* (de plural imposible en ambos casos), *oxímoron* (mal acentuado y con -*n* final que dificulta el plural como en el caso de *hipérbaton*).

12. En su libro *Die Leiden der jungen Wörter* «Los sufrimientos de las palabras jóvenes» (cuyo título es imitación jocosa del de la obra de Goethe *Die Leiden des jungen Werthers* «Los sufrimientos del joven Werther»), Hans Weigel distingue tres clases de extranjerismos, atendiendo a la postura que debe adoptarse ante ellos: 1) extranjerismos evitables, de los que se puede y se debe prescindir; 2) extranjerismos inevitables, ante los que, al menos de momento, no podemos hacer nada, y 3) extranjerismos que enriquecen la lengua receptora, contra los cuales no sólo no debiéramos hacer nada, sino que incluso no debiéramos querer hacer nada[4]. Este último tipo de extranjerismos es el que más debe interesar a los traductores. Pero el «no hacer nada contra ellos» no quiere decir que el traductor se limite a transcribirlos. Puede y debe someterlos al proceso de adaptación conveniente para que la lengua los asimile, para que de extranjerismos se conviertan en préstamos. El traductor encuentra en el TLO una palabra que designa una realidad inexistente en la civilización que se refleja en su propia lengua: el nombre de una moneda, de una unidad de medida, de una institución, de un animal o de una planta, etc., etc. No puede, en realidad, traducirla, e. d., expresar su significado por medio de un significante de su lengua, porque ésta no tiene ninguno que se aproxime siquiera al significado de la palabra de la LO que causa el problema. ¿Qué puede hacer el traductor en tal caso? El procedimiento más natural y sencillo —aunque no sea propiamente un procedimiento de traducción— sería incorporar al TLT la palabra en cuestión adaptándola fonética y morfológicamente a la estructura de la LT, si ello es posible. Así se ha hecho con los nombres de monedas extranjeras como el *franco* (fr. *franc*), el *marco* (al. *Mark*), el *chelín* (ing. *shilling*), el *dólar* (ing. *dollar*), el *rublo* (ruso *rubl*), la *rupia* (sánscr. *rūpya*).

---

[4] Cfr. Hannelore Nuffer, «Woran leiden die jungen Wörter», *Lebende Sprachen*, Heft 1/1977, pág. 1, col. 1.ª.

13. Pero el esp. se resiste hoy a estas adaptaciones. La unidad monetaria rumana es el *leu,* plural *lei.* ¿ Se atrevería el traductor de una obra escrita en rumano a escribir en esp. «un *leo*», «cien *leos*»? Sería, sin embargo, la adaptación más natural del extranjerismo *leu/lei,* a menos que se juzgase preferible traducir: *león/leones.* En una novela brasileña cuya acción se desarrolla en el estado de Minas Gerais se describe una gran finca rústica (*uma fazenda*) atribuyéndole una extensión de doce mil *alqueires.* En el excelente *Dicionário Aurélio* se nos dice que esta medida agraria corresponde en Minas Gerais, Rio de Janeiro y Goiás a 48.400 ms^2. ¿Qué debe hacer el traductor: reducir a hectáreas la extensión de la finca, o decir que tiene doce mil *alqueres,* que sería la naturalización del portuguesismo *alqueires*? En este caso, la mayoría de los traductores se inclinarían sin duda por el préstamo, y el español se enriquecería con una nueva palabra, *alquer/alqueres,* que hoy no figura en nuestros diccionarios.

14. A veces, ni siquiera es necesaria la adaptación, porque la palabra extranjera reúne todas las condiciones para ser recibida en la LT como una de las palabras propias. Así el port. *saudade,* el finlandés *sauna,* el nombre de la unidad monetaria italiana *lira,* el de la unidad monetaria portuguesa *escudo.* (En cambio hay vacilación en cuanto al nombre de la unidad monetaria brasileña, el *cruzeiro.* Los diccionarios españoles, que registran *escudo* con la acepción de moneda portuguesa moderna, no incluyen *crucero,* que sería la naturalización de *cruzeiro,* quizá porque esta moneda sólo circuló después de 1942).

15. El préstamo, sobre todo en su forma original (extranjerismo), tiene inconvenientes. Usado sin necesidad por un escritor, tiene casi siempre, como advierte J. Marouzeau[5], «un elemento de pedantería». En un traductor revela este mismo defecto. En los primeros tiempos de su introducción se presta a ser mal interpretado por los lectores de la LT que desconocen el significado de la palabra. El traductor que se decide a usar un extranjerismo debe estar seguro de que el contexto

---

[5] *Précis...,* pág. 107.

proporciona a los lectores los datos necesarios para su interpretación correcta. De lo contrario, será conveniente que aclare en nota al pie de la página el significado del término. Algunos autores (como Ch. R. Taber y E. A. Nida) consideran preferible hacer que acompañe al extranjerismo, dentro del texto, una breve explicación que oriente a los lectores: «animal llamado camello», «piedra preciosa llamada rubí», «ciudad de Jerusalén», «rito llamado bautismo». Estos términos —razonan— no añaden nada al texto, puesto que se limitan a explicitar componentes semánticos claramente implícitos en el significado de las palabras de la LO; componentes que de otro modo se perderían en muchos casos para los lectores de la LT. «Siempre que sea necesario —concluyen Taber/Nida—, es legítimo explicitar todo elemento que esté claramente implícito en el texto original. Y si, además, es bastante breve, puede explicitarse en el texto mismo» (*La traduction...*, pág. 106).

16. Taber/Nida piensan, al hacer esta recomendación, sobre todo en las traducciones de la Biblia a lenguas de pueblos cuyas culturas están muy alejadas de la que dio origen a los textos bíblicos. Sin duda en tales casos el procedimiento de la explicitación en el texto es el más conveniente, sobre todo porque muchas veces las traducciones bíblicas están destinadas a la lectura pública o a la recitación en actos de culto, que no podrían interrumpirse para leer notas al pie de página. Pero en otros casos, por ejemplo en la traducción de obras científicas, históricas, a veces, incluso, narrativas, puede ser preferible la nota[6].

17. En todo caso, la recomendación más general que puede hacerse a los traductores con relación al préstamo que no haya adquirido aún carta de ciudadanía en la LT (extranjerismo) es evitarlo siempre que sea posible. Y uno de los recursos para evitarlo puede ser el *calco*.

---

[6] Se ha dicho que las notas al pie de página son la vergüenza del traductor. Esta afirmación indiscriminada es inadmisible. Las notas pueden ser, a veces, no sólo convenientes, sino incluso necesarias.

§ 40. EL CALCO.

1. El «calco» (fr. *calque*) es el segundo de los procedimientos de traducción enumerados por Vinay y Darbelnet (*o. c.,* § 33), que lo consideran un préstamo de un género particular: «se toma prestado de la lengua extranjera el sintagma, pero se traducen literalmente los elementos que lo componen». El resultado es o bien un «*calco de expresión,* que respeta las estructuras sintácticas de la LT» (al. *Kindergarten,* esp. «jardín de infancia») o bien un «*calco estructural,* que introduce en la LT una estructura nueva», que podríamos llamar «extranjerismo sintáctico» (ing. *science fiction,* esp. «ciencia ficción»).

2. He dicho que el préstamo, tanto naturalizado como en su forma original (extranjerismo) no es un procedimiento de traducción, sino precisamente la renuncia a traducir. El calco sí es traducción, y puede contribuir tanto como el préstamo naturalizado a enriquecer la lengua que lo realiza.

3. Se ha confundido a veces el «calco» con el «préstamo naturalizado». Desde tal punto de vista sería «calco» la naturalización del ing. *igloo* en el fr. *iglou,* esp. *iglú* («choza de hielo de los esquimales, con una sola abertura, que se cierra con un témpano o con pieles de oso»). Pero creemos que debe distinguirse entre «préstamo naturalizado» y «calco». El «préstamo naturalizado» es una asimilación fónica y morfológica que conserva en lo fundamental el significante de la LO; el «calco» es una construcción imitativa que reproduce el significado de la palabra o expresión extranjera con significantes de la LT. Así, *fútbol* es un «préstamo naturalizado», que trata de adaptar a la fonología española los elementos fónicos del significante ing. *football*; *balompié* sería un calco, que reproduciría con significantes preexistentes en esp. (*balón* y *pie*) el significado de la misma palabra inglesa. Son calco, p. ej. en al. *Ausdruck, Eindruck* (respectivamente del lat. *expressio, impressio*: al. *aus* = lat. *ex,* al. *ein* = lat. *in*; al. *Druck* = lat. *pressio: drücken = premere*); serían préstamos naturalizados *Expression, Impression,* posibles, aunque no usados; lo son

en inglés (lengua mucho más hospitalaria que el alemán) *expression, impression*. El «préstamo» y el «calco», a veces referidos a la misma palabra, se daban ya en latín con relación al griego: *atomus* es «préstamo», e *individuum* (y el adj. *insecabilis*), «calco» del gr. ἄτομος (*átomos*); *syncrāsis* es préstamo, y *commixtio*, calco del gr. σύγκρασις (*sýncrasis*), etc.

4. Puede haber casos dudosos. Así, el fr. *restaurant* se ha usado en esp. con tres formas: *restaurant, restorán, restaurante*. Está claro que la primera es puro extranjerismo, y la segunda, préstamo naturalizado. ¿Es la tercera otra forma de naturalización del préstamo, o un verdadero calco? Nos inclinaríamos por el calco. Es cierto que *restaurante* conserva en lo esencial los elementos de la palabra francesa, de la que sólo se diferencia por la *e* final, que evita la terminación en *t*, extraña a los usos fonológicos del español; conserva dichos elementos en la grafía mejor que el préstamo naturalizado *restorán*, que sustituye el diptongo *au* por *o*, añade el acento sobre la *a* y suprime la *t* de la sílaba final. Pero *restaurante* es el participio de presente de *restaurar*, que existía en esp. antes de que se adoptara, por préstamo o por calco, el fr. *restaurant*.

5. El préstamo, naturalizado o no, se inserta en un movimiento de convergencia de las grandes lenguas de cultura. El calco, en cambio, tiende a mantener la separación, la autonomía de las lenguas. En el lenguaje científico moderno hay gran cantidad de términos, y cada día se forman otros, que son préstamos naturalizados de palabras griegas o, en menor cuantía, latinas: al. *Grammatik*, fr. *grammaire*, ing. *grammar*, it. *grammatica*, esp. y port. *gramática*, son préstamos naturalizados del gr. γραμματική (*grammatikḗ*); al. *Telephon* o *Telefon*, ing. *telephone*, fr. *téléphone*, it. *telèfono*, esp. *teléfono*, port. *telefone*[7], son préstamos modernos construidos sobre dos temas griegos:

---

[7] El al. usa también el calco *Fernsprecher* (de *fern* «lejos» y *Sprecher* «hablante», «parlante»). El port. *telefone*, como préstamo del fr. *téléphone*, es, como palabra paroxítona o llana, más regular prosódicamente que el esp. y el it., que van contra la norma tradicional de acentuación, al hacer esdrújula una palabra que, de haber existido en latín, tendría la penúltima sílaba larga.

têle («lejos») y *phōnē* («sonido»); ing. *translation* es préstamo naturalizado del lat. *translatio,* y fr. *traduction,* it. *traduzione,* esp. *traducción,* port. *tradução,* lo son del lat. *traductio*[8]. Pero el alemán, que habría podido decir *Traduktion,* ha preferido el calco *Übersetzung,* realizado sobre *trans* (= *über*) *positio* (= *Setzung*), o bien, aunque menos frecuente, *Übertragung,* calcado sobre *trans* y *latio* (nombre de acción derivado de *latum,* supino de *fero* = *tragen*); sólo recientemente se ha propuesto el préstamo *Translation* como término genérico abarcador de las especies *übersetzen* «traducir» (por escrito) y *dolmetschen* «interpretar» (oralmente). El alemán debe en gran parte su riqueza y autonomía léxicas a su gran capacidad para el calco.

6. El calco tiene, además, la ventaja de hacer que los lenguajes técnicos resulten fácilmente comprensibles para hablantes no especializados, evitándoles el esfuerzo que los hablantes de otras lenguas tienen que realizar para entender y memorizar el significado de muchos términos que les resultan completamente opacos, mientras que los términos correspondientes del alemán son desde el primer momento transparentes para cualquier hablante de esta lengua. He aquí una breve lista de ejemplos, que podría alargarse indefinidamente:

Kopf («cabeza») + *Schlag* («latido») + *Ader* («vena», «arteria»): *Kopfschlagader* = «carótida».
Kopf («cabeza») + *Schmerz* («dolor»): *Kopfschmerz* = «cefalalgia».
Magen («estómago») + *Entzündung* («inflamación»): *Magenentzündung* = «gastritis».
Mensch («ser humano») + *Feind* («enemigo»): *Menschenfeind* = «misántropo».
Mensch («ser humano») + *Fresser* («devorador»): *Menschenfresser* = «antropófago».

---

[8] No importa que esta palabra no se utilizara en lat. con su sentido moderno hasta que Leonardo Bruni la puso en circulación el año 1400 (Cfr. G. Folena, «Volgarizzare» e «Tradurre», pág. 102). Todas estas palabras, con sus pequeñas diferencias de grafía y pronunciación, las entiende cualquier europeo culto, aunque no haya estudiado las lenguas de que forman parte.

Rund («redondo») + *Bogen* («arco»): *Rundbogen* = «arco de medio punto».

Schirm («sombrilla») + *förmig* («de forma de»): *Schirmförmig* = «umbelado».

Schnecke («caracol») + *förmig* («de forma de»): *Schneckenförmig* = «concoidal».

Schrift («escritura») + *Auslegung* («exposición»): *Schriftauslegung* = «hermenéutica».

Schrift («escritura») + *Deutung* («interpretación»): *Schriftdeutung* = «grafología».

Stab («bastón») + *förmig* («de forma de»): *Stabförmig* = «baciliforme».

Stab («bastón») + *Tier* («animal») + *-chen* («-ito», diminutivo): *Stabtierchen* = «bacilo».

Cualquier alemán conoce las palabras *Kopf* y *Schmerz, Magen* y *Entzündung,* términos del lenguaje usual, y cualquiera entiende y retiene sin ningún esfuerzo el significado de los compuestos *Kopfschmerz* y *Magenentzündung.* Al contrario, muchos hispanohablantes ignoran el significado de *cefalalgia,* e incluso entre los que se consideran cultos hay quienes piensan que *gastritis* significa cualquier inflamación intestinal. Y es que, para conocer el significado exacto de estas palabras, hace falta haber estudiado medicina o griego: *cefalalgia* es un compuesto de *kephalé* «cabeza» + *algia,* derivado de *álgos* «dolor», y *gastritis,* un derivado de *gastér* «estómago» + el sufijo *-itis,* que significa «inflamación».

7. El calco, más aún que el préstamo —al que, como hemos visto, se resisten algunas lenguas—, se difunde con facilidad por las grandes lenguas de cultura. Un término relativamente reciente, el ing. *skyscraper,* apareció muy pronto como calco en el fr. *gratte-ciel,* it. *grattacielo,* esp. *rascacielos,* port. *arranha-céus,* incluso al. *Wolkenkratzer,* si bien con la variación puntualizadora que sustituye el concepto «cielo» (que habría dado *Himmelkratzer*) por el más realista de *Wolke* «nube». Un calco antiguo muy interesante culturalmente es el que se formó ya en lat., y más tarde en lenguas modernas, sobre el

gr. *ékdosis* (prep. *ek* o *ex* + *dósis,* nombre de acción derivado de la raíz *do* «dar»): lat. *editio,* (prep. *e* + *datio,* nombre de acción derivado de la raíz del verbo *dare* «dar»), al. *Ausgabe* (*aus* = gr. *ex/ek,* lat. *e/ex,* + *Gabe* = gr. *dósis,* lat. *datio*), ruso *izdanije* (*iz* = gr. *ek,* lat. *e,* al. *aus,* + *danije,* de la misma raíz de *dósis* y *datio*).

8. Alguien ha llamado a los calcos «extranjerismos invisibles» (*unsichtbare Fremdwörter*), «importaciones clandestinas», especialmente abundantes, como acabamos de ver, para traducir términos científicos o relativos a instituciones o actividades de la vida pública; mucho menos frecuentes en el vocabulario tradicional, p. ej. el que designa partes del cuerpo. A mi juicio, es inadecuada cualquier calificación peyorativa del «calco». Este procedimiento es tan útil para la lengua que lo practica como la traducción en general para la cultura que la recibe. Más aún, una traducción bien ceñida al original viene a ser una especie de calco prolongado.

9. Hay «calcos» que, sin copiar exactamente la estructura morfológica del término de la LO, imitan la función de sus elementos y reproducen así su significado: el esp. «telefonazo» es calco del fr. *coup de téléphone;* como el fr. *coup,* el sufijo esp. *-azo* significa «golpe» (*martillazo, mazazo, aldabonazo*), pero, lo mismo en *coup de téléphone* que en *telefonazo,* no un golpe material, sino la acción realizada con el instrumento nombrado.

10. El calco puede reproducir el significado de una sola palabra, simple o compuesta, o el de una expresión compleja, formada por varias palabras. Los ejemplos de calco mencionados hasta ahora reproducen el significado de una sola palabra (podemos considerar como palabra compuesta la expresión ing. *science fiction,* aunque se escriban separados sus dos elementos, del mismo modo que es una palabra compuesta el al. *Kindergarten,* cuyos dos elementos se escriben juntos). Son ejs. de calco de una expresión compleja el esp. «guardar cama», port. «guardar o leito», que reproducen el significado del fr. *garder le lit,* y probablemente «meterse en la cama» es calco del fr. *se mettre au lit.* Es calco del ing. *the man in the street* el fr.

«l'homme de la rue» y el esp. «el hombre de la calle» en el sentido de «el ciudadano corriente».

11. Cuando se reproduce por calco el sentido de una sola palabra, puede hacerse o bien por ampliación del significado de una palabra ya existente o bien por formación de una palabra nueva: el fr. *punaise* «chinche» (insecto) pasó a significar por metáfora una especie de clavo; el esp. *chinche,* por calco del fr. *punaise,* incluyó entre sus significados el de «clavo de punta corta y cabeza grande y plana», desarrollando incluso el diminutivo *chincheta.* El esp. *giro* en su acepción de «manera de construir una frase» es calco del fr. *tour* por ampliación del significado de una palabra ya existente. La palabra alemana *Ente* «pato» ha desarrollado, por influjo del fr. *canard* «id.», el significado de «bulo».

12. Algunos lingüistas alemanes llaman a este significado adicional *Lehnbedeutung* «significación prestada», y *Bedeutungsentlehnung* «préstamo del significado» al proceso de incorporación de ese significado adicional. La palabra extranjera de la cual se toma el nuevo significado coincidía ya en otros con la palabra nativa; p. ej., el al. *lesen* significaba primeramente «recoger» (así en *Weinlese* «vendimia», «recogida de las uvas»); posteriormente, por influjo del lat. (donde *legere* también comenzó significando «recoger»), desarrolló el significado de «leer», e. d., «recoger o reunir letras y palabras escritas»; el lat. *aedificare,* al. *erbauen,* ing. *edify,* fr. *édifier,* it. *edificare,* esp. y port. *edificar,* tienen, además del significado material, el religioso de «dar buen ejemplo», «instruir moralmente», por influjo del gr. *oikodoméō.* En este sentido, el calco, que, según hemos dicho, tiende a mantener frente al préstamo la autonomía formal de las lenguas, fomenta su convergencia semántica, al suprimir total o parcialmente la disparidad denotativa de sus significantes.

13. Pero la lengua que «calca» el significado de una palabra extranjera puede hacerlo también creando con elementos propios una palabra nueva. El calco, además de «calco», es entonces un *neologismo.* Con el fr. *miroir* «espejo» se relaciona *mirage* en su significado de «fenómeno óptico que produce imágenes invertidas», «ilusión

engañosa». El it. reprodujo el significado de la palabra francesa mediante el préstamo naturalizado *miraggio*; el esp. prefirió el calco, y
formó sobre *espejo* una palabra nueva, *espejismo*.

14. Estas formaciones nuevas con valor de calco pueden no
coincidir en todos sus elementos con la palabra extranjera: *espejismo*
coincide con *mirage* en el elemento básico de la palabra, pero no en
el sufijo. (Recuérdese lo dicho antes en 9.). La diferencia morfológica
es, a veces, aún más marcada, de manera que el neologismo puede
contener dos o más palabras para reproducir el significado de una,
como el al. *Vaterland* (*Vater* «padre» + *Land* «país» = lat. *patria*), o
puede traducir con cierta libertad alguno de los elementos de la palabra extranjera: al. *Halbinsel* (*halb* «medio» + *Insel* «isla»), lat. *pae-
ninsula* (*paene* «casi» + *insula* «isla»).

15. Cuando el calco reproduce el significado de expresiones
complejas, del tipo del fr. *garder le lit* «guardar cama» o *traduction à
la lettre* «traducción a la letra», suele tratarse de modismos o frases
hechas. A este tipo de calco se le ha dado en al. el nombre de
Lehnwendung «giro prestado». Un tipo de calco de expresiones complejas que abunda en las lenguas europeas es el que reproduce exactamente el significado de hebraísmos bíblicos incorporados al latín
cristiano: *eis toùs aiônas tôn aiṓnōn, per saecula saeculorum* («por
los siglos de los siglos»); *basiléus tôn basiléōn, rex regum* («rey de
los reyes»), etc.

16. *Actitud del traductor frente al calco.*—Dijimos (§ 39.15.) que
el préstamo como extranjerismo sólo debe admitirlo el traductor en
caso necesario, y siempre con la precaución —si no tiene aún curso
en la LT— de aclarar su significado con una nota al pie de la página
o con una breve explicitación en el texto, según los casos. Frente al
calco, su actitud puede ser más despreocupada. Si el calco está ya introducido en la LT, es un elemento lingüístico como otro cualquiera,
y su uso no está sujeto a ninguna reserva. Los calcos nuevos, cuando
se producen en la traducción, son verdaderos neologismos motivados
por una palabra o expresión de la LO. No pueden prohibírsele al traductor. Por el contrario, son, por una parte, imprescindibles para la

traducción y, por otra, como el préstamo naturalizado, elementos enriquecedores de la lengua que los acoge.

17. El español es actualmente poco acogedor para el neologismo. Y es lástima, porque esta tendencia, como toda tendencia autárquica, puede ser empobrecedora. Las lenguas, como los pueblos, necesitan renovar su sangre; no pueden practicar una rigurosa endogamia. En su célebre ensayo «Sobre los diferentes métodos de traducir» (*Über die verschiedenen Methoden des Übersetzens*) hace Fr. Schleiermacher la siguiente comparación: «Del mismo modo que acaso ha sido preciso traer y cultivar aquí muchas plantas extranjeras para que nuestro suelo se hiciera más rico y fecundo, y nuestro clima más agradable y suave, así también notamos que nuestra lengua [...] sólo puede florecer y desarrollar plenamente su propia fuerza a través de los más variados contactos con el extranjero»[9]. «El extranjerismo y el neologismo —dice M. Seco[10]— no son, en sí, un mal para el idioma. Lo que hace falta es que estas importaciones sean, ante todo, necesarias, y que se acomoden bien al 'genio del idioma', como diría Cuervo; esto es, que se amolden a las estructuras formales de nuestra lengua. Y sobre todo hay que evitar que esta introducción de extranjerismos y neologismos ocurra anárquicamente: que cada país o cada región escoja un término distinto para denominar un mismo objeto nuevo». Esta advertencia es particularmente importante para una lengua como el español, extendida por tantos países. Por lo demás —como escribía Américo Castro hace ya más de medio siglo[11]—, «todo idioma tiene suficiente vitalidad para asimilar o expulsar elementos extraños, y cuando esto no ocurre, es que está a punto de dejar de existir, y entonces casi no vale la pena ocuparse de él». Afortunadamente no es éste el caso de nuestra lengua. Pero ciertamente sería deseable en ella mayor apertura para el neologismo necesario y

---

[9] Cito por mi propia trad. en la revista *Filología Moderna*, 63-64, febrero-junio 1978, pág. 374. El texto al. correspondiente puede verse en *Das Problem des Übersetzens*, hrsg. von H. J. Störig, Stuttgart, 1963, pág. 69.

[10] *Diccionario de dudas...*, 6.ª ed., Madrid, 1973, «Advertencia», XIII.

[11] «Los galicismos», en *Lengua, enseñanza y literatura*, Madrid, 1924, pág. 107.

bien formado. «La creación de palabras nuevas —afirma Marouzeau[12] refiriéndose al francés, que sufre ante el neologismo aproximadamente la misma escasez y adopta la misma actitud que el español— es una necesidad evidente, puesto que el material de nociones que es preciso expresar se renueva de continuo. La dificultad está en fijar el límite de las innovaciones».

18. No es este el lugar oportuno para exponer las normas a que debe someterse la formación de neologismos. Mucho de lo que Marouzeau dice (págs. 102-105 de la *o. c.*) para el francés puede aplicarse también al español. Aquí sólo quisiera llamar la atención sobre algo que ya expuse en otro lugar[13]: En principio, no es razonable negar al español el uso de palabras de origen latino utilizadas en las demás lenguas románicas o en alguna de ellas, incluso en inglés —que también en este punto es con frecuencia más acogedor que las lenguas románicas— o en otros idiomas.

19. El traductor se encuentra a menudo ante una palabra de la LO cuyo significado podría reproducir muy bien con una sola palabra de la LT; pero esta palabra no figura en los diccionarios de prestigio, y el traductor vacila y a veces renuncia a la concisión, y se decide, con pesar, por un circunloquio. Si se me permite un testimonio personal, diré que no sin escrúpulos me resolví a calcar en mi traducción del vol. V de *Literatura del siglo xx y cristianismo,* de Charles Moeller[14], una serie de neologismos, algunos sin duda ya usados previamente en español, pero no incluidos en nuestros diccionarios. Doy a continuación una breve lista, poniendo después de la palabra española la página en que aparece, y luego, entre paréntesis, la palabra francesa calcada, con indicación de la página correspondiente del original:

[12] *Précis de stylistique française,* pág. 102.
[13] «Traducción y enriquecimiento de la lengua propia» (Comunicación al XIII Congreso Internacional de Lingüística y Filología Románicas). *Actas,* vol. II, Québec, 1972, pág. 585.
[14] *Littérature du XXe siècle et christianisme, V, Amours humaines.* Tournai-Paris, Casterman, 1975. Trad. esp., Madrid, Gredos, 2.ª ed., 1978; reimpr. 1995.

arquitectar, 356 (*architecter*, 249); *bocioso*, 281 (*goîtreux*, 160); *cortocircuitar*, 243 (*court-circuiter*, 192); *deseante*, 243 (*désirant*, 192); *errancia*, 488 (*errance*, 314); *estetismo*, 294 (*esthétisme*, 167); *increencia*, 348 (*incroyance*, 245); *inestético*, 265 (*inesthétique*, 205); *junción*, 337 (*jonction*, 240); *juvenilidad*, 231 (*juvénilité*, 185); *litánico*, 393 (*litanique*, 261); *pluricolor*, 252 (*pluricolore*, 197); *precariedad*, 240 (*précarité*, 190); *recentración*, 344 (*recentrement*, 243); *redescender*, 297 (*redescendre*, 219); *semisentimientos*, 361 (*demisentiments*, 252); *sinarca*, 173 (*synarche*, 126); *sinizante*, 480 (*sinisant*, 314); *tesista*, 479 (*thésiste*, 313).

Y un calco de una expresión compleja:

en la antípoda, 311 (*à l'antipode*, 226).

20. Quizá no sea inútil razonar brevemente algunos de estos calcos.

Arquitectar no es una palabra eufónica. «Pero hay que reconocer —advierte Marouzeau[15] refiriéndose al neologismo en general— que en la proscripción de neologismos en nombre de la eufonía influye mucho la ilusión. La impresión desagradable que experimentamos a veces proviene en gran medida, como ya explica muy bien Ronsard en el Prefacio de su *Franciade*, de la falta de costumbre. Nos rebelamos contra *participationaliste* y no objetamos nada contra *traditionaliste*». *Arquitectar* es, ciertamente, más duro que *architecter*, por la acumulación de consonantes sordas (cuatro en esp., tres en fr.), pero no más duro que *arquitecto*.

Tampoco *cortocircuitar* es especialmente eufónico, como no lo es en fr. *court-circuiter*. Pero ambas palabras son expresivas y evitan el circunloquio.

Los participios *deseante* y *sinizante* deben ser tan legítimos como *calmante, crujiente, insinuante*. No hay por qué dejar en desuso esta forma de nuestros verbos. *Sinizante* es del verbo *sinizar*, neologismo total, pero tan legítimo como *hebraizante* y *helenizante*, bien asentados en nuestros diccionarios.

---

[15] *O. c.*, pág. 103.

Errancia tiene analogía con *vagancia,* pero no sus connotaciones peyorativas.

Estetismo e *inestético* no necesitan justificación; el segundo guarda con *antiestético* la proporción semántica de *amoral* con *inmoral.*

Increencia no puede confundirse con *incredulidad:* el primero designa un estado; el segundo, una disposición. Del mismo modo, *junción,* que expresa la acción o el efecto de juntar, no es sinónimo de *juntura.*

Juvenilidad (que no aparece en nuestros diccionarios) es tan legítima como *senilidad* (que tampoco figura en ellos) y *versatilidad* (que sí ha sido admitida).

Litánico es un cultismo, tan legítimo en español como *litanique* en francés.

Pluricolor se ajusta a la morfología del español mejor que *pluricolore* a la del francés, pues el segundo elemento de la palabra no sufre en esp. ninguna alteración, mientras que en fr. *couleur,* para formar el adjetivo, transforma su radical volviendo a la estructura latina, pasando así totalmente a la zona del cultismo. Es cierto que ya teníamos en esp. *multicolor, polícromo* y *abigarrado*; pero ninguna de estas palabras cubre exactamente la superficie semántica de *pluricolor: polícromo* denota lo mismo, pero de otro modo; de estirpe griega, tiene un carácter cultista mucho más marcado, y *multicolor* eleva la variedad de colores a un grado más alto; *pluricolor* puede aplicarse a todo lo que tenga más de un color (aunque normalmente llamemos *bicolor* a lo que tiene dos, y *tricolor* a lo que tiene tres); *multicolor* no suele decirse de lo que sólo tiene dos o tres colores. Por su parte, *abigarrado* tiene un ligero matiz peyorativo, que se refiere al desorden o falta de gusto en la combinación de los colores.

Precariedad «cualidad de precario» es tan natural como *variedad, contrariedad.* En cambio, retrocedí ante *enteridad* como calco de *entièreté,* aunque, racionalmente, lo encontraba tan justificado como la palabra francesa.

De *recentración* y *redescender* habría que decir lo mismo que de *arquitectar.* Por falta de costumbre nos choca ya *centración* «acción y efecto de centrar», y más aún *recentración*. ¿Por qué no nos choca *concentración*? ¿Por qué nos choca *redescender* y no *condescender*?

Semisentimientos es palabra muy expresiva, cuyo significado sólo podría explicarse por perífrasis; y *sinarca,* un cultismo helenizante, tan justificado como *monarca, tetrarca, patriarca.* Es cierto que lo verdaderamente correcto sería *sinarco*; pero chocaría con toda la serie de palabras que, significando alguna clase de mando, terminan en -*arca*, justificadamente o atraídas por las más conocidas *patriarca* y *monarca.* En la lengua, como en el derecho, se convierte en ley el uso inveterado, aunque inicialmente haya sido abuso.

Tesista es una palabra correcta y necesaria; menos pedante que *doctorando,* y de significado más amplio: es *tesista* no sólo el que escribe o presenta su tesis para obtener el grado de doctor, sino cualquiera que sostiene una tesis, aunque lo haga sin más propósito que defender lo que considera verdad.

Finalmente, el calco complejo *en la antípoda*. Se usa la expresión «estar en los antípodas», con el adjetivo sustantivado en plural, porque se refiere a los que viven en el otro extremo del diámetro de la tierra. Pero, aunque admitida por todos, es incorrecta sintácticamente: no decimos «estar *en* los indios o *en* los chinos», sino «*entre* los indios o *entre* los chinos»; por consiguiente, lo correcto sería decir «estar *entre* los antípodas». En cambio, «la antípoda» se refiere a la región que está al otro lado del diámetro terrestre, y podemos decir «estar *en* la antípoda» lo mismo que «estar *en* la India» o «estar *en* la Antártida».

Señalaré, por último, un préstamo naturalizado: *fovismo,* para traducir *fauvisme,* y un regionalismo: *tingen,* aplicado al sonido alegre de las campanas, para traducir *tintent. Tañer* y *tañido* pueden tener connotaciones melancólicas o tristes, quizá por una remota asociación con *plañido,* y porque las campanas «tañen» cuando lloran a un muerto, y «voltean» o «repiquetean» cuando tocan a gloria o concelebran fiesta. «¡Qué bien *tingen* las campanas!», oí decir un día de fiesta a un labrador del Bierzo. Y me gustó esta palabra olvidada, que sin duda había usado yo mismo de niño.

X. LA INTERFERENCIA LINGÜÍSTICA

§ 41. INTERFERENCIAS ENTRE LENGUAS EN CONTACTO.

1. El mayor riesgo del traductor al practicar el calco es el de la «interferencia lingüística». Cuando hay entre dos lenguas un contacto prolongado, se produce casi inevitablemente la invasión del campo de una de ellas, el de la más débil o menos desarrollada, por la más vigorosa. Esto sucede siempre en las zonas de bilingüismo popular, y con demasiada frecuencia en el bilingüismo culto de los traductores. En *Los problemas teóricos de la traducción* (pág. 19 de la trad. esp.) subraya Mounin, citando a Martinet, cuán pocas veces logran los bilingües «profesionales», e. d., los traductores, una resistencia total a las interferencias de la LO sobre la LT: «El problema lingüístico fundamental [...] con relación al bilingüismo, consiste en saber *hasta qué punto dos estructuras* [*lingüísticas*] *en contacto pueden permanecer incólumes* [...]. Podemos decir que, en general, hay [...] influjos recíprocos, y que *la separación neta es excepción.* Esta separación parece exigir del hablante bilingüe *una atención sostenida, de la que pocas personas son capaces,* por lo menos a la larga»[1]. En el bilingüismo de los traductores se producen efectos análogos a los que se dan en el contacto interlingüístico de poblaciones enteras: cuanto más débil sea el conocimiento o el dominio de la lengua propia, tanto más frecuentes serán en la traducción las interferencias de la lengua

---

[1] Martinet, *Diffusion du langage,* pág. 7. La cursiva es de Mounin.

extraña. Estas interferencias son calcos innecesarios o incorrectos, contrarios a la norma o a la costumbre de la LT, y se designan con nombres que aluden a la lengua invasora: *anglicismo, galicismo, italianismo, latinismo,* etc.

2. En español son frecuentes sobre todo los anglicismos y galicismos, léxicos y sintácticos[2], y no es raro hallarlos en traducciones de obras de lingüística o de crítica literaria. Muchos de los que se incluyen a continuación proceden de esta clase de libros. Van en cursiva las palabras que constituyen el cuerpo del delito lingüístico. Será un ejercicio útil para el aspirante a traductor corregir en cada caso el anglicismo o galicismo. Después de estas listas numeradas se indica alguna solución posible, que no tiene por qué ser la única aceptable.

§ 42. ANGLICISMOS.

1. «...trata de exponer los gustos y *disgustos* del crítico».

2. «...el 'ego' *intermedia* entre los instintos del 'id' y las circunstancias».

3. «...reformas erasmistas *abogadas por* generaciones de pensadores liberales».

4. «Los *dos más connotados* maestros de la novela española...».

5. «...la *autor deja* observar que...».

6. «A lo largo de este texto, la *discusión* sobre el trabajo lingüístico se ha limitado a...».

7. «Una parte importante del placer que *sacamos* de la poesía...».

8. «Decimos que la casa es *de tal y tal* tamaño...».

9. «...el contraste *hecho* por X entre las valoraciones...».

10. «...en el Renacimiento italiano... *tomaban* en cuenta los tamaños...». «Pero lo hace *tomando* en cuenta las formas...».

---

[2] Para anglicismos léxicos, v. el *Diccionario de Anglicismos* de Ricardo J. Alfaro, 2.ª ed. aumentada, Madrid, Gredos, 1970, y Emilio Lorenzo, *Anglicismos hispánicos,* Madrid, Gredos, 1996. Sobre la presión actual del inglés en el español peninsular, v. Chris Pratt, *El anglicismo en el español peninsular contemporáneo,* Madrid, Gredos, 1980.

11. «...mirada *disatenta*».

12. «...los ciegos de nacimiento, al *ganar* la vista...».

13. «X. presenta *evidencias* experimentales de que...».

14. «X y Z *concurren* en contraponer...».

15. «En los últimos años se ha *prestado* bastante *cuidado* a la estructura de la ciencia lingüística...».

16. «La 'crítica nueva' *ha resultado en* un escrutinio minucioso del texto».

17. «Sin contexto adecuado *desviaría a* una interpretación peyorativa».

18. «Como *se evidencia del* hecho de que...».

19. «Pereda vio en la vida montañesa una vida *sin ser dañada* por la sofisticación urbana».

20. «Revelar toda esa información *tomaría* más tiempo y espacio...».

21. «El estudio del significado en la sintaxis debería *ser referido* explícitamente como «semántica sintáctica».

22. «Es habitual *de* los lingüistas distinguir entre la fonología, la gramática y el léxico de una lengua».

23. «...cabe preguntar si es éste realmente el significado de la palabra *por* el hablante medio».

24. «...*una nueva y enteramente diferente concepción del significado*».

25. «...*una vez se les señala* la ambigüedad, no sólo la reconocerán, sino que...».

26. «...qué quiere decir el hecho de que «to turn on» con drogas *puede* significar... y no obstante la publicidad *ha hecho* de esta palabra un término de uso corriente...».

27. «Los resultados del trabajo de X indican que *es posible hayamos* cometido una injusticia...».

28. «Es probable que no se *presentará* mucha demanda de clases *en* estas lenguas».

29. «...el grado de capacidad obtenido *con* el ruso no será inferior *que con* cualquier otra lengua *pretendida* más fácil».

30. «Se discute mucho cómo introducir a los niños de minorías lingüísticas *al* SAE (*Standard American English*)».

31. «*Una vez se han* apuntado las pautas de preferencia para...».

32. «...cuando se puede mostrar..., esto constituye *entonces* una característica...».

33. «Un verso es pentámetro yámbico aun cuando *desvíe de* la vieja fórmula».

34. «Al *reaccionar a* la vida y obras de Goethe...».

35. «...supera dificultades *siempre mayores*».

36. «...en lugar de *servir sus propias necesidades*».

37. «el conocimiento llega *al hombre quien* posee... algo del objeto *bajo* examen».

38. «...encuentra X *la clave a* la estética de Goethe».

39. «Goethe cobra *la* conciencia de la dualidad».

40. «...como *estímulos a* la nueva creación».

41. «...los puntos de vista *de todos quienes* buscan la verdad».

42. «Cuando cita *de* Goethe en las obras tempranas...».

43. «...las opiniones que expresa *de* Goethe...».

44. «...notamos un fuerte interés *en* la doctrina de...».

45. «...nos *informa que*... Estamos *seguros que*...».

46. «La cita viene con *una* indicación de la fecha».

47. «...incorpora la epistemología de Goethe *en su* doctrina».

48. «...la obligación *a* afanarse por...».

49. «X prefiere otro tipo de esfuerzo, *uno* que responda a la necesidad íntima de...».

50. «...el interés de X *en* una cultura...».

51. «...da origen a *un Goethe quien* conquista...».

52. «...X restaura la conciencia de la vida como problema *al* centro de la visión orteguiana».

53. «Dicha obra la vimos *ahí* el año 1974».

54. «Se aproxima a X *en* una manera semejante».

55. «Respeta a X como a uno de sus coetáneos *quienes* subordinan la razón a la realidad».

56. «...los ciegos de nacimiento se equivocan *en* medir las distancias cuando ven por primera vez».

57. «...faltándoles el criterio *por* localizar *los objetos fuera del alcance* de sus manos».

58. «...todo lo que llama la atención *al* espacio vacío... llamando la atención *a* una superabundancia de formas».

59. «...la tendencia a ver como menos real *el mar más allá*».

60. «...trampolines *a* la idea esencial».
61. «...las tejedoras prosaicas *quienes* dominan el primer plano».
62. «...procede estilísticamente más *en* imitación de X».
63. «...tienen su historia, que conviene *tomar* en cuenta como una clave *a sus* esencias».
64. «...mientras que X se interesa menos *en* investigar».
65. «...aplicándolos *en* una manera ajena al raciocinio de X».
66. «El grado de convergencia visual *afecta la distancia* a que se localiza un objeto».
67. «...tiende a *privar* de sus contornos *todos los demás objetos* que pueblan el campo visual».
68. «...al escribir *de* los ciegos operados...».
69. «Si antes el interés *en* el objeto permanecía en primer plano...».
70. «Si queremos *volver* la atención a un punto más próximo...».
71. «...proporcionar *una fiel imagen* de la realidad...».
72. «Velázquez pinta *el aire entre su pupila* y los cuerpos».
73. «La evolución de X *al* impresionismo...».
74. «...*en el momento que* X escribe...».
75. «...descubiertos por X *tan pronto como* 1914».
76. «X no escribe *de* la profundidad como tal, sino *de* la percepción de la misma».
77. «...se interesa *en* el objeto...».
78. «...cuando tenemos dificultad *en* localizarlo...».
79. «*El que los impresionistas se valen* de este modo de mirar al vuelo significa que...».
80. «...comienza con una *preocupación de* España... y termina con investigaciones *de* los pintores...».
81. «...al examinar *cómo pintores de tres épocas tratan el tema de* la bacanal».
82. «No encontramos *ningunas semejanzas verbales* entre X y Z».
83. «...lo que escribe *de* las pinturas de X y Z».
84. «...no aparece en un ensayo sobre X, sino en *uno* sobre Z».
85. «No sabremos aquilatar la originalidad de X —*como nadie puede* la de Y ni la de Z— sin desvelar...».
86. «...los errores de N. *en* hacer la crítica de H».
87. «Pero lo hace *tomando* en cuenta el espacio y el tiempo».

88. «Algunas doctrinas que han pasado, *bien con reservas,* a sus páginas».

89. «...es la realidad radical, que no *nos es dada* hecha».

90. «Tampoco estamos de acuerdo con los estudiosos de X *quienes* tratan su obra como un bloque de doctrinas».

91. «Debemos *tomar* en cuenta tanto su pasado como su presente».

92. «...las fechas en que *suponemos su autor los escribió*».

93. «X *fue replicado* por Z».

94. «...los emigrantes que *evaden sus fronteras*».

95. «X *alegadamente* intentó suicidarse».

96. «...*igual* en el ámbito de la morfología *como* en el de la sintaxis»... «*lo mismo* rige acusativo *como* ablativo».

97 «...*su libremente elegido mutismo*».

98. «La ley sobre bilingüismo *ha sido recurrida por* los habitantes de...».

99. «Cada uno *contribuirá un ensayo* de 20 a 30 páginas».

100. «Algunos estudios serán de tipo general... y otros enfocarán *en* una sola novela».

§ 43. Correcciones.

1: aversiones.—2: media, interviene.—3: propugnadas.—4: prestigiosos, ilustres, célebres, famosos (además, inversión del orden: «los dos maestros más prestigiosos de...»).—5: la autora hace observar, la autora observa.—6: el estudio.—7: recibimos.—8: tal o cual.— 9: establecido.—10: tenían; teniendo.—11: desatenta, inatenta, distraída. —12: obtener, conseguir, lograr.—13: pruebas.—14: coinciden, están de acuerdo.—15: puesto b. cuidado en, prestado b. atención a.—16: ha tenido como resultado, ha producido; el resultado de la c. n. ha sido.—17: se desviaría hacia.—18: se prueba, se demuestra por el hecho de que...—19: no dañada, que no había sido dañada.— 20: necesitaría, requeriría.—21: ser designado, designarse.—22: es habitual entre, es costumbre de.—23: para.—24: una concep. del signif. nueva y enteramente diferente.—25: una vez que se les señala.—26: el hecho de que... pueda... y... haya hecho.—27: es posible que hayamos.

—28: que no se presente... clases de estas lenguas.— 29: en... inferior al obtenido en... supuestamente.—30: en el.—31: Una vez que se han (cfr. 25).—32: Ø.—33: aun cuando se desvíe de la.—34: reaccionar ante (frente a) la vida y las obras.—35: cada vez mayores.—36: servir a sus pr. nec.—37: al hombre que... sometido a.—38: la clave de. —39: Ø.—40: para.—41: de todos los que, de todos cuantos (cfr. 37).—42: a.—43: sobre.—44: por.—45: nos informa de que.—46: Ø. —47: a.—48: de.—49: Ø.—50: por.—51: que.—52: en el.—53: allí (se refiere a una biblioteca de una ciudad lejana).—54: de. —55: que.—56: al.—57: para; los objetos que están fuera del alcance.—58: hacia el; hacia.—59: el mar situado más allá (cfr. 57).—60: hacia, para.—61: que.—62: a.—63: tener; clave de.—64: por (o bien: a X le interesa menos investigar).—65: de.—66: afecta a la.—67: a todos. — 68: sobre.—69: por.—70: dirigir.—71: imagen fiel.—72: el aire interpuesto entre.—73: hacia el.—74: el momento en que.—75: ya en 1914.—76: sobre... sobre.—77: por.—78: para.—79: El que los impr. se valgan.—80: preocupación por... investigaciones sobre.—81: cómo tratan el tema de la bacanal pintores de tres épocas.—82: ninguna semejanza verbal.—83: sobre.—84: otro.—85: como nadie puede aquilatar la de Y.—86: al.—87: teniendo.—88: si bien con reservas.—89: se nos da.—90: que.—91: tener.—92: se supone que su autor los escribió.—93: Z replicó a X.—94: se evaden de sus fronteras.—95: se dice que X intentó.—96: igual... que; lo mismo... que. —97: su mutismo libremente elegido.—98: los habitantes de... han recurrido contra la ley.—99: contribuirá con un ensayo, aportará un ensayo.— 100: Ø.

§ 44. COMENTARIO.

Explicaré a continuación los anglicismos enumerados, distribuyéndolos en grupos de mayor a menor frecuencia: a) mal uso de las preposiciones; b) colocaciones impropias; c) impropiedades léxicas; d) mal uso de conjunciones; e) uso inadecuado de *quien;* f) abuso de la voz pasiva; g) mala ordenación de las palabras; h) redundancia; i) concisión excesiva; j) impropiedad en el uso de tiempos y modos;

k) verbos desnaturalizados; l) uso impropio de los deícticos; ll) impropiedades morfológicas.

a) *Mal uso de las preposiciones.*—Usar bien las preposiciones es una de las prácticas más difíciles de una lengua. Es el punto que ocasiona más tropiezos a los extranjeros, e incluso a los hablantes nativos, que no pocas veces vacilan ante casos concretos. Es también en nuestra relación la fuente principal de anglicismos para los traductores. Dada la importancia del tema, le dedicaremos un capítulo aparte (§§ 112-122). Aquí vamos a limitarnos a glosar las interferencias citadas y corregidas. Notemos en primer lugar que no incluimos en este apartado, sino en b), algunas impropiedades, como las de los números 18, 19, 22, 34 y 63, a las que contribuye el mal uso de alguna preposición. Las dos más usadas por anglicismo en nuestra relación de ejemplos son *en* y *a,* seguidas por *de* y *cero,* e. d., por la ausencia de preposición cuando debiera haberla.

1. De los trece usos indebidos de *en* (núms. 44, 47, 50, 54, 56, 62, 64, 65, 69, 77, 78, 86 y 100), cinco (núns. 44, 50, 64, 69 y 77) se deben a la interferencia de la prep. ing. *in* después de *interest, interested,* etc.: «su interés en», «Se interesa en». La prep. correcta en esp. es en estos casos *por*: «su interés por», «Se interesa por». Las expresiones «en una manera semejante» (n.° 54), «en una manera ajena a...» (n.° 65), podrían escudarse en las locuciones usuales: «en cierta manera», «en gran manera», que figuran en buenos diccionarios (cfr. *DUE,* s. v. MANERA). Pero en nuestros ejemplos se deben indudablemente a influjo del ing. *in a manner...* La prep. esp. apropiada sería en ambos casos *de*: «de una manera».—«Incorporar una cosa *en* otra» (n.° 47) es calco incorrecto. ¿Por qué se dice «incorporar *a*» y no «incorporar *en*»? La explicación es difícil. En general, los verbos de movimiento piden la preposición *a* delante del nombre de aquello en cuyo interior termina el movimiento. Pero no faltan ejemplos en contra, como «meter algo *en* una bolsa», «encajar una cosa *en* otra», «echar agua *en* un vaso», etc. Quizá este ej. (el n.° 47) estaría mejor en el apartado b).—Hay un giro muy propio del esp. para indicar la

simultaneidad de dos acciones: se forma con la prep. *a* + art. determ. (contracto *al*) + infinitivo. Los traductores de los ejs. 56: «se equivocan *en* medir» y 86: «los errores de N *en* hacer la crítica», parecen desconocerlo.—«Proceder *en* imitación de...» (n.º 62) es calco indudable de «*in* imitation of...».—«Tener dificultad *en* localizar» (n.º 78) es también calco de «to have difficulty *in* localizing»; en buen español se puede decir: «tener dificultades (pero más raro: «tener dificultad») en los estudios, en una empresa, en la vida», e. d., cuando sigue a *en* un sustantivo con artículo, pero no cuando le sigue un infinitivo.—Por último «enfocar en...» es también anglicismo indudable. *Enfocar* es siempre transitivo, mientras que *to focus* puede ser intransitivo; cuando lo es, lleva como complemento terminal, precedido de *on* (cuya traducción primera en los diccionarios bilingües suele ser «en»), lo que en esp. es objeto directo de *enfocar: to focus on a problem* («centrarse en un problema»), *we must focus on the racial problem from a humanitarian point of view* («tenemos que enfocar el problema racial desde un punto de vista humanitario»)[3]. No habría anglicismo si se tradujera el primero: «enfocar un problema»; lo habría si la traducción fuese: «enfocar en un problema», y también en el segundo, si se tradujera: «tenemos que enfocar en el problema racial...».

2. La interferencia en el uso de la prep. *a* sigue en frecuencia a la del uso de *en*. Tenemos en nuestra relación once ejemplos: núms. 17, 30, 34, 38, 40, 48, 52, 58, 60, 63 y 73. Dos, núms. 38 y 63, construyen *clave* + *a* + sustantivo: «clave *a* la estética de G.», «clave *a sus* esencias». Pues bien, *clave* pide la prep. *para* cuando sigue un infinitivo o un nombre de acción transitiva, y *de* en los demás casos: «la clave *para* la solución del problema», «la c. *para* solucionar el problema»; «la clave *del* misterio», «la clave *de su* actitud».—El régimen preposicional de *introducir* e *introducción* (n.º 30) es arbitrario: se dice «introducción *a*...», pero «introducir *en*...».—Con *estímulo* y

---

[3] Los dos ejemplos con sus traducciones, correctas ambas, proceden del *Diccionario moderno: español-inglés, english-spanish*, Larousse.

estimular sucede al revés; se dice: «lo estimulaban *a* perfeccionarse», pero «le servían de estímulo *para* perfeccionarse». Con *introducción, introducir, a* sigue al sustantivo, no al verbo; con *estímulo, estimular, a* sigue al verbo, no al sustantivo.—No se dice «reaccionar *a* la vida de G.» (n.° 34) porque *a* detrás de verbos de movimiento expresa fundamentalmente la dirección de algo que se desplaza acercándose a su término o llegando hasta él. La reacción es un movimiento, pero no implica idea de desplazamiento.—*Restaurar* no admite la preposición *a* en construcciones como la del n.° 52, porque no implica idea de desplazamiento *en dirección a,* sino de actividad desarrollada *en* el lugar donde se ejecuta.—*Obligar* funciona como *estimular,* seguido de *a*: «estás obligado *a* estudiar»; pero *obligación* (n.° 48) pide la preposición *de*: «tienes la obligación *de* estudiar».—«Desviarse» (n.° 17), «llamar la atención» (n.° 58) y «la evolución» (n.° 73) rechazan la prep. *a* y piden *hacia,* porque los tres sintagmas sugieren estadios de un movimiento antes de llegar a su fin: «desviarse» es salir del camino que lleva al término del viaje o a la meta propuesta; «llamar la atención de alguien hacia algo» es una expresión verbal conativa; significa «intentar que alguien atienda a algo»; y «la evolución» en cuanto tal, e. d., mientras es evolución, está de camino *hacia* su término; tan pronto como llega *a* él, cesa la evolución.—Un *trampolín* (n.° 60) concreto, material, es *para* saltar, *para* el salto; un *trampolín* abstracto, metafórico, es trampolín «*hacia* la fama», trampolín «*hacia* la idea esencial». Pero ni uno ni otro son «trampolines *a*...», quizá porque en el trampolín se inicia el movimiento, tanto real como metafórico, mientras que *a* orienta hacia el término del movimiento.

3. La preposición *de* es en esp. la que más usos tiene. Pero hay algunos que no le corresponden. Aparece con frecuencia precediendo al nombre que expresa el tema de una disertación, de un estudio, de una simple charla. En este uso, tiene una tradición larguísima, que se remonta al latín clásico: *De amicitia, De senectute, De re publica, De legibus, De bello Gallico, De bello civili,* etc., son títulos de obras famosas; «De lo que contesció a un Rey con un su privado», «De lo que contesció a una mujer que dicían doña Truhana», «De lo que pa-

só don Quijote con su escudero, con otros sucesos famosísimos», son epígrafes que pueden leerse en monumentos antiguos de nuestra lengua y en la obra más célebre de nuestra literatura. Pero, al traducir hoy los mencionados títulos latinos, la mayoría de los traductores escribirían: *Sobre la amistad, Sobre la vejez,* y, en los dos últimos casos, sin ninguna preposición: *Guerra de las Galias, Guerra civil.* Sin duda podría hoy un escritor titular una narración o un capítulo de ella: «*De* lo que le sucedió a una mujer morena que quiso volverse rubia». Y sigue usándose *de* ante el enunciado temático de verbos como *tratar*: «Este libro trata *de*...». Este último verbo admite igualmente *sobre*. ¿Hay alguna diferencia entre las construcciones «hablar *de* Madrid» y «hablar *sobre* Madrid»? Quizá la primera implique un tono más familiar, y la segunda, un tono más elevado en la manera de hablar: «desde que llegó Juanito, no hace más que hablarnos *de* Madrid»; pero «el conferenciante nos hablará hoy *sobre* Madrid». De ser así, esto podría explicar por qué es admisible: «al hablar *de* los ciegos operados», pero no: «al escribir *de* los ciegos operados» (n.° 68; lo mismo para los núms. 76 y 83), y por qué no se puede decir «expresarse *de* Goethe» ni «las opiniones que expresa *de* Goethe» (en el sentido de «expresiones *sobre* G.», n.° 43), ni «investigar *de*...» o «investigaciones *de*» + el objeto de la investigación (n.° 80).—«Citar *de* Goethe» (n.° 42) sería una construcción lógica, interpretada con valor partitivo; era usual en lo antiguo, y lo es todavía en determinados casos: «come *de* mi pan, bebe *de* mi vino», «fuma *de* mi tabaco». Pero, en general, el partitivo se expresa hoy sin *de*: «come pan», «bebe vino», «fuma tabaco negro», y se equipara al complemento directo. Por eso *citar* se construye con *a* cuando el complemento es persona, y sin preposición cuando no lo es: «citó *a* Goethe», «citó *el Fausto*». Puede decirse: «citó palabras *de* Goethe», «Citó un pasaje *del Fausto*»; pero entonces *de* no introduce un complemento partitivo, sino que expresa pertenencia.—Finalmente, *preocuparse* se construye con *de* o con *por*: «Preocúpate *de* tus asuntos». «No te preocupes *por* lo que pueda pasar» (*DUE*). También *preocupación* admite las dos construcciones: «La preocupación *por* el porvenir de sus hi-

jos». «Tiene la preocupación *de* que le sienta mal la leche» (*Ibidem*).
Y no sería incorrecto decir: «X es un gran patriota: lleva en el alma la
preocupación *de* España». Pero esta construcción —y más aún la del
n.º 80— podría resultar ambigua: ¿se trata de una preocupación que
tiene España o de una preocupación que tiene por España el sujeto de
«comienza»? El traductor del n.º 80 ni siquiera se planteó el problema, sino que se dejó influir por el original.

4. Los núms. 36, 45, 66, 67, 74 y 99 son ejemplos de interferencia
negativa del inglés, que induce al traductor a omitir la preposición
porque el verbo inglés no la lleva, sin tener en cuenta que en esp. es
necesaria. *Servir* en el sentido de «atender» (n.º 36), *afectar* en el de
«influir» (n.º 66) y *privar* en el de «quitar», «despojar» (n.º 67) llevan siempre la prep. *a* delante de su complemento.—La conjunción
completiva *que,* cuando encabeza oraciones subordinadas que dependen de *informar* o *estar seguro* (n.º 45), debe llevar delante la preposición *de,* aunque *that* no vaya precedida de *of* en las construcciones
ing. equivalentes: «nos informó *de* que se iba a casar», «estoy seguro
de que no lo hará».—El lenguaje popular admite expresiones como
«el año que llovió tanto», «el día que tú naciste»; pero en el lenguaje
propio del ensayo científico no es correcta la expresión «en el momento que X escribe».—Por último, el n.º 99: «...contribuirá un ensayo de 20 a 30 páginas» es anglicismo manifiesto, calco de «will
contribute an essay». *To contribute* es transitivo y se une al objeto o
complemento directo sin preposición. Según el *DRAE*, *contribuir* es
transitivo, aunque se usa más como intransitivo. El *DUE* acepta
igualmente su posible transitividad, de la que incluso da este ejemplo,
que resulta chocante: 'Contribuye diez mil pesetas por el impuesto de
utilidades' (*paga* sustituiría aquí con ventaja a *contribuye*). Es satisfactoria la postura del *DDLE,* según el cual la construcción de *contribuir* puede ser: *contribuir* A *una empresa*; *contribuir* CON *dinero*;
contribuir PARA *la construcción de un monumento,* y *contribuir* A
hacerlo. No incluye, naturalmente, *contribuir dinero.*

5. Los anglicismos núms. 23 y 57 son interferencias tan chocantes
de *for* que sólo se comprenden en una persona de lengua inglesa con

poco dominio del español, o en quien, teniendo el esp. como lengua materna y el ing. como segunda lengua, ha olvidado la primera hasta el punto de convertirla en segunda. Está en su derecho; pero nos sorprende que, en tales condiciones, se atreva a traducir libros del inglés al español. Quizá no lo haría tan mal si tradujera en sentido inverso.

6. En el n.º 29, _con_ es calco evidente de _with._ «Obtener capacidad en una lengua» no es expresión muy castiza; pero al menos no es incorrecta; _en_ se refiere al campo donde se ejerce la capacidad; _con_ se referiría al instrumento: «con el ruso (e. d., con sus conocimientos de esa lengua) obtuvo la capacidad (mejor: «llegó a ser capaz») de leer directamente a Tolstoi».

b) _Colocaciones impropias._—Entendemos por _colocación_ cualquier manera peculiar de construir en una lengua expresiones determinadas. Incluimos en este concepto los llamados «giros» o «locuciones», e. d., expresiones pluriverbales que se insertan en el habla como piezas únicas. Es, pues, el de _colocación_ un concepto bastante amplio, que se comprenderá mejor viendo sus aplicaciones concretas.

1. En nuestra relación de anglicismos, hay colocaciones impropias, por interferencia de la LO, en los núms. 7, 8, 9, 10, 12, 15, 17, 18, 19, 20, 22, 39, 46, 63, 70, 75, 87, 91 y 96. La única que se repite es la de «tomar en cuenta» (núms. 10, 63, 87 y 91), debida a la interferencia de «to _take_ into account». En esp., «tomar en cuenta» se usa, como frase hecha, según el _DRAE,_ con el significado de «admitir alguna partida o cosa en parte de pago de lo que se debe», y, en sentido figurado, con el de «apreciar, recordar un favor, una circunstancia notable o recomendable». El _DUE_ acepta la expresión con el sentido de «atender a una cosa o concederle valor o significado y obrar en consecuencia»: 'No tomes en cuenta que no venga a visitarte'. Es el significado que se le atribuye en los ejs. mencionados en nuestra lista de anglicismos. Quizá sea aceptable el giro en frases negativas, donde _tomar_ tiene valor incoativo, referido sólo al momento inicial de un estado de ánimo que se desea evitar; pero, en expresiones positivas, lo castizo es «_tener_ en cuenta».

2. Decir por qué es impropia cada una de las colocaciones relacionadas en nuestra lista como anglicismos sería tarea larga y, en muchos casos, quizá imposible. ¿Por qué no se dice «dejar observar» sino «hacer observar» (n.° 5)? ¿Por qué se dice «recibir placer» y no «sacar placer» (n.° 7) de algo? ¿Por qué no «hacer un contraste» (n.° 9) sino «establecer un contraste» entre dos valoraciones? ¿Por qué no «prestar cuidado» a la estructura de una ciencia (n.° 15) y sí «prestarle atención»? ¿Por qué no «tomar tiempo y espacio» (n.° 20), sino «requerir tiempo y espacio», o, más familiarmente «llevar tiempo y ocupar espacio»? ¿Por qué no «tan pronto como 1914» (n.° 75) sino «ya en 1914»? ¿Por qué se dice «la casa es de tal o cual tamaño» y no «de tal y tal tamaño» (n.° 8)? ¿Por qué «obtener la vista» tratándose de ciegos de nacimiento, y «recobrar la vista» si se habla de quien la había perdido, pero no «ganar la vista» (n.° 12)? ¿Por qué «cobra conciencia» y no «cobra la conciencia» (n.° 39)? ¿Por qué «igual... que» y «lo mismo... que», y no «igual... como» ni «lo mismo... como» (n.° 96)? Son peculiaridades de la lengua, que en muchos casos no se deben a razones lógicas, sino a factores históricos velados por la bruma de la lejanía. El traductor, como el escritor original, tiene que conocer estas peculiaridades, aunque desconozca su origen y su razón de ser; tiene que ajustarse a ellas, si quiere usar con propiedad su lengua.

c) *Impropiedades léxicas.*—Aparecen en nuestra relación interferencias léxicas, que en general amplían indebidamente, de acuerdo con una palabra inglesa, el sentido de la que el traductor ha considerado como su equivalente española: números 1, 3, 4, 6, 13, 14 y 35.

1. En dos casos (núms. 2 y 95) los traductores, probablemente sin darse cuenta, recurren al préstamo naturalizado: no se usa en esp. el verbo *intermediar* (aunque el *DRAE* lo registre con el significado de «existir una cosa en medio de otras»); no se usa nunca con el significado de «intervenir», ni hace falta, pues *mediar* desempeña perfectamente las funciones de *to intermediate*. (Los traductores no deben confiar a ciegas en cualquier diccionario bilingüe; en uno de ellos fi-

gura (*inter*)*mediar* como traducción del citado verbo inglés. Quizá
fue esto lo que malorientó al traductor). Tampoco se usa en esp. *ale-*
gadamente. No pueden formarse adverbios en -*mente* sobre cualquier
adjetivo femenino; no se dice, por ejemplo, «rojamente», «montaño-
samente», «marinamente»; es preciso que el significado del adj.
permita su transformación en adverbio. Es más limitada aún la posibilidad de añadir la terminación -*mente* a los participios pasivos, muchos de los cuales ni siquiera funcionan como adjetivos. Se puede
decir «separadamente», «indebidamente», «reducidamente» y hasta
«supuestamente»; pero no «vistamente», «aducidamente», «propug-
nadamente», «alegadamente». Por lo demás, los adverbios en -*mente,*
incluso cuando están admitidos, son poco recomendables. El traductor hará bien en no usarlos con mucha frecuencia.

2. Volvamos a las interferencias que amplían indebidamente el
sentido de palabras españolas. No está justificada la ampliación del
sentido de una palabra cuando la lengua dispone de otra que expresa
bien lo que se pretende hacer significar a la primera. Las sustituciones propuestas para cada caso demuestran que la correspondiente ampliación de sentido era innecesaria. Pero quizá convenga añadir aquí
un breve comentario sobre los núms. 3, 6 y 35.

3. En «reformas abogadas por generaciones de pensadores» se
trata de una impropiedad léxica, puesto que «abogadas» puede sustituirse por una sola palabra: «propugnadas»; pero también, y más aún,
de una incorrección sintáctica, debida al calco innecesario de la voz
pasiva inglesa (v. luego f); aquí sería correcto el uso del verbo *abo-*
gar en construcción activa: «generaciones de pensadores liberales
abogaron por determinadas reformas erasmistas».—El uso de *discu-*
sión en el sentido de «estudio», «examen», «exposición» o «tratamiento» de un tema se extiende cada vez más, sin duda por influjo
del ing. *discussion*. Tradicionalmente, para que hubiera discusión tenían que intervenir varias personas. Y, en general, aunque una «discusión» puede ser «amistosa», si no se le añade ningún adjetivo se
entiende que no lo es. Finalmente, *siempre* antepuesto a un comparativo, más que anglicismo, puede ser galicismo, italianismo, lusismo e

incluso alemanismo. En todas estas lenguas se usa el adverbio equivalente a «siempre» para expresar que la diferencia establecida por la comparación aumenta de continuo. Es peculiar del español anteponer al comparativo «cada vez» en lugar de «siempre».

d) *Mal uso de la conjunción «que»*.—De la media docena de interferencias incluidas en este grupo (núms. 25, 27, 29, 31, 45 y 92), cuatro pecan por la omisión de *que*: en los núms. 25 y 31 se trata de la misma expresión: «una vez que», donde se ha suprimido *que* por no llevar *that* la frase equivalente inglesa.

1. «Una vez» puede ser expresión adverbial, referida a un momento impreciso del pasado, muy frecuente al comenzar la narración de un cuento: «Era una vez...», «Había una vez...». El *DUE* la incluye también como expresión conjuntiva, equivalente a «una vez que», y da el siguiente ejemplo: «Una vez hayas llegado, avísame». Pero este uso únicamente sería admisible en el lenguaje coloquial o familiar. En un tono más sostenido, sólo puede usarse «una vez» (con el valor de «después que», «tan pronto como») ante un participio pasivo, para reforzar el antiguo valor de ablativo absoluto que ya tiene el participio solo: «una vez acabada la cena» significa lo mismo que «acabada la cena», pero intensifica la inmediatez de la sucesión temporal. Precediendo a un verbo en forma personal, se escribe «una vez que», aunque en ing. *once* se una directamente a la frase verbal. Tampoco puede omitirse, a no ser en lenguaje coloquial y descuidado, la conjunción *que* ante oraciones completivas que funcionan como sujeto: «es posible *que* hayamos cometido una injusticia» (n.° 27), o como complemento directo: «suponemos *que* su autor los escribió» (n.° 92); en cambio, es peculiar del inglés omitir *that* en este tipo de construcciones.

2. Al segundo término de una comparación de superioridad o de inferioridad se le antepone normalmente la conjunción *que*: «mayor *que* tú», «menor *que* tú», «mejor *que* nosotros», «peor *que* ellos», «más alto *que* Juan», «menos corpulento *que* Pedro». Pero *superior* e *inferior* no van seguidos de *que*, sino de *a*: «superior *a* ti», «inferior *a*

su hermano». Por otra parte, la construcción «el grado de capacidad obtenido en... no será inferior que en...» (n.º 29) peca no sólo por el uso indebido de *que,* sino también por concisión excesiva (v. luego, letra i).

3. Por último, las expresiones «nos informa que...» y «estamos seguros que...» (n.º 45) no omiten la conjunción *que,* pero la usan mal, pues en ambos casos debiera ir precedida por *de*: «nos informa *de que*...», «estamos seguros *de que*...». También aquí se trata de una peculiaridad del español, que deben tener en cuenta los traductores no sólo del inglés sino también de otras lenguas, especialmente del francés. Es correcto «me dijo que...» (y horrible vulgarismo «me dijo *de* que...»); pero «me informó que...» es también vulgarismo, aunque no tan chocante como el anterior. Se dice correctamente: «Es seguro que vendrá mañana» (y resulta sumamente vulgar «Es seguro de que vendrá mañana»); pero, con el verbo «estar», lo correcto es «estar seguro *de* que», y el vulgarismo, «estar seguro que».

e) *Uso inadecuado de «quien».*—El uso de *quien* como pronombre relativo lo explica con gran claridad el *DUE:* «Puede hacer de sujeto o de complemento de cualquier clase. De sujeto, solamente cuando la oración de relativo es explicativa [es decir, cuando puede suprimirse sin que el enunciado cambie de sentido o resulte falso]: 'Vi ayer a tu hermano, quien me dijo...', 'Tu hermano, quien estaba presente, me dijo...' [las dos oraciones relativas son explicativas; aunque se supriman, los enunciados restantes: 'Vi ayer a tu hermano' y 'Tu hermano me dijo' conservan el mismo sentido]; aun en este caso, es más frecuente «que». En cambio, como complemento, es, para personas, de uso más frecuente que «el que»: 'Vi a tu hermano, con quien estuve hablando hasta...'. En este empleo [e. d., el de complemento, no el de sujeto], como relativo, tiene el plural uso más frecuente que en los otros: 'Las personas a quienes has saludado'». (En este último ejemplo, la oración de relativo no es explicativa, sino especificativa, pues específica o determina a qué personas se refiere el que habla). Pues bien, en las seis interferencias de nuestra relación (núms. 37, 41, 51, 55, 61 y 90) se trata de oraciones relativas especificativas, y en todas ellas el relativo funciona como sujeto. En esta clase de oraciones, siempre que el relativo tiene antecedente (y lo tiene en las seis construcciones relacionadas), se usa la forma «que» («el que» cuando el antecedente es «todo»: 'Dijo que premiaría a todo el que resolviera el problema', «los que» o «cuantos» si el antecedente es «todos», como en el n.° 41).

f) *Abuso de la voz pasiva.*—Es un peligro que acecha constantemente a quienes traducen del inglés. Puede decirse, en general, que el inglés tiende al uso de la pasiva tanto como el español al de la activa. Por consiguiente, muchas construcciones pasivas del inglés son en español inadmisibles. Lo son todas las que en inglés se forman con verbos cuyos equivalentes esp. son intransitivos, los cuales rechazan, sin excepción, la voz pasiva, como la rechazan también algunos transitivos. Son intransitivos «*abogar* por», «*referirse* a», «*recurrir* contra». Es dudosa la transitividad de *replicar,* que no puede llevar como complemento directo un nombre de persona ni un pronombre personal (en «Juan replicó a su hermano» o «Juan le replicó», «a su hermano» y «le» son complemento indirecto); por eso no podría decirse «su hermano fue replicado por Juan». Es transitivo *pretender* en la acepción de afirmar alguien una cosa de cuya realidad duda el que habla (acepción tachada de galicismo por algunos gramáticos, y justificada por el *DUE*); pero no admite la voz pasiva. Sería admisible, en efecto: «X pretende que el chino es más fácil que el ruso», pero no: «Es pretendido por X que el chino etc.». También es transitivo *dar* en la construcción «dar hecho». Se podría decir: «Su ideología les da hecho el conjunto de actitudes que deben adoptar frente a...». Pero resultaría chocante la construcción pasiva: «El conjunto de actitudes que deben adoptar frente a... les es dado hecho por su ideología».

g) *Mala ordenación de las palabras.*—Sólo cuatro de los cien anglicismos de nuestra lista consisten en la imposición a la frase española del orden de las palabras característico del inglés. Sin embargo, esta interferencia suele alcanzar, y no sólo en traducciones, sino también en escritos originales, porcentajes más elevados. Es una de las manifestaciones más frecuentes de la presión del inglés sobre nuestra lengua. Con demasiada frecuencia se encuentran en los periódicos, incluso en artículos firmados por escritores de cierto prestigio, construcciones como las siguientes: «La entera política exterior U.S.A. se ha venido moviendo en esa dicotomía», «...mi libremente elegido mutismo», «...podría desequilibrar el entero continente».

1. En las lenguas germánicas, el adjetivo se antepone normalmente al sustantivo. En las románicas hay en esto una libertad mucho mayor, aunque no absoluta: en algunos casos, el adjetivo se antepone, y en otros se pospone obligatoriamente al nombre[4]. En español suele resultar chocante la acumulación de adjetivos ante el sustantivo; así, en el n.º 24: «una nueva y enteramente diferente concepción», donde, además de la interferencia en el orden, es censurable la rima de «enteramente diferente». Un orden conforme con el uso del español es el que hemos indicado en *Correcciones* (§ 43.). Otro que puede resultar bien cuando son varios los adjetivos de un solo nombre consiste en anteponer unos y posponer otros. Aquí lo impide la indistinción del género de *diferente*; si dijéramos: «una nueva concepción del significado, enteramente diferente», el segundo adjetivo podría calificar a «nueva concepción», pero también a «significado», produciéndose así una ambigüedad. Pero, si el segundo adj. fuese p. ej. «clara», podría decirse muy bien: «una nueva concepción del significado, enteramente clara». Para evitar la rima de «enteramente diferente» podría sustituirse el adverbio por una expresión adverbial como «del todo».

2. En los núms. 71 y 97, el adj. queda mejor después del sustantivo. En casos semejantes sólo puede anteponerse el adj. cuando su posposición produce ambigüedad: la expresión al. *eine konstruktive Kritik* debe traducirse: «una crítica constructiva». Pero ¿cómo tradu-

---

[4] Véase, para el francés, J. Marouzeau, *Précis de stylistique française,* «Place de l'adjectif», págs. 153-157; para el español, *DUE,* s. v. ADJETIVO. b) «colocación».

cir *eine konstruktive Übersetzungskritik*? No podemos decir: «una crítica de la traducción constructiva», porque el adj. parecería calificar a «traducción». ¿Diríamos, entonces, «una crítica constructiva de la traducción»? Pero, en tal caso, «de la traducción» podría entenderse como complemento (genitivo objetivo) de «constructiva», siendo en realidad un complemento de «crítica»; no se trata de «una crítica que construye la traducción», sino de «una crítica de la traducción que, siendo crítica, no es destructiva, sino constructiva». La solución estaría aquí en el uso adecuado de la coma: «una crítica, constructiva, de la traducción».

3. El n.° 81 es un calco manifiesto de la rigidez sintáctica inglesa, que impone el orden: sujeto + verbo + complemento. Esta ordenación también es posible en español, tanto en oraciones independientes («El cazador vio tres elefantes») como subordinadas («Me dijeron que el cazador había visto tres elefantes»). Pero en una subordinada interrogativa: «Le preguntó cuándo el cazador había visto tres elefantes» suena a sintaxis foránea, aunque no necesariamente inglesa. En buen español diríamos: «Le preguntó cuándo había visto el cazador tres elefantes» o «Le preguntó cuándo había visto tres elefantes el cazador». Del mismo modo, en el n.° 81, además de la ordenación indicada en *Correcciones,* sería posible: «cómo tratan pintores de tres épocas el tema de la bacanal». Pero la construcción de nuestro ejemplo se debe a interferencia clara del inglés.

h) *Redundancia.*—La redundancia por interferencia de la LO se produce cuando se calcan palabras del original, generalmente simples apoyaturas, que sobran en la traducción por estar ya dicho lo que significan y no ser usuales en la LT como refuerzos. Un ejemplo típico lo tenemos en el n.° 32. El «cuando» de la oración subordinada hace superfluo el «entonces» de la principal. En el n.° 39 es redundante el primer artículo determinado, y en el n.° 46, el indeterminado. El uso del artículo es causa de frecuentes discrepancias entre las lenguas, incluso entre lenguas próximas, como las románicas, o relativamente próximas, como el inglés y el español (v. luego, §§ 60-68). En el n.º 49, la redundancia está constituida por el pronombre *uno,* calco del ing. *one.* En esp., *uno que* sólo se usa referido a personas o a objetos concretos: «El que lo dijo era uno que tenía bigote», «El libro que busco es uno que tiene las tapas verdes»; pero no: «La gloria a que aspiraba era una que nadie había conseguido», ni: «El esfuerzo que realizó fue uno que lo dejó agotado». En todo caso, la expresión del n.º 49 no pierde nada si se suprime *uno,* que, además, resulta chocante. Por último, en el n.º 100 sobra la preposición *en*; pero aquí se trata más bien de la conversión de un verbo transitivo en intransitivo, con el paso del complemento directo a complemento de lugar.

i) *Concisión excesiva.*—Es frecuente que el inglés se muestre más conciso que las lenguas románicas.

1. Vinay y Darbelnet dedican varios parágrafos (90-94) de su *SCFAn* a lo que llaman *étoffement,* e. d. «revestimiento» o refuerzo de una palabra francesa «que no se basta a sí misma y necesita el respaldo de otras» (pág. 109, § 90.). Se trata:

1.º), de la traducción de partículas inglesas (preposiciones o posposiciones, § 91.), que puede ser reforzada: a) *por un nombre*: «Passengers *to* Paris: Viajeros *con destino a* París»; b) *por un verbo*: «This forces the translator *into* approximations: Esto obliga al traductor *a recurrir a* aproximaciones»; c) *por un adjetivo o por un participio pasado*: «The plot *against* him: La conspiración *tramada contra* él»; d) *por una oración de relativo*: «The courtiers *around* him: Los cortesanos *que lo rodean / rodeaban*»;

2.º), de la traducción del pronombre demostrativo reforzado por un nombre (§ 92.): «*This* proved to be extremely resistant: *Este material* demostró ser en extremo resistente»;

3.º), de la traducción de conjunciones: a) en aposición: «The day *when* he arrived: El día *en que* llegó»; b) precedidas de una preposición: «I came back *to* where I had heard the voice: Volví *al lugar* donde había oído la voz».

2. Por su parte, A. Malblanc, en su *SCFAl,* publicada en la misma colección que la obra de Vinay y Darbelnet, dedica al mismo tema,

aplicado a la traducción del alemán al francés, los parágrafos 72-82, de los cuales nos interesa ahora especialmente el 80, donde se dan numerosos ejemplos de preposiciones alemanas traducidas al francés por locuciones preposicionales en que la preposición aparece reforzada con un nombre. El español es más flexible que el francés, pero mucho de lo que allí dice Malblanc para la traducción del alemán al francés puede aplicarse a la traducción del alemán al español. (Doy a continuación algunos ejemplos de preposiciones alemanas que no podrían traducirse simplemente por una preposición española. Todos los que siguen han sido tomados del *Langenscheidts Handwörterbuch Deutsch-Spanisch*): «*an* der Spree: *a orillas* del Spree»; «*auf* seinen Rat: *siguiendo* su consejo»; «alles spricht *für* ihn: todo habla *a su favor*»; «*unter* die Feinde geraten: caer *en manos* del enemigo»; «grüssen Sie ihn *von* mir: salúdelo *de mi parte*»; «*vor* Zeiten: *en otros* tiempos».

3. Traducir los ejemplos que preceden prescindiendo de las palabras de refuerzo o apoyo sería caer en anglicismo o alemanismo. Son anglicismos de este tipo los incluidos en nuestra relación con los núms. 29 («inferior que *con* cualquier otra lengua»), 37 («el objeto *bajo* examen»), 57 («los objetos *fuera* del alcance»), 59 («el mar *más allá*») y 72 («el aire *entre* sus pupilas y los cuerpos»). (Véanse las correcciones correspondientes en el § 43.).

4. Hay concisión excesiva por otras causas en los núms. 36, 85 y 88. En el n.° 36 se ha omitido la preposición *a,* necesaria después de *servir.* La interferencia del n.° 85 ha hecho que el traductor suprimiera el infinitivo *aquilatar* después de *puede,* uniendo así directamente este verbo auxiliar con el complemento directo, construcción inusitada en español. Es como si dijéramos: «Yo he visto a tu hermano. ¿Has tú al mío?». Finalmente, en el n.° 88 el traductor ha omitido la conjunción *si* en la expresión concesiva *si bien.* Existe otra expresión concesiva formada con *bien* y sin *si,* pero lleva siempre pospuesta la conjunción *que:* «bien que» o «bien es verdad que», y se usa menos que *si bien:* «Llegó al fin, bien que (bien es verdad que) apaleado y con tres dientes de menos».

j) *Impropiedad en el uso de modos y tiempos verbales.*—Los usos de tiempos y modos verbales son bastante dispares entre las distintas lenguas. Las germánicas y las románicas ni siquiera tienen los mismos tiempos verbales. Y los modos, que expresan la actitud del hablante con relación a lo que dice, según lo considere real, hipotético, necesario, posible, etc., cambian, y no siempre con lógica, de lengua a lengua. El traductor, para no extraviarse en estos campos, debe estar muy familiarizado con los usos temporales y modales de las dos lenguas implicadas en su tarea.

1. En nuestra relación hay tres construcciones (núms. 26, 28 y 79) que se ajustan al uso inglés, pero no al español. En el n.° 26 se trata de la expresión «el hecho de que... puede significar y... ha hecho». Y, en el fondo, sucede lo mismo en el n.° 79, pues «El que...» equivale a «El hecho de que...». En ambos casos está el verbo en indicativo, de acuerdo con la norma inglesa, que parece aquí más lógica que la española: si el indicativo es el modo de la realidad, parece que, si algo se enfoca como un hecho, el verbo que lo expresa debiera ponerse en indicativo. Así se hace en inglés, pero en español se emplea el subjuntivo: «El hecho de que una palabra *pueda* significar...», «El que un texto *sea* difícil...». En cambio, para expresar la probabilidad parece más lógico que el indicativo inglés el subjuntivo español: «Es probable que no se *presente*»; aunque, por otra parte, el inglés parece de nuevo más lógico que el español en la elección del tiempo para lo probable referido al futuro: futuro en inglés, presente en español.

2. Pero sabemos desde Horacio[5] que, en las lenguas, el imperio no lo ejerce la lógica, sino el uso: *si uolet usus, / quem penes arbitrium est et ius et norma loquendi (A. P., 71-72).*

k) *Verbos desnaturalizados.*—Hay verbos ingleses que, siendo de origen latino, no tienen, o pueden no tener, la misma naturaleza que sus hermanos románicos.

---

[5] Y, aunque con menos precisión, ya desde Aristóteles, que aconseja resolver algunas dificultades en la interpretación de los poetas atendiendo a la «costumbre del lenguaje» *(Poética,* 1461 a 27-30).

1. Así, los verbos ing. *deviate* y *evade* pueden ser transitivos o intransitivos; pero *desviar* y *evadir* sólo son transitivos. Para dejar de serlo requieren la forma pronominal: *desviarse, evadirse.* Sin embargo, en los núms. 17, 33 y 94, los autores o traductores correspondientes calcaron la forma inglesa atribuyendo a *desviar* y *evadir* un uso que les es ajeno. (En «evadir las fronteras» el verbo conserva su naturaleza transitiva, pero lleva un complemento directo que no corresponde a su significado: «evitar un daño o peligro inminente; eludir con arte o astucia una dificultad prevista» *(DRAE).* Con relación a las fronteras de un país, este verbo se usaría en la forma pronominal + la preposición *de* antepuesta al complemento de lugar: «evadirse de las fronteras»).

2. Algo semejante ocurre en el n.° 100: *enfocar* es transitivo y requiere, por tanto, un complemento directo: «enfocar bien un asunto», «enfocar la cuestión desde el punto de vista práctico» *(DUE).* Se puede construir con un complemento preposicional, pero sin dejar de llevar un complemento directo: «enfocó la luz sobre el libro», «enfocó su atención sobre el tema». El traductor del n.° 100 podría haber escrito: «...y otros enfocarán una sola novela», o bien: «...y otros enfocarán la atención sobre una sola novela».

3. Al contrario de los tres verbos anteriores, *contribuir* es casi siempre intransitivo, mientras que *contribute* puede ser normalmente transitivo o intransitivo (n.° 99)[6]. *Contribuir* en el sentido de «aportar» se construye, en general, anteponiendo la preposición *con* a lo que sería complemento directo de *aportar*: «contribuyó *con* diez mil pesetas a la construcción de...»[7]. También se puede construir sin ex-

---

[6] Si fuese válida la excusa, el traductor del n.° 99 podría escudarse en uno de los más conocidos diccionarios bilingües, el *Appleton's Revised Cuyás Dictionary,* que en su 4.ª ed. pone «contribuir» como primer significado de *contribute* usado como verbo activo o transitivo. El *DRAE* da la 1.ª ac. de *contribuir* como transitivo con el significado de «Dar o pagar cada uno la cuota que le cabe por un impuesto o repartimiento», aunque añade seguidamente: «ú. m. c. intr.».

[7] Sin duda siguiendo aquí al *DRAE,* el casi siempre admirable *DUE* atribuye a *contribuir* un uso transitivo ejemplificado con «Contribuye diez mil pesetas por el im-

presar el complemento cuando éste se sobreentiende fácilmente: «contribuyó a costear el monumento erigido en honor de X». Pero sería ambigua la construcción: «Contribuyó a erigir un monumento a X», pues la aportación podría ser trabajo personal o una cantidad de dinero.

l) *Uso impropio de los deícticos.*—Es sabido que ni el alemán, ni el inglés, ni el francés tienen un sistema deíctico tan claramente estructurado como el español. Las tres lenguas se contentan con dos términos, el primero de los cuales (al. *hier,* ing. *here,* fr. *ici*) equivale a nuestro *aquí,* y el segundo (al. *da/dort,* ing. *there,* fr. *là*), según el contexto, a *ahí* o *allí.* El esp. distingue con precisión los tres términos locativos: *aquí, ahí, allí,* paralelos respectivamente a los demostrativos *este, ese, aquel:* «éste de aquí», «ése de ahí», «aquél de allí». Pero el hecho de que el inglés no exprese claramente la distinción entre *ahí* y *allí* no puede servir de excusa al traductor que no sabe reconocer por el contexto la función de *there* en cada caso. En el n.º 53 de nuestra relación, el autor, que escribe su libro en los EE. UU., se refiere a una obra determinada que vio años atrás en la Biblioteca Nacional de Madrid. Sólo en una carta escrita desde fuera de nuestro país y dirigida a alguien que viviera en la capital de España, podría *there* significar *ahí; there* «ahí» sería entonces igual a «en *esa* ciudad». Pero en un libro dirigido a lectores de lengua inglesa, *there,* referido a Madrid, significa *allí* = «en *aquella* ciudad».

ll) *Impropiedades morfológicas.*—No requiere comentario la impropiedad morfológica del n.º 5, que atribuye a *autor* género femenino. Cualquiera sabe, y puede verse en cualquier diccionario, que el femenino de *autor* es *autora.* Lo sorprendente es que haya un traductor o una traductora que no lo sepa o que, dejándose influir por el original, llegue a olvidarlo. También sorprende que haya un traductor

---

puesto de utilidades», construcción sorprendente, al menos fuera del lenguaje administrativo.

que escriba *disatenta* por *desatenta* (a no ser que se trate de una errata); en este caso ni siquiera pudo interferir *disattent,* que no se usa ni figura en los diccionarios ingleses. Únicamente se explicaría *disatenta* por interferencia indirecta de las muchas palabras inglesas que comienzan por el prefijo *dis-* con valor igual al del prefijo esp. *des-,* como *disadvantage* («desventaja»), *disagreeable* («desagradable»), *disappear* («desaparecer»), etc. Pero esta interferencia sólo sería posible en traductores para quienes el inglés es más familiar que el español. Los hay.

Por último, con el anglicismo n.° 82 hemos tropezado igualmente en escritos que no confesaban ser traducciones, aunque sin duda lo eran, y de las malas.

§ 45. GALICISMOS.

1. Decíamos en el § 41. 2. que no es raro hallar anglicismos y galicismos léxicos y sintácticos incluso en traducciones de obras de lingüística o de crítica literaria, donde los traductores parece que deberían cuidar con esmero especial la lengua, tema de las obras que traducen o instrumento del arte que en ellas se considera. Veamos ahora algunos ejemplos de interferencias del francés (galicismos) en obras traducidas de esta lengua.

2. Hay un lingüista conocido, cuya lengua materna es el español, pero que suele escribir sus obras en francés. En una de ellas, traducida al español, *en colaboración con el propio autor,* por alguien que, a juzgar por su apellido, tiene como lengua materna la misma que el autor, se hallan, entre otras, en la primera decena de páginas, las siguientes joyas sintácticas:

1. «*...no es sino creándolo* [el instrumento de la comunicación lingüística] *que el hombre ha llegado a ser* lo que es».

2. «*No es sólo en tanto que* un ser posea instrumentos *que* su inteligencia dispone de conceptos»».

3. «..se encuentra, *por así decir,* en estado latente».

4. «*Es a través* de los significados de las señales *que el hombre concibe* el mundo exterior».

5. «*Es de las señales que trata* el presente libro».

6. «*Del momento que* el receptor reconoce cuál es el mensaje [...] el mensaje está transmitido».

7. «...orden de dar al emisor el lápiz rojo del receptor y, en general, *todo otro* en el que se trate de...».

¡Es asombroso que un lingüista notable maltrate o permita maltratar así su propia lengua!

3. He aquí otra sarta de perlas gálicas halladas en la obra de otro lingüista prestigioso, pero esta vez de lengua francesa y en nada responsable de las lindezas de sus dos traductores españoles. Al menos uno de éstos es universitario y ha residido en Francia muchos años. Puede, pues, suponérsele un conocimiento sólido de la lengua del autor. Parece, en cambio, haber olvidado mucho de la propia.

8. «...procurar *tirar* partido de ella».

9. «La producción de sentido *no tiene sentido que si es* la transformación de un sentido dado».

10. «...renunciamos *de más en más* a considerarlo exclusivamente como...».

11. «...se oye hablar *de más en más de un cierto* imperialismo lingüístico».

12. «...la concepción [...] de que la auténtica tradición lingüística de estos cien años arranca *en* Schleicher».

13. «La verdad es que *ni* Saussure, *ni* Hjelmslev, *ni* Jakobson *no se han* encerrado en el dominio lingüístico».

14. «*Ni* las *lenguas-objetos, ni* los *términos-objetos no son* objetos».

15. «...la descripción *no es posible que si hay* algo *a describir*».

16. «Este ascenso en vertical *concierne la teoría* del lenguaje en sí misma».

17. «El *hecho que* toda semiótica sea un sistema de relaciones...».

18. «No cabe considerar una semiótica como tal *que si un cierto tipo de descripción* correspondiente *es posible*».

19. «Las condiciones que debe reunir una descripción semiótica para que quepa *acordarle* el estatuto científico... Todo prejuicio que pudiera *acordar* una condición privilegiada a las ciencias de la naturaleza».

20. «La clasificación de *Linneus*».

21. «El *hecho que* oculte una taxonomía implícita se revela en algo diferente».

22. «Los esquemas narrativos *de más en más* numerosos».

23. «...se encuentran repentinamente *de poder* ser careados con los modelos semióticos».

24. «...el discurso de la ciencia lingüística ha podido contentarse *de* su propia coherencia interna».

25. «...cabe también *acordar* a la relación una estructura variable de metáfora».

26. «...consistiría en *librarse* a la caza de tal o cual elemento connotador».

27. «...una cuarta zona *concerniente* las fisonomías diversas».

Podría alargar la lista; pero no quiero ser prolijo. Añadiré sólo otros dos galicismos que adornan la traducción de obras de sendos lingüistas famosos:

28. «...las dos categorías gramaticales *en causa*».

29. «Constituyen, *por así decir,* la consecuencia natural...».

4. Se dan también galicismos en textos no traducidos. Abundan especialmente en documentos administrativos, en la mala prosa de los medios de comunicación, incluso en artículos periodísticos redactados, quizá con demasiada prisa, por plumas bien cortadas. Siguen unos cuantos ejemplos de los tipos más frecuentes: a) «sustantivo + a + infinitivo», b) «un cierto + sustantivo», y alguno más que no se ajusta a estos esquemas[8]:

30. «...para la contratación de *mercancías a exhibir* en el Pabellón de la exposición española...» (17.1.987).

---

[8] Los ejs. 30-36 se han tomado de la obra de L. Calvo Ramos, *Introducción al estudio del lenguaje administrativo,* Madrid, Gredos, 1980. La autora los recogió del

31. «...que han de regir en el *concurso a convocar* para la adjudicación de...» (2.1.57).

32. «Obras de construcción de un *edificio* de nueva planta destinado a Casa Consistorial, *a ubicar* en la Plaza de los Mártires...» (22.1.1272).

33 «...se publica relación detallada de las *parcelas a ocupar*...» (15.1.839).

34. «Las mercancías importadas en régimen de admisión temporal, así como los *productos* terminados *a exportar,* quedarán sometidos al sistema de inspección...» (18.1.1048).

35. «El depósito constituido del 1 por 100 quedará como *fianza a responder* del cumplimiento...» (3.1.127).

36. «...de los *elementos a importar,* más los derechos arancelarios que los mismos satisfagan...» (14.1.249).

37. «El consejo de guerra vacilaba sobre el *partido a tomar*» (*ABC,* 28-12-80, pág. 3, col. 1.ª).

38. «Esto sería *cosa a determinar* sobre la marcha» (R. Pérez de Ayala, *50 años de correspondencia íntima...,* pág. 175).

39. «La *suma a cobrar* por mí sería mayor» (*ibid.,* pág. 339).

40. «...sirviéndose de *una cierta manera* de condescendencia cortés...» (*ibid.,* pág. 271).

41. «No dejamos de contemplar con *una cierta* y angustiada aprensión las crecientes tensiones que hoy conmueven al mundo» (*ABC,* 17-12-80, pág. 3, col. 3.ª).

42. «Sus amigos y amigas *se disputaban* entre sí *por dar* su sangre a Peque» (R. Pérez de Ayala, *o. c.,* pág. 332).

43 «...el primer premio que *han acordado a* Miguelín» (*ibid.,* pág. 334).

5. Intento a continuación, como hice para los anglicismos, dar a cada galicismo una solución correcta, que, insisto, puede no ser la única. Después haré un breve comentario sobre cada una de estas interferencias.

B. O. del E. del año 1974. Las cifras que van entre paréntesis después de cada texto se refieren: la 1.ª, al día; la 2.ª, al mes, y la 3.ª, a la página del Boletín.

§ 46. CORRECCIONES.

1: cómo llegó el hombre.—2: el hecho de que... es lo que hace que su inteligencia disponga / en la medida en que un ser posee instrumentos, dispone su inteligencia de conceptos.—3: por decirlo así.— 4: cómo concibe el hombre.—5: de lo que trata.—6: Desde el momento en que.—7: cualquier otro.—8: sacar.—9: sólo tiene sentido si es. —10: cada vez más.—11: cada vez más de cierto imperialismo.—12: arranca de.—13: ni... ni... ni... se han encerrado.—14: Ni las lenguas-objeto, ni los términos-objeto son objetos.—15: sólo es posible si hay algo que describir.—16: concierne a la.—17: El hecho de que.—18: si no es posible cierto tipo de... / a no ser que sea posible cierto tipo de...—19: concederle / otorgarle... conceder / otorgar.—20: Linneo.—21: El hecho de que...—22: cada vez más.— 23: con que pueden.—24: contentarse con...—25: conceder / otorgar.—26: entregarse.—27: concerniente a las.—28: en cuestión.— 29: por decirlo así.

Con frecuencia, el galicismo «sustantivo + a + infinitivo» puede corregirse suprimiendo «a + infinitivo». Así en 31, 32 y 35: «...concurso para la adjudicación de...», «...de un edificio de nueva planta, destinado a Casa Consistorial, en la Plaza de los Mártires...», «..quedará como fianza del cumplimiento...». A veces, habrá que sustituir la construcción galicista por otra de buena cepa española; por ejemplo, en 30: «de mercancías que se exhibirán» / «que han de (o «van a») exhibirse»; 33: «las parcelas que han de ocuparse» / «que pueden (o «deben», según el contexto) ocuparse»; 34: «los productos terminados que deben exportarse» (o «destinados a la exportación»); 36: «los elementos que van a importarse» (o «que se desea importar»); 37: «el partido que debía tomar»; 38: «Esto debería determinarse»; 39: «La suma que yo debería cobrar». En 40 y 41 basta suprimir el artículo indefinido. En 42, sería correcto «Se disputaban el dar su sangre a Peque»; «el dar su sangre» sería el complemento directo de *disputarse,* que en español, al contrario de lo que sucede en francés, es siempre transitivo. Podría decirse también: «Sus amigos y amigas disputaban entre sí por dar su sangre...», porque *disputar* sería aquí intransitivo; pero con «se disputaban» sobran «entre sí» y «por». Fi-

nalmente, en 43 se repite el galicismo de 19 y 25, y la corrección puede ser la misma.

§ 47. COMENTARIO.

De las interferencias relacionadas en el § 45. 2. y 3., sólo cinco
son galicismos léxicos; uno es de carácter morfológico, y veintitrés,
de naturaleza sintáctica.

1. Son galicismos léxicos los reseñados con los núms. 8, 19, 25,
26 y 28. Todos ellos transparentan el término del original que causa
la interferencia: *tirer parti* (8), *accorder* (19 y 25), *se livrer* (26), *en
cause* (28). Todos ellos son correctos en francés, pero ninguno es
legítimo en su naturalización española.

2. El n.º 20: *Linneus,* más que galicismo, es un latinismo defor-
mado, acogido en su forma correcta, *Linnaeus,* por algunas lenguas
europeas. En francés se menciona corrientemente al célebre botánico
sueco con el nombre que él mismo usó a partir de 1762, *Linné* (Carl
von Linné). *Linneus* en esp. revela ignorancia y pedantería.

3. De los galicismos de nuestra relación que tienen carácter sintáctico, el que más se repite (núms. 1, 2, 4, 5, 9, 15 y 18) es el que
podría tipificarse con la fórmula «es por esto que...». Más difundido
en los países americanos de lengua española que en la Península,
también aquí pulula en las traducciones, en los periódicos y revistas,
y no digamos en las emisiones de radio y televisión. El giro es corriente en otras lenguas románicas. Pero en la nuestra no hay, al menos en España, escritor de prestigio que lo admita.

4. De las restantes interferencias tomadas de obras traducidas,
sólo una se repite tres veces: «de más en más» (números 10, 11 y 22).
Es el calco, innecesario y, por tanto, incorrecto, de la expresión francesa *de plus en plus.*

5. Aparecen dos veces cada uno los galicismos «por así decir»
(núms. 3 y 29), calco de *pour ainsi dire,* que se ve con frecuencia
también en escritos «originales»; «concernir» unido sin preposición a
su complemento (núms. 16 y 27), como si fuese transitivo (lo es el fr.

concerner: «cette disposition concerne tous ceux qui...»); «el hecho
que» (núms. 17 y 21), calco de *le fait que,* con omisión, correcta aquí
en fr., pero no en esp., de la preposición *de,* y el giro con negación
doble «Ni X ni Z no se han encerrado» (n.° 13), «Ni A ni B no son
objetos» (n.° 14), calcos inadmisibles del fr. *Ni X ni Z ne se sont en-
fermés, Ni A ni B ne sont des objets;* en esp., las dos negaciones con-
vertirían la frase en afirmativa: decir que «ni A ni B no son objetos»
sería afirmar que «A y B son objetos».

6. La mayoría de las interferencias que aparecen una sola vez
transparentan igualmente la construcción francesa: *Du moment que*
(6), *tout autre* (7), *un certain* (18), *se contenter de* (24). Sólo dos,
«arranca en» (12) y «se encuentra de poder» (23), son un tanto opa-
cas con relación al original, pero manifiestamente incorrectas en español. El n.° 18, «un cierto...», está hoy muy difundido; pero los
mejores escritores y los gramáticos más entendidos lo rechazan. El
DUE, refiriéndose a las acepciones que da como 6.ª y 7.ª de *cierto,*
advierte: «Es vicio frecuente el empleo de 'un cierto, una cierta' en
vez de 'cierto, -a', en las dos últimas acepciones; el artículo «un» es
en ellas completamente superfluo y la expresión, de influencia francesa, no es buen español».

7. Para los galicismos 30-43, de textos no traducidos, cfr. las correcciones correspondientes.

§ 48. Interferencias del alemán.

1. Las interferencias del alemán en el español son mucho menos
frecuentes que las del inglés y las del francés. Tanto es así que ni siquiera hay en nuestra lengua un término inequívoco para designarlas.
Es cierto que figura en nuestros diccionarios *germanismo* para designar una palabra o expresión tomada del alemán. Pero ese término podría aplicarse a las interferencias de las lenguas germánicas en general. El término propio sería *alemanismo,* que no se usa. El hecho de
que no exista una denominación específica para el fenómeno revela

su poca frecuencia. Y esta menor frecuencia se debe a varias razones: a) las interferencias se producen tanto más fácilmente cuanto mayor es la proximidad entre las lenguas que se ponen en contacto en la traducción, y el alemán dista del español mucho más que el francés e incluso que el inglés; b) el número de traducciones del alemán al español es notablemente inferior al de las que se hacen del francés y, sobre todo en los últimos tiempos, del inglés, y c) en general, quienes traducen del alemán, aparte de ser menos numerosos, suelen tener una formación lingüística más sólida que la mayoría de los traductores del francés y aun del inglés. Entre éstos, por ser muchos, abundan también los malos. Y una de las características del mal traductor es carecer del sentido y del gusto de su propia lengua, con lo cual deja libre el campo para que proliferen las interferencias de la lengua ajena.

2. Una de las pocas interferencias que a veces se producen en traducciones del alemán es la de la preposición *in*. María Teresa Zurdo[9] cita el ejemplo siguiente, tomado de una traducción impresa:

> «*solange ich von meinem Haus in Oakland rede*»
> «mientras sólo le hablo de mi casa *en O.*».

Pero este uso de *en* se da en esp. también como anglicismo y como galicismo: «Professor in London», «Professeur à Paris»: Profesor *en* Londres, Profesor *en* París.

3. Cuando se introduce en español un alemanismo, suele entrar como extranjerismo puro: la *Weltanschauung,* el III *Reich*; a lo sumo, como préstamo naturalizado: en algún libro de filosofía se ha visto el adjetivo «gestáltico», derivado de *Gestalt* «forma», «figura».

---

[9] «Estilística comparada de las preposiciones en español y en alemán», *Filología Moderna,* 50-51, febrero-junio 1974, pág. 244.

XI. LA TRADUCCIÓN PALABRA POR PALABRA

§ 49. Disparidad de las lenguas.

1. Si los elementos o unidades de las distintas lenguas se correspondieran exactamente, la traducción sería un proceso automático; podrían realizarlo máquinas electrónicas con igual perfección y mucho más rápidamente que el hombre. La traducción palabra por palabra sería entonces normal e intachable.

2. Pero sucede que cada lengua es un sistema de signos complicadísimo, que precisamente constituye una lengua distinta porque y en cuanto que no coincide con ninguna otra. Puede haber entre dos lenguas coincidencias parciales, tanto más numerosas y amplias cuanto mayor sea la proximidad entre ambas. Y puede haber lenguas tan dispares, tan incongruentes o incomparables, que apenas haya entre ellas más coincidencias que las atribuibles a los llamados «universales lingüísticos». En cualquier caso, una lengua no se constituye por sus coincidencias con otra lengua, sino precisamente por lo que la separa de las demás.

3. A esto se debe el hecho de que ni siquiera entre las lenguas más próximas o genética o tipológicamente sea de ordinario posible la traducción palabra por palabra, llamada a menudo, impropiamente, «traducción literal».

4. Este tipo de traducción puede ser a veces una traducción perfecta. Sea este pasaje de un artículo de Franco Fortini, «Traduzione e ri-

facimento», en *La traduzione, Saggi e Studi,* Trieste, ed. Lint, 1973, págs. 123-39 (cit. pág. 127):

(1) *Le traduzioni di Ceronetti non sono né belle né brutte,*
    Las traducciones de Ceronetti no son ni bellas ni feas,

    né fedeli né infedeli. Sono una operazione ideologica, di poli-
    ni fieles ni infieles. Son una operación ideológica, de polí-

    tica culturale, reazionaria.
    tica cultural, reaccionaria.

La trad. p. por p., que aquí se presenta como traducción interlineal, es, en este caso, no sólo posible, sino incluso recomendable.

5. Sucede lo mismo con la frase siguiente, tomada de la misma obra, artículo de J. L. Laugier, «Finalité sociale de la traduction: le même et l'autre», págs. 25-32 (cit. pág. 26):

(2) *La traduction technique est une variété de l'espionnage in-*
    La traducción técnica es una variedad del espionaje in-

    dustriel.
    dustrial.

Aquí —si prescindimos del pequeño desplazamiento del artículo, asociado en el original al sustantivo, mientras que en esp. se une a la preposición anterior— todo se corresponde con exactitud.

6. Naturalmente, también en portugués es fácil hallar ejemplos semejantes. Así en este pasaje de la obra de Paulo Rónai *A tradução vivida,* Rio de Janeiro, 1976, pág. 33:

(3) *Prática não menos útil é o simples confronto crítico de*
    Práctica no menos útil es la simple confrontación crítica de

    qualquer tradução com o original; uma terceira, a compara-
    cualquier traducción con el original; una tercera, la compara-

    ção de duas traduções da mesma obra; quarta, a com-
    ción de dos traducciones de la misma obra; cuarta, la com-

    paração de uma versão portuguesa com uma versão numa
    paración de una versión portuguesa con una versión en una

       terceira lingua que se conhece.
       tercera lengua que se conoce.

    7. Es también posible, pero mucho más difícil, hallar casos seme-
jantes fuera de la familia de las lenguas románicas; así en inglés y
alemán, como puede verse en los dos ejemplos siguientes:

    (4)   *Carefully   conserved,   the   resources   of   the   Empire*
           Cuidadosamente   conservados,   los   recursos   del   Imperio

           in   men   and   material   were   probably   sufficient   to
           en hombres y material eran probablemente suficientes para

           maintain the frontiers intact[1].
           mantener las fronteras intactas.

    (5)   *Das   Verhältnis   von   Theorie   und   Praxis   ist   hier   ebenso*
           La   relación   de   teoría   y   práctica   es   aquí   tan

           eng   und   selbstverständlich   —und   ebenso   problematisch—
           estrecha   y   evidente   —y   tan   problemática—

           wie anderswo[2].
           como en cualquier otra parte.

    8. Entre (4) y (5), por una parte, y (1), (2) y (3), por otra, hay dife-
rencias notables. En primer lugar, hallar ejemplos como (1), (2) y (3)
es relativamente fácil; no son raras en francés, menos en italiano y
menos aún en portugués, frases que coinciden p. por p. con sus equivalentes españolas; lo difícil es que tales frases aparezcan en secuen-
cias largas, sin elementos que obliguen a abandonar el paralelismo de
la traducción. Esto puede verse luego en los ejemplos (8), (9) y (10),
tomados al azar de las mismas fuentes que (1), (2) y (3). En cambio,
para hallar los ejemplos (4) y (5) ha sido preciso buscar pacientemente
en páginas y páginas de las obras citadas.

---

    [1] Winston S. Churchill, *A History of the English-speaking Peoples,* London, 1956,
vol. I, pág. 37.
    [2] *Das Problem des Übersetzens,* herausgegeben von Hans Joachim Störig,
Stuttgart, 1963. «Einleitung», pág. XIX.

9. Además, si examinamos con atención las traducciones de (4) y (5) y comparamos la equivalencia de las palabras originales con sus respectivas traducciones, tratando de llegar hasta el fondo de los significados, hallaremos que la correspondencia es en bastantes casos mucho menos exacta que en (1), (2) y (3), y comprobaremos que hay incongruencias léxicas y morfológicas.

10. En (4) vemos ya en la primera palabra cierta discrepancia entre los valores semánticos de O (original) y T (traducción): la segunda parte del ing. *carefully* es por sí misma una palabra, un adverbio: *fully,* con significado propio: «plenamente», para cuya formación se añade al adjetivo *full* «lleno», «pleno», el sufijo *-ly* (con reducción de una de las tres eles). La función de este sufijo es la misma que la del esp. *-mente,* que en cuanto sufijo adverbial ha perdido su significado propio y sólo tiene función morfológica. Si en *carefully* suprimimos el sufijo *-ly* y en *cuidadosamente* el sufijo *-mente,* nos queda en ing. el compuesto *careful,* cuyos componentes se perciben con facilidad (el sust. *care* «cuidado» + el adj. *full* «lleno»), mientras que en esp. queda el adj. fem. *cuidadosa,* que no es compuesto de dos palabras, sino derivado del sust. *cuidado;* de manera que la equivalencia esp. del adj. ing. *full* no sería en este caso otro adjetivo, sino el sufijo *-oso,* que no puede tener, como tal sufijo, estatuto de palabra independiente.

11. En las palabras segunda y tercera, *conserved* y *the,* hay una discrepancia morfológica frente a sus equivalentes de T: no expresan género ni número. Esta discrepancia frente al esp. se da siempre en el artículo determinante y en todos los adjetivos ing., como vemos aquí de nuevo en *sufficient* e *intact.* El grupo *of the* no se contrae como su equivalente esp. *del.* Y en la forma verbal *were* tenemos una amplitud semántica mucho mayor que la de *eran,* pues en otros contextos podría significar «fueron», «estaban», «estuvieron», extendiendo su alcance incluso a la 1.ª y 2.ª pers. de plural del indic. y a todas las pers. de sing. y de pl. del subjuntivo.

12. El hecho de que el plural *men* se forme por alternancia vocálica, recurso desconocido por el español para formar plurales, hay que aceptarlo como una de las características de la lengua, sin tenerlo en

cuenta como discrepancia morfológica a efectos de traducción, del mismo modo que no tenemos en cuenta que *Empire* (uno de tantos préstamos ing. procedentes del francés) haya cambiado en *e-* la *i-* del lat. *imperium* y en *-ire* la parte de esta palabra que en esp. resultó *-erio*.

13. Si pasamos a (5), hallaremos entre O y T discrepancias semejantes. No tendremos en cuenta la diferencia del género gramatical de las palabras consideradas equivalentes. El hecho de que *Verhältnis* sea neutro (género inexistente en esp. para los sustantivos), y *relación,* femenino, no causa aquí ningún problema. Menos importancia aún tiene que en al. se escriban con mayúscula inicial los nombres comunes. Pero sí hallamos una discrepancia en la estructura semántica de *Verhältnis* comparada con la de su equivalente *relación*: prescindiendo de la incongruencia de los prefijos *ver-* y *re-* y de los sufijos *-nis* y *-ción*, es evidente que la raíz de la palabra alemana, *halt,* es mucho más transparente, mucho más significativa para el hablante común alemán que la raíz esp. *la,* que no significa nada para el hablante corriente, ni siquiera para el hablante más o menos culto que no conozca bien el latín.

14. Hallamos también aquí una forma del verbo copulativo, *ist,* con más amplitud semántica que *es,* pues en otros contextos podría equivaler a *está.*

15. El adverbio comparativo *ebenso* es un compuesto de los adverbios *eben* («precisamente») + *so* («así»). Tiene, pues, más intensidad semántica, más comprensión o intensión, que *tan*: la función de *tan* cuando precede a un adjetivo puede desempeñarla también en al. simplemente *so*: ...*ist hier so eng...* sería menos intenso que *ebenso eng,* pero se traduciría lo mismo: «es aquí *tan* estrecha...».

16. Los adjs. *eng, selbstverständlich* y *problematisch,* lo mismo que *conserved, sufficient* e *intact* en (4), no llevan indicación de género ni de número. Los adjs. al. pueden llevar esta indicación, pero no en posición predicativa. Sus equivalentes esp. *estrecha* y *problemática* indican género (femenino) y número (singular); *evidente* no tiene indicador de género, pero sí de número (singular).

17. Podríamos aún considerar la distancia semántica entre *selbstverständlich,* compuesto de *selbst* («mismo») + *verständlich* («com-

prensible») = «comprensible por sí mismo», y *evidente,* que aparece
como su equivalente en T, y, asimismo, la distancia entre los significados de *anderswo,* compuesto de *anders,* adv. de modo derivado del
adj. *ander* «otro» y del adv. relativo de lugar *wo* («donde»), mientras
que el equivalente esp. forma un grupo de preposición + adj. indefinido + adj. + sustantivo.

18. Pese a todas estas discrepancias, podemos designar las traducciones de (4) y (5) como trad. p. por p., igual que las de (1), (2) y
(3). La correspondencia interlineal de los términos de O y T parece
apoyar esta designación.

19. La misma designación podría aplicarse aún a traducciones
como las de (6) y (7), aunque ya no es posible aquí el emparejamiento
interlineal de los términos de O y T:

(6)
$$\overset{1}{From}\ \overset{2}{the}\ \overset{3}{point}\ \overset{4}{of}\ \overset{5}{view}\ \overset{6}{of}\ \overset{7}{translation}\ \overset{8}{theory,}\ \overset{9}{the}\ \overset{10}{distinction}$$

$$\overset{1}{Desde}\ \overset{2}{el}\ \overset{3}{punto}\ \overset{4}{de}\ \overset{5}{vista}\ \overset{6}{de}\ \overset{8}{[la]}\ \overset{}{teoría}\ \overset{7}{[de\ la]}\ \overset{9}{traducción,}\ \overset{}{la}$$

$$\overset{11}{between}\ \overset{12}{synchronic}\ \overset{13}{and}\ \overset{14}{diachronic}\ \overset{15}{comparison}\ \overset{16}{is}\ \overset{17}{irrele\text{-}}$$

$$\overset{10}{distinción}\ \overset{11}{entre}\ \overset{15}{comparación}\ \overset{12}{sincrónica}\ \overset{13}{y}\ \overset{14}{diacrónica}\ \overset{16}{es}\ \overset{17}{irrele\text{-}}$$

vant[3].
vante.

(7)
$$\overset{1}{Seit}\ \overset{2}{die}\ \overset{3}{Menschheit}\ \overset{4}{in}\ \overset{5}{verschiedenen}\ \overset{6}{Zungen}\ \overset{7}{redet,}\ \overset{8}{also}\ \overset{9}{seit}$$

$$\overset{1}{Desde}\ \overset{1}{que}\ \overset{2}{la}\ \overset{3}{humanidad}\ \overset{7}{habla}\ \overset{4}{en}\ \overset{6}{lenguas}\ \overset{5}{diferentes,}\ \overset{8}{es}\ \overset{8}{decir,}$$

$$\overset{10}{dem}\ \overset{11}{Turmbau}\ \overset{12}{zu}\ \overset{13}{Babel,}\ \overset{14}{gehört}\ \overset{15}{das}\ \overset{16}{Übersetzen}\ \overset{17}{zu}\ \overset{18}{den}\ \overset{19}{unent\text{-}}$$

$$\overset{9}{desde}\ \overset{10}{la}\ \overset{11}{construcción}\ \overset{}{[de\ la]}\ \overset{11}{torre}\ \overset{12}{de}\ \overset{13}{Babel,}\ \overset{14}{pertenece}\ \overset{15}{el}$$

---

[3] J. C. Catford, *A linguistic theory of translation,* London, Oxford Un. Press, 1965,
pág. 20.

20   21   22
behrlichen Tätigkeiten des Menschen[4].

16   17 18   20   19   21   22
traducir a las actividades imprescindibles del hombre.

20. En la trad. de (6), además de discrepancias morfológicas semejantes a las señaladas en (4) (indicación de género y número en el artículo: «*el* punto de vista», «*la* distinción», accidentes gramaticales que
faltan en *the*), hallamos dos veces el artículo y una vez la preposición
de (entre corchetes) sin correspondencia formal en O. Pero, sobre todo, vemos dos discrepancias sintácticas señaladas por la alteración del
orden de los números que van sobre las palabras de T:

                                                                    7
                                                            translation

   8   8   7   12   13   14
theory / teoría [de la] traducción, *synchronic and diachronic*

   15   15   12   13   14
comparison / comparación sincrónica y diacrónica.

21. En la trad. de (7) vemos las discrepancias siguientes: a) cada
una de las palabras 1, 8 y 11 de O corresponde a dos palabras de T; 11
incluso corresponde a cuatro, si contamos la preposición y el artículo
que hemos puesto entre corchetes. b) A una misma palabra, *zu,* que
lleva una vez el n.º 12 y otra el 17, corresponden en T dos palabras
distintas: *de* (n.º 12) y *a* (n.º 17). En varios lugares del texto, las palabras de T se apartan del orden de las de O: 7 aparece entre 3 y 4, 6
precede a 5, 20 a 19, y se invierte el orden de los elementos equivalentes a la n.º 11 (*Turm* «torre» + *Bau* «construcción»). Aquí habría que
observar también que la trad. de la oración principal: *gehört... des
Menschen* resulta ligeramente forzada, por el deseo de mantener la correspondencia p. por p. entre T y O. Más natural sería: «la traducción
es una de las actividades etc.». Pero entonces no estaríamos ya ante
una trad. palabra por palabra.

---

[4] H. J. Störig, *o. c.,* pág. X.

§ 50. LA TRAD. P. POR P. ES A MENUDO IMPOSIBLE.

1. Es frecuente incluso entre lenguas de la misma familia, por ej. entre las románicas, que la trad. p. por p. resulte no sólo forzada, sino imposible. Veamos los ejemplos (8), (9) y (10):

> (8)   Será necessário acrescentar a exigência óbvia de o tradutor
> ¿Será necesario añadir la exigencia obvia de *el traductor*
>
> *não parar* de estudar a língua de sua especialização?[5].
> *no parar* de estudiar la lengua de su especialización?

Una construcción como la destacada en cursiva es inadmisible en español.

> (9)   Ho avuto occasione di occuparmi del problema del tradurre
> *He tenido* ocasión de ocuparme del problema *del traducir*
>
> qualche anno fa, a proposito di un letterato del Cinquecen-
> *algún año hace,* a propósito de un literato del *quinien-*
>
> to: da allora mi sono andato sempre più persuadendo
> *tos*: desde entonces me *soy ido siempre más persuadiendo*
>
> che...[6].
> *que...*
>
> (10)   Les traducteurs ont souvent une attitude et des
> Los traductores tienen frecuentemente una actitud y unas
>
> opinions erronées à l'égard des langues dont ils
> opiniones erróneas *al respecto* de las lenguas de que *ellos*
>
> se servent, aussi bien de la langue réceptrice que de la langue
> se sirven, *tan bien* de la lengua receptora *que* de la lengua
>
> source. De là viennent bien des problèmes[7].
> fuente. De *allí* vienen *bien de los* problemas.

---

[5] P. Rónai, *o. c.,* pág. 15.

[6] Werther Romani, «La traduzione letteraria nel Cinquecento: note introduttive», en *La traduzione, o. c.,* pág. 389.

[7] Ch. R. Taber et E. A. Nida, *La traduction*: *théorie et méthode,* pág. 3.

2. En (9) he puesto también en cursiva las partes de la trad. que resultarían incorrectas, más o menos chocantes o totalmente inadmisibles: a) el pretérito perfecto *he tenido* es incorrecto (aunque cada vez se va generalizando más este uso) cuando se refiere a un espacio o ámbito temporal concluso, es decir, ya cerrado; debiera decirse aquí: «Tuve ocasión», no: «He tenido ocasión», porque el ámbito temporal señalado por *qualche anno fa* ya terminó, ya está cerrado. b) «...del problema *del traducir*» es admisible; pero sería más natural «del problema de la traducción». c) «...*algún año hace*» sería una construcción insólita, inteligible pero chocante; lo normal es: «hace algunos años». d) «...*quinientos*» por «siglo XVI» es un italianismo que se lee a veces en libros de historia o de historia del arte; pero los extranjerismos en general sólo son aceptables cuando la lengua propia carece de una expresión equivalente. e) La última frase, «*me soy ido siempre más persuadiendo*» sería absolutamente incorrecta y difícilmente comprensible: el auxiliar de *ir* no es *ser,* sino *haber*; el equivalente esp. de *sempre più* no es «siempre más», sino «cada vez más», que en una construcción normal se pospondría al gerundio «persuadiendo»; tampoco es correcto «persuadirse que», sino «persuadirse de que». Así, pues, la frase esp. normal sería: «Desde entonces me he ido persuadiendo cada vez más de que...».

3. Finalmente, en (10), una trad. que tratase de reproducir el O p. por p. tendría desviaciones del uso normal esp. que irían desde lo simplemente chocante hasta el borde de lo ininteligible: a) sería chocante «al respecto de las lenguas», que podría mejorarse con un ligero apartamiento de O escribiendo: «con relación a las lenguas»; sería también chocante la repetición del sujeto «ellos», que resulta aquí innecesario. b) No sólo chocante, sino difícilmente comprensible sería la construcción «*tan bien... que*». Y no menos chocante, y casi tan difícil de comprender, la última frase. Así, pues, a partir de «erróneas», sería necesario abandonar la trad. p. por p. y sustituirla por otra. Propongo varias (y no las únicas) posibles, separando con rayas oblicuas las distintas opciones:

1) «...con relación a las lenguas de que se sirven / que usan / que utilizan /, tanto en lo que se refiere a la lengua receptora como a la lengua fuente. De aquí proceden / vienen / surgen / nacen / no pocos / muchos / problemas».

2) «...frente a las lenguas de que se sirven..., tanto frente a la lengua receptora como frente a la leng. fuente. Esto causa / produce / origina / plantea / ...problemas».

4. No voy a comentar ahora estas posibles traducciones. Pero sí quisiera advertir dos cosas: 1.ª, que, incluso traduciendo de lenguas muy próximas a la nuestra, es necesario muchas veces abandonar la trad. p. por p.; 2.ª, que, en tales casos, e. d., cuando la trad. p. por p. no resulta aceptable, son casi siempre posibles varias traducciones, más o menos equivalentes. Acertar a elegir la más adecuada es un factor decisivo para la calidad de la traducción en conjunto.

5. Los inconvenientes y las dificultades de la trad. p. por p. aumentan con la distancia entre las lenguas implicadas. Veámoslo en (11) y (12):

> (11) Before going on to discuss the nature of translation equivalence it will be useful to define some broad types or categories of translation in terms of the *extent, levels,* and *ranks* of translation.

6. Aquí ni siquiera se puede intentar la trad. p. por p., que, llevada hasta el extremo de conservar el orden de las palabras de O, aunque hiciéramos algunos ajustes como los de añadir «de» a «antes» e indicar el género y el número del artículo y de los adjetivos, daría algo tan absurdo como:

> (11') Antes de yendo sobre a discutir la naturaleza de traducción equivalencia ello quiere ser útil a definir algunos amplios tipos o categorías de traducción en términos de la *extensión, niveles* y *rangos* de traducción.

7. La obra de Catford ya citada, de la cual se ha tomado (11), fue traducida por Francisco Rivera y publicada en español el año 1970

por la Universidad Central de Venezuela con el título *Una teoría lingüística de la traducción.* En las págs. 40-41, las líneas correspondientes a (11) dicen así:

> Antes de entrar en la discusión de la naturaleza de la equivalencia de traducción, sería útil definir algunos tipos o categorías generales de la traducción en función de la *extensión,* los *niveles* y los *rangos* de la traducción.

8. La traducción mencionada de la obra de Catford, comenzando por el título, deja bastante que desear. Aquí mismo tiene defectos que se habrían podido corregir fácilmente: 1) la triplicación de la preposición «de» (dos veces seguida del mismo artículo) en «la discusión de la naturaleza de la equivalencia de traducción» es una torpeza estilística que se habría evitado traduciendo p. por p.: «Antes de pasar a exponer la naturaleza de la equivalencia de traducción»; 2) *it will be,* que es futuro, no debió traducirse por potencial, que parece expresar una intención que quizá no se cumpla («sería útil [pero no tenemos tiempo para ello]»); el futuro, «será útil», indica el propósito real, que va a cumplirse; 3) el adj. *broad* ocupa en O una posición algo ambigua, según la cual puede referirse sólo a *types* o conjuntamente a *types* y *categories.* Pero el concepto de *category* es más amplio que el de *type.* Por eso la sinonimia debe establecerse entre *broad types* y *categories;* por consiguiente, el adj. *broad* debe referirse únicamente a *types.* La trad. debería, pues, decir: «algunos tipos generales o categorías de traducción», no «algunos tipos o categorías generales», donde el adj. puede referirse o bien a «tipos y categorías» conjuntamente, o incluso sólo a «categorías». Debe elogiarse, en cambio, que el traductor no haya caído en la trampa de traducir *in terms of* por «en términos de», anglicismo frecuente no sólo en traductores, sino también en muchos que escriben por su cuenta. Según esto, la trad. que aquí propondríamos sería:

> «Antes de pasar a exponer la naturaleza de la equivalencia de traducción, será útil definir algunos tipos generales o categorías de tra-

ducción teniendo en cuenta la *extensión,* los *niveles* y los *rangos* de la traducción».

9. Nótese que, además de evitar los defectos 1), 2) y 3), sustituimos «en función de» por «teniendo en cuenta». Así se evita la acumulación de palabras terminadas en -*ón:* «...de la traducción en función de la *extensión...*». El traductor no debe atender sólo al *contenido* sino también al estilo de la traducción.

Por lo demás, podemos observar en T las siguientes sustituciones de lo que sería una trad. palabra por palabra:

1) Adición de la preposición «de» a «antes». *Before* puede ser adverbio y también conjunción. «Antes» es sólo adverbio; la expresión conjuntiva esp. se forma añadiendo «de»: «antes de». *Before* tiene, pues, mayor extensión semántica que «antes». La diversa extensión semántica de las palabras de dos lenguas es una de las causas principales que impiden la trad. palabra por palabra.

2) Sustitución del gerundio o «participio en -*ing*», *going,* por el infinitivo español. Lo exige así la conjunción «antes de», que puede construirse con infinitivo: «antes de pasar», o con subjuntivo: «antes de que pasemos», pero no con gerundio.

3) Traducción del verbo intransitivo *to go* con su partícula adjunta *on* por un verbo simple: «pasar».

4) Inversión del orden determinante → determinado sin nexo aparente: *translation equivalence* por el orden determinado → determinante con nexo preposicional: «equivalencia de traducción».

5) Omisión del pronombre *it,* anticipador del verdadero sujeto, constituido por la oración formada por el verbo *to define* con todos sus complementos, hasta el fin del pasaje.

6) Sustitución del futuro analítico *will be* por el sintético «será»; o, si se prefiere, sustitución del auxiliar *will* «quiere», por el auxiliar «haber» implícito en «será» < *ser + ha* «ha de ser».

7) Omisión de la partícula *to* ante el infinitivo *define*: «definir».

8) Atribución de género y número a los adjetivos equivalentes a *some* y *broad,* en ing. invariables.

9) Sustitución de la expresión *in terms of,* cuyo equivalente p. por p. sería «en términos de», por «teniendo en cuenta», a fin de evitar un calco innecesario.

10) Anteposición del artículo determinante a «niveles», para evitar la falta de concordancia que se produciría si este plural masculino quedara introducido por el art. sing. fem. «la» antepuesto a «extensión»; y nuevamente a «rangos», esta vez por analogía estilística, a fin de mantener el ritmo fónico de la frase, e incluso su ritmo lógico: la omisión del artículo ante el último miembro de la enumeración haría que éste destacara menos que los anteriores y que, hasta cierto punto, sufriera una absorción sinonímica por el inmediatamente anterior.

11) Anteposición del artículo determinante a la última palabra del texto. El uso del artículo es una de las variantes características de las lenguas que tienen esta parte de la oración o del discurso. Y por su importancia merece que le dediquemos un capítulo especial (*infra*, §§ 60-68).

> (12) «Wichtige Übersetzungsströme von mächtigem Ausmass und wohl auch bedeutender Wirkung ergiessen sich zum Beispiel vom Russischen in Sprachen der vielen Völkerschaften, die die Sowjetunion unter ihrem Dach vereint» (H. J. Störig, *o. c.,* pág. XIII).

10. La trad. p. por p. llevada hasta el extremo sería aquí no menos absurda que en (11):

> (12') Importantes de traducción corrientes de poderosa dimensión y sin duda también de significativo efecto derraman se al ejemplo desde el ruso en lenguas de los muchos pueblos, que la de soviets Unión bajo su techo une.

11. Es curioso que el principal factor de confusión y de ambigüedad en el texto español sea la traducción de *zum* (contracción de la prep. *zu* «a» + el art. determ. en dativo *dem*) por nuestro contracto equivalente, *al*. Si eliminamos esta causa de oscuridad traduciendo en bloque la expresión *zum Beispiel* por su equivalente esp. «por ejem-

plo» (abandonando en este punto la trad. p. por p.), el texto resulta ya menos opaco. Le queda, sin embargo, un tono altisonante y arcaico, debido sobre todo al orden de las palabras, calcado sobre el de sus equivalentes alemanas. La impresión que produce es entre jocosa y repelente. Una traducción así, aunque se entendiera con facilidad, sería inadmisible.

12. Proponemos esta otra, que nos parece adecuada, aunque no la única posible:

(12'') Importantes corrientes de traducción, de poderoso caudal y sin duda también de eficacia notable, desembocan, por ejemplo, desde el ruso en lenguas de los muchos pueblos que integran la Unión Soviética.

13. Hay aquí un tipo de desviaciones respecto a la trad. p. por p. que afectan al orden de los elementos de la frase:

1) La posición determinante → determinado: «de traducción corrientes» pasa a ser la normal en esp., determinado → determinante: «corrientes de traducción». Ocurre lo mismo, aunque de otra forma, al cambiar el orden de «la Soviética Unión» por el de «la Unión Soviética». El adjetivo es aquí determinante del sustantivo. Los demás cambios (aparte de la sustitución ya mencionada de «al ejemplo» por la locución «por ejemplo») son, en general, ligeros desplazamientos semánticos, tendentes a fortalecer la congruencia de los elementos que constituyen la imagen principal del O, suscitada por las palabras *... Ströme... ergiessen sich...*

2) La sustitución de «dimensión» por «caudal». El significado etimológico de *di-mensión* está muy próximo al de *Ausmass*; sin embargo, refiriéndonos a una corriente de agua, no solemos hablar de su «dimensión», sino de su «caudal».

3) Las expresiones «significativo efecto» y «eficacia notable» son más o menos sinonímicas. Se ha preferido la segunda por su mayor transparencia y para normalizar el orden de sustantivo → adjetivo.

4) El verbo «derraman se» (que, en todo caso, tendría que aparecer con el pronombre antepuesto: «se derraman») ha sido sustituido por

«desembocan», porque la llegada de «corrientes de poderoso caudal» al término de su trayecto se designa normalmente con este verbo.

5) El cambio más importante es el operado en la oración final: «que la Soviética Unión bajo su techo une». Aparte de la posposición del adjetivo ya comentada en 1), el verbo no habría podido conservar su posición final; podría haberse colocado inmediatamente después del relativo, o bien entre el sujeto y el complemento: «que une la U. S. bajo su techo», «que la U. S. une bajo su techo», o incluso «que bajo su techo une la U. S.». Pero se prefirió cambiar por completo el enfoque, por considerar algo chocante la imagen de la U. S. como cabeza de familia que alberga en su casa a muchos pueblos. En realidad, la U. S. no se distingue de los pueblos que la integran; es el conjunto de tales pueblos. En la trad. propuesta, el relativo pasa de complemento directo a sujeto, y la U. S., que antes era el sujeto, se convierte en complemento directo. La imagen es sustituida por una expresión abstracta. Pero aquí estamos ya muy lejos, casi en el polo opuesto, de la trad. palabra por palabra.

14. He aquí todavía un ejemplo alemán, tomado, como casi todos los anteriores, de un escrito sobre traducción[8]:

(13) Um die in hebräischer und griechischer Sprache abgefassten

Schriften der Bibel zumindest den gebildeten geistlichen

Vertretern und Missionaren der neuen Weltreligion in allen

unter römischer Herrschaft stehenden Völkern zugänglich zu

machen, waren die Väter der Kirche eifrig bemüht, diese

Urkunden des Glaubens in die Universalsprache der damaligen

---

[8] Friedhelm Kemp, «Vom Übersetzen», *Deutsche Beiträge. Eine Zweimonatsschrift*, Heft 2, 1947, Nymphenburger Verlagsbuchhandlung, págs. 148-149.

50 39 40 52 53 54 55 56
Welt zu übertragen, bis schliesslich nach mehreren Versuchen

59 61 60 63 62 58 57
ein endgültiger Kanon lateinischer Version zustande kommt,

64 68 70 69 71 72 73 74 75 76
der das Geistesleben eines Jahrtausends bis in seine feinsten

77 65 66 67 78 79 80 81
Verästelungen speist und durchdringt; um endlich, im Umbruch

82 83 86 87 88 89 92
der Reformation, abermals in die verschiedenen, modernen

91 90 85 78' 84 93 101 102 104
Volkssprachen übertragen zu werden und in Fassungen wie

104 105 107 106 108 109 111 112 113 110
denen der Luther-Bibel und der englischen King-James-Bibel

95 97 96 98 99 100 78'' 94
noch heutigen Tages gültig und fruchtbar zu sein.

Se trata de un texto bastante complicado, sobre todo a causa del carácter envolvente de la sintaxis alemana, que puede incluir dentro de una frase otra frase o parte de frase, y, dentro de ésta, otra, y así sucesivamente, como se indica en el siguiente esquema, donde F representa una frase o parte de frase:

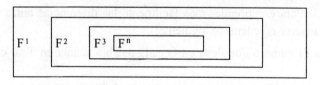

Una traducción posible sería:

1 2 3 4 5 6 6 7 8 9
(13') Para hacer accesibles los escritos de la Biblia redactados en

10 11 12 13 14 14 15 15 16 17
lengua hebrea y griega al menos a los representantes espiritua-

18 19 15 15 20 21 21 22 23 24
les cultos y [a los] misioneros de la nueva religión mundial

25   26   27   28   28   29   30   31
en todos [los] pueblos que estaban bajo dominio romano,

32   33   34 34   35   36   37   38   39
los Padres de la Iglesia estaban celosamente esforzados para

40   41   42   43 43 44 45 46   47   48   49
traducir estos documentos de la fe a la lengua universal del

50   51   51   52   52 53 53   54   55   56
mundo de entonces, hasta que por último, tras varios intentos,

57 58 58   59   60   61   63   62   63   64
llega a estado un canon definitivo de [la] versión latina, que

65   66   67   68   69   70   71 71   72   73   74
alimenta y penetra la vida espiritual de un milenio hasta en

75 76   76   77   78   79   80 80   81
sus más finas ramificaciones; para, finalmente, en la revolución

82 82   83   84   85   86   87 88   89
de la Reforma, ser traducido nuevamente a las diferentes

90   91   92   93 94   95   96 97   97
lenguas populares modernas y ser todavía [en el] día de hoy

98   99   100   101   102   103 104 105 105 106   107
válido y fructífero en versiones como las de la Biblia de

107   108 109 109   110   111   112 112   113
Lutero y de la Biblia inglesa del rey Jacobo.

15. Para comprender más fácilmente las diferencias entre O y T debe tenerse en cuenta lo siguiente:

1) El número que lleva en O cada palabra señala en T su equivalente.

2) Cuando dos palabras alemanas se traducen por una sola, la segunda lleva el mismo número que la primera, pero con un apóstrofo (así el n.° 1, 1'), con dos apóstrofos cuando el mismo número aparece por tercera vez (como el n.° 78, 78', 78'').

3) En cambio, cuando varias palabras españolas traducen una sola palabra alemana, llevan el mismo número repetido; por ej., las señaladas en T con los núms. 6, 15, 21, etc. En general, estas repeticiones del mismo número corresponden a manifestaciones del carácter analí-

tico del español frente al carácter más sintético del alemán. La más frecuente de tales manifestaciones se da cuando el alemán expresa mediante una desinencia o terminación de caso una relación que en esp. requiere una preposición. Así en 6, 15, 21, 34, 43, 71, 82, 105 y 109 (declinación del artículo). Y lo mismo en 63, que lleva la indicación de caso en la terminación del adj. *lateinischer,* cuyos equivalentes en T quedan separados por la inclusión del sustantivo entre la prep. y el adjetivo. Y también en 107 y 112, donde la función del genitivo se expresa en O, sin desinencia de caso, por el orden de las palabras. Igualmente en 28, donde el participio de presente se traduce por una oración de relativo; y en 76, superlativo relativo sintético. En 58 y 80 se trata en O de dos fusiones: *zu + stand, in + dem,* y en 14, 51, 52, 53 y 97, de conjunciones o adjetivos que en algún caso podrían traducirse también por una sola palabra.

16. Un texto como el de (13'), muy próximo (si se prescinde del orden de sus elementos) a la trad. p. por p., no puede considerarse satisfactorio. Pero, en casos parecidos a éste, el traductor novel hará bien en ceñirse a O, en una primera aproximación, todo lo posible. Una vez reproducidos así en T todos los elementos de O, bastarán, generalmente, algunos retoques para lograr un texto aceptable. En (13'), por ejemplo, bastaría:

1) sustituir en 12 la copulativa «y» por la disyuntiva «o»;

2) suprimir los corchetes conservando las palabras incluidas en ellos;

3) sustituir 28-29 por «sometidos al»;

4) sustituir 36-39 por «se esforzaron celosamente por», «pusieron gran diligencia en», u otra expresión semejante;

5) suprimir 49-50 («del mundo» está ya implícito en «universal»);

6) sustituir 57-58 por «se forma»;

7) quizá invertir el orden de 85-86: «nuevamente traducido»;

8) abreviar 95-97: «todavía hoy»;

9) suprimir quizá la preposición «de» en 109.

§ 51. LA TRAD. P. POR P. DEL LATÍN AL ESPAÑOL.

1. Antes de cerrar este capítulo, vamos a comprobar con algún ejemplo cómo la trad. p. por p. desde el lat. al esp. resulta especialmente difícil; más aún, imposible, a pesar de haber entre ambas lenguas un parentesco mucho más estrecho que, p. ej., entre el esp. y el alemán. El libro I de la *Guerra de las Galias,* de César, comienza con este párrafo:

(14) $\overset{1}{Gallia}$ $\overset{2}{est}$ $\overset{3}{omnis}$ $\overset{4}{divisa}$ $\overset{5}{in}$ $\overset{6}{partes}$ $\overset{7}{tres,}$ $\overset{8}{quarum}$ $\overset{9}{unam}$ $\overset{10}{incolunt}$

$\overset{11}{Belgae,}$ $\overset{12}{aliam}$ $\overset{13}{Aquitani,}$ $\overset{14}{tertiam}$ $\overset{15}{qui}$ $\overset{16}{ipsorum}$ $\overset{17}{lingua}$ $\overset{18}{Celtae,}$

$\overset{19}{nostra}$ $\overset{20}{Galli}$ $\overset{21}{appellantur.}$

2. Por mucho que quisiéramos ceñir la T al O, no conseguiríamos una trad. interlineal cuyos elementos correspondieran a los de O con tanta exactitud como los de (1), (2) y (3), ni siquiera como los de (4) y (5). Tampoco, aun desatendiendo el orden de las palabras, lograríamos una trad. tan ajustada al O como la de (6) o la de (7). Lo más que podríamos conseguir sería:

(14')   La Galia está toda dividida en tres partes, de las cuales una
        habitan los belgas, otra los aquitanos, la tercera los que en la
        lengua de ellos mismos se llaman celtas, en la nuestra galos.

3. La diferencia entre (14) y (14') salta a la vista: (14) consta de 21 palabras; (14'), de 35. Hay, pues, en T 14 palabras (66,6%) más que en O. De estas 14 palabras, la mayoría, 8, son artículos; 5, preposiciones. El artículo y la preposición son, en efecto, los dos factores principales del carácter analítico que caracteriza a las lenguas románicas frente al latín, lengua notablemente sintética. El artículo no existía en latín clásico. Sí existían las preposiciones (el n.º 5 de O señala una), pero se usaban mucho menos que en las lenguas románicas: muchas de las funciones desempeñadas en estas lenguas por las preposi-

ciones las desempeñaban en latín las desinencias de las declinaciones: en nuestro O vemos: *quarum* = «*de las* cuales» (+ prep. + art.), *ipsorum* = «*de ellos* mismos» (+ prep. + pron.), *lingua* = «*en la* lengua» (+ prep. + art.), *nostra* = «*en la* nuestra» (+ prep. + art.). Hallamos en T 5 preposiciones, frente a 1 en O. Suman, pues, entre artículos y preposiciones, 12 de las 14 adiciones de T. Las otras 2 corresponden a la separación de los elementos semánticos del pron. *ipsi* «ellos + mismos» y al análisis de la forma pasiva sintética *appellantur* «se llaman».

4. Tampoco (14') es una trad. inmejorable. Más natural, y algo más concisa (31 palabras), sería la siguiente:

(14'') Toda la Galia está dividida en tres partes: una la habitan los belgas; otra, los aquitanos; la tercera, los que en su lengua se llaman celtas, y en la nuestra, galos.

Y aún podría lograrse más concisión (29 palabras) sustituyendo la or. de relativo «que... se llaman» por el participio «llamados»: «los llamados en su lengua celtas».

5. Es cierto que buscando pacientemente en el mismo libro podemos hallar alguna frase traducible p. por p. Así en XIII, 3:

$$\overset{1}{Is}\ \overset{2}{ita}\ \overset{3}{cum}\ \overset{4}{Caesare}\ \overset{5}{egit}.$$
(15)

$$\overset{1}{Este}\ \overset{5}{trató}\ \overset{2}{así}\ \overset{3}{con}\ \overset{4}{César}.$$

Pero, en primer lugar, esta frase consta de sólo cinco palabras, que constituyen el O más breve de los considerados hasta ahora. Además, T desatiende por completo el orden de las palabras de O. Por otra parte, se trata de una traducción inteligible, pero forzada; más natural sería, por ejemplo, la siguiente:

Divicón habló a César en estos términos.

Pero entonces ya no se trata de trad. p. por p. Hay 7 en T frente a 5 en O. Y se ha sustituido el pron. demostrativo por el nombre propio, a fin de evitar en una frase tan breve la repetición de *éste... estos*; se ha trocado la preposición «con» por «a», con el cambio consiguiente en la naturaleza del complemento; se ha restringido y especificado el sentido de *tratar* → *hablar,* y el adverbio *así* se ha convertido en el complemento preposicional «en estos términos».

6. Veamos, para terminar este capítulo, un último ejemplo latino, tomado del mismo libro I de la *Guerra de las Galias* (VIII, 3). Cuando los legados de los helvecios se presentan por segunda vez a César para pedirle paso por la Provincia (= Provenza), él

$$
\overset{1}{\text{negat}} \;\; \overset{2}{\text{se}} \;\; \overset{3}{\text{more}} \;\; \overset{4}{\text{et}} \;\; \overset{5}{\text{exemplo}} \;\; \overset{6}{\text{populi}} \;\; \overset{7}{\text{Romani}} \;\; \overset{8}{\text{posse}} \;\; \overset{9}{\text{iter}} \;\; \overset{10}{\text{ulli}} \;\; \overset{11}{\text{per}}
$$

(16)

$$
\overset{12}{\text{provinciam}} \;\; \text{dare,} \;\; \overset{13}{\text{et,}} \;\; \overset{14}{\text{si}} \;\; \overset{15}{\text{vim}} \;\; \overset{16}{\text{facere}} \;\; \overset{17}{\text{conentur,}} \;\; \overset{18}{\text{prohibiturum}} \;\; \overset{19}{}
$$

$$
\overset{20}{\text{ostendit.}}
$$

Es nuevamente un texto muy sencillo. Casi todas las palabras de O conservan en esp. su valor semántico, o están íntimamente relacionadas con alguna que lo conserva: 1 es nuestro verbo *negar*; 2, nuestro pronombre *se*; 3 no se conserva como sustantivo, pero tiene derivados en *moral,* sust.: «conjunto de principios que rigen las costumbres», adj.: «que se ajusta a las buenas costumbres»; *inmoral,* «contrario a las buenas costumbres», etc.; 4 y 14 perduran en nuestra copulativa *y* (antes *e*); 5, 6 y 7 perviven en «ejemplo», «pueblo» y «romano»; 8 está morfológicamente disfrazado, pero es de la misma raíz de nuestro infinitivo «poder»; 9 ha desaparecido como sustantivo, pero se conservan sus derivados *itinerario* (= «ruta», «camino»), *itinerante* (= «que está de camino», «que suele andar de viaje»); 10 se ha perdido en su forma positiva, pero se conserva en la negativa: *nulo* (= «ninguno», «sin valor»; por tanto, *ullus* «alguno»); 11, 12, 13 y 15 perviven en *por, provincia, dar* y *si*; 16 no se conserva directamente, pero sí en derivados como *violencia, violento*; 17 perdura en *hacer*; 18 no se conserva como verbo, pero sí en el sustantivo *conato*; 19 es nuestro *prohibir,* y de 20, que no ha pervivido como verbo, tenemos derivados como *ostensible, ostensivo, ostensorio,* y también el verbo *ostentar.*

7. Pero la proximidad léxica no basta para la traducción. Quien intentase reproducir los valores puramente léxicos sin tener en cuenta los gramaticales (morfológicos y sintácticos) produciría un texto casi tan ininteligible como el escrito en latín para quien desconozca esta lengua:

> (16') negar se costumbre y ejemplo pueblo romano poder camino alguno por provincia dar, y, si fuerza hacer intentar, prohibir manifestar.

8. Una traducción inteligible, estrictamente ajustada a O, como la que se propone en (16''), muestra ya discrepancias de diversa índole frente al texto latino:

> (16'') niega [que] él, [según] costumbre y ejemplo [del] pueblo romano, pueda dar paso [a] alguno por [la] provincia, y, si intentan hacer fuerza, manifiesta [que lo] impedirá.

En primer lugar, también aquí tenemos mayor número de palabras en T que en O, aunque no en la proporción de (14); aquí, 27 en T frente a 20 en O. De las 7 que exceden en T, 2 son preposiciones: *según, a*; 1, artículo: *la*; 1, contracción de prep. y art.: *del*; 1, pronombre: *lo*. Esto confirma lo que ya apuntábamos al comentar (14'): que el artículo y la preposición son los dos factores principales del carácter analítico de las lenguas románicas. Pero aquí aparece dos veces otro instrumento analítico románico, la conjunción *que,* introductora de oraciones completivas con verbo en forma personal, equivalentes a las constituidas en latín por el infinitivo con sujeto en acusativo: *se... posse* («*que* él... pueda»), *prohibiturum* («*que* [lo] impedirá»).

9. Si, no satisfechos con (16''), queremos refinar más la traducción, podríamos quizá proponer ésta:

>   1   2 3   4   5   6   7 8   9   10
> (16''') afirma que él, siguiendo la costumbre y el ejemplo del
>
>   11   12   13 14 15 16 17 18   19 20   21
> pueblo romano, no puede dar paso a nadie por la provincia,

²² ²³   ²⁴ ²⁵   ²⁶   ²⁷ ²⁸ ²⁹   ³⁰   ³¹
y manifiesta que, si intentan irrumpir en ella, está dispuesto
³² ³³
a impedirlo.

Pero aquí estamos muy lejos de la trad. p. por p., no sólo en el número de las utilizadas en T (65% más que en O), sino más aún por la diferencia entre las actitudes mentales del autor de O y las adoptadas por el de T. Sobresalen entre ellas:

a) negación de posibilidad en O / afirmación de imposibilidad en T (1... 14) = O: «no es posible» / T: «es imposible»;
b) enfoque positivo en O (10) / enfoque negativo en T (17-18);
c) expresión causativa en O (16-17) / expresión resultativa en T (27-29);
d) visión proyectada al futuro en O (19) / visión referida al presente en T (30-33).

Y podría añadirse el cambio sintáctico producido en T por la introducción del verbo (4), que pone al sujeto (3) en relación más estrecha con los conceptos expresados por 5-12 que la mantenida en O por 2 y los mismos conceptos expresados por 3-7.

§ 52. CONCLUSIONES.

Recapitulemos lo dicho hasta aquí sobre la traducción palabra por palabra:

1) Esta clase de traducción es a veces posible entre lenguas más o menos afines tipológicamente, como puede verse en los ejs. (1)-(5).

2) Cuando la trad. p. por p. es posible, suele ser la mejor, y, por tanto, no es necesario, ni siquiera conveniente, recurrir a otra.

3) La posibilidad de la trad. p. por p. se reduce en proporción a la distancia tipológica que separa a las dos lenguas implicadas.

4) La trad. p. por p. es normalmente imposible entre lenguas alejadas tipológicamente, por grande que sea su afinidad genética; por ej. entre el lat. y cualquiera de las lenguas románicas (éstas son, en gran parte, prolongación del latín; pero se han distanciado de él, entre otras cosas, por el desarrollo del artículo y por la pérdida de la flexión nominal, sustituida por un uso más intenso de las preposiciones).

5) Aunque la trad. p. por p. sea generalmente inaceptable[9] como trad. definitiva, conviene hacerla siempre, al menos mentalmente, como trámite previo para la traducción final. Así entendida, la traducción palabra por palabra es el análisis de la estructura léxica, morfológica y sintáctica del TLO. Sólo después de reconocer cada una de las piezas de esta estructura pueden buscarse en la LT las piezas equivalentes.

---

[9] Vinay y Darbelnet (*o. c.,* pág. 49, § 35) enumeran las siguientes causas por las que una trad. p. por p. (*traduction littérale*) resulta inaceptable: a) cambio de sentido; b) carencia de sentido; c) imposibilidad estructural; d) falta de correspondencia en la cultura de la LT, y e) distinto nivel de lengua con relación a O. Ejs. de a): *avoir les dents longues*; trad. p. por p.: «tener los dientes largos»; trad. adecuada: «tener hambre», o bien: «picar alto», «ser ambicioso»; *out with it!* (no: «fuera con ello», sino): «dígalo de una vez», «hable claro»; *out of hand* (no: «fuera de mano», sino): «luego», «enseguida», o bien, como adj.: «incontenible». Ejs. de b): *Avoir raison de quelqu'un* (no: «tener razón de alguno», sino): «vencer a alguien»; *être dans ses petits souliers* (no: «estar en sus pequeños zapatos», sino): «estar incómodo». Ejs. de c): *Il est minuit* (no: «ello es medianoche», sino): «es medianoche»; *café au lait* (no: «café a la leche», sino): «café con leche»; *une femme aux yeux bleus* (no: «una mujer a los ojos azules», sino): «una mujer de ojos azules». Ej. de d): *A lame duck Congressman* (Vinay) (no: «un pato cojo hombre del Congreso», sino): «un miembro del Congreso no reelegido». Ej. de e): *My friend.* (Esta expresión norteamericana popularizada por Roosevelt —comenta Vinay— es cordial sin vulgaridad. Pero, traducida al fr. por «mon ami», cambia por completo de nivel: sería posible en boca de una esposa al dirigirse a su marido en obras de teatro del siglo pasado, o empleada por un superior al reconvenir a un subordinado). Algo semejante ocurriría con las expresiones fr. *oui, Monsieur* o *non, Monsieur,* traducidas p. por p. al español. En fr., tales contestaciones son corrientes entre desconocidos; en esp. sólo podrían usarse al hablar con un superior.